# 굿바이보이 잘 지내지

길·위·에·서·만·난·세·상

임병식 지음

바이체

여행은 정신을
다시 젊어지게 하는 샘이다.

안데르센

# 서문

지긋지긋한 코로나19 팬데믹도 어느덧 끝이 보인다. 지난 3년여 동안 지구촌 시계는 멈춰 섰다. 많은 이들은 너나할 것 없이 극심한 고통과 불안, 그리고 '코로나 블루'를 겪었다. 코로나 팬데믹이 막바지에 이른 지난해 여름, 어렵게 카자흐스탄 알마티를 다녀왔다. 한산한 인천공항 로비를 걸으며 "이게 얼마만이냐"며 혼자 감동에 젖었다. 지난 3년여 동안은 발이 꽁꽁 묶여 나갈 수 없었기에 모처럼 출국은 설레었다. 한편으로 언제든 마음만 먹으면 떠났던 일상이 새삼 고맙게 다가왔다.

강의를 듣는 학생들에게 흔히 입버릇처럼 하는 말이 있다. 독서와 대화, 여행을 많이 해보길 당부한다. 세 가지는 공통점이 있다. 모두 자신을 떠나 다른 세상을 알아가는 능동적 행위다. 지적 고민의 결과물인 책을 읽는 것도, 나와 다른 삶을 경험한 이들의 내면을 들여다보는 것도, 집을 떠나 다양한 세상과 만나는 것도 모두 유연하며 열린 삶을 가능하게 하는 통로다. 독서와 대화, 여행은 아집과 독선에서 벗어나 인식의 지평을 넓히는 유효한 수단이다. 이 가운데 여행만한 게 없다. 여행은 직접적이며 가슴 뛰는 경험이다.

40여 년 전 대학교 1학년 때 일본 연수를 다녀왔다. 태어나 처음 다른 나라 땅을 밟았는데, 새로운 세상을 만나는 '데미안'과 같은 신선한 충격이었다. 이후 100여 개국 이상을 다녀왔다. 여행을 통해 삶을 대하는 시선은 보다 유연해졌다. 막연한 적대감에서 벗어나 군국주의 일본과, 개인으로서 일본인은 구분해야 한다고 정리했다. 나아가 언제까지 불행한 역사를 반복할 것인지 반문하기 이르렀다. 또 강대국 중심 사고에 길들여진 편견을 돌아보는 계기가 됐다. 그것은 내가 살면서 두터운 편견을 깬, 열린 세상을 대하는 출발점이었다.

16~18세기 영국 상류층에서 '그랜드 투어(grand tour)'는 트렌드였다. 그랜드 투어는 수개월에서 수년 동안 유럽을 돌아보는 인문기행이다. 몸종에다 전용 마차까지 거느린, 요즘 말로 하면 럭셔리 여행이다. 비록 있는 집 자식들만 누린 호사였지만 여행 효능감을 확인하는 생생한 사례다. 그들은 그랜드 투어를 엘리트 교육 최종 단계로 정하고 자녀들에게 넓은 안목을 선물했다. '해가 지지 않는 나라' 영국은 어쩌면 '그랜드 투어'에서 비롯되지 않았을까 싶다.

괴테는 1786~1788년까지 2년 동안 이탈리아를 여행한 뒤 『이탈리아 여행』을 썼다. "여행은 나를 다시 태어나게 하고 혁신하고 충실하게 했다"는 괴테는 이후 걸작 『파우스트』를 남겼다. 러시아 표트르는 황제에 오른 뒤 1년 반 넘게 여정에 올랐다. 그는 1697년 3월, 250명으로 구성된 사절단을 이끌고 네덜란드와 영국, 독일, 스웨덴을 돌아봤다. 조선업과 해군의 중요성에 눈을 뜬 표트르는 국가와 군을 재조직하고 새로운 영토를 정복했다. 19세기 재무대신을 지낸 칸크린 백작은 "우리는 러시아인이 아니라 표트르 인이라고 해야 한다. 러시아는 표트르의 땅이다"는 말을 남겼다. 러시아 역사에서 표트르가 얼마나 중요한 역할을 했는지 압축한다(주경철, 『유럽인 이야기』).

메이지유신(1863년)을 기점으로 급부상한 일본 선각자들에게도 해외 견문 여행은 절대적이었다. 1863년 조슈번(현재 야마구치현)은 이토 히로부미를 비롯한 5명을 영국으로 보냈다. 모두 20대 청년이었다. 이듬해 사쓰마번(현재 가고시마현) 또한 17명을 영국으로 보냈다. 이 가운데 13살짜리도 포함됐다. 앞서거니 뒤서거니 떠났던 이들은 훗날 메이지유신과 메이지 정부에서 주역을 맡았다. 초대 수상을 지낸 이토 히로부미를 비롯해 외무대신, 문부대신, 일본은행 총재 등 기라성 같은 인물이 이들 가운데 쏟아졌다. 메이지 정부 또한 1871년, 107명으로 구성된 이와쿠라(岩倉) 사절단을 꾸렸다. 이들은 1년 10개월 동안 미국과 영국, 프랑스 등 12개국을 돌며 각성했다. 비록 이웃 나라를 침략하는 데 잘못 쓰기는 했지만 근대 일본의 저력은 그랜드 투어에 밑바탕을 두고 있다.

괴테와 표트르대제, 메이지 사례에서 봤듯 여행은 개인과 국가 운명까지 바꾼다. 또 여행은 상대를 인정하고 넓은 시야를 갖게 한다. 지구촌에는 수많은 편견과 장벽이 있다. 국가와 국가 간 이동을 가로막는 물리적 국경부터 역사적 갈등, 사람 사이 소통을 차단하는 정서적 편견까지 다양하다. 모든 갈등 근저에는 "나만, 우리만 옳다"는 아집과 독선이 깔려 있다. 이스라엘이 팔레스타인을 격리하기 위해 쌓은 분리 장벽은 아집과 독선의 산물이다. 수년 전, 이스라엘 분리 장벽 아래를 걸으며 느꼈던 폭력은 진행형이다. 지금 이 시간에도 분리 장벽을 사이에 두고 증오는 산처럼 쌓이고, 분노는 강처럼 흐르고, 불신은 연기처럼 피어오른다.

우리 안에 내재된 편견 또한 또 다른 장벽이다. 상대를 문화와 관습, 종교, 언어, 피부 색깔로 나누는 편견은 폭력을 낳는다. 십자군전쟁은 기독교 문화권과 이슬람 문화권 장벽 사이에서 충돌이다. 십자군전쟁은 이슬람 문화권에 대한 기독교 문화권의 '일방적 테러'다. 본질은 교황 권력과 베네치아 상업자본이 결탁한 추악한 침략 전쟁에 지나지 않는다. 설령 기독교 주장대로 성전(Holy war)이라는 항변을 받아들인다 해도 지구상에 성스러운 전쟁은 없다. 우리는 지난 1년여 동안 러시아-우크라이나 전쟁에서 참혹한 인명 살상만 목도할 뿐이다.

우리 사회에 만연한 갈등과 혐오도 심각한 수준이다. 지난 정권에서 광화문 '태극기'와 서초동 '깨시민'은 편을 갈라 반목하고 대립했다. 새 정부에서도 진영 대결은 여전하다. 또 이주노동자와 다문화가정에 대한 뜨악한 시선도 마찬가지다. 2018년 우리 사회는 제주 예멘 난민을 놓고 갈등했다. 70만 명에 달하는 이들을 예멘 난민을 잠재적 성범죄자와 테러리스트로 낙인찍고 청와대 게시판에서 추방하라고 했다. 이슬람에 대한 막연한 편견과 프레임에 길들여진 탓이다.

이 책은 우리가 알고 있는 지식은 얼마나 얄팍하며, 우리 안의 편견은 얼마나 두텁고, 우리 인식은 얼마나 뒤틀렸는지 돌아보는 인문기행이다. 100여 개국 여행에서 접한 선입견과 편견을 어떻게 극복할 수 있을지 고민한 결과다. 무엇보다 승자와 강대국, 기득권 중심 사고를 성찰해 보자는 책이다. 피가 피를 부르고 증오가 증오를 낳는 이스라엘과 팔레스타인, 제국주의 그늘에서 몸살 앓는 라틴아메리카, 피맺힌 강제 이주를 확인하는 중앙아시아를 비롯해 여러 나라를 일별했다. 그리고 이주노동자와 이주여성이란 창을 통해 우리를 돌아봤다.

일본에 대해서는 특별한 고민을 담았다. 마침 내년(2024년)은 광복 80주년, 한일 외교정상화 60주년이다. 우리에게 일본은 마냥 배척할 수도, 그렇다고 온전히 껴안을 수도 없는 경계선상에 서 있다. 과잉 민족주의를 경계하는 한편 균형 잡힌 관점을 고민했다. 현지에서 겪은 에피소드와 정보, 그리고 관련 서적과 시사를 버무렸다. 부디 이 책을 통해 날선 감동을 느끼고 편견과 오류를 줄일 수 있기를 기대한다. 요즘 우리 젊은이들은 큰돈을 들이지 않아도 언제든 떠날 수 있다. 마음먹기에 따라 넓은 세상으로 나가니 얼마나 좋은가.

차례

PART 1

# 찬란한 봄, 그리고

# 벚꽃 아래
# 패트리엇 미사일

입춘과 우수, 경칩을 지났으니 머지않아 꽃피고 새순 돋는 봄이다. 봄은 사람을 환장하게 한다. 봄은 '본다'에서 비롯됐다. 무엇을 본다는 것일까. 그것은 생명을 보는 것이다. 긴 겨울을 이겨낸 찬란한 생명을 확인하는 게 '봄'이다. 봄이면 천지에 꽃불을 놓는다. 산수유부터 개나리, 진달래, 벚꽃, 살구꽃, 배꽃, 사과 꽃, 도화, 목련까지 온통 꽃으로 덮인다. 가장 봄다운 꽃은 벚꽃이다. 벚꽃은 툭, 툭, 툭 튀밥 소리를 내며 마른 가지마다 꽃망울을 터트린다. 벚꽃이 만개한 날, 꽃구름 아래 서면 꿈꾸듯 몽롱하다. 또 하얀 벚꽃 잎이 날리면 눈보라 속을 걷는 느낌이다.

그런데 춥지 않다. 뺨에 닿는 꽃잎은 부드럽다. 산 벚나무는 또 다른 느낌으로 다가온다. 때 묻지 않은 청순함을 지녔다. 산 벚은 기교부리지 않고, 단장하지 않아도 그 자체로 아름다운 여인을 떠올리게 한다. 봄날, 국도를 운전하다 보면 멀리 산 벚이 눈에 들어온다. 신록에 둘러싸인 산 벚은 섬처럼 환히 떠 있다. 어느 해 봄, 꽃샘추위가 늦게까지 계속됐다. 새순이 돋기 시작하는 신록 위로 하얀 눈이 쌓였다. 푸른빛과 흰빛이 어우러진 풍경은 경이로웠다. 더 놀라운 건 그 사이에 섬처럼 떠 있는 산 벚꽃이다. 붉은 기운이 도는 벚꽃과 하얀 눈, 푸른 신록이 어울린 그해 봄은 잊을 수 없는 기억으로 각인돼 있다.

봄날, 벚꽃을 제대로 보려면 아무래도 일본 열도가 제격이다. 일본은 봄이면 벚꽃 소식으로 몸살 한다. 매년 3월 말부터 시작된 벚꽃은 4월 중순까지 한 달여 동안 피고지기를 거듭한다. 절정에 달하는 4월이면 일본 열도는 벚꽃에 파묻힌다. 일본 최남단 가고시마에서 일어난 벚꽃 구름은 후쿠오카와 시코쿠, 혼슈를 거쳐 마침내 홋카이도에서 흩어진다. 그 즈음이면 일본 열도는 꽃 기침을 앓는다. 일본인만큼 벚꽃을 사랑하는 민족은 지구상에 없다. 국가를 상징하는 문양부터 지폐와 그림, 시, 소설, 음악, 기모노, 그리고 일상생활까지 벚꽃은 깊이 들어앉았다.

일본인들은 벚꽃에 국민성을 빗댄다. 일순간 피었다가 미련 없이 지는 벚꽃과 비유하곤 했다. 태평양전쟁 당시 일본 군인은 "덴노헤이카 반자이(천황폐하 만세)"를 외치며 목숨을 던졌다. 비행기를 탄 채 적함으로 돌진하는 '가미카제(神風)'와 하늘로 돌아간다는 '가이텐(回天)' 어뢰는 비인간적인 공격 수단이었다. 군국주의 일본은 이들을 꽃잎에 비유하며 죽음을 미화했다. 흩날리는 꽃잎, 즉 '산화(散花)'로 분칠했다. 막부시대에도 사무라이들은 걸핏하면 배를 그어 자결했다. 그들은 잔혹한 할복마저도 미련 없이 지는 벚꽃에 비유하며 결연함으로 포장했다. 어떤 죽음도 꽃잎보다 무겁다. 하늘하늘 날리는 벚꽃은 그저 꽃잎일 뿐이다. 사람의 목숨을 흩날리는 꽃잎에 비유한 건 말장난에 지나지 않는다.

북한 핵실험으로 긴장이 고조됐던 수년전 봄, 아침신문에 생뚱맞은 사진이 실렸다. 일본 도쿄 이치가야(市谷) 방위성 앞에 핀 벚꽃 사진이었다. 행락객을 유혹하는 사진이 아니었다. 카메라 앵글은 벚꽃나무 아래 설치된 패트리엇 미사일을 포착했다. 눈부신 벚꽃과 차가운 첨단무기를 같은 프레임 속에서 본다는 건 기이했다. 일본 방위성은 북한 장거리 미사일 발사에 대비해 전국 7곳에 패트리엇 미사일을 배치했다고 밝혔다. 패트리엇은 요격 미사일이다. 수도 한가운데 패트리엇을 배치한 건 재무장을 위한 명분 쌓기였다.

일본 헌법은 2차 세계대전 이후 군사 재무장을 금지하고 있다. 그래서 군대를 부르는 명칭도 최소한 방어를 의미하는 '자위대(自衛隊)'다. 평화 헌법으로 불리는 일본 헌법은 전쟁 강박증을 담고 있다. 일본은 히로시마와 나가사키 원폭을 경험했기에 전쟁은 다시 있어서는 안 될 공포다. 참상을 기억하는 전후 일본은 재무장을 경계하며 평화 헌법에 이러한 의지를 새겼다. 재무장을 꿈꾸는 일본 우익 정치인들에게 북한은 좋은 핑계거리다. 그들은 북한 위협을 핑계 삼아 슬금슬금 군사력을 강화하고 있다. 올봄 북한의 잇단 도발은 이러한 분위기에 힘을 실었다. 올해 1월 조 바이든 대통령은 미·일 정상 공동성명에서 일본의 군사력 강화 계획이 담긴 3대 안보문서 개정을 환영했다. 또 일본이 자체 판단에 따라 행사하겠다는 '반격 능력'에 대해서도 지지하는 의사를 밝혔다. 일본은 이제 소극적인 방어를 넘어 적극적인 무장으로 나가고 있다. 중국에 대응하고 북한 위협으로부터 자국민을 보호한다는 명분을 내세웠지만 군국주의 회귀 우려를 떨치기 어렵다. 찬란한 벚꽃나무 아래서 긴장을 느끼는 건 이 때문이다.

벚꽃이 만개한 봄날, 히로시마 평화공원과 원폭 돔에 다녀왔다. 인구 280만 명에 달하는 히로시마는 완벽한 재건과 함께 주고쿠 지역에서 가장 큰 공업도시로 성장했다. 1945년 8월 6일, 오전 8시 15분 히로시마에는 인류 최초 원자폭탄이 떨어졌다. 앙상한 뼈대만 남은 원폭 돔은 당시 참상을 상징하는 건축물이다. 이제 세월은 흘러 참혹했던 흔적은 찾아보기 어렵고 상처도 어느 정도 아물었다. 공원 주변은 벚꽃 잎 떨어지는 소리까지 들릴 정도로 적막했다. 수십만 목숨을 앗아간 곳이라고 믿기지 않았다. 원폭 평화기념공원을 찾는 사람들도 무심하다. 다만, 매년 봄이면 적막을 가른 채 벚꽃 잎만 눈꽃처럼 고요히 흩날릴 뿐이다.

최근 몇 년 동안은 제대로 벚꽃을 감상하지 못했다. 무엇이 그리 바쁜지 꽃 피는 줄도 모른 채 봄을 흘려보내기를 반복했다. 어느 날 문득, 꽃 한 송이 품지 못하는 삶도 삶일까 자문해 보았다. 빛나는 봄 한가운데서 봄꽃이 전하는 생명과 기운을 느끼지 못한다면 불행하다. 올해도 북한 도발 때문에 불안감은 높다. 경제상황 또한 비관적이다. 경제전문가와 경제기관마다 올해 세계경제는 퍼펙트스톰에 처해 있다며 우울한 전망을 내놓고 있다. 그렇다고 움츠리고만 있기에 봄은 너무 짧다.

화개장터에서 쌍계사로 이어지는 십리 벚꽃 길은 4월이면 하늘과 땅까지 온통 연분홍빛으로 물든다. 그 길 위로 꽃비가 뿌리면 사람들은 환장한다. 오죽하면 지명이 '꽃길이 열린다'는 화개(花開)일까 싶다. 모든 건 마음먹기에 달렸다. 어디든 눈길 주면 반가운 봄이다.

# 꽃샘추위 녹이는 희망

꽃 피는 봄이다. 그런데 봄이 오는 게 더디다. 옛사람들은 '춘래불사춘(春來不似春)'이란 말로 더딘 봄을 아쉬워했다. "봄은 봄이되, 봄이 아니다"는 중국 한나라 때 미인 왕소군(王昭君)이 고단한 처지를 토로한 말이다. 왕소군은 양귀비, 서시, 초선과 함께 중국 4대 미인이다. 그는 흉노족에게 볼모로 가면서 심란한 심정을 이렇게 표현했다. 끌려가는 탓에 봄이 봄으로 느껴질리 없었다. 한데 볼모로 떠난 땅에서 왕소군은 인생 역전을 이뤘다. 비운의 삶이 반전된 까닭에 이백과 동방규, 왕안석 등 수많은 시인 묵객은 왕소군을 소재로 삼았다.

꽃 피는 것을 시샘하는 '꽃샘추위'는 한국어로만 가능한 표현이다. 탁월한 조어 능력과 정서에 감탄할 따름이다. 어떻게 꽃과 시샘하는 추위가 함께 어울릴 수 있을까. 꽃을 시샘한다는 발상에 이르면 놀랍다. 한국어와 한국인만이 누리는 정신적 유희가 아닐까 한다.

동일본 대지진 당시 2011년 3월은 '춘래불사춘'과 '꽃샘추위'를 실감했다. 일본은 말할 것도 없고 지구촌 모두에게 봄은 봄이되, 봄이 아니었다. 엄청난 재앙은 겨우내 봄볕을 소망했던 이들로부터 한 뼘 남은 소망마저 앗아갔다. 영상을 통해 접한 쓰나미 장면은 비현실적이었다. 수많은 이들이 목숨을 잃고 터전을 잃었다. 지금도 도호쿠(東北) 곳곳에서 상흔을 접한다. 대학 신입생 시절, 태어나 처음 일본을 다녀왔다. 결혼한 뒤 가족과 함께한 첫 해외 여행지도 일본이었다. 무엇이든 처음은 강렬하다. 첫사랑, 첫 여인, 첫 키스, 첫 경험, 첫아이, 첫 직장까지 그렇다. 대지진 참사를 접한 소회는 남달랐다. 그동안 크고 작은 인연을 쌓았기에 지인들 안부도 궁금했다.

임진왜란이 끝난 지 500년, 식민 지배가 종료된 지 80년 가깝다. 그럼에도 일본에 대한 미움의 자리는 아직 깊다. 이 땅에는 위안부로, 노무자로, 학도병으로 끌려가 고통 받은 이들이 아직도 허다하다. 상처가 치유되지 않는 한 적대감은 휘발성을 가질 수밖에 없다. 정치적 목적에서 민족감정을 부채질하기도 한다. 일본 극우 정치인들은 망언을 반복하고 있다. 천박한 역사인식과 과잉 민족주의에 기생하는 한 양국 관계는 평행선을 달릴 수밖에 없다. 청년세대는 식민 지배를 경험하지 않았음에도 노팬 운동에 적극적이었다. 또 한·일전은 전쟁을 방불케 한다. 미움의 유전자가 면면히 흐르고 있다. 걸핏하면 혐한, 혐일로 확대되는 책임의 절반은 정치에 있다.

일본을 방문했던 학생 시절, 이 때문에 혼란스러웠다. 머리로는 일본을 용서하면 안 되는데, 몸과 마음은 서서히 무장 해제됐다. 홈스테이 가족들은 진심으로 한국에서 온 청년을 아꼈다. 그들은 나를 가족처럼 대했고, 세심한 부분까지 챙겼다. 먹는 것부터 잠자리까지 어느 것 하나 소홀하지 않았다. 주말이면 한곳이라도 더 보여주고자 온가족이 부산떨었다. 그들이라고 일본과 한국 사이 역사적 은원을 모를 리 없다. 그럼에도 성심껏 대하고, 밝은 미소로 어색함을 녹였다. 오랫동안 그들과 연락을 주고받았다. 코로나19 이전에는 아내와 그 집을 다녀왔고 이듬해는 그들이 한국을 다녀갔다. 40년이란 인연은 된장처럼 깊다.

속내까지 들여다볼 수 없기에 단정하긴 어렵다. 국가라는 틀 속에 갇힌 일본인과, 자연인으로서 일본인은 여러 면에서 다르다. 전체주의에 복속된 국민은 가미카제가 되어 항공모함을 향해 돌진했다. 하지만 개인으로서 일본인은 사소한 것에도 감사하고 배려하는 따뜻한 피가 도는 인간이다. 그렇게 인연을 맺은 일본인들이 대지진 참사로 고통에 처하지 않았을까 하는 걱정이 앞섰다. 대학 시절 인연은 오랜 시간과 함께 끊겼다. 수소문하는 게 쉽지 않은 까닭에, 어딘가에 건강한 모습으로 있어주길 기원할 따름이었다. 2021년에도 큐슈는 물바다가 됐다. 당시에도 일본인 가족에게 안부를 물었다.

지진 참사 당시 두 건의 보도는 많은 생각을 하게 했다. 첫째는 일본 대사관 앞에서 수년째 시위를 벌이는 정신대 할머니 기사였다. 위안부 할머니들은 하루빨리 대지진 참사가 복구되길 기원하며 일본 대사관에 성금을 기탁했다. 원망을 내려놓고 타인의 불행에 공감하는 할머니들 모습에서 인간애를 확인했다. 그들은 뼛속 깊은 증오 대신 측은지심을 보였다. 누가 피해자이고, 누가 진정한 승자인지는 자명했다. 둘째는 대형 교회 목사가 보여준 참담한 인식이었다. 순복음교회 조용기 목사는 대지진 참사에 대해 "예수를 믿지 않고 우상을 숭배하는 것에 대한 징벌이다"고 했다. 그의 정신세계는 지진 해일보다 무섭고, 부끄러웠다. 이웃의 불행 앞에 종교 지도자가 할 수 있는 말이 그런 것이라면 오히려 예수를 욕되게 하는 것이다.

지난해 봄, 일본 가나자와(金澤)를 다녀왔다. 수년 전 기차를 이용해 시코쿠를 여행할 때도 벚꽃 날리는 봄날이었다. 눈송이 같은 꽃잎이 지천으로 흩날리면 일본의 봄은 눈부시게 아름답다. 올해도 일본 열도는 벚꽃으로 뒤덮인다. 벚꽃 잎이 하늘과 땅을 뒤덮듯, 한일 사이에도 훈풍을 기대한다. 다행히 양국 관계 정상화를 위한 움직임은 활발하다. 언론은 올봄, 일본 관광지마다 한국인들로 발 디딜 틈이 없다며 앞 다퉈 보도하고 있다. 일본 청년들 또한 한류에 열광하고 있다. 지난해 서울시립대학을 방문한 일본 여대생들은 한목소리로 한국과 한류에 깊은 애정을 드러냈다. 정부가 발표한 '제3자 변제' 방식을 놓고 반대 여론이 거세다. 진솔한 사과와 합당한 배상, 당당한 자존심까지 한꺼번에 챙기면 좋겠지만 현실은 여의치 않다.

루쉰은 "걸어가는 사람이 많아지면, 그것이 곧 길이 된다"고 했다. 현해탄을 건너는 이들이 늘고 서로에 대한 배려와 존중이 쌓이다보면 양국에는 새로운 길이 열린다. 정부 발표 이후 한일 셔틀외교가 재개됐고 4월에는 한미 정상회담이 열린다. 바이든 대통령 취임 이후 국빈 초청은 프랑스 마크롱 대통령에 이어 한국이 두 번째라고 한다. 기성세대는 미래세대가 불행한 역사 위에서 자신감을 갖고 당당할 수 있는 환경을 조성할 책임이 있다. 아무리 꽃샘추위가 심해도 봄기운은 이길 수 없다.

# 나가사키에서 봄날 단상

나이가 들면 감정보다 현실에 짓눌리기 마련이다. 누구나 꿈은 꾸지만 행동에 옮기는 건 다른 일이다. 한데 그해 봄은 달랐다. 무작정 나가사키로 떠났다. 그즈음 FM라디오 클래식 음악 프로그램에서는 오페라 〈나비부인〉의 대표 곡 〈어느 갠 날(Un bel di vedremo)〉이 흘러나왔다. 〈나비부인〉은 미 해군 장교와 버터플라이라는 예명을 지닌 게이샤 간 사랑을 그린 오페라다. 나비부인 초초상은 미군 장교 핑커튼을 진심으로 사랑했다. 핑커튼은 미국으로 돌아간 뒤 미국인 여자와 다시 결혼했다. 초초상은 그가 돌아올 날을 기다리며 아이를 낳고 혼자 기른다. 3년여가 흐른 어느 봄날, 초초상은 나가사키 언덕에서 핑커튼을 그리며 '어느 갠 날'을 부른다.

나가사키에 가고 싶다는 생각이 들자 곧바로 짐을 꾸렸다. 때는 4월이었다. 봄날 일본은 온통 벚꽃 천지다. 일본에 대한 호오(好惡)를 떠나 벚꽃이 흐드러진 4월 일본은 동화처럼 아름답다. 떡 본 김에 제사 지낸다는 말처럼 나가사키에 그치지 않고 히로시마(廣島)와 오사카(大阪), 교토(京都), 하코네(箱根), 도쿄(東京)로 이어졌다. 10여 일 동안 여행은 잡다한 생각을 날려버릴 만큼 좋았다. 봄날의 안온함은 나가사키와 히로시마 원폭 평화공원에서 깨졌다.

앞서 언급했듯 두 도시는 전쟁의 참혹함을 간직하고 있다. 히로시마와 나가사키에는 사흘 간격으로 원자폭탄이 떨어졌다. 수십만 명이 즉사했고 도시는 잿더미가 됐다. 히로시마에서는 그날만 17만여 명이 숨졌다. 사흘 뒤 나가사키에서도 7만여 명이 목숨을 잃었다. 원폭 위력을 튀르키예 대지진과 견주는 언론보도가 있지만 당시로써 원폭은 인류가 겪은 대재앙이었다. 히로시마와 나가사키 '평화공원'은 평화롭지만 사람들은 아직도 상처를 간직하고 있다.

나가사키는 매년 사망자를 업데이트하고 있다. 원폭 참상을 알리기 위해 두 도시는 '평화공원'을 조성했다. '평화공원'은 평화롭지 못했던 과거를 기억하는 역설적 공간이다. 히로시마와 나가사키는 매년 원자폭탄이 떨어진 날을 기념하는 위령제를 지낸다. 65주년을 맞는 2010년에도 유족들과 원폭 피해자들은 위령제를 지냈다. 그해 위령제는 다른 해와 달리 특별했다. 일본 언론은 "올해 위령제에는 유엔 사무총장과 주일 미국 대사가 처음 참석했다."며 의미를 부여했다. 그동안 일본은 매년 미국을 비롯한 세계 핵보유국을 초청했다. 하지만 미국과 프랑스, 영국은 한 번도 참석하지 않았다. 자칫 위령제 참석이 '일본은 피해자'라는 프레임으로 비춰질까하는 우려에서였다. 그랬던 미국이 주일 대사를 보내고 또 유엔 사무총장까지 참석했으니 일본으로서는 고무적이었다.

나가사키에는 원폭 관련 자료관이 두 곳 있다. 하나는 일본 정부가 건립한 '국립 나가사키평화자료관'이고 다른 하나는 시민들 힘으로 문을 연 '나가사키평화자료관'이다. 국립 나가사키 평화자료관은 피해자 입장만 강조하고 있다. '연합국이 무고한 일본 국민들 목숨을 빼앗았다'며 참상만 늘어놓고 있다. 자료관을 돌아보면 일본은 피해자일 뿐이다. 반면 이곳에서 가까운 '나가사키평화자료관'은 가해자로서 일본이라는 다른 이야기를 들려준다. 일본에도 양심 있는 시민들이 있음을 알 수 있는 공간이다.

나가사키 평화자료관은 설립 목적에서 성격이 드러난다. "일본의 무책임한 전쟁을 고발하는 데 생애를 바친 고(故) 오카 마사하루(岡正治, 1918~1994) 목사의 유지를 계승해 시민들 손으로 건립했습니다. 권력자들 눈에는 작고 보잘것없어 보이겠지만 이곳은 위대한 시민들 힘으로 만든 곳입니다. 평화자료관을 방문하는 한 분 한 분 가해의 진실을 확인하고 피해자 아픔을 진심으로 헤아리는 마음을 가지고 하루속히 전후 보상 실현과 전쟁을 이 땅에서 몰아내는데 헌신해 주실 것을 바라마지 않습니다." 쉽게 말해 '국립 나가사키평화자료관'은 일본이 피해 국가임을 선전하는 선전장이라면 '나가사키평화자료관'은 일본의 무책임한 전쟁을 고발하는 깨어 있는 현장이다.

오카 마사하루 목사는 생전에 '재일 조선인 인권을 지키는 시민모임' 대표를 맡아 일생을 바쳤다. 그는 차별받는 조선인 편에서 일본 정부와 강제징용으로 배를 불린 전범기업을 향해 사죄와 배상을 촉구했다. 말년에는 일본의 책임을 밝히고 조선인 차별 철폐와 배상을 목적에서 자료관 건립을 구상하다 1994년 7월 세상을 떴다. 양심 있는 나가사키 시민들은 오카 마사하루 목사의 뜻을 이었다. 이들은 토지 매입과 건축에 필요한 돈을 모금해 1995년 10월 1일 평화자료관을 완공했다. 설립 기금 4,500만 엔을 25년 동안 월 18만 엔씩 갚는 조

건으로 대출받고 기부금으로 마련했다. 시민들은 정치적 간섭을 받지 않기 위해 정부나 행정기관 지원을 받지 않았다. 이 자료관은 회원들 회비와 찬조금, 입장료로 운영하고 있다.

오카 마사하루 목사나 '재일 조선인 인권을 지키는 시민모임'은 '일본 책임론'을 금기시하는 분위기에서 쉽지 않은 행동이다. 더욱이 혐한을 토대로 극우세력이 기승을 부리는 일본 사회에서 흔들림 없이 평화운동을 지속하며 과거 청산에 주력해 왔기에 값지다. 지난해(2022년) '임종국선생기념사업회'는 이런 뜻을 기려 제16회 임종국상 '사회 부문 수상자'로 '오카 마사하루 기념 나가사키 평화자료관'을 선정했다. 군국주의 시절 가해 역사를 알린 오카 마사하루 목사와 나가사키 시민들에 대한 때늦은 보답이었다.

오페라 '나비부인'에서 핑커튼은 초초상과 사이에서 낳은 아이를 데리고 미국으로 떠난다. 혼자 남은 그녀는 아버지가 남긴 칼로 자결한다. 칼에는 "명예롭게 살 수 없다면 명예롭게 죽으리라"고 새겨 있다. 사랑하는 남자에게 버림 받은 초초상은 죽음으로써 명예를 지킬 수 있다고 믿었는지 모른다. 일본에게 진정한 명예는 과오를 인정하는 것에서 시작된다. 평화자료관에 있는 '일본은 패전으로 받은 상처를 보듬기 이전에 아시아 이웃 나라에 고통을 준 역사를 먼저 알지 않으면 안 된다.'는 문구가 의미심장하다.

# 나만의 길을 걷는 행복

코로나19로 전 세계가 셧다운에 들어간 2020년 10월. 이탈리아 시칠리아 섬에 사는 11살짜리 소년(로미오)이 화제가 됐다. 소년은 97일 동안 2,700㎞를 걸어 영국에 사는 할머니를 만났다. 로미오는 코로나19로 비행기와 배편이 모두 끊기자 영국까지 걸어가겠다고 했다. 아버지는 펄쩍 뛰며 만류했지만 고집을 꺾지 못했다. 결국 소년은 아버지와 함께 시칠리아 섬을 출발해 독일과 프랑스를 거쳐 영국에서 할머니를 만났다. 로미오는 "할머니를 꼭 안아드리고 싶었다. 그것만으로도 이 여행의 가치는 충분했다"고 했다. 석 달 넘는 걷기 여행을 통해 소년은 훌쩍 자랐을 게 분명하다.

기자 출신 작가 베르나르 올리비에(Bernard Ollivier, 1936~)는 도보 여행자들에게 전설이다. 그는 30년간 치열한 기자 생활을 마친 1999년, 예순 둘이라는 적지 않은 나이에 새로운 길에 올랐다. 올리비에는 터키 이스탄불(Istanbul)을 출발해 중국 시안(西安)까지 실크로드 1만 2,000㎞를 걸어서 횡단했다. 그는 출발 전 원칙을 세웠다. 어떤 일이 있더라도 걸어갈 것, 서두르지 말고 느리게 갈 것, 사진 없이 오직 글로만 꼼꼼하게 기행문을 담아낼 것 등이다.

그렇게 베르나르는 혼자 4년여를 걸었다. 그 결과물은 도보 여행자들에게 바이블로 회자되는 〈나는 걷는다〉(전 3권)이다. 한 권당 분량은 440여 페이지에 달한다. 걷기만 하는데 무슨 할 이야기가 많을까 싶다. 그는 1권 아나톨리아 횡단, 2권 머나먼 사마르칸트, 3권 스텝에 부는 바람까지 3권으로 엮었다. 사진 한 장 없는 두꺼운 책이지만 술술 읽힌다. 몸으로 쓴 여행서인 까닭이다. 그는 "도보 여행의 결과는 정직하다. 몸 전체를 던지는 일이다."고 했다. 또 "혼자 걷는 건 자기 일부를 만나고 안락함에서 해방시킨다."라며 걷기 예찬을 늘어놓았다.

서명숙이란 여자가 있다. 그 또한 22년에 걸친 기자 생활을 마감하고 길 위에 섰다. 그는 '카미노 데 산티아고(Camino de Santiago)'를 걸었다. 카미노 데 산티아고는 예수의 12제자 중 야고보(Jakobus) 행적을 따라 걷는 길이다. 프랑스 남부 생장피에드포르(St. jean pied port)에서 시작해 스페인 북부를 가로질러 대서양까지 800km에 이른다. 서명숙은 이 길을 한 달 보름여 걷고 고향 제주에 돌아가 '올레길'을 냈다. 산티아고에서 만났던, 한 영국 여자가 "당신은 당신 나라로 돌아가 당신의 길을 만들어라. 나는 나의 길을 만들겠다."는 말에 자극 받았다고 한다. 제주 올레는 26개 코스, 425km에 달한다. 제주 관광객 가운데는 올레길만 걷기 위해 찾는 이들도 적지 않다. 제주 올레는 바다나 한라산 중산간, 또는 돌담이나 유채 밭 사이를 걷는 맛이 일품이다. 제주 올레는 일본 규슈 올레로 이어졌다. 백제와 조선시대 문물이 일본으로 전했듯 제주 올레길 또한 규슈로 건너갔다.

'카미노 데 산티아고'에서 카미노는 스페인어로 길이다. 또 산티

(Saint)는 성인(聖人)을 뜻하니 '카미노 데 산티아고'는 '성인 야고보의 길'이다. 그러나 종교적 이유가 아니라도 매년 세계 각지에서 수많은 이들이 찾는다. 사람들은 길 위에서 자신을 돌아보고, 주변을 정리하고, 앞으로 삶을 설계하며 지혜와 위안을 얻는다. 지금은 산티아고 순례길 정보가 넘쳐나지만 20여 년 전만 해도 그렇지 않았다. 인터넷에서 산티아고 순례 길을 검색하면 20여 권에 달한다. 이 가운데 6~7권을 읽었다.

산티아고 순례 길은 도보여행자 사이에 버킷 리스트다. 산티아고 순례 길을 알게 된 건 2002년 〈아름다운 고행 산티아고 가는 길〉 덕분이다. 저자는 나와 고향이 같다. 화가인 그는 60여 일 동안 산티아고를 걸으며 아름다운 풍광을 스케치로 옮겼다. 책은 맛깔스러운 글과 사진, 그리고 스케치로 구성돼 있다. 책을 읽으면 산티아고를 걷는 착각에 빠진다. 나도 언젠가 기자를 그만 두면 산티아고 순례 길을 걷겠다고 다짐했다. 언론사를 떠난 지 7년여가 흘렀지만 아직 실행에 옮기지 못했다.

책장에는 순례 길과 관련된 다른 책도 여러 권 있다. 그 가운데 '회복과 치유의 길, 일본 시코쿠 88사(寺) 순례기'라는 부제가 붙은 〈일생에 한 번은 순례여행을 떠나라〉와 〈일본의 걷고 싶은 길〉, 그리고 〈걷는 것이 쉬는 것이다〉가 눈길을 끈다. 앞의 두 권은 일본 순례 길을, 〈걷는 것이~〉는 우리나라 길을 소개했다. 〈일생에 한 번은~〉은 세계 문화유산에 등록된 일본 시코쿠(四國) 88개 사찰을 도는 1,200㎞ 순례 길이다. 명상하기에 좋은 길이다.

책을 읽으며 "언젠가는, 언젠가"는 하고 다독였다. 그러나 마음처럼 쉽지 않다. 산티아고 순례 길을 알게 된 지 20여 년이 흘렀지만 아직도 다녀오지 못했다. 시코쿠 순례 길도 10여 년 전 알았지만, 지척에 두고도 실행에 옮기지 못했다. 번거로운 일상을 핑계 삼지만, 실은 결행할 용기가 모자란 까닭이다. 우리나라 길도 제대로 걷지 못하고 있음은 게으름 때문이다.

10여 년 전, 다녀온 페루 여행은 아쉬움이 많다. 쿠스코와 마추피추는 다녀왔지만 잉카 트레일(Inca Trail)을 걷지 못해 두고두고 미련으로 남아 있다. 잉카 트레일은 쿠스코에서 마추픽추까지 45㎞에 이르는 산길이다. 길은 높이 4,198m 고산을 통과하는 세계에서 널리 알려진 트레킹 코스 중 하나이다. 이 길은 잉카 인들이 스페인 군대 추격을 피해 마추픽추로 쫓겨 간 고난의 길이다. 잉카 트레일은 먹을 것과 텐트, 침낭을 챙겨 3박 4일 동안 걷는다. 많은 사람이 몰리자 페루 정부는 연간 제한된 인원에게만 허가하고 있다. 당시 바듯한 일정 때문에 잉카 트레일 대신 기차로 마추픽추를 다녀왔다. 몇 년 뒤, 잉카 트레일을 걸었다는 후배와 대화하면서 부러움과 아쉬움이 교차했다.

나도 언젠가는 베르나르 올리비에나 서명숙처럼 나만의 길을 걷고 싶다. 모든 것을 내려놓고, 몸을 던져 한 발 한 발 내딛는 감동을 맛보고 싶다. 다녀와 그들처럼 멋진 도보 여행 책도 쓰고 싶다. 사람마다 꿈꾸는 일은 다르겠지만, 자신만의 길을 걷는 사람은 많지 않기에 그들을 보면 행복하다. 그런 사람들에게는 빛이 난다.

## 열린 생각, 겸손한 여행

해외에 다녀올 때마다 지인들은 묻는다. 이번에는 어디를 다녀왔냐고. 그때마다 별 생각 없이 다녀온 나라를 말했다. 한데 언제부터인지 정확한 답은 아니라는 생각에 미쳤다. 코끼리 다리 만지기나 다름없는 엉성한 답에 지나지 않는다는 생각에서다. 러시아와 중국, 미국, 캐나다, 브라질, 카자흐스탄은 우리나라 수십 배 크기다. 특정 지역을 다녀온 뒤 그 나라를 다 아는 것처럼 떠벌이는 건 민망하다.

다녀온 도시를 구체적으로 말하는 게 그나마 근접하다. 예를 들면 이렇다. 중국 베이징, 미국 뉴욕, 러시아 상트페테르부르크, 멕시코 칸쿤, 스페인 세비야, 우즈베키스탄 사마르칸트라고 해야 구체화된다. 그럴 때 비로소 말하는 사람도 듣는 이도 쉽게 머리 속에 그릴 수 있다. 아무리 작은 나라일지라도 여행객에게는 주마간산일 수밖에 없다. 땅덩어리 크기와 관계없이 수천 년, 수백 년 켜켜이 쌓인 역사와 문화가 녹록치 않기 때문이다. 과장은 여행자들 심리다. 지나치면 객관적 판단을 해치고 잘못된 선입견을 심어주기에 조심해야 한다. 나 또한 이런 비판에서 자유롭지 못하다. 그동안 어설픈 지식과 알량한 정보를 바탕으로 다녀온 나라를 말했던 건 아닌지 염려된다. 글쓰기를 밥벌이 수단으로 삼기에 팩트를 챙기고 균형을 유지하려 애쓰지만 한계는 있다. 단순한 여행 후일담에 그치면 다행이지만 활자화될 때는 신중해야 한다.

단편적인 경험을 부풀려 왜곡된 정보를 전달하는 경우가 가장 위험하다. 인터넷에는 엉터리 정보와 정제되지 않은 글이 넘친다. 허접한 정보를 바탕으로 그 나라를 재단하고 전달하는 과정에서 가짜뉴스가 생산된다. 다른 한편 강대국 관점에서 형성된 프레임에 의존하다보면 편견을 갖게 된다. 중국과 러시아, 이슬람권 국가에 대한 편향은 좋은 예다. 모두 미국이라는 창을 통해 바라보기 때문이다. 미국에 적대적인 나라는 우리에게도 적대적이라는 생각은 바람직하지 않다.

올해 초 아랍에미리트(UAE)를 방문한 윤석열 대통령 발언도 이런 맥락에 있다. 윤 대통령은 아크부대 장병들을 만난 자리에서 "형제 국가인 UAE 안보는 우리 안보"라며 "UAE에 가장 위협적인 국가는 이란이고 우리 적은 북한이다"고 했다. UAE와 친근감을 표시한 것까지는 좋았다. 한데 이란을 적이라고 규정한 건 실언이다. 당장 이란 외무부는 해명을 요구했다. 우리 정부는 오해라고 했지만 파문은 한동안 계속됐으니 사려 깊지 못했다.

우리는 미국 문화권에서 교육받고 성장했다. 이 때문에 미국이 만든 창에 의지해 바라보는데 길들여져 있다. 역사는 승자의 기록이다. 세계 최강대국 미국이 자신들과 불편한 관계에 있는 중국과 러시아, 이슬람 문화권을 객관적으로 평가할리 없다. 편견과 왜곡, 적대감은 필연적이다. 나 또한 미국이 만든 관점을 별다른 비판 없이 받아들였던 게 사실이다. 처음 러시아를 방문하던 20여 년 전, 인터넷에서 관련 정보를 뒤졌다. 극우 스킨헤드(skinhead)족에 의한 동양인 테러로 도배돼 있었다. 그렇지 않아도 공산주의 국가에 대해 막연한 공포감을 갖고 있던 차에 두려움으로 다가왔다. 우리 세대에게 러시아는 음습한 '쏘비에트공화국(쏘련)'으로 각인돼 있다. 하지만 내가 만난 러시아는 코끝을 아리는 추위와 함께 매력적인 나라였다.

세계적인 문호 톨스토이(Tolstoi)와 도스토옙스키(Dostoevskii), 푸시킨(Pushkin), 막심 고리키(Maksim Gorkii)를 비롯해 걸출한 음악가 스트라빈스키(Stravinsky)와 프로코피예프(Prokofiev), 쇼스타코비치(Shostakovich), 하차투리안(Khachaturian), 라흐마니노프(Rachmaninov), 차이콥스키(Tchaikovsky)까지 예술과 문학이 강처럼 흐르는 나라다. 거리에서 만난 대부분 시민들은 정치인과는 달랐다. 그들은 우리와 같이 희로애락을 느끼고 꽃과 문학과 춤과 음악을 사랑했다. 톨스토이 문학이 얼마나 인간적인가 떠올리면, 러시아 민족성을 짐작할 수 있다. 스킨헤드족 테러는 극히 일부다. 그것은 러시아를 대표하는 이미지가 아닐 뿐더러, 그래서도 안 된다.

언젠가 경기도에서 외국인 관광객을 대상으로 한 퍽치기 사건이 보도됐다. 만일 그 외국인이 돌아가 한국은 강도가 판치는 나라라고 한다면 동의할 수 있을까. 한국은 세계에서 가장 치안이 안정된 나라이니 당연히 동의하기 어렵다. 앙숙 관계에 있는 이란과 이스라엘에 대한 편견도 마찬가지다. 미국적 사고에서 보자면 이란은 '악의 축', 이스라엘은 '혈맹'이다. 하지만 그게 진실일까. 내가 경험한 이란과 이스라엘은 이런 선입견에서 한참 비켜나 있다.

이란은 찬란한 문화유산을 간직한 민족이다. 따뜻한 성정(性情)은 우리와 똑 닮았다. 게다가 페르시아 제국 후예라는 자긍심도 높다. 이스라엘은 전쟁이 나면 해외에 있던 국민들까지 귀국하는 애국심 강한 나라로 인식돼 있다. 하지만 다른 부분에서는 실망스럽다. 그들은 주변 국가를 관용으로 대하기보다 폭력을 일삼는다. 국가주의에 기대어 비무장 팔레스타인 민간인을 무차별 학살하는 독선적인 민족성을 지니고 있다. 예수의 가르침은 이 땅에서 무색하다. 물론 내가 만난 이란과 이스라엘 역시 일면에 불과하다. 핵심은 한 사람에게도 여러 이미지가 중첩돼 있듯, 한 나라에도 다양한 관점이 있다는 것이다. 자신이 접한 일면만 옳다며 고집한다면 독선으로 흐르기 쉽다.

최근 쓰촨성에 거주하는 지인이 서울을 다녀갔다. 그와 밀린 이야기를 나누며 쓰촨성 청뚜를 떠올렸다. 코로나19 이전에는 청뚜를 여러 차례 다녀왔다. 중국은 우리나라 96배 크기다. 쓰촨성 인구만 9,000만 명, 한반도 전체보다 많다. 이런 중국에 대해 어설픈 지식을 늘어놓는 건 장님 코끼리 만지기와 같다. 이와 함께 중국 경제만으로 추켜세우는 것 또한 무리다. 급속한 경제성장은 이면에 감춰진 인권 유린과 환경문제, 짝퉁 논란을 함께 읽어야 한다. 열린 생각, 겸손한 마음은 세상을 들여다보는 창이다.

# 세상의 중심,
# 세상의 끝

사람들은 자신이 있는 곳을 중심으로 사방을 가늠한다. 내가 서 있는 곳에서 어림해 보는 상상은 흥미롭다. 이정표는 이 같은 호기심을 반영한다. 유라시아 최서단 포르투갈 카보다로카와 아메리카 대륙 최남단 티에라델푸에고섬에도 거리 이정표가 있다. 티에라델푸에고 우수아이아(Ushuaia) 이정표는 이렇다. 부에노 아이레스 3,040*km*, 파리 13,300*km*, 마드리드 12,200*km*, 베를린 14,000*km*, 뉴욕 10,600*km*, 베이징 18,323*km*다. 서울 남산과 가평 남이섬에도 거리 이정표가 있다. 남산에서 평양은 196*km*로 지척이다. 방콕 3,720*km*, 뉴욕 10,600*km*, 마드리드 12,200*km*, 베이징 18,323*km*다. 동남아시아 관광객이 많이 찾는 남이섬은 동남아시아 주요 도시를 표기하고 있다. 마닐라 2,650*km*, 비엔티엔 3,270*km*, 도쿄 1,110*km*, 홍콩 2,136*km*, 앙카라 7,780*km* 등이다.

2009년 미국 WBC 세계야구선수권대회에서 화제가 된 장면이 있다. 결승에서 일본을 이긴 한국 선수들이 그라운드에 태극기를 꽂았다. 우리 선수들은 어깨를 두르고 승리를 자축하며 경기장에 태극기를 세웠다. 세계 야구팬들에게는 이색적인 광경이었다. 2008년 베이징(北京) 올림픽 우승 당시도 비슷한 광경이 연출됐다. 세계인들에게 경기장 바닥에 국기를 꽂는 퍼포먼스는 쉽게 이해되지 않았다. 우리 선수들이 태극기를 꽂은 건 여기가 우리 땅이라는 치기어린 행위를 넘어선 소리 없는 아우성이었다. 그것은 이 분야에서만큼은 우리가 세상의 중심이라는 선언이다.

미국은 야구 본가다. 미국인들에게 야구는 생활이다. 메이저리그에서 활동하는 선수들 가운데 몸값만 수백억 원대에 달하는 선수도 부지기수다. 미국에서도 LA다저스 구장은 꿈의 그라운드다. 박찬호와 류현진 선수가 이곳을 무대로 뛰었다. 한국 대표팀은 2009년 LA다저스 구장에서 세계 최강 미국과 일본을 상대로 우승했다. 야구 인프라가 탄탄한 이들을 상대로 한 기적 같은 승리였다. 그라운드에 휘날리는 태극기는 우리가 최강이라는 몸짓이다. 당시 한국 선수들 전체 몸값은 76억 원이었다. 반면 미국 선수들은 1,148억 원이었다. 돈으로만 따진다면 15대 1 격차였다. 그런데도 우리 선수들은 미국 메이저리그를 초토화시켰다.

세계를 다니다 보면 세상의 중심, 세계의 배꼽, 세계의 자궁을 의미하는 상징물과 지명을 만난다. 중국(中國)은 문자 그대로 '가운데 나라'다. 중국은 오랫동안 자신들이 세계 중심이라고 믿었다. 중화(中華) 사상은 중국이 으뜸이라는 자부심을 담고 있다. 이는 주변 나라는 무식하고, 길들여지지 않은 오랑캐라는 배타적 사고로 이어졌다. 그들은 자신을 중심으로 동이(東夷)와 남만(南蠻), 북적(北狄), 서융(西戎)으로 불렀다. 모두 오랑캐, 야만인이라는 뜻이다. 자신들만 문명화된 나라

일 뿐 나머지 주변 지역은 죄다 오랑캐였던 셈이다.

근대 산업사회가 도래하기 전까지 중국은 세상의 중심이었다. 반면 유럽은 중세 암흑기에 있었다. 중국은 종이와 화약, 나침반을 세계 최초로 발명했고 스페인과 포르투갈 대항해 시대보다 90년 앞서 대양을 누볐다. 1405년 명나라 환관 정화(鄭和)는 대규모 함대를 꾸려 동남아시아와 중동, 아프리카까지 나갔다. 기록에 따르면 16년 동안 7차례에 걸쳐 말레이시아 참파에서 페르시아 호르무즈, 아프리카 소말리아 모가디슈까지 다녔다. 청나라 말기 스스로 정화 함대를 뒤엎었지만 당시까지만 해도 중국은 세상의 중심이었다. 문명과 문화는 중국에서 나왔고, 유럽은 중국이 이룬 성과를 토대로 개화했다. 중국이 세상의 중심이라고 외칠 만한 충분한 이유가 있었다.

잉카제국(15~16세기) 또한 라틴아메리카 최고 문명을 자랑했다. 수도 쿠스코는 '세상의 배꼽'이라는 뜻이다. 잉카인들은 자신들을 세상의 중심으로 여겼다. 아폴론(Apollon) 신전으로 유명한 그리스 델피(Delphi)도 세상의 중심을 뜻한다. 제우스는 독수리 두 마리를 날려 보냈다. 각기 다른 방향으로 날아간 두 마리 독수리는 세상을 한 바퀴 돌아 그리스 델피에서 만났다. 델피 입구에는 유네스코에서 세운 '델피, 세상의 배꼽'이라는 표지판이 있다. 또 델피 신전에 있는 '옴파로스' 돌은 배꼽을 뜻한다. 고대 그리스인들은 델피를 대지의 자궁이자 중심, 배꼽으로 인식했다.

호주 울룰루(Uluru, 1987년 유네스코 세계유산) 바위도 마찬가지다. 울룰루는 원주민 말로 '세상의 배꼽'이다. 애버리진 원주민들은 울룰루를 세상의 배꼽으로 숭배했다. 울룰루는 높이 348m, 둘레 9.4㎞로 세계에서 가장 큰 바위다. 울룰루 앞에 서면 누구라도 세상의 배꼽이라는 주장에 동의하게 된다. 황량한 벌판 한가운데 바벨탑처럼 우뚝 솟은 붉은 바위를 대하면 경이롭다. 일본 영화 〈세상의 중심에서 사랑을 외치다〉를 이곳에서 촬영했다. 지금 봐도 놀라운데 인식이 제한됐을 고대 원주민들에게 울룰루는 지성소였다.

칠레 이스터섬(Easter Island)과 히말라야(Himalaya)도 그렇다. 칠레 산티아고에서 3,790㎞ 떨어진 이스터섬은 '세상의 중심'이란 뜻이다. 섬은 117㎢에 불과하지만 원주민들은 자신들이 도달할 수 있는 인식 범위 안에서 세상의 중심으로 여겼다. 히마(Hima, 눈)와 알라야(Alaya, 머무는 곳) 합성어 히말라야도 지구의 배꼽이다. 이곳 셀파(sherpa)들은 히말라야를 천국의 중심, 지구의 배꼽, 세상의 심장으로 알고 있다.

지구는 둥글기에 어느 곳이나 중심이다. 자신이 서 있는 곳을 세상의 중심이라고 생각하면 어느 곳인들 소중하지 않을 이유가 없다. 세상의 중심은 마음먹기에 달렸다. 지구촌 어디든 한국이 우뚝 선다면 그곳이 중심이다. 미국 소설가 헨리 베스톤(Henry Beston)은 매사추세츠(Massachusetts)주 케이프코드(Cape Cod)를 세상의 끝이라고 했다. 그는 이곳에서 생활한 경험을 토대로 『세상 끝의 집』이라는 소설을 발표했다. 결국 '세상의 중심'과 '세상의 끝'은 우리 마음속에 있다. 내가 서 있는 곳이 세상의 중심이자 끝이다.

# 꿈꾸는 창고, 영화

한국 영화와 드마라가 강세다. 영화 〈기생충〉은 많은 최초 기록을 작성했다. 칸영화제 황금종려상과 미국 아카데미, 영국 아카데미, 세자르상까지 휩쓸었다. 콧대 높기로 이름난 아카데미는 〈기생충〉에 작품상과 감독상 등 4관왕을 선사했다. 국내 천만 관객 돌파와 글로벌 흥행에도 성공했다. 해외에서 벌어들인 돈만 2억 달러(한화 2,800억 원)에 달했다. 드라마 넷플릭스 〈오징어 게임〉도 대박쳤다. 제작비 254억 원을 들여 1조 원 이상 경제적 가치를 올렸다. 〈오징어 게임〉은 개봉 첫 17일 만에 1억 1,100만 가구가 시청하면서 오징어 게임 신드롬을 촉발했다. 미국 에이미는 74년 역사 최초로 비영어권 작품에 감독상과 남우주연상을 선물했다. 최근에는 〈수리남〉과 〈카지노〉가 심상치 않은 움직임을 이어가고 있다.

영화는 꿈꾸게 하는 힘이 있다. 누구나 어린 시절 봤던 영화에 대한 강렬한 기억을 간직하고 있다. 제목은 잊었어도 어두컴컴한 영화관에서 가슴 졸이며 봤던 흥분과 설렘은 지금도 생생하다. 학창 시절 단체 관람은 일탈을 꿈꿨던 모두에게 짜릿한 추억으로 남아 있다. 여학생들과 조우를 상상하며 영화관 로비를 어슬렁댔던 기억도 선명하다. 지금 생각하면 별것도 아닌 줄거리에도 소리치고 열광했다. 또 안타까운 사연에 공감하며 눈물 쏟았다.

40여 년이 흘렀음에도 줄거리와 배경음악이 떠오르는 영화가 있다. 인도 영화 〈신상(神象)〉과 한국 영화 〈들국화는 피었는데〉다. 둘 다 초등학교 3~4학년 때 단체 관람했다. 초등학교 3~4학년이면 때 묻지 않은 순수했던 시절이다. 영화를 보면서 많은 눈물을 쏟았다. 무엇이 그리도 슬펐는지 돌이켜보면 그 시간이 그립다. 1971년 제작한 〈신상〉은 코끼리와 인간 사이 신뢰와 우정, 교감을 그린 영화다. 단순한 줄거리임에도 코끼리가 죽자 펵이나 울었다. 〈들국화는 피었는데〉는 지금 기준으로 보면 반공의식을 고취할 목적에서 만든 '국뽕' 영화다. 영화진흥공사는 국군과 공산군을 대비시키며 선전용으로 영화를 제작했다. 줄거리는 식상하고, 영상 미학 따위와는 거리가 멀다. 그럼에도 공산군이 쏜 총탄에 쓰러지는 '국군 아저씨(?)'가 안쓰러워 또 울었다. 포탄 파편이 튀는 가을 산등성 위로 핀 하얀 들국화가 선하다. 그때는 또래들과 어울려 영화를 본다는 자체가 즐거웠다.

어른이 되어 좋은 것 중 하나는 보고 싶은 영화를 맘껏 볼 수 있다는 것이다. 〈시네마 천국〉부터 시작해 〈벤허〉, 〈인생은 아름다워〉, 〈글루미 선데이〉, 〈라스트 모히칸〉, 〈쇼생크 탈출〉, 〈가을의 전설〉, 〈박하사탕〉, 〈공동경비구역〉, 〈축제〉, 〈와이키키 브라더스〉는 5~6번씩은 봤을 만큼 아끼는 영화다. 이 영화들을 보면 굳이 의식하지 않아도 가슴이 젖는다. 〈인생은 아름다워〉에서 주인공 '귀도'의 우스꽝스러운 걸음걸이는 아들을 위한 희생임을 알기에 슬프다. 대사 한마디, 얼굴 표정, 몸짓 하나까지 세밀화 그리듯 훤하다. 기회가 된다면 또 보고 싶다.

영화는 꿈꿀 수 없는 것을 꿈꾸게 하며, 가질 수 없는 것을 갖게 하고, 사랑할 수 없는 사람을 사랑하게 하는 매력이 있다. 기자 시절에는 좋은 작품을 볼 수 있다면 가리지 않고 발품을 팔았다. 독립영화제를 지향하는 전주국제영화제는 개인적으로 취향이 맞았다. 영화제 기간 매일 두세 편 이상 봤으니 미쳤다고 해도 과언 아니다. 전주국제영화제는 권력과 자본에 맞서 매회 울림 있는 작품을 올렸다. 많은 이들에게 찬사를 받으며 지향점을 분명히 했다. 박근혜 정부 때는 〈노무현입니다〉와 세월호 관련 작품을 상영해 정권과 불화했다.

개인적으로 한국 영화 가운데 최고로 꼽는 〈와이키키 브라더스〉도 전주국제영화제에서 만났다. 영화는 볼 때도 슬펐고 영화관을 나선 뒤에도 한동안 먹먹했다. 천박한 자본주의를 앞세운 갑질 속에 파묻힌 소시민의 애환과 심수봉의 〈사랑밖에 난 몰라〉가 절묘하게 배합된 영화다. 50대 중반에 들어선 내게 〈와이키키 브라더스〉는 바로 내 이야기였다. 이후 애창곡도 〈사랑밖에 난 몰라〉로 바뀌었다.

전주국제영화제는 상업영화관에서는 만나기 어려운 제3세계 영화를 접할 수 있다. 자본으로 분탕질한, 폭력과 섹스가 난무하는 할리우드 영화가 아니라 우리를 돌아보게 하는 깊이 있는 작품들이다. 식단으로 비유하자면 기름기 뺀 담박한 영혼이 깃든 레시피다. 무엇보다 라틴아메리카를 비롯한 제3세계 영화를 마음껏 볼 수 있다는 점에서 만족도 높다. 라틴아메리카는 착취와 식민 지배의 역사가 있고, 학살당한 인디오들의 슬픔이 진행형이라는 점에서 공감 영역이 넓다. 2011년 로카르노영화제 대상작 〈문과 창을 열어라〉와 같은 걸작도 전주국제영화제에서만 볼 수 있었다.

10여 년 전, 배우 안성기와 이병헌은 미국 할리우드 '그라우맨스 차이니스 시어터(Grauman's Chinese Theater)' 명예의 광장에서 핸드프린팅을 했다. 차이니스 극장 앞 광장에는 200여 명에 달하는 할리우드 스타들의 핸드프린팅이 있다. 아시아 배우 가운데는 안성기와 이병헌이 처음이었다. 중국인으로는 오우삼(嗚宇森)도 있지만 그는 배우가 아닌 〈영웅본색〉을 제작한 감독이다. 한국 영화는 그때부터 세계가 인정할 만큼 경이로운 성취를 보여주고 있다. 지난해 말, 배창호 감독(70) 데뷔 40주년을 기념한 '배창호 감독 특별전'에 나타난 안성기는 우리를 슬프게 했다. 부은 얼굴에 가발을 쓴 그는 2년째 혈액암 투병 중이라고 했다. 젊은 날 우리를 웃고 울렸던 그도 어느덧 70줄에 들어섰고, 죽음을 앞두고 있다.

〈시네마천국〉에서 10살짜리 토토에게 영사실은 세상의 전부였다. 그는 영사실에서 아버지 또래 알프레도와 함께 꿈을 키웠다. 알프레도가 영화관 밖 건물 외벽에 영사기를 쏘아 마을 주민들이 영화를 볼 수 있도록 배려한 장면은 아름답다. 시칠리아섬, 작은 마을 주민들에게도 영화는 일상의 고단함을 잊게 하는 통로였다. 중년이 되어 고향을 찾은 토토는 먼지 쌓인 영사실에서 조각 필름을 발견하고 눈시울을 붉힌다. 알프레도는 누구보다 자신을 지지하고 이해해줬다. 고향을 떠나는 날, 알프레도는 "네가 영사실 일을 사랑했던 것처럼 무슨 일을 하든 네 일을 사랑하라"며 토토를 격려한다. 알프레도를 연기했던 필립 느와레는 2006년 11월 76세 나이로 세상을 떠났다. 사람은 가도 예술은 남는다.

# 운명의 파두(Fado)

지난겨울, 남부 지방은 폭설 소식으로 요란했다. 전북 순창과 정읍, 임실 지역은 50~60cm 눈으로 고립됐다. 제주 한라산에도 많은 눈이 쌓였다. 모처럼 제주를 찾은 관광객들은 폭설과 강풍으로 발이 묶였다. 설 연휴 기간에는 기록적인 한파로 전국이 꽁꽁 얼어붙었다. 서울 지역 수은주는 영하 18도, 체감온도는 25도까지 떨어졌다. 거리는 얼음 창고를 방불케 했다.

"고립됐다"는 뉴스를 듣다 문정희 시인의 〈한계령을 위한 연가〉를 떠올렸다. "한겨울 못 잊을 사람하고 / 한계령쯤을 넘다가 / 뜻밖의 폭설을 만나고 싶다. / 뉴스는 다투어 수십 년만의 풍요를 알리고 / 자동차들은 뒤뚱거리며 / 제 구멍들을 찾아가느라 법석이지만 / 한계령의 한계에 못 이긴 척 기꺼이 묶였으면 / 오오, 눈부신 고립 / 사방이 온통 흰 것뿐인 동화의 나라에서 / 발이 아니라 운명이 묶였으면." 사랑하는 사람과 고립을 자처한다는 건 지난 시간에 대한 헌사다. 시인은 사랑하는 사람도, 좋아하는 사람도 아닌 못 잊을 사람이라고 했다. 누구나 가슴속 깊이 품고 있을 그런 사람과 떠나는 겨울여행이라면 눈부시다.

가끔 마리자(Mariza)라는 모로코 태생 포르투갈 가수가 부르는 파두(Fado)를 듣는다. 또 멕시코 출신 트리오 로스 판초스(Trio Los Panchos)가 부르는 마리아치(mariachi)도 빼놓을 수 없다. 무엇보다 아르헨티나 국민 가수 메르세데스 소사(Mercedes Sosa)가 뿜는 열창은 최고다. 짙은 커피 향처럼 낮게 가라앉은 소사의 음색은 감미로우면서도 격동시키는 묘한 매력을 지녔다. 세 사람은 모두 제3세계 가수다. 구체적으로는 북아프리카와 라틴아메리카다.

라틴아메리카는 여러 면에서 우리와 닮은 점이 많다. 제국주의에 나라를 빼앗긴 식민 지배 기억을 공유하고 있다. 흔히 우리 역사를 소개할 때 900여 차례 침략을 견딘 민족이라는 말로 서두를 뗀다. 멕시코를 시작으로 페루와 칠레, 아르헨티나, 브라질로 이어지는 라틴아메리카 역사도 다를 바 없다. 한마디로 애잔하다. 스페인과 포르투갈 군대는 가톨릭과 총, 천연두를 앞세워 라틴아메리카를 짓밟았다. 이 와중에 원주민은 절멸되다시피 했다. 우리 민족 정서에서 '한(恨)'을 빼놓을 수 없듯 라틴아메리카 또한 '눈물'의 역사를 간직한 이유가 여기에 있다.

포르투갈을 대표하는 음악 '파두'는 애절함에서 깊이가 남다르다. 사람을 이끄는 그 무엇이 있다. 서정적 분위기를 지닌 파두는 '운명' 혹은 '숙명'을 뜻한다. 라틴어 '파툼(Fatum)'에서 유래했다. 대항해 시대, 포르투갈 남정네들은 목숨을 걸고 바다로 나갔다. 그들 가운데 상당수는 돌아오지 못했다. 여인들은 귀향을 기약할 수 없는 아버지와 남편, 오빠, 동생을 떠나보며 통곡했다. 또 주검으로 돌아온 그들을 위해 목 놓아 울었다. 파두는 떠나보내고 맞는 항구에서 포르투갈 여인들이 불렀던 노래다. 그래서 파두에는 향수와 동경, 슬픔이 뒤섞여 있다. 파두를 듣노라면 이런 감정들이 한꺼번에 흘러간다.

포르투갈은 스페인과 함께 15~16세기 대항해 시대를 열었다. 당시 수많은 배가 리스본(Lisbon)항을 떠났다. 그러나 불행하게도 엘도라도(El Dorado)를 찾아 떠난 선원 가운데 절반 이상은 돌아오지 못했다. 파두에는 바다를 항해하는 외로움과 향수, 그리고 여인들의 간절한 기다림이 녹아 있다. 아말리아 로드리게스(Amalia Rodrigues)는 파두를 세계적인 음악으로 끌어올렸다. 우수에 찬 그는 '파두'를 신들린 듯 불렀다. 피를 토하는 창법으로 가슴을 후볐다. 생전에 그녀는 포르투갈 최고 훈장인 산티아고 대십자 훈장을 받았다. 아말리아는 1999년 10월 6일 71세로 세상을 떠났다. 포르투갈 정부는 사흘간 공식 애도 기간을 갖고 그녀를 기렸다. 국민들도 아말리아를 보내며 함께 울었다. 대중 가수를 국장으로 예우할 만큼 포르투갈 국민들은 그녀를 사랑했다. 아말리아가 포르투갈 문화 예술과 현대 음악에 남긴 그늘은 넓다. MBC 주말 드라마 〈사랑과 야망〉에 삽입된 〈검은 돛배〉도 그녀가 부른 파두 음악이다.

앞서 소개한 마리자는 아말리아 맥을 이었다. 그녀 또한 깊은 음색과 호소력 있는 창법으로 넓은 사랑을 받았다. 리스본에 갔을 때 작은 레스토랑에서 파두 공연을 관람했다. 마침 가을이었다. 파두 공연은 가수와 기타, 비올라, 베이스 연주자 3~4명으로 구성된다. 머리가 희끗한 70대 기타리스트와 비올라 연주자 두 명, 그리고 50대 여가수는 혼신을 다해 연주하고 노래했다. 인생을 살 만큼 산 탓인지 그들이 선물한 파두는 깊은 여운을 안겼다. 연주를 끝낸 뒤 자신들이 노래한 음반을 판매하는 그들에게서 삶의 애잔함을 감지했다.

파두 공연은 '판소리'와 흡사하다. 판소리 공연 또한 인공적인 음향 장치를 배제한 채 창자(唱者)와 고수의 북 장단만으로 공연을 이끌어 간다. 또 애끓는 인간세사(人間世事)를 노래하는 내용까지 판소리와 파두는 닮았다. 우리가 판소리를 아끼듯 파두에 대한 리스본 시민들의 자부심과 애정은 각별하다. 영화 〈서편제〉는 판소리가 왜 훌륭한 음악인지 유감없이 보여준다. 안숙선 명창이 부르는 심청이 인당수에 몸 던지는 대목은 애절하다. 영화를 볼 때마다 눈시울이 붉어진다. 판소리 또한 파두처럼 영혼을 흔든다.

멕시코 출신 트리오 로스 판초스는 다소 낯설다. 하지만 기타 음악을 연주하는 이들에게는 꽤 명성 높다. 기타 명인 '세고비아(Segovia)'는 "그들은 또 다른 기타 음악의 정점을 보여 주었다"며 극찬했다. 로스 판초스의 음색 또한 우수 깊다. 이들의 음악성은 쿠바 음악을 전 세계에 알린 '부에나 비스타 소셜 클럽(Buena Vista Social Club)'에 비견된다. 세 명으로 구성된 로스 판초스는 각자 기타를 들고 멕시코 전통음악 〈마리아치〉를 세상에 알렸다. 1944년 결성된 원년 멤버가 사망한 이후 새로운 멤버들이 계속 뒤를 잇고 있다. 이렇듯 라틴아메리카 음악은 흥겨운듯하면서도 애절하다. 아픈 역사 때문이다. 제3세계 음악은 내가 만난 사람과 다녀온 땅을 기억하게 한다. 노래 속에는 라틴아메리카의 슬픔과 눈물이 배어 있다. 그래서인지 라틴아메리카 음악은 들을 때마다 애잔하다. 그 땅과 인디오 원주민의 애달픈 서사가 담겨 있다. 제국주의 식민 지배는 끝난 지 오래다. 하지만 라틴아메리카에는 다른 형태로 지배가 계속되고 있다. 좀처럼 제국의 그늘에서 벗어나지 못하는 라틴아메리카 운명이 안타깝다.

# 아르헨티나의 혼,
# 메르세데스 소사

메르세데스 소사(Mercedes Sosa) 이야기를 조금만 더해보자. 소사는 아르헨티나의 혼이다. 그녀가 부르는 노래를 듣다보면 영혼이 흔들리는 느낌을 받는다. 그 가운데 운명에 감사한다는 〈그라시아스 라 비다(*Gracias a la vida*)〉는 압권이다. 좁은 차안을 흔드는 소사의 힘 있는 목소리는 가슴을 저민다. '소사'의 음색은 깊은 가을 계곡을 닮았다. 때로는 눈 덮인 벌판을 떠올리게 한다. 그래서 가을과 겨울이면 으레 그녀를 찾는다. 아르헨티나에서 태어난 소사는 2009년 10월 4일 세상을 떠났다. 그녀는 생전에 아르헨티나를 넘어 라틴아메리카를 대표하는 민중가수로서 폭넓은 사랑을 받았다.

얼마 전 소사 음반을 꺼냈다. 아직은 꽃샘추위가 가시지 않아 바람 끝은 매서웠지만 그래도 어쩔 수 없는 봄이었다. 교외로 나가는 길, 차 안에서 소사를 들었다. 언제 들어도 흉내 낼 수 없는 목소리는 애절하면서도 힘찼다. 애절함과 힘차다는 상반된 어감을 동시에 표현할 수 있는 가수는 흔치 않다. 그녀는 그런 몇 안 되는 가수다. 2009년 10월, 아침 출근길에 소사의 부고 소식을 들었다. 언제나 우리 곁에 있을 것으로 생각했는데 떠났다고 생각하니 '또 하나 별이 졌구나.'하는 생각이 스쳤다.

돌아보니 2009년 그해에는 유난히도 많은 별들이 졌다. 김수환 추기경을 시작으로 노무현 대통령, 김대중 대통령, 마이클 잭슨에 이어 메르세데스 소사까지 많은 이들이 세상을 등졌다. 오랫동안 소사 목소리에 취해왔기에 그녀의 죽음은 멀게 느껴지지 않았다. 한 번도 만나지 못했지만 친근했다. 그녀는 소탈하면서도 편안한 얼굴을 지녔다.

처음 소사를 알게 된 건 1997년으로 거슬러 올라간다. 세 달여 브라질 체류 기간 동안 그녀의 노래를 수시로 접했다. 브라질과 인접한 볼리비아와 아르헨티나, 파라과이를 여행하면서도 '소사'에 대한 현지인들의 깊은 애정을 확인했다. 그녀는 혁명가 '체 게바라(Che Guevara)'와 함께 라틴아메리카를 상징하는 '별'이었다. 이과수(Iguassu) 폭포로 향하는 관광버스 안에서, 부에노스아이레스(Buenos Aires) 카페에서, 볼리비아 소금사막을 건너는 4륜 SUV지프에서도 소사 음악은 흘러나왔다. 노랫말은 이해할 수 없었지만 애절하면서도 호소력 짙은 목소리는 이방인을 흔들기에 충분했다.

브라질 체류 당시는 '메르세데스 소사'라는 이름이 독일 벤츠 자동차와 비슷하다고만 생각했다. 노래가 좋다고 생각만 하다 귀국한 뒤 잊고 지냈다. 수개월이 지난 어느 날, 제3세계 음악을 소개하는 KBS 라디오 음악 프로그램에서 소사의 노래를 다시 접했다. 잊고 지냈던 기억이 스치고 지났다. 곧장 음반 가게로 달려가 소사의 CD음반을 서너 장 골랐다. 이후 30여 년 넘게 골수팬으로 지냈다. 주변 지인들에게도 적지 않게 선물했다. 그녀는 양희은처럼 깊은 음색으로 많은 이들에게 사랑받는다.

내게는 '소사' 음반 두 장이 있다. 한 장은 망명 생활을 마치고 1982년 2월 18일 부에노스아이레스 오페라 극장에서 공연한 〈엔 아르헨티나(*En Argentina*)〉 실황 음반이다. 다른 한 장은 그녀의 노래 중 인기곡을 간추린 〈베스트 오브 메르세데스 소사〉이다. 많은 이들에게 소사 음반을 선물했고, 그때마다 선물 받은 지인들은 감탄했다.

그녀가 세상을 떠나던 날, 아르헨티나와 라틴아메리카는 진심으로 죽음을 슬퍼했다. 부에노스아이레스에서 열린 장례식에는 수많은 이들이 운집해 마지막 길을 함께했다. 당시 크리스티나 페르난데스(Cristina Fernandez) 아르헨티나 대통령도 참석했다. 그들이 '소사'라는 여가수를 얼마나 아끼는지 보여주는 장면이다.

아르헨티나 국민들이 소사를 높이 평가한 건 단지 노래를 잘 불러서가 아니다. 그녀는 힘들고 어두운 시절, 고통 받는 국민들과 함께 했다. 그녀는 목숨 걸고 노래한 투사이자 가슴 따뜻한 어머니 같은 존재였다. 소사는 프랑스 인 아버지와 케추아(Quechua) 인디언 어머니 사이에서 태어났다. 혼혈 메스티조(mestizo)로서 미모는 아니었지만 정신만은 높았고 가슴은 뜨거웠다.

소사는 열다섯 살 때부터 노래를 시작했고 성인이 되어 사회운동에 가담했다. '누에바 칸시온(Nueva canción, 새로운 노래)'을 주도했다. 라틴아메리카 전통음악에서 대중음악 원류를 찾고 음악을 통한 사회변혁을 꿈꾼 사회운동이다. 소사는 평생에 걸쳐 가난하고 억압받는 민중의 편에서, 정치적 자유와 경제적 평등을 위해 '목숨 걸고' 노래했다. 1970~1980년대 그녀는 노래로 군부독재에 맞섰다. 소사는 투옥과 석방을 거듭하다 1979년 영구 추방됐다.

그녀는 스페인에서 3년여 넘게 부초처럼 떠돌았다. 돈과 명성은 얻었지만 독재 치하에서 신음하는 고국이 떠나지 않았다. 소사는 망명 생활을 접고 억눌린 자와 함께 하기 위해 1982년 목숨을 걸고 귀국했다. 군부독재 살기가 가시지 않은 살얼음판 정국이었다. 부에노스아이레스 오페라 극장에 선 소사는 군부독재에 신음하는 이들을 향해 노래했다. 소사와 관중은 뜨거운 눈물을 흘리며 하나가 됐다. 당시 공연 실황을 담은 음반이 바로 명반으로 손꼽히는 〈엔 아르헨티나〉이다.

이날 무대에 선 소사가 고른 첫 노래가 〈그라시아스 라 비다〉였다. 노랫말은 두 눈과 두 발, 말과 글, 청각, 웃음과 눈물을 갖게 되어 고맙다는 내용이다. 소사와 청중들은 군부독재에 맞서 죽지 않고 살아남아 있음을 감사하며 뜨겁게 눈물 흘렸다. 아르헨티나 군사독재 당시 수많은 지식인들이 숨졌다. 비델라 군사정권은 '더러운 전쟁(Guerra Sucia)' 동안 3,000여 명을 재판 없이 처형했다. 또 수만 명이 실종되고 살해됐다. 이날 공연장은 다름 아닌 살아 있음을 자축하는 뜨거운 현장이었다.

앞서 언급했듯 아르헨티나 국민들에게 소사는 어두운 터널을 함께 지나온 동료로 기억된다. 실황 음반은 눈물과 환희, 그리고 공연장 숨소리까지 생생하게 담고 있다. 이제 소사는 가고, 그녀의 노래만 남았다. 지금도 라틴아메리카 시민들은 그녀를 '라틴아메리카의 어머니'라고 부른다. 라틴아메리카는 억압과 고통에 맞선 소사의 노래가 아직도 필요하다. 소사를 생각하며 양희은의 〈아침이슬〉을 들었다. 우리는 〈아침이슬〉이 필요 없는 시대에 살고 있나.

## "다시는 군주의 개가 되지 않겠다"

클래식 마니아는 아니라도 모차르트(Mozart, 1756년~1791년)를 모르는 사람은 없다. 서양 고전음악에 문외한이라도 모차르트를 비켜갈 수 없다. 모차르트 탄생 250주년을 맞은 2006년 잘츠부르크에 있었다. 유럽은 온통 탄생 250주년을 기념하는 음악축제로 부산했다. 그해 내내 모차르트가 태어난 오스트리아 잘츠부르크(Salzburg)는 물론이고 유럽은 모차르트 축제로 도배됐다. 천재 음악가를 기리는 행사는 오페라와 콘서트, 세미나, 미사, 퍼포먼스 등 잘츠부르크에만 500여 개에 달했다. 당시 오스트리아 관광청은 모차르트 상표 가치를 8조 8,000억 원으로 추산했다. 무엇보다 모차르트가 태어난 잘츠부르크는 '모차르트 효과'에 힘입어 톡톡히 재미봤다. 오스트리아는 그해 탄생 250주년을 기념해 300여 가지 축제를 개최해 1,500만 유로(약 180억 원)를 벌어들였다. 또 세계 각국에서 120만 명이 다녀간 것으로 집계됐다.

오스트리아 합스부르크 왕가는 한때 유럽을 호령했다. 비록 오늘날 영토와 영향력은 줄었지만 오스트리아는 여전히 강소국으로서 면모를 유지하고 있다. 한 걸음 나아가 모차르트를 자산으로 전 세계 음악인들에게 성지나 다름없는 지위를 누리고 있다. 모차르트가 활동했던 오스트리아 빈에는 그가 생전에 활동했던 흔적이 도처에 있다. 그 가운데 '음악가 묘역'은 빈을 방문한 여행객이라면 반드시 들린다. 중앙 묘지 한쪽에 조성된 음악가 묘역에는 모차르트를 비롯해 베토벤과 슈베르트, 브람스(Brahms), 요한 슈트라우스(Johann Strauss) 등 일세를 풍미한 음악가들이 몇 걸음을 사이에 두고 옹기종기 묻혀 있다. 그들은 죽어서도 외롭지 않다. 중앙 묘지는 시립 공동묘지다. 하지만 울창한 아름드리나무 나무숲과 조각 작품을 연상케 하는 묘비, 오솔길이 어우러져 잘 가꾼 저택의 정원을 연상케 한다. 그들은 공원묘지도 매력적인 관광 상품으로 만들었다.

모차르트가 위대한 건 천재적인 음악성과 함께 권력에 굴복하지 않은 자유로운 영혼 때문이다. 그는 종교권력이 주는 안정된 삶을 거부한 채 당당하게 자기 목소리를 냈다. 모차르트는 잘츠부르크 궁정 음악가 자리를 버리고 프리랜서 활동하며 황금기를 열었다. 권력의 단맛을 좇기보다 자유로운 영혼을 추구했다. 그는 위대한 음악가로 존경받지만 당대(當代)에는 궁핍한 삶에서 자유롭지 못했다. 그 결과 천재라는 명성이 무색할 만한 비참한 최후를 맞았다. 가난에 허덕이다 죽음을 맞았고, 시신은 시립 행려병자 보관소에서 실종됐다. 지금까지도 시신을 찾지 못해 모차르트 묘는 가묘다.

모차르트는 잘츠부르크 궁정악장 시절을 '군주 밑에서 종살이'로 여겼다. 그는 대주교와 사사건건 불화를 빚다 궁정악장 직에서 해고됐다. 모차르트는 당시 아버지에게 보낸 편지에서 "밥을 빌어먹더라도 다시는 군주 밑에서 종살이를 하지 않겠다. 그 일은 살아 있는 동안 잊히지 않을 모욕이었다"고 썼다. 그는 권력에 굴복하는 비루한 삶 대신 당당한 삶을 추구했다.

팀 로빈스(Tim Robbins)와 모건 프리먼(Morgan Freeman)의 연기가 돋보였던 〈쇼생크 탈출〉은 교도소라는 공간을 배경으로 제작된 영화 가운데 백미다. 팀 로빈슨(무기수)은 잘나가던 은행 간부에서 아내를 죽인 범인이라는 누명을 쓰고 교도소에 수감된다. 그는 교도소라는 공간에서 유·무형의 물리적 압력을 견디며 동료 재소자들에게 희망을 전한다. 폭력적인 교도소장에게 굴복하지 않고 끝내 탈출에 성공한다. 영화는 멕시코 앞 바다 어딘가에 있다는 섬에서 자유를 만끽하는 하는 장면으로 막을 내린다. 영화가 전하는 메시지는 어떤 경우에도 인간은 패배하지 않는다는 것이다.

영화에서 모차르트 〈피가로 결혼〉(편지의 이중창)이 교도소 마당에 울려 퍼지는 장면은 인상적이다. 팀 로빈스는 방송실 마이크를 통해 〈피가로의 결혼〉을 틀고, 그 대가로 독방 신세를 진다. 음악이 울려 퍼지는 순간 교도소는 시계바늘이 멈춘 듯 정적에 빠져든다. 재소자들은 뜻밖의 음악에 어리둥절해 하다 몽롱한 상상 속으로 빠져든다. 불과 2~3분에 지나지 않았지만 소프라노 여 가수의 촉촉한 음색은 메마른 재소자들 가슴을 적시기에 충분했다. 음악의 힘은 이렇게 강하다. 모차르트 음악은 여러 영화에서도 배경 음악으로 사용됐다. 〈쇼생크 탈출〉 외에도 〈엘비라 마디간〉 〈아마데우스〉 〈아웃 오브 아프리카〉 〈그린카드〉에도 모차르트 음악이 녹아 있다. 〈아마데우스〉와 〈아웃 오브 아프리카〉는 아카데미 작품상과 감독상을 휩쓴 명작이다. 〈아마데우스〉는 모차르트를 시기한 살리에르(Salier)의 질투가 주요 내용이다. 영화는 모차르트 영화답게 수많은 모차르트 곡이 수록돼 있다.

또 〈아웃 오브 아프리카〉는 가슴시린 사랑과 함께 클라리넷 5중주, 클라리넷 협주곡 선율이 오래도록 각인된 영화다. 광활한 아프리카를 배경으로 메릴 스트립(Meryl Streep)과 로버트 레드포드(Robert Redford)의 이루어질 수 없는 사랑에 빠진다. 영화는 내용만큼이나 배경음악이 아름답다. 탈영한 장교 씩스텐과 서커스단 단원 엘비라가 비극적 사랑을 나누는 〈엘비라 마디간〉 또한 모차르트 음악을 배경으로 했기에 한층 비극적이다.

오스트리아 잘츠부르크는 모차르트 도시다. 스페인 바르셀로나가 가우디, 폴란드 바르샤바(Warszawa)가 쇼팽(Chopin), 몽골 울란바토르(Ulaanbaatar)가 칭기즈칸 도시이듯 잘츠부르크는 모차르트와 동의어다. 이들 도시에 가면 그들이 얼마나 사랑받는지 알 수 있다. 그들이 남긴 그늘은 넓기도 하지만, 죽어서까지 후손들 호주머니를 채워주고 있다. 애정이 깊을 수밖에 없다. 폴란드와 몽골은 쇼팽과 칭기즈칸 얼굴을 고액 화폐에 새기고 수많은 관광 상품에도 이용하고 있다. 심지어 보드카 술병에까지 쇼팽과 칭기즈칸이 등장한다. 우리나라로 치면 조선시대 음악가 박연과 성웅 이순신 장군 초상을 술병에 사용하는 불경스런 짓이다. 하지만 그들은 일상생활 속에서 자랑스러운 영웅을 활용하고 수시로 만나고 있다.

모차르트는 비록 생전에는 주변과 불화했고, 가난은 떠나지 않았으며, 주검조차 미궁 속으로 사라졌지만 당당했다. 생계와 자존감 사이에서 모차르트는 자신을 지켰다. 모차르트 음악이 오랜 세월을 뛰어넘어 깊은 감동과 여운을 주는 건 "다시는 군주의 개가 되지 않겠다"고 했던 투명한 의지에 있다.

# 슈베르트 아르페지오네 소나타

므스티슬라프 로스트로포비치(Mstislav Rostropovich, 1927~2007)는 카잘스와 함께 가장 사랑받는 첼로 연주자다. 2007년 4월 28일 카자흐스탄 알마티를 출발해 러시아 모스크바로 향하는 아스타나 항공기 기내에서 그의 부음 소식을 접했다. 기내에서 제공한 〈인터내셔널 헤럴드 트리뷴〉은 로스트로포비치 사진을 1면에 실었다. 1989년 베를린 장벽 붕괴 당시 장벽 앞에서 연주하는 사진이었다.

독일 통일을 상징하는 베를린 장벽 앞에서 연주는 세계인들에게 깊은 감동을 안겼다. 무너진 돌담과 장벽에 올라 환호하는 이들을 배경으로 그는 첼로를 연주했다. 기사에 따르면 로스트로포비치는 프랑스 파리 집에서 베를린장벽이 무너졌다는 방송을 들었다. 당시는 망명생활 중이었다. 그는 개인 비행기를 갖고 있는 친구 도움으로 그해 11월 4일 베를린 장벽으로 날아갔다. 로스트로포비치는 낡은 의자에 앉아 무반주 첼로 모음곡 1번을 연주했다. 독일인들이 가장 좋아하는 바흐 작품이었다. 베를린 시민들 사이에서 로스트로포비치 연주는 베를린 장벽 붕괴 당시 레너드 번스타인의 베토벤 9번 합창 교향곡 지휘와 함께 회자되는 역사적 연주였다. 로스트로포비치가 20세기 최고 첼리스트로 기억되는 건 많은 이들에게 용기와 빛을 주었기 때문이다. 부음 기사는 3면으로 이어졌다. 담백했지만 로스트로비치가 남긴 족적을 자세히 전했다. 로스트로포비치는 일생을 국가권력에 맞섰다. 지휘자이자 작곡가이며 연주자인 그는 1927년 소련 연방 출신이다. 엄밀히 말하면 러시아에 반기를 든 아제르바이잔 수도 바쿠(Baku)에서 태어났다. 그는 반체제 인사로 낙인찍혀 소련 연방 시절 탄압 받았다. 냉전이 극에 달했던 1960년대 후반 역시 반체제 작가인 솔제니친(Solzhenitsyn)을 지지하고 은신처로 자신의 별장을 4년 동안 제공하기도 했다.

로스트로포비치는 1970년 언론과 정부를 상대로 사상의 자유를 촉구하는 공개서한을 보냈다. 반 전체주의 대열에 합류한 그는 음악가로서 많은 제약을 받았다. 끝내 국적을 박탈당했다. 1974년 강제 추방된 그는 오랜 망명길에 올랐다. 망명생활 16년째 되던 1990년 로스트로포비치는 국적 회복과 함께 고국에 돌아왔다. 고르바초프 정권 때다. 개혁개방을 표방한 고르바초프는 로스트로포비치 시민권을 회복시키고 국립교향악단에서 활동하도록 배려했다. 로스트로포비치는 뛰어난 기교와 곡 해석 능력으로 세계인을 사로잡았다. 러시아인들은 그에게 영광을 뜻하는 '슬라바(Slava)'란 애칭을 붙이고 각별히 사랑했다. 열정적으로 음악 활동을 펼치던 로스트로포비치는 투병 끝에 2007년 숨을 거두었다. 그의 나이 만 80세였다.

로스트로포비치 부음 기사를 장황하게 늘어놓은 건 각별한 인연 때문이다. 그와 처음 만난 건 대학 4학년 때다. 4학년 졸업반은 취업 준비 때문에 마음은 바쁘고 각박하다. 졸업과 함께 대책 없이 내던져질 사회에서 살아남기 위한 몸부림쳤다. 취업시험 준비에 짓눌린 젊은 육신은 늘 피곤했다. 새벽 별을 보며 나선 발걸음은 이슬 내린 늦은 밤까지 이어졌다. 도서관 한쪽 구석에서 눈이 부시도록 시린 신록을 곁눈질하며 스러지는 젊음을 억울해했다. 얼마 남지 않은 20대 청춘을 도서관에서 보내는 현실이 절망스러웠다.

그때 만난 음악과 여학생은 내게 생기를 불어넣었다. 역시 4학년 졸업반이었던 그녀는 풀기 잃은 나와는 달리 항상 활기찼다. 첼로를 전공한 그녀가 첫 만남에서 건넨 선물이 로스트로포비치가 연주한 슈베르트의 아르페지오네 소나타 CD 음반이었다. 휴일 어느 날 그녀는 나를 인적 드문 대운동장 스탠드로 데려갔다. 그리고 슈베르트의 아르페지오네 소나타를 흐느끼듯 연주했다. 처음 듣는 첼로 선율은 감미로웠다. 얼마 남지 않은 내 20대도 첼로 선율처럼 달콤하기를 기대했다. 이후 틈날 때마다 CD음반을 들었다. 어느덧 아르페지오네 소나타는 내가 가장 좋아하는 곡 중 하나가 됐다. 대학을 졸업하고, 사회생활을 하며, 또 결혼을 한 뒤 수차례 분실하기를 거듭했다. 그때마다 다시 구입했는데, 아련한 기억 때문이라고 헤아려 본다.

그 여학생과는 4학년 겨울 헤어진 뒤 지금까지 만나지 못했다. 사회생활을 하면서 흔적을 더듬어 보지 않은 건 아니지만 추억 속에 묻어두었다. 33년여가 흐르면서 이제는 기억조차 희미하게 빛바랬다. 그런 그녀는 모스크바로 향하는 기내에서 로스트로포비치 부음 기사를 통해 소환됐다. 부음 기사를 읽는 내내 대학시절을 떠올렸다. 돌아보면 불안과 설렘이 교차했지만 눈부시게 빛났던 청춘이다. 헤어질 당시 스물셋, 앳된 얼굴만 아련하다. 그녀도 이제는 50대 중반을 넘겼을 것이라고 생각하니 지나간 세월은 속절없다.

이창동 감독의 '박하사탕'은 좋아하는 영화 중 하나다. 대략 셈을 해도 다섯 번 넘게 봤을 듯싶다. 영화에서 남자 주인공 영호(설경구)는 첫사랑 순임(문소리)를 평생 가슴에 담고 산다. 그는 순임을 사랑하면서도 자신이 순수함을 잃었다는 자책감에서 떠나보낸다. 오랜 시간이 흘러 순임과 해후하지만 그때는 많은 것을 떠나보낸 뒤였다. 순임은 혼수상태에서 영호 목소리가 들리자 순간 눈물을 떨군다. 사랑하면서도 다른 삶을 살아야 했던 회한 때문이다. 보고 싶은 사람을 만났지만 너무 먼 길을 돌아온 안타까움이 느껴진다. 마지막 숨을 거두기 전, 촛불처럼 펄럭인 건 사랑이었다.

나도 한동안은 우연이라도 그와 조우하기를 바랐다. 만나면 그때 헤어짐은 오해였노라고 말하고 싶다. 하지만 다시 만난다 해도, 또 오해였다고 말한들 무슨 소용이 있을까 싶다. 설령 재회한다 해도 세월의 강을 거슬러 갈 수 없다. 피천득은 수필 『인연』에서 "그리워하는데도 한 번 만나고 못 만나게 되기도 하고, 일생을 못 잊으면서도 아니 만나고 살기도 한다. 아사코와 나는 세 번 만났다. 세 번째는 아니 만났어야 좋았을 것이다"고 했다. 곱씹을수록 가슴 아리다. 로스트로포비치와 아르페지오네 소나타로 연결됐던 내 인연도 이제는 먼 기억 속에서 희미한 불빛으로 가물거린다.

# 평화의 메신저, 존 바에즈

얼마 전, 카페에 들렀다 낯익은 음성에 마음을 빼앗겼다. 따뜻하며 호소력 짙은 존 바에즈(Joan Baez, 1941년~)였다. 그녀는 지난 시절 내가 아끼는 최고 디바였다. 오랜만에 들어도 존 바에즈는 여전히 매력적이었다. 그녀는 낮지만 호소력 있는 음색으로 어두운 시절 많은 이들을 하나로 묶었다. "사람은 얼마나 많은 인생을 살아야 사람다워질까. 흰 비둘기는 얼마나 많은 바다 위를 날아야 백사장에 편히 잠들 수 있을까. 전쟁의 포화는 얼마나 휩쓸어야 영원한 평화가 찾아올까. 친구여, 그건 바람이 알고 있다네. 그건 바람이 대답할 수 있다네." 베트남 전쟁의 참혹함을 고발한 밥 딜런의 〈*Blowin in the Wind*〉다.

요즘 세대에겐 낯설지만 우리세대에게 존 바에즈는 각별하다. 그녀는 인권 운동가이자 반전평화 운동가이기도 하다. 베트남 전쟁을 반대했고, 이 때문에 매카시(McCarthy) 광풍에 휩쓸려 공산주의자로 몰려 감옥에도 갔다. "나에게는 꿈이 있습니다"로 시작하는 마틴 루서 킹의 1963년 워싱턴 대행진부터 베트남 전쟁이 한창이던 하노이와 보스니아 내전 당시 사라예보, 군부독재가 기승을 부리던 아르헨티나, 그리고 2011년 '월 스트리트를 점령하라'는 뉴욕 시위 현장까지 그녀는 자신을 필요로 하는 곳이면 어디든 통 기타를 매고 달려갔다. 그의 노래는 콘서트홀에만 머물지 않고 분쟁지역과 갈등이 있는 곳에서도 울려 퍼졌다. 여든이 넘은 지금도 무대에서 노래하는 백발의 그녀는 여전히 강인하고 아름답다.

2016년에는 밥 딜런의 노벨 평화상 수상을 축하하는 글이 화제가 됐다. 그녀는 "노벨문학상 수상은 밥 딜런의 영원함을 알려주는 또 하나 걸음이다. 나는 그의 노래를 부를 때 가장 기뻤다"며 각별한 기쁨을 전했다. 존 바에즈와 함께 활동했던 밥 딜런, 존 레논, 카펜터스는 울림 있는 메시지를 전하는 음악인이다. 1960~70년대 어두운 시절 이들의 노래는 한줄기 빛이었다. 바에즈는 "음악이 전쟁터에서 생명의 편을 들지 않는다면 그 소리가 아름답다한들 무슨 도움이겠느냐"며 평화와 비폭력 메시지를 전하는데 열정을 바쳤다.

올해는 베를린 장벽 건설 63년째다. 동독과 서독을 가른 베를린 장벽은 1961년 8월 13일 건설됐다. 길이 156㎞ 장벽은 1989년 붕괴될 때까지 28년 동안 동독과 서독 사이에서 소통을 가로막았다. 많은 동독인들은 장벽을 넘다 목숨을 잃었다. 장벽 해체 이후 독일 통일은 급물살을 탔다. 베를린에 갔을 때 장벽 아래서 여러 생각을 했다. 콘크리트 담장을 사이에 두고 대립했던 이념은 도대체 무엇이었을까. 관광객들이 남긴 수많은 낙서 가운데 평화를 염원하는 메시지는 압도적이다. 그러면 지금은 평화 시대일까. 미국의 이라크 침공을 비롯해 러시아 우크라이나 전쟁, 이스라엘과 팔레스타인 분쟁, 시리아와 소말리아

내전, 중국과 인도 국경분쟁, 북한 핵위협 고조 등 분쟁과 갈등은 계속되고 있다.

베를린 장벽이 무너진 1989년, 다니엘 바렌보임(Daniel Barenboim)이 지휘하는 베를린 필은 이곳에서 베토벤 교향곡을 연주했다. 그날 연주 실황은 감동적이었다. 바렌보임은 "음악이란 폭력과 추악함에 대항하는 최고 무기다"라는 말로 전쟁을 넘어서는 음악의 위대함을 강조했다. 존 바에즈가 베트남 하노이에서 남긴 메시지와 비슷했다.

바렌보임은 2011년 8월 '웨스트이스턴 디반 오케스트라(WEDO)'를 이끌고 한국을 다녀가기도 했다. '서동시집(西東詩集, WEDO)'은 세계 최고 지휘자이자 바렌보임과 『오리엔탈리즘』 저자 에드워드 사이드가 의기투합해 1999년 창단한 평화의 오케스트라다. 바렌보임은 유대인(이스라엘), 에드워드 사이드는 아랍인(팔레스타인)이다. 이들은 민족과 종교는 서로 다르지만 중동 분쟁을 해결하기 위해 음악을 평화의 무기로 삼았다. 단원 구성도 독특하다. 이스라엘과 팔레스타인 청소년을 주축으로 이집트, 요르단, 시리아 등 아랍 음악인들을 대거 참여시켰다. 유대인과 아랍인을 섞어 오케스트라를 꾸민 건 갈등과 분쟁을 녹여내자는 뜻이다. WEDO는 매년 팔레스타인 가자지구 등 분쟁 지역을 찾아다니며 평화의 메시지를 전하고 있다.

WEDO가 파주 임진각 '평화의 콘서트'에서 연주한 곡은 베토벤 교향곡 9번 합창이었다. 그들은 군사분계선 앞에서 지구상 유일한 분단국가 한반도의 평화를 기원했다. 합창에서 주제곡은 "모든 인간은 형제가 되노라. … 백만 인이여, 서로를 껴안으라"는 메시지를 노래했다. 언젠가 바렌보임을 인터뷰했던 조윤선 의원(전 여성가족부 장관)을 만나 뒷이야기를 들을 기회가 있었다. 조 의원은 임진각 콘서트도 좋았지만 팔레스타인 라말라(Ramallah) 실황 연주는 특별하다며 적극 추천했다. 그는 "DVD로 라말라 실황 연주를 보면서 많이 울었다"고 했다. 라말라 실황 공연을 담은 DVD는 〈Knowledge is the beginning〉이다.

음반 제목처럼 평화는 서로를 아는 것에서 시작된다. 그러나 피 냄새가 가시지 않는 이스라엘 땅에서 유대인과 팔레스타인인 간 평화는 아직 멀다. 이스라엘 정부는 WEDO가 지향하는 정신을 헤아리는 대신 팔레스타인인에 대한 일상적인 폭력을 멈추지 않고 있다. 이스라엘 극우 정치인들은 오히려 바렌보임을 배신자로 낙인찍기도 했다. 바렌보임이 유대인임에도 불구하고 조국 이스라엘을 향해 팔레스타인 탄압과 인종차별을 멈추고 평화와 공존에 나서라고 촉구하는 것을 못마땅해 하기 때문이다. 지금 이 시간에도 이스라엘은 팔레스타인 절멸을 기도하고 있다.

이스라엘 취재 당시 요르단강 서안 팔레스타인 자치지구 라말라에서 당시 PLO의장을 인터뷰했다. 어렵게 성사된 인터뷰에서 그는 "자신들을 억압하는 이스라엘을 용서할 수 없다"며 분개했다. 인터뷰 내내 목소리를 높이는 그의 눈에는 깊은 증오가 어렸다. 팔레스타인인들이 처한 고통과 분노를 알기에 공감됐다. 철옹성 같던 베를린 장벽이 무너진 지 어느덧 34여 년이 흘렀다. 하지만 이스라엘 분리 장벽을 비롯해 지구상에는 아직도 많은 장벽들이 남아 있다. 장벽을 걷어내는 일은 서로를 이해하는 것에서부터 시작된다. 존 바에즈와 바렌보임, 에드워드 사이드가 전하는 평화 메시지에 다시 한 번 귀를 기울인다. "서로를 알아가는 것이 시작이다(Knowledge is the beginning)."

# PART 2

# 마음을 열고 한 걸음

# 별이 된 누이

지난겨울은 눈 구경을 원 없이 했다. 호남은 그야말로 하늘에 구멍 난 듯 내렸다. '내렸다'는 표현으로는 왠지 양이 차지 않아 '쏟아 부었다'고 해야 한다. 눈이 '낭만'이기라기보다는 '재앙'으로 여겨질 수밖에 없었다. 순창에는 하루 동안 무려 63.7cm 눈이 쌓였다. 인접한 정읍과 임실 또한 50cm가 넘는 내려 많은 사람들이 고립됐다. 순창과 임실, 정읍, 고창은 매년 겨울이면 눈난리를 겪는다. 이들 지역을 감싼 노령산맥에 찬 공기가 부딪치면서 눈사태를 부른다고 한다.

제주 또한 예외는 아니었다. 지난해 겨울 제주는 평균 50cm, 산간은 최대 1m 이상 쌓였다. 한라산을 관통하는 1100도로와 5.16도로는 통제됐고 관광객 3만여 명은 항공기 결항으로 발이 묶였다. 폭설로 한바탕 난리를 치른 10여일 뒤 제주를 찾았다. 주요 도로는 잔설이 보였지만 차량 운행에는 문제가 없었다. 하지만 조금만 안쪽으로 들어가면 무릎까지 눈이 올라왔다. 영실 입구는 눈 벽을 이뤘다. 영실에서 남벽분기점까지 왕복 12㎞에 이르는 산행은 말 그대로 설국이었다. 눈 속을 걸으며 '한라산은 역시 겨울 산행이 최고'라며 감탄했다.

사실 겨울은 코가 싸할 만큼 추워야 제 맛이다. 지구온난화가 심하지 않던 어릴 시절 겨울은 겨울다웠다. 발은 푹푹 빠지고 볼과 손은 꽁꽁 얼어붙었다. 또 처마 밑 고드름은 재미난 장난감이었다. 추수가 끝난 논과 냇가는 빙판을 이뤄 썰매 타기에 좋았다. 그렇게 쨍한 추위가 찾아온 겨울밤은 별 구경하기에 좋다. 추울수록 밤하늘은 맑고 별 바라기 하기에 안성맞춤이다. 유년이면 겨울방학 때마다 할머니댁을 찾았다. 고인돌로 유명한 고창은 눈이 많이 내리는 고장이다. 새벽녘 오줌을 누기 위해 토방 마루에 나왔다가 바라본 별빛은 황홀했다. 어린 나이에도 아름답다고 느꼈다.

도시에서는 별을 보는 게 쉽지 않다. 과학적으로 설명하자면 '빛의 간섭 효과' 때문이다. 빌딩과 자동차, 가로등에서 쏟아지는 불빛으로 별빛은 또렷치 않다. 인공조명이 많을수록 별빛은 힘을 잃는다. 집 주변 서울고등학교에서 밤마다 걷기를 하는데 이 때문에 별을 보는 게 쉽지 않다. 반면 조금만 교외로 나가면 별자리를 읽을 수 있을 정도다. 지난해 겨울 강원도 홍천에서도 수놓은 별 무더기를 만났다. 아이들이 어릴 때 찾았던 무주구천동에서도 밤별을 실컷 구경할 수 있다. 구천동 계곡으로 쏟아지는 별 무더기는 영화 〈아바타〉를 떠올리게 했다. 만년설이 쌓인 프랑스 몽블랑 샤모니(Chamonix)에 머물 때도 그랬다. 겨울 하늘을 수놓은 밤별을 실컷 봤다. 이국적인 분위기에 들떠 숙소 밖으로 나섰을 때다. 펜션 단지를 거닐다 관광객들과 함께 몽블랑(Mont-Blanc) 기슭에 떠 있는 별무리와 대면했다. 집을 나선 여행자의 감상이란 게 사소한 것에도 감동받고, 들뜨기 십상이다. 하물며 흰 눈을 외투처럼 두르고 몽블랑을 배경으로 빛나는 별빛은 환상을 불러 일으켰다.

별을 떠올리면 오래전, 몽골 울란바토르에서 만난 이원영 대사가 생각난다. 이런저런 대화 끝에 이 대사는 자신이 생각하는 몽골 최고 관광자원은 '별 보기'라고 했다. 좀 더 정확히 말하자면 몽골 초원 위에 누워 별을 바라보는 것이다. 그는 구체적인 방법까지 알려줬다. 먼저 사지를 펼치고 초원에 눕는다. 그리고 호흡을 가다듬고 지긋하게 눈을 감는다. 이윽고 살며시 눈을 뜨면 별이 폭포처럼 쏟아진다는 것이다. 그러면서 이렇게 덧붙였다. 누구는 끝없는 몽골 초원에서 말을 타고 달리는 게 최고라고 하지만 '별 맞기'보다 황홀한 경험은 없다고 했다. 몽골에서는 흔하디흔한 별을 색다른 관점에서 바라본 이 대사의 관점은 신선했다.

이 대사 권유대로 몽골 전통가옥 '게르' 옆 풀밭에 누워 따라했다. 울란바토르 밤하늘에는 별 무리가 은하수처럼 흘러갔다. 아직은 도시화가 덜 돼 상대적으로 오염되지 않은 몽골 초원에서 별 바라기는 잊지 못할 감동을 안겼다. 몽골 최고 관광 상품이라는 말에 수긍할 수밖에 없었다. 바다처럼 드넓은 초원과, 칠흙 같은 밤하늘을 꽉 채운 별빛은 몽환적이었다. 몽골에 간다면 다시 초원에 누워 별을 보고 싶다. 버킷 리스트를 작성 중인 독자들에게도 꼭 해보길 권하고 싶다.

중국 윈난성 리장(麗江)에서 만난 밤하늘과 별 무리도 잊지 못한다. 해발 5,600m에 달하는 옥룡설산(玉龍雪山)은 리장을 지키는 영산이다. 만년설로 뒤덮인 옥룡설산을 배경으로 수놓은 별빛은 장관이었다. 옥룡설산과 별은 리장이란 도시를 아름답게 각인시켰다. 그 대책 없는 아름다움을 글과 말로 표현하기 어렵다. 지금 당장이라도 리장으로 가는 항공기에 몸을 싣고 싶은 건 옥룡설산과 별 때문이다. 더불어 리장의 때 묻지 않은 자연과 사람들이다.

알퐁스 도데(Alphonse Daudet)와 황순원은 〈별〉이라는 같은 제목으로 단편 소설을 썼다. 알퐁스 도데의 〈별〉은 중의적이다. 학창 시절 사춘기로 열병 앓던 당시 〈별〉을 읽으며 설레었다. 소설 속에서 양치기 목동은 주인집 아가씨 '스테파니'에게 연정을 느낀다. 그에게 별은 사랑하지만 품을 수 없는 사랑을 은유한다. 황순원의 〈별〉 또한 빼어난 감성과 문학성을 자랑한다. 소설에서 소년은 못생긴 누이가 얼굴도 모른 채 죽은 엄마를 닮았다는 게 싫다. 그래서 소년은 엄마가 생각날수록 누이를 구박하고 야멸차게 대했다. 누이는 별만큼이나 착했다. 누이는 그러는 남동생을 더욱 아끼고 품었다. 누이가 죽자 소년은 뒤늦은 죄책감과 그리움 사이에서 혼란스러워한다. 소설을 읽고 한동안 가슴이 먹먹했다.

두 소설 속에서 '스테파니'와 '누이'는 모두 별이다. 알퐁스 도데의 〈별〉이 감미롭다면 황순원의 〈별〉은 애잔하다. 황순원의 〈별〉은 다시 읽어도 아프고 아름다운 이야기다. 50대 중반을 넘긴 이들이라면 황순원의 〈별〉에서 유년의 정서를 매만질 수 있다. 소설 속 누이에게는 어린 시절 혼란과 애틋함이 오롯이 담겨 있다. 계절이 바뀌기 전, 새벽별 무리와 눈길을 맞추고 싶다.

# 봄바람 속 해후를 기대하며

대만(타이완)을 생각하면 세 가지가 동시에 떠오른다. 첫째는 영화 〈첨밀밀〉, 둘째는 영화 주제가를 부른 대만 국민가수 덩리쥔(鄧麗君, 1953~1995), 셋째는 30여 년 전 만났던 대만 친구, 린이지아(林宜佳)이다.

1996년 개봉한 〈첨밀밀〉은 애틋한 사랑 이야기이자, 홍콩 이주 노동자의 애환을 담고 있다. 첨밀밀은 먹어도 먹어도 질리지 않는 새우깡처럼 몇 번을 봐도 식상하지 않은 아름다운 영화다. 영상과 주제음악, 줄거리까지 어느 것 하나 흠잡을 데 없다. 영화는 덩리쥔이 사망한(1995년) 다음 해 12월 개봉됐다. 〈첨밀밀〉은 어찌 보면 덩리쥔에 대한 헌정 영화다.

배경은 중국에 반환되기 이전 홍콩이다. 중국 본토 출신, 시골 청년 '소군'과 홍콩 새침데기 '이교'는 삐걱거리며 서로를 알아간다. 소군은 돈을 벌기 위해 자본주의가 벚꽃처럼 만개한 홍콩에 도착했다. 어수룩한 소군을 이용하는 이교의 밉지 않은 역할은 장만옥이 맡았다.

소군에게는 약혼한 애인 소정이 있다. 소군은 돈을 벌어 소정과 결혼하는 게 꿈이다. 이교는 그런 소군의 사정을 헤아리며 적당한 거리를 유지한다. 소군과 이교가 나누는 사랑은 평행선을 달린다. 두 사람의 인연은 엇갈리기를 반복하다 결국 끊어진다.

적지 않은 시간이 흐른 뒤 각기 다른 사정으로 뉴욕에 머물던 두 사람은 차이나타운에서 재회한다. 인연의 끈은 국민가수 덩리쥔에 의해 이어졌다. 차이나타운 전자상가에서 흘러나오는 덩리쥔 사망 소식에 두 사람은 발길을 멈춘다. TV뉴스를 보던 둘은 운명처럼 재회하고 서로 마음을 확인한다. 그때 흘러나오는 노래가 첨밀밀이다. 영화 속에는 시작부터 끝까지 덩리쥔의 달콤한 목소리가 흘러 다닌다. 청아한 목소리는 이들의 청순한 사랑 이야기와 많이 닮았다. '달콤해요. 당신의 미소는 달콤해요. 마치 봄바람 속에 꽃이 핀 것처럼. 어디서 당신을 보았었지. 당신의 미소가 이렇게 낯익은데.'

덩리쥔은 대만인이 가장 사랑하는 가수이다. 미모에다 맑은 목소리로 대만은 물론 중국, 홍콩 등 중화권 중국인들을 울렸다. '중국의 낮은 덩샤오핑(등소평·鄧小平), 밤은 덩리쥔이 지배한다.' 1970년대 후반 개혁·개방이 시작되던 중국에서 돌던 말이다. 중국은 한때 "정신을 오염시킨다"는 이유로 덩리쥔 노래를 금지했다. 하지만 중국인들은 감시를 피해 덩리쥔 노래를 들었다. 시중에 유통된 불법 복제 테이프만 2억 개에 달했다. 시진핑 중국 국가주석도 "젊은 시절, 덩리쥔 노래를 테이프가 늘어질 때까지 듣고 또 들었다"고 고백할 정도였다.

덩리쥔은 사회 참여도 활발했다. 개혁개방 초기 자신이 중국을 방문할 수 있다는 이야기가 돌자, 그는 한 방송에 출연해 "내가 본토에서 공연한다면 중국에서 삼민주의가 실현되는 날일 것"이라고 말했다. 삼민주의는 대만에서 국부로 추앙받는 쑨원이 민족·민권·민생을 강조한 이념이다. 또 1989년 천안문 민주화 운동 때는 지지하는 콘서트에 참여했다. 시위가 유혈 진압되자 덩리쥔은 한동안 식음을 전폐하며 시름에 잠겼다고 한다. 그녀는 1995년 태국 치앙마이에서 마흔 둘에 요절했다. 재능 있는 사람들은 왜 이리 세상을 빨리 뜨는지 안타깝다. 신을 넘보는 미모와 재능을 지닌 까닭에 조물주가 시샘한 것이라고 생각해 본다.

글을 쓰면서 〈첨밀밀〉을 반복해 들었다. 소군의 순수함, 이교의 쾌활하며 밉지 않은 모습이 떠오른다. 중국 상하이에 갔을 때 사온 CD 음반이다. 덩리쥔이 세상을 떠난 지 30여 년 가깝지만 그녀의 목소리는 여전히 청아하고, 사랑도 한결같다.

영화 속 시골뜨기 소군만큼이나 순수했던 내가 대만에 간 것은 스무 살 중반, 1990년이다. 한국과 대만 대학생 문화교류 프로그램 일환이었다. 당시 타이완은 우리와 좋은 관계를 유지하고 있었다. 그때 국립 대만대학교에 다니는 린이지아(林宜佳)를 만났다. 공교롭게 나와 성(林)이 같은 그녀 이름은 마땅히 아름답다는 '이지아(宜佳)'였다. 그녀는 이름만큼이나 아름다웠다. 함께 간 동료들로부터 부러움과 시샘을 받으며 줄곧 붙어 다녔다. 귀국하는 날, 그녀는 나를 안고 눈물 바람 했다. 돌아와 한동안 가슴앓이를 했다. 수년 동안 편지를 주고받았고, 함께 찍은 사진을 보며 그리워했다. 또 〈첨밀밀〉을 귀가 닳도록 들었다. 지금도 선한 눈매와 복숭아처럼 붉은 뺨이 눈에 선하다. 한때 'TV는 사랑을 싣고'라는 프로그램이 화제였을 때 내가 출연한다면 누구를 찾을까 생각했었다. 자연스럽게 린이지아가 떠올랐다.

2012년 4월 30일 대만 쑹산(松山)과 김포를 잇는 항공노선이 재개

통됐다. 김포에서 쑹산 국제공항까지는 2시간 30여 분 소요된다. 항공 재개는 노선이 폐지된 지 34년 만이었다. 이날 개통식에는 대만 마잉주(馬英九) 총통이 참석해 축사했다. 1970년대까지만 해도 쑹산 공항은 한국 항공사에게는 아시아 거점 공항이었다. 1954년 국내 첫 국제선 여객기는 쑹산을 경유해 홍콩(香港)으로 갔다. 하지만 1993년 국교 단절 이후 한국-대만 정기 항공노선도 사라졌다.

한국과 대만은 정부 수립 이전부터 긴밀한 관계였다. 1948년 8월 13일 양국은 수교와 함께 공관을 설치했다. 또 1949년에는 장제스 대만 총통이 한국을, 1953년과 1966년에는 이승만과 박정희 대통령이 대만을 방문해 장제스 총통을 만났다. 양국 관계는 45년간 지속되다 1992년 8월 23일 끊어졌다. 한국은 중국의 압력에 굴복해 오랜 우방을 버렸다. 이후 대만인들은 한국에 대해 곱지 않은 감정을 갖게 됐다. 타이완을 다녀온 2년 뒤 단교 소식이 들려왔다. 내게는 충격이었다. 린이지아에게도 미안했다. 친구를 배신한 것이라는 생각에 부끄러웠다. 국익 차원에서 내린 결정이었다고 하지만 많은 이들에게 뜻하지 않은 아픔을 안겼다. 김포-쑹산 국제노선이 재개됐다는 소식을 듣고 가장 먼저 떠올린 사람도 린이지아였다. 그녀도 나와 함께 늙어갔을 것이다. 몇 차례 지인을 통해 수소문했지만 허사였다. 아직까지 인연의 끈은 연결되지 않고 있다.

영화 〈첨밀밀〉에서 소군과 이교는 수년 뒤 우연히 해후한다. 김포와 쑹산 공항노선은 34년 만에 재개했다. 내게도 그런 인연이 찾아왔으면 싶다. 만나면 첨밀밀을 들으며, 벚꽃이 분분히 날리던 날 만났던 지난 시간을 반추하고 싶다. 한국과 대만 관계가 회복되듯 내 인연의 언덕에도 훈풍이 불고 꽃이 피어나길 소망한다.

# "월스트리트를 점령하라"

뉴욕 맨해튼은 누구나 가보고 싶은 도시다. 맨해튼은 수많은 영화 속 배경으로 등장한다. 이곳 월스트리트는 세계 금융시장을 좌지우지하는 자본주의 본산이다. 맨해튼 남쪽 끝에 위치한 월스트리트는 반경 600m 넓이에 불과하지만 이곳에 뉴욕증권거래소를 비롯해 거대 금융사와 투자은행이 몰려 있다. 월스트리트는 미국 금융시장 중심으로 세계 경제를 쥐락펴락한다. 이곳 향방에 따라 세계 경제는 매일 널뛰기를 반복한다. 전날 밤 미국 다우지수 결과에 따라 런던과 홍콩, 상하이, 한국 주식시장은 춤춘다. 하루에도 수백, 수천억 원이 월스트리트 허공으로 사라지고, 누군가는 그 돈을 챙기는 머니게임이 벌어지는 현장이다.

미국인들에게도 월스트리트에 근무한다는 건 특별한 자부심이다. 뉴욕증권거래소와 BOA(Bank of America), 골드만삭스(Goldman Sachs), 그리고 신용평가기관 무디스(Moody's)와 스탠다드 앤 푸어스(S&P)는 미국인들에게도 선망의 대상이다. 월스트리트 금융기관들은 물고 물리는 네트워크를 바탕으로 탐욕을 부채질하고 확장한다. 월스트리트 랜드마크로 유명한 '돌진하는 황소(Charging Bull) 동상은 탐욕을 은유적으로 암시한다.

맨해튼 월스트리트를 방문한 때가 겨울이었다. 월스트리트는 어른 걸음으로 30분이면 돌아볼 수 있다. 공간은 작아도 허드슨강을 타고 넘어온 겨울 강바람은 매서웠다. 그렇지 않아도 주눅 든 여행자를 한층 주눅 들게 했다. 월스트리트를 걸으며 이곳이 세계 모든 나라 국민들의 삶까지 영향을 미친다는 생각에 위압감을 느꼈다. 맨해튼 겨울 추위는 독하다. 12월 칼바람은 고층 빌딩 사이를 지나면서 세력을 키운다. 한데 추위보다 매서운 건 월스트리트가 약육강식을 상징하는 무정한 공간이라는 데 있다.

월스트리트는 2011년 가을 대규모 시위로 홍역을 앓았다. 극심한 소득 격차와 부도덕한 금융기관을 비판하는 대규모 시위대는 두 달 넘게 월스트리트를 장악했다. 시위대 주축은 다름 아닌 월스트리트 직장을 선망했던 젊은이들이었다. 이들은 맨해튼 주코티 공원과 월스트리트에 모여 "월스트리트를 점령하라"는 구호를 외쳤다. 그리고 신자본주의가 낳은 폐해와 금융기관 부도덕성을 거세게 비판했다.

시위가 시작된 3주 동안 800여 명이 넘는 젊은이들이 체포됐다. 체포된 청년들 가운데는 하버드 대학을 비롯해 예일 등 내로라하는 명문 대학 재학생과 졸업자도 포함됐다. 의외였지만 그들조차 자본주의 해악을 더는 용인할 수 없었다. 이들이 자본주의 본산 월스트리트에서 시위를 벌인 이유는 분명했다. 금융기관 부도덕과 양극화를 가속화하는 금융자본주의를 더는 용인할 수 없다는 외침이었다. 시위대는 월스트리트가 소수의 배를 부풀리는 탐욕의 소굴로 전락한 현실을 개탄했다. 그들은 신자본주의 아래서 소수 1%에게 부가 집중되고, 나머지 99%는 소외되는 현실을 더는 묵과할 수 없다며 목소리를 높였다. 시위대는 2008년 국제 금융위기 이후 심화된 계층 갈등은 부의 편중에서 비롯됐다고 주장했다.

세계적인 투자자 워런 버핏(Warren Buffett)과 조지 소로스(George Soros)는 시위대를 지지했다. 이들은 자본주의 금융 시스템 아래서 부를 축적했지만 문제의식에는 공감했다. 월스트리트가 구축한 금융 시스템에 힘입어 돈을 벌었지만 이대로는 안 된다는 생각에서였다. 워런 버핏은 국제 금융위기 이후 월스트리트가 안고 있는 구조적 문제점을 줄기차게 비판해 왔다. 그는 "월스트리트는 상식이 아니라 탐욕의 천지다", "돈놀이꾼에게 더 많은 세금을 물려 (금융 위기로) 고통받는 가정을 구해야 한다"며 목청을 높였다.

워런 버핏은 월스트리트를 악의 소굴로 간주하고, 시위대에 힘을 실었다. '오마하 현인'으로 불리는 워런 버핏에게는 '월스트리트 구원자'라는 별명도 따라다닌다. 그는 월스트리트 머니 게임은 경계하지만 자본주의 효율성은 강조하는 시장주의자다. 비판에 동참하고 나선 이유는 관용을 베풀기에 월스트리트 탐욕과 부도덕은 정도를 넘어섰다는 판단에서였다.

세계적 투기 자본을 주무르는 조지 소로스 또한 마찬가지 이유로 시위대를 지지했다. 그는 당시 뉴욕 유엔본부 기자회견에서 "월스트리트에서 시위를 벌이는 사람들의 심정을 이해할 수 있다. 월스트리트 시위가 다른 지역으로 확산하는 것도 그럴 만한 이유가 있다고 본다"며 월스트리트 비판에 동조했다. 두 사람 모두 축적한 자산 90% 이상을 기부했다는 공통점도 있다. 월가를 점령하라는 시위는 보스턴과 시애틀, 로스앤젤레스, 워싱턴으로 확산됐다. 또 미국을 넘어 호주와 캐나다, 영국, 프랑스 등지로 퍼져 나갔다.

착한 부자 워런 버핏이나 헤지펀드 거물 조지 소로스는 눈 덩이처럼 탐욕을 확장하는 월스트리트 자본주의에 옐로카드(yellow card)를 꺼내 든 셈이다. 최초 시위는 30여 명에서 시작됐다. 누구도 주목하지 않던 시위는 세계 전역으로 확산되고, 급기야 대한민국 젊은이들까지 동참했다. 우리 청년들도 월스트리트로 상징되는 탐욕과 부도덕에 분노했다. 사회적 불평등과 양극화, 소수에 의한 금융 지배는 자본주의 속성이다. 월스트리트 시위는 막을 내렸지만 불평등 구조를 방치하는 한 언제 터질지 모르는 시한폭탄으로 내재돼 있다.

극심한 양극화와 계층 갈등은 우리 사회를 위협하고 있다. 공동체 유지와 불평등 해소 노력이 뒤따르지 않는다면 "여의도를 점령하라"는 시위 또한 배제하기 어렵다. 지금 대한민국은 1%대 99%가 아니라 20%대 80% 대결을 고민해야 한다. 소수 1%가 아니라 20%에 집중된 부를 상식에 맞게 분배하는 사회정의 실현이 보다 합리적이다.

초대 대통령 워싱턴은 월스트리트 뉴욕증권거래소 맞은편 연방홀에서 취임했다. 워싱턴은 이곳에서 '평등'을 내걸고 취임했다. 또 월스트리트와 인접한 브루클린(Brooklyn)은 뉴욕을 대표하는 빈민가다. 평등을 지향하는 미국 건국이념과 빈민가, 그리고 자본주의 심장으로 대표되는 월스트리트까지 반경 600m 안에서 엇갈리고 있음은 아이러니다. 냉정한 자본주의가 그나마 온기를 유지하는 건 공동체를 생각하는 이들 때문이다. 워런 버핏과 조지 소로스에게서 실낱같은 희망을 확인한다.

## '돌배'도 뒤집는 민심

중국 베이징(北京) 여행에서 백미는 자금성(紫禁城)과 만리장성(萬里長城), 이화원(頤和園)이다. 이들 유적은 거대한 인공 구조물이라는 공통점을 갖고 있다. 명나라 영락제가 1420년 완공한 자금성 규모는 상상을 뛰어넘는다. 여의도공원 3배를 넘는다. 세계에서 가장 큰 궁전이기도 하다. 자금성 건축에는 14년 동안 무려 100만여 명이 동원됐다. 태화전을 비롯해 건물 800채, 방은 8,800개에 달한다. 길이 4*km*, 높이 11m 담으로 둘러싸인 자금성은 1987년 유네스코 세계문화유산으로 등재됐다. 경복궁을 세상의 중심으로 알았던 조선 사대부들이 느꼈을 충격이 짐작된다. 황제 24명은 500년 동안 이곳에서 최고 권력을 행사했다. 마지막 황제 푸이는 허망하게 쫓겨났다.

만리장성은 인류 최대 토목공사다. 서쪽 간쑤성(甘肅省) 자위관(嘉峪關)에서 동쪽 허베이성(河北省) 산하이관(山海關)까지 2,700*km*에 이른다. 높낮이를 고려하면 6,400*km*로 늘어난다. 유네스코는 1987년 만리장성을 세계문화유산으로 지정했다. 애초 만리장성은 북방 유목 민족을 방어할 목적에서 쌓았다. 만리장성은 중국인들이 이민족에 대해 느꼈던 공포감과 비례한다. 자금성과 만리장성을 대하면 인간에 대한 경외감과 함께 그곳에 배인 수많은 피를 떠올리게 된다. 만리장성과 자금성은 벽돌 한 장마다 한 사람의 목숨과 맞바꿨다. 왕조시대, 이름 없는 백성들의 눈물이 어렸다.

중국 최대 황실 정원, 이화원은 자금성에서 북서쪽으로 15km 떨어져 있다. 역시 1998년 유네스코 세계문화유산으로 등재됐다. 면적 290만 평방미터에 달하는 이화원은 거대한 인공 구조물이다. 동양 최대라는 일산 호수공원보다 3배 이상 넓다. 그 규모를 짐작할만하다. 바다나 다름없는 곤명호(昆明湖)와 높이 60m 만수산(萬壽山)은 이화원을 상징한다. 인공 호수 '곤명호'는 둘레만 8km에 달한다. 이화원 전체 면적의 4분의 3을 차지하며 바다와 같다. 맞은편 만수산은 곤명호를 팔 때 나온 흙으로 쌓았다니 그 규모를 짐작 할만하다.

곤명호에는 돌로 만든 배, 청안방(淸晏舫)이 있다. 왜 나무배가 아닌 돌배를 띄웠을까. 곤명호에 돌배가 들어선 데는 이유가 있다. 이화원은 서태후(西太后, 1835~1908)와 관련 깊다. 서태후는 청조 말기 48년을 집권하며 청나라 멸망을 앞당겼다. 권모술수가 뛰어났던 그녀는 권력욕 때문에 아들 동치제(同治帝)를 죽일 만큼 잔혹했다. 동치제 어머니이자, 광서제(光緖帝) 이모로 집권한 반세기 동안 청조는 급격히 몰락했다. 서태후 권력은 하루가 다르게 확장된 반면, 청나라 운명은 급격히 쇠락했다는 게 역사가들 진단이다.

서태후 식탐은 허황된 권력을 상징한다. 하루 식비는 백은 3kg으로, 당시 쌀 5,000kg을 살 수 있는 1만 명 식비와 맞먹었다. 펄벅은 『연인 서태후』에서 서태후를 긍정적으로 묘사했다. 하지만 대체적인 후대 평가는 곱지 않다. 서태후는 이화원과 곤명호를 조성하는 데 해군 군비를 전용했다. 해군력 약화는 청일전쟁 패배와 청나라 멸망으로 이어졌다.

서태후는 곤명호에 돌배 축조를 지시했다. 그는 "물은 배를 띄울 수도 있고, 가라앉힐 수도 있다(水則載舟 水則覆舟)"는 말을 염두에 뒀다. 순자는 군주는 배와 같고, 백성은 물과 같으니 백성을 무섭게 여기라고 했는데, 서태후는 이를 자기 식으로 해석했다. 그녀는 어떤 물도 배를 뒤집지 못하도록 돌배를 만들어 띄웠다. 하지만 바람과 달리 중국 청조는 몰락했다. 물론 외세에 의한 붕괴였지만, 청나라 몰락은 서태후 집권 시절 내부에서 시작됐다는 게 일반적인 평가다. 결국 서태후는 이화원에서 비참한 죽음을 맞았다. 돌배가 자신을 지켜줄 것으로 믿었지만 그렇지 않았다. 나무배든 돌배든 성난 민심을 거스른 종말은 비참했다.

역대 왕조에서 일어난 수많은 민란은 물이 배를 전복시킨 경우다. 우리 역사에서도 이러한 예를 숱하게 본다. 왕조시대는 물론 근현대사까지 백성은 절대 권력을 뒤집었다. 동학농민혁명과 4·19의거, 6·10 민주항쟁, 6·29선언, 5·18광주민주항쟁, 그리고 2016년 촛불 시위까지 권력은 허망했다. 왕조시대 군주는 오늘날 대통령과 집권 세력으로 명칭만 바뀌었을 뿐, 물과 배가 갖는 긴장감은 오늘날에도 유효하다. 권력이 민심을 헤아릴 때 국민들은 균형을 유지한다. 반면 그렇지 않다고 판단되면 가차 없이 갈아치웠다. 민심의 바다를 외면한 채 강압적으로 일방통행한 정부가 국민을 이긴 경우는 없다. 곤명호에 떠 있는 돌배는 이를 뜻한다.

이명박 정부에서 민주주의가 후퇴했다는 우려 목소리는 높았다. 노무현 전 대통령 죽음을 계기로 이런 징후는 뚜렷했다. 미국산 소고기 수입에 반대하는 시민들은 일방통행 통치에 저항했다. 이명박 정부는 광화문 광장을 봉쇄하고 '명박산성'을 쌓았지만 불길은 거셌다. 박근혜 정부 또한 촛불 앞에서 허망하게 무너졌다. 보수정권을 비판하며 집권한 문재인 정부 또한 별반 다르지 않았다. 문재인 정부는 집권 내내 진영대결을 부채질하며 이념 정치를 일삼았다. 국민여론은 둘로 쪼개졌고 결국 정권은 교체됐다. 물은 배를 띄우기도 하지만 뒤집기도 한다는 명제 앞에서 진보도 보수도 자유롭지 못했다.

주역에서 남자는 산, 여자는 물을 의미한다. 여성 대통령 박근혜는 주역에 따르면 물의 성질을 지녔다. 국민들은 대통령이 자신을 낮추고 어떤 그릇에도 담기는 물과 같은 정부이기를 기대했다. 나 또한 박근혜 대통령 당선 직후 방문한 중국 쓰촨성에서 그 같은 바람을 가졌다. 여성 대통령 당선에 놀라움을 표하는 중국인들은 자신들도 못한 여성 총통(대통령) 배출을 한국 국민들이 해냈다며 부러워했다.

그러나 잠시였다. 박 대통령은 첫 탄핵 대통령이라는 오명을 쓴 채 퇴진했다. 촛불시위와 국회 탄핵 의결, 헌법재판소 인용 결정에 따라 현직 대통령을 끌어내렸다. 피 한 방울 흘리지 않고 민주주의 교과서를 실현했으니 국제사회가 경탄할 만했다. 독일 언론은 "이제 서구사회는 한국에서 민주주의를 배워야 한다"고 치하했다. 그만큼 대한민국 민주주의는 경이와 찬탄의 대상이었다. 그러나 돌아보면 대통령 탄핵은 자랑보다 부끄러워할 일이었다. 대통령 탄핵은 우리 사회에 묵직한 과제를 던졌다. 우리정치는 민심을 겸허하게 청취하고 있나.

# 강대국 무릎 꿇린 베트남

국내에서 활동 중인 베트남 조직 폭력배가 강도 혐의로 구속된 일이 있었다. 놀라운 건 범행 대상이 자국 여성이라는 점이다. 이들은 노래방 도우미로 일하는 자국 여성을 납치한 뒤 몸값으로 5,000달러(640만 원)를 뜯어냈다. 폭력 조직은 베트남 북부 하노이에 기반을 뒀다. 이들은 산업 연수생 자격으로 위장 입국해 활동했다. 자국민을 대상으로 하는 해외 범죄는 우리도 마찬가지다. 영화 〈범죄도시2〉는 베트남에서 활동하는 한국 범죄조직이 한국인 여행자를 대상으로 한 납치 폭력을 다루고 있다.

베트남 근로자들이 늘면서 국내 베트남 조직 폭력배 사건도 잦다. 폭력 조직원 상당수는 불법 체류자 신분이다. 2009년 경기도에서는 베트남 폭력 조직끼리 복수극이 벌어졌다. 북방파와 남방파로 나뉘어 서로 납치와 감금, 폭행을 주고받다 경찰에 붙잡혔다. 베트남도 우리처럼 월맹(북)과 월남(남)으로 나뉘어 지역감정이 만만치 않다. 이들은 한국으로 건너온 뒤에도 지역을 기반으로 폭력 조직을 꾸려 대립한다. 주요 활동 무대는 외국인 근로자가 밀집된 서울 장안동과 경기도 일대다.

베트남 폭력 조직은 세계적으로 유명하다. 일본 야쿠자와 중국 삼합회, 이탈리아 마피아, 러시아 마피아, 레바논 갱단, 미국 갱단과 어깨를 겨룰 정도다. 베트남 갱단이 폭력 조직 세계에서 인정받는 건 잔혹성 때문이다. 베트남인들은 체구는 작아도 강단 있다. 특히 폭력 조직원들은 잔인하고 거칠기로 이름나 있다. 이 때문에 함부로 건드리지 않는다. 호주에서 베트남 갱단은 상당한 세력을 확보하고 있다.

호주 시드니에서 현지 가이드에게 들은 이야기다. 시드니는 외국인들이 가장 가고 싶은 도시 중 하나다. 밤 문화가 발달했고 빼어난 자연환경과 함께 매력적이다. 하지만 호주는 2000년대 초반만 해도 조직 폭력배와 전쟁을 선포해야 할 만큼 불안했다. 중국과 베트남, 레바논 갱단까지 활약하는 바람에 호주 치안은 우려할 정도였다. 2008년 3월 시드니(Sydney) 번화가 월드스퀘어 쇼핑센터에서 중국계 폭력 조직이 휘두른 칼에 찔려 영화배우 이동건 씨 친동생이 숨지기도 했다. 2009년에는 수도 캔버라와 시드니 도심에서 폭력 조직 간 총격전이 벌어졌다. 앞서 1998년에는 레바논 갱단에 의해 한인 소년이 피살돼 호주 전역을 떠들썩하게 했다. 또 중국계와 베트남 폭력 조직 간 집단 패싸움도 심심치 않았다.

호주는 1970년대 초 '백호주의(白濠主義, White Australia Policy, 백인중심)'를 포기하고 문호를 개방했다. 이에 힘입어 호주는 다민족 다문화 국가로 바뀌었다. 이 과정에서 베트남과 중국, 레바논계 폭력 조직이 흘러 들어왔다. 이들은 남태평양 최대 환락가인 시드니에서 세력 확장과 주도권을 놓고 치열하게 다퉜다. 베트남 갱단과 레바논 갱단

간 혈투는 '범죄 없는 나라' 호주에 골칫거리였다. 심지어 갱단은 '경찰과 전쟁'을 선포, 경찰서를 습격하기도 했다. 호주 경찰은 '조직범죄와 전쟁'을 선포하고 소탕에 나섰지만 뿌리는 건드리지 못했다.

이제 호주는 안전을 장담하기 어렵다. 여행자들은 현지 가이드로부터 "밤에는 외출을 삼가라"는 당부를 듣는다. 나도 현지 가이드로부터 이런 충고를 들었다. 덧붙여 가이드는 베트남과 관련된 우스갯소리를 들려줬다. 호주 사람들은 자녀들에게 "다른 나라 아이들과는 싸워도 베트남 아이들과는 싸우지 말라"고 당부한다고 한다. 덩치만 믿고 베트남 아이들을 건들었다가 곤혹을 치르기 일쑤였기 때문이다. 반면 베트남인들은 "다른 아이들은 때려도 한국 아이들은 건들지 말라"고 가르친다. 자신들보다 더 독한 민족은 한국인이라는 것이다. 베트남 전쟁 중 한국군은 베트콩을 색출한다는 명분 아래 잔혹했다. 이때 트라우마가 강렬하게 각인돼 한국인들은 조심스럽게 대한다는 것인데 씁쓸한 유머였다.

베트남 전쟁 당시 한국 군인들의 용맹함은 널리 알려져 있다. 한국군은 공격을 받으면 베트콩 근거지를 초토화시켰다. 이 과정에서 양민 학살도 뒤따랐다. 최근 법원은 양민 학살 피해자에 대한 배상을 판결했다. 이종섭 국방부 장관은 베트남 전쟁 기간 중 양민 학살은 없었다고 단정했는데, 공감하기 어렵다는 비판이 뒤따랐다. 한국인에 대한 베트남의 심리적 열등감은 여기에서 비롯됐다. 학창 시절 당하고 산 사람은 성인이 돼도 기를 펴지 못한다. 이러한 심리적 기제 때문에 한국인을 함부로 대하지 못한다는 것인데 유쾌한 해석은 아니었다.

역사적으로 베트남은 강하다. 프랑스와 중국, 미국까지 강대국을 꺾었다. 이들 세 나라는 모두 제국이다. 프랑스 식민 지배 당시 베트남은 프랑스를 상대로 승리했다. 또 세계 최강국 미국은 베트남 전쟁에 천문학적인 돈과 화력을 쏟아붓고도 무기력하게 물러났다. 전쟁을 승리로 이끈 호찌민(Ho Chi Minh, 胡志明)은 베트남인들에게는 영웅이다. 서양인들이 보기에 체구가 왜소한 베트남인들은 시원찮다. 그러나 베트남인들은 자신들보다 덩치와 군사력, 경제력에서 앞선 강대국을 모두 물리쳤다. 베트남 갱단의 '깡다구' DNA는 강대국과 맞장 뜨는 과정에서 생성됐는지 모른다.

베트남인을 폭력적이라고 폄하하기 위해 꺼낸 이야기가 아니다. 우리가 알아야 하는 진면목은 오랜 침략에도 굴복하지 않고 제국을 상대로 승리하고, 나라를 세운 저력이다. 갱단은 갱단일 뿐이다. 1986년 '도이모이(Doimoi, 개혁·개방)' 정책 도입 이후 베트남은 눈부신 성장을 거듭하고 있다. 1억 명에 달하는 소비시장과 명석한 두뇌, 근면성, 그리고 붕따우(Vung Tau) 앞바다에 매장된 석유 자원은 베트남 발전을 추동하는 동력이다. 베트남은 신발부터 휴대폰과 자동차까지 한국과 미국·일본·유럽 거대 기업들이 앞 다퉈 진출하는 각축장이다.

베트남에 진출한 한국 기업은 올해를 기점으로 9,000개를 넘어섰다. 이 같은 추세라면 조만간 베트남이 중국을 제치고 최대 교역국으로 부상할 날도 멀지 않았다. 국회의장실에서 일할 때 하노이 삼성전자 공장을 다녀왔다. 삼성전자는 베트남 경제 주축으로 현지인들이 가장 가고 싶어 하는 직장 1위였다. 한국과 베트남은 불행한 과거를 뛰어넘어 동반성장할 가능성은 충분하다. 양민학살을 인정하고 베트남을 동등한 파트너로 여길 때 양국은 동반관계를 구축할 수 있다.

# 우리 안의 편견

수년 전 프랑스 파리에서였다. 취재를 끝내고 귀국하기 위해 샤를 드골 공항으로 가는 전철 안이었다. 나는 앉았고, 그는 서 있었다. 검은 피부에 후줄근한 옷차림을 한 그는 북아프리카 어디쯤에서 온 30대 중반 흑인으로 추정됐다. 공항까지 가는 동안 본의 아니게 그를 관찰했다. 초췌한 얼굴에다 충혈 된 눈동자, 처진 어깨에서는 이국 생활을 마치고 돌아가는 고단함이 느껴졌다. 아마 그는 유럽의 꽃이라는 파리에서 밑바닥 생활을 전전한 이주 노동자였음이 분명했다. 그의 발 앞에 놓인 볼품없는 커다란 여행 가방을 통해 추정할 수 있었다.

프랑스 파리는 세계적인 도시다. 명성에 걸맞게 파리는 베르사유 궁전을 비롯해 콩코드 광장과 에펠탑, 루브르 박물관 등 이름난 관광지가 즐비하다. 여행자들이 몰리는 유명 관광지마다 북아프리카에서 건너온 이주 노동자들로 북적인다. 그들은 한가한 여행객이 아니다. 조악한 기념품을 파는 불법 체류자들이다. 그들은 값싼 기념품을 늘어

놓고 호객행위를 하다 단속반이 나타나면 재빨리 보자기를 둘러메고 자리를 피한다. 체포되면 강제 출국되기 때문이다.

당시 보름여 취재일정을 마친 끝이라 나 또한 몸은 고단했다. 그렇지만 그와 달리 나는 여유가 있었다. 신분이 불안한 이주 노동자가 아니라 반듯한 직장과 신분은 그와 나를 구분 지었다. 몇 시간 뒤 가족을 만난다는 생각에 마음도 들떴다. 파리라는 화려한 도시에서 그도, 나도 이방인이었지만 이주 노동자와 여행객 처지는 이렇듯 달랐다.

그에게 시선을 떼지 못한 이유는 다름 아니다. 내 여행 가방이 그의 발치께 있었기 때문이다. 혹시 잠든 사이에 손대지 않을까 하는 불안감에서 그와 가방을 번갈아 주시했다. 그러다 문득 이런 생각이 들었다. '무슨 근거로 저 사람을 의심하고 있지.' 그도 누군가에게는 존경받는 부모이자 든든한 남편이며 사랑스러운 자식이다. 그런데 피부색과 외모로 판단했다는 생각에 부끄러웠다.

언젠가 페루 리마공항에서 나를 대하던 미국 항공사 직원들의 차가운 시선이 겹쳐 떠올랐다. 그들은 나를 미국 밀입국자 취급했다. 울화가 치밀고 당혹스러웠지만 어쩔 수 없었다. 그때 편견이 얼마나 무서운지를 깨달았는데 내가 그렇게 하고 있었다. 순간 옆자리에 앉은 프랑스인 부부에게 눈길이 갔다. 그들은 갓 돌을 넘겼을 아이를 안고 있었다. 전철에 오를 때부터 아이를 만지고 싶었다. 하지만 내 행동이 어떻게 해석될지 몰라 바라만 봤다. "아이가 사랑스럽다. 만져도 될까요"라고 말해봐야 선의가 제대로 전해지지 않을 것이다. 그들은 나를 불결한 동양인으로 여길 수 있고, 심지어 아동 성추행 범으로 신고할 수도 있을 것이다.

생각이 여기에 미쳤다. 내가 흑인 이주 노동자를 바라봤던 시선과 나를 대하는 프랑스 인 시선 사이에 무엇이 다른가. 별다른 차이가 없다는 걸 깨달았다. 잠시나마 그를 편견으로 대했던 게 미안하고 부끄러웠다. 인종과 피부색으로 한 인간을 규정한다면 서글픈 일이다. 비교적 편견과 선입견에서 자유롭다고 생각했는데 이렇게 편견과 선입견은 뿌리가 깊다.

2011년 7월, 한적한 북유럽 노르웨이를 발칵 뒤집은 테러가 있었다. 기독교 근본주의자 브레이비크는 무슬림으로부터 유럽을 구한다며 총을 난사했다. 그는 오슬로 정부 청사를 폭탄 테러한 뒤 노동당 청년캠프가 진행 중인 우퇴위아 섬에서 총을 쐈다. 84명이 숨지고 200여명이 다쳤다. 우퇴위아 테러를 계기로 유럽 내 무슬림과 북아프리카 이주 노동자 문제가 새롭게 주목받았다. 2019년 3월에도 테러와는 무관할 것 같은 뉴질랜드에서 비슷한 일이 발생했다. 이슬람을 혐오하는 극단주의자가 이슬람 사원에서 난입해 무슬림을 학살했다. 숨진 사람만 51명에 달한 크라이스처치 테러는 인종혐오 범죄 심각성을 알리는 계기가 됐다.

유럽 이베리아반도는 북아프리카와 코 닿을 거리에 있다. 지리적 위치 때문에 교류가 활발하지만 밀입국과 불법 체류도 성행한다. 북아프리카 인들은 먹고살기 위해 지브롤터 해협을 건너 유럽으로 건너간다. 더러는 정당한 루트를 밟았지만, 대부분 불법 체류자 신분이다. 프랑스 파리와 스페인 바르셀로나 등 유명 관광지에 북아프리카 이주 노동자들이 많은 이유다. 유럽은 노동력을 충당할 목적에서 한동안 무슬림을 받아들였다.

노르웨이에서 이민자 비중은 11%에 달한다. 2008년 한 해 동안 유럽연합 27개국은 중동과 아프리카에서 외국인 근로자 380만 명을 받아들였다. 또 수년 전에는 300여만 명에 달하는 시리아 난민이 유럽 사회에 쏟아졌다. 이슬람 계 이민자와 난민이 급증하면서 유럽 내에서 인종 갈등은 표면화된 지 오래다. 유럽사회가 이슬람 인으로 대체될 것이라는 '거대 대체이론'은 이러한 조바심을 담고 있다. '거대 대체이론'은 극단적 인종주의자들 사이에서 힘을 얻었다. 이슬람을 압박하고 위기감을 조성하는 분위기는 이러한 정서에서 확산됐다. 프랑스와 벨기에는 무슬림 전통 의상 착용을 금지했다. 또 스페인과 네덜란드도 유사한 법률을 제정함으로써 이슬람포비아를 드러냈다.

유럽은 난민에 대한 불안과 경제 위기, 높은 실업이 맞물리면서 빠르게 극우화하고 있다. 지난해 5월 프랑스 대선에서 극우 정당 국민연합 마린 르펜 대표는 41.1%를 득표했다. 비록 마크롱(58.6%)에게 패했지만 2012년 첫 출마 당시 득표율 17.9%와 비교하면 괄목할만한 약진이다. 영국도 난민 반대와 EU탈퇴를 주장하는 극우 세력이 '브렉시트'를 주도했다. 스페인 또한 극우 정당 복스가 안달루시아를 비롯한 지방의회를 장악했다. 헝가리는 극우 성향 오르반 빅토르 총리가 4연임에 성공했다. 인종 문제에 엄격한 독일조차 극우 성향 독일대안당(AFD)이 2021년 총선에서 10.3%를 얻으며 국회의석 83석을 차지하고 있다.

유럽은 더 이상 '똘레랑스(관용)' 사회가 아니다. 더구나 이슬람을 신봉하는 무슬림 이주자들이 늘면서 기독교 유럽인과 갈등은 간단치 않다. 노벨상 평화상을 수상하는 노르웨이에서조차 이민족을 대하는 싸늘한 시선이 늘고 있다. 우리 안에 드리운 막연한 편견과 선입견을 걷어내는 건 쉽지 않지만 가치 있는 일이다.

# 관용 잃어버린 북유럽

노벨상 수상자를 선정하는 가을이 오면 세계 언론은 스웨덴 노벨상위원회에 집중된다. 노벨상은 인류가 만든 수많은 상 가운데 가장 영예로운 상이다. 지구촌 관심은 올해 수상자가 누구일지에 주목한다. 심지어 노벨상 문학상 후보를 예측하는 배팅사이트까지 있다. 2006년 오르한 파묵, 2015년 스베틀라나 알렉시예비치, 2019년 올가 토카르추크 수상을 정확히 맞췄다. 영국 배팅사이트 나이서오즈는 2020년 노벨문학상 후보로 고은 시인을 6위로 예측하기도 했다. 노벨상은 개인에게도 영광이지만 그 나라 과학과 의료, 문학, 정치력을 가늠하는 잣대다. 우리나라는 2000년 평화상을 수상한 김대중 전 대통령이 유일하다. 2000년 수상 당시 한국 이미지가 크게 개선됐다는 기사가 쏟아졌다. 참고로 노벨상은 평화상을 비롯해 물리학상, 화학상, 생리의학상, 문학상, 경제학상까지 6개 부분을 시상한다. 평화상만 노르웨이 오슬로에서 시상할 뿐 나머지는 스웨덴 한림원에서 시상한다.

노벨상을 미국과 유럽에서 독식하고 있다는 비판도 없지 않다. 1901년 시작한 노벨상은 지금까지 30개국 1,000여 명이 수상했는데 이 같은 비판에서 자유롭지 않다. 미국은 400명으로 압도적 1위다. 이어 영국 137명, 독일 111명, 프랑스 71명, 스웨덴 32명, 러시아 32명, 일본 29명, 캐나다 28명, 스위스 27명, 오스트리아 22명, 네덜란드 22명, 이탈리아 21명, 폴란드 19명, 노르웨이 13명, 덴마크 13명, 이스라엘 13명, 헝가리 13명, 오스트레일리아 12명, 인도 12명이다. 20위권 내 국가 중 아시아권은 일본(7위)과 인도(20)가 유일하다. 이러니 미국과 유럽이 독식하고 있다는 비판이 나올 법하다.

노벨상 권위에 힘입어 스웨덴 스톡홀름은 매년 수상자를 선정하는 10월부터 시상식이 열리는 12월까지 축제 분위기에 휩싸인다. 스웨덴은 전 세계를 대상으로 매년 6개 분야에 걸쳐 과학자와 의료인, 문학가, 경제학자, 정치인을 선정하는 독점적 권한을 행사한다. 노벨상 수상자 선정 국가로서 국가 이미지를 덤으로 챙기고 있다. 스웨덴은 북유럽 복지 모델로 유명하다. 또 외국인에 대한 관대함도 자자하다. 인구는 900만 명에 불과하지만 강소국이다. 스웨덴 제조업은 얄팍한 멋을 부리기보다 내구성이 뛰어난 제품을 생산하는 특징이 있다.

볼보(Volvo) 승용차와 스카니아(Scania) 건설 중장비가 대표적이다. 볼보 승용차는 미국이나 일본 승용차와 달리 내구성이 뛰어나다. 또 우리나라 건설 현장에서 가장 흔하게 볼 수 있는 스카니아 덤프는 트럭의 대명사다. 올해 창립 132주년을 맞은 스카니아는 유럽과 라틴 아메리카에 생산 공장을 두고 100여 개국에서 산업용 트럭과 엔진, 버스를 생산 판매하고 있다. 2016년 기준 매출 1,039억 2,700만 크로나(한화 14조 원), 고용 인원은 4만 6,000명에 달한다. 또 에릭슨

(Ericsson) 전화기는 삼성 애니콜(Anycall) 아성에도 불구하고 EU권에서는 아직도 짱짱하다. 핀란드 노키아(Nokia)와 함께 세계 이동전화기 시장을 3등분하고 있다.

유레일패스(Eurailpass)를 끊어 네덜란드 암스테르담을 출발해 스웨덴 스톡홀름에 다녀올 기회가 있었다. 열차는 암스테르담 역을 출발해 덴마크 오덴세를 거쳐 북해를 건너 스톡홀름으로 향했다. 덴마크와 스웨덴 사이에는 북해가 있다. 기차를 타고 바다를 건넜다는 말에 고개를 갸우뚱할 수 있다. 답은 2001년 덴마크 수도 코펜하겐과 스웨덴 항구도시 말뫼(Malmo) 사이에 놓인 외레순 대교(Oresund Bridge) 때문에 가능했다. 스웨덴 조선산업 거점 기지였던 말뫼는 우리에게 '말뫼의 눈물'로 각인돼 있다. 조선산업이 몰락하자 2002년 말뫼는 세계에서 가장 큰 골리앗 크레인을 현대중공업에 1달러에 매각했다. 말뫼 주민들은 크레인이 해체되어 실려가는 모습을 바라보며 아쉬워했다. 스웨덴 국영방송은 그 장면을 장송곡과 함께 내보내며 '말뫼의 눈물'이라고 했다.

그랬던 말뫼는 외레순 대교 개통을 계기로 부활했다. 길이 8㎞에 이르는 외레순 대교는 두 나라 경제통합을 촉발시켰다. 이 다리를 이용해 3칸짜리 전철은 오전 6시부터 자정까지 매시 20분 간격으로 두 나라를 오간다. 야간열차를 이용해 외레순 대교를 건너다 칠흑 같은 북해에서 눈보라를 만났다. 스웨덴에서 출발해 덴마크 국경을 넘었지만 여권도 표 검사도 없었다. 출발한지 10여 분 후 국제전화 로밍 서비스에 뜬 안내 문자 메시지를 통해 국경을 넘었다고 짐작할 뿐이다.

스웨덴은 북유럽 5개국 가운데 이민정책에서 가장 관대하다. 이런 스웨덴이 급격히 우경화하고 있다. 2011년 우퇴위아 섬 총기 테러에 이어 반(反)이민주의를 내건 스웨덴 민주당(SD)이 힘을 얻고 있다. 극우성향 스웨덴 민주당은 2010년 총선에서 20석을 얻으며 국회에 첫 진출했다. 이후 2014년 49석, 2018년 63석, 2022년 73석으로 세력을 확장해 가고 있다. SD는 지난해 9월 총선에서 원내 2당으로 올라섰고 득표율도 20.5%를 기록했다. 스웨덴 유권자 다섯 명 중 한 명은 극우정당에 표를 던졌다. 스웨덴 민주당은 명칭과 달리 신나치주의를 지지하는 인종 차별주의 정당이다. 유럽사회가 SD 진출을 불편하게 바라보는 이유다.

스웨덴에서 반 이민 정서가 확산된 가장 큰 이유는 대규모 이민 유입에 따른 반발 때문이다. 앞서 언급한 말뫼는 인구 30만 명 중 이민자가 8만 명에 달한다. 상황이 이러니 스웨덴 국민들 사이에 이민자는 세금을 축내고 자신들이 누려야할 복지 혜택을 갉아먹는 기생충으로 인식되고 있다. 저렴한 노동력 확보를 위한 이민자 정책은 정치 지형까지 바꿨다. 스웨덴 정부는 매년 10만 명에 달하는 이민자를 받아들인 결과 사회통합과 관대함은 실종됐다. 대신 스웨덴 민주당과 같은 극우 정치세력과 반(反)이민주의가 득세하는 결과를 낳았다.

노벨상을 시상하는 스웨덴 스톡홀름 시청사는 멜라렌 호수를 끼고 있어 아름답다. 스웨덴 정치인들은 이곳에서 난민을 받아들이는 정책과 복지정책을 만들었다. 한데 이제는 난민 제로를 공약으로 내건 스웨덴 민주당이 집권할 날이 멀지 않았다. 이곳을 극우 정당이 장악하는 날, 인류평화와 발전에 기여한 이들에게 노벨상을 시상하는 시상식장이 반(反)이민주의 거점으로 변질될까 걱정이다. 북유럽을 지탱해온 똘레랑스가 빙하처럼 녹아내릴까 걱정이다.

# 오만과 편견 '인터걸'

영화 〈오만과 편견〉은 2005년 개봉 당시 대단한 호평을 받았다. 영화는 과거와 현재, 그리고 미래를 초월해 모든 이에게 관심사인 사랑을 주제로 삼았다. 사랑할 때 남자가 빠지기 쉬운 '오만'과 여자들이 벗어나기 힘든 '편견'을 축으로 남녀 심리를 탁월하게 묘사했다는 평을 받았다. 영화에서 "편견은 내가 다른 사람을 사랑하지 못하게 하고 오만은 다른 사람이 나를 사랑할 수 없게 만든다"라는 대사가 나온다. 사랑할 때 여성과 남성이 겪는 심리를 가장 잘 표현한 말이다.

영화에서 남녀 주인공들은 서로에게 사랑을 느끼면서도 주변을 맴돈다. 결국 모든 게 오만과 편견에 불과했음을 깨닫고 뒤늦게 서로에게 마음을 연다. 감독 조 라이트(Joe Wright)는 "이 영화는 남녀가 사랑할 때 상대방을 이해하기 위해 어떤 노력을 해야 하는지를 묘사한 사랑 이야기다"는 말로 영화가 의도하는 방향을 설명했다.

오만과 편견은 남녀 간 사랑에만 있지 않다. 다른 나라를 대하는 우리 인식 저변에도 턱없는 오만과 지독한 편견이 흐르고 있다. 예를 들어 '흑인은 미개하고, 더럽고, 게으르다. 반면 백인은 고급스럽고, 문명적이며, 세계 문명사를 주도한다'는 선입견은 편견과 오만이 뒤섞인 조잡한 생각이다.

좀 더 시야를 좁혀 특정 국가와 문명으로 향하면 오만과 편견은 한층 구체성을 띠며 폭력적으로 나타난다. 이슬람 국가를 덮어놓고 테러리스트 온상으로 낙인찍거나, 동남아시아 낙후를 총체적 부패에서 찾고, 아프리카 에이즈를 무지와 난잡한 성교 탓으로 돌리는 식이다. 반대로 모든 선하고, 정의롭고, 고급한 것은 유럽과 서구 중심 백인 문명에서 찾는다.

『오리엔탈리즘』의 저자 에드워드 사이드(Edward Said)는 동양에 대한 오랜 편견과 오만이 어떻게 학문과 이론으로 확립돼 왔는지를 파헤쳤다. 그는 동서 문학과 문명에 대한 해박한 지식과 철저한 문헌 조사를 통해 제국(백인 문명) 작가들과 그들의 저술이 어떻게 동양에 대한 편견을 만들고 이데올로그나 정치 담론으로 이용되어 왔는지를 명료하게 밝혔다. 결론은 편견에서 시작된 사소함이 시간이 지나면서 지식 체계나 진리로 굳어지고, 이는 다시 상대를 깔아뭉개는 오만으로 확대 재생산됐다는 것이다.

에드워드 사이드는 미국 행정부가 주도하는 중동 외교정책을 강하게 비판하기도 했다. 이 때문에 그는 이스라엘 시온주의자들로부터 테러 대상으로 지목돼 평생을 집 주소와 전화번호를 감춘 채 살아야 했다. 학자로서 소신과 양심마저 허용하지 않는 편협한 시온주의는 또 다른 폭력이다. 이슬람 창시자 무함마드를 풍자했다는 이유로 영국 작가 '살만 루시디'를 살해 협박하는 극단주의 무슬림들과 무엇이 다른지 묻고 싶다.

브라질을 방문하기 전, 내가 브라질에 대해 가졌던 지식도 허접한 편견 덩어리에 불과했다. 나는 브라질을 아마존 밀림과 아나콘다, 그리고 치부만 가린 채 창을 들고 밀림을 헤치는 아마조네스 전사들 땅으로 여겼다. 땅 덩어리만 컸지 후진국에 불과하다는 오만과 편견은 무지였다. 24시간을 넘게 날아 도착한 브라질은 그런 편견과 오만을 여지없이 깨뜨렸다.

상파울루 시가지는 교통 체증에다 서울 강남을 방불케 할 만큼 화려했다. 게다가 한때 세계 6대 경제 강국이었고, 지금도 항공 산업만큼은 수위를 차지할 만큼 과학문명이 발달한 나라라는 사실 앞에서 어리둥절했다. 물론 브라질에 아마존 밀림과 아나콘다가 없는 건 아니다. 그러나 아마존 밀림과 아나콘다는 지극히 사소한 일부분에 지나지 않는다. 두 달 넘게 체류하는 동안 아나콘다는커녕 꼬리조차 구경하지 못했으니 편견과 무지는 황당했다.

러시아에 대한 인상도 오만과 편견에 갇혀 있었다. 2000년대 초반 모스크바 공항에 첫 도착했을 때 느꼈던 긴장감은 지금도 선연한 기억으로 남아 있다. 사회주의 국가 대장격인 러시아에 대한 공포는 출발 전부터 상당했다. 괜히 잘못되는 건 아닌지 불안했다. 하지만 기우였다. 다른 한편에서는 영화 〈인터걸〉을 통해 접한 현지 여성들에 대한 싸구려 환상과 호기심도 적지 않았다. 떠나기 전 뒤진 인터넷 검색창에는 동양인에 대한 스킨헤드족 테러를 경고하는 근거 없는 조언(?)이 넘쳐났다.

그러나 모스크바와 상트페테르부르크 거리에서 만난 행인들 표정은 여느 유럽 도시와 다를 게 없었다. 거리는 활기찼고, 다소 무뚝뚝하기는 해도 이방인에게 친절했다. 또 공원 벤치마다 책 읽는 시민은 흔했고, 꽃을 사랑했다. 게다가 문학과 음악, 미술, 발레 등 문화예술 분야에서 성취는 놀랍다. 그들도 우리처럼 사랑하고, 분노하며, 혈관 속에 따뜻한 피가 흐른다는 지극히 당연한 사실을 깨닫기까지는 짧았다. 한국을 떠나기 전에 가졌던 터무니없는 편견과 긴장, 불안을 생각하며 실없이 웃었던 기억이 있다.

소련 연방 해체 직후 1990년대 중후반 러시아를 다녀온 남성들 사이에 "초코파이와 스타킹만 있으면 현지 여자를 살 수 있다"는 무용담이 한동안 입에서 입으로 전해졌다. 하지만 그것은 경제사정이 어려운 어느 나라에나 있기 마련인 단면에 불과하다. 더구나 지금 러시아는 그때 러시아가 아니다. 오늘날 러시아는 '올리가르히(신흥재벌)'를 중심으로 비약적으로 발전했다. 지금도 그런 생각을 갖고 있다면 낭패를 각오해야 한다. 설령 그렇다 하더라도 '스타킹과 초코파이'로 여성을 산다는 생각은 천민자본주의에서 비롯된 오만이나 다름없다. 혹여, 그들이 한동안 한국 남성들 사이에 이런 말이 흘러 다녔다는 것을 알게 될까 두렵다. 참고로 모스크바 물가는 서울과 도쿄를 능가할 만큼 살인적이다. 그러니 아예 스타킹이나 초코파이로 여성을 꾀겠다는 생각은 접는 게 좋다.

# 자존심까지
# 가난하지 않다

중앙아시아 변방에 불과한 몽골은 한때는 몽골제국이란 이름으로 당당했다. 몽골제국 뿌리는 훈족이다. 사마천(司馬遷)이 쓴 『사기(史記)』는 훈족을 '흉노(匈奴)'로 부르고 있다. 흉노는 자신들이 세상 중심이라고 믿는 중화사상에 찌든 중국인들 관점에서 붙인 명칭이다. 실상은 정반대였다. 중국인들은 흉노 앞에서 공포에 떨며 쩔쩔 맸다. 중국이 자랑하는 만리장성은 다름 아닌 두려움의 결과다. 중국을 최초로 통일한 진시황은 흉노를 방어하기 위해 만리장성을 쌓았다. "하늘은 높고 말은 살찐다"는 천고마비(天高馬肥)도 흉노에서 비롯됐다. 몽골 말은 가을이 되면 살이 붙고 갈기털은 윤난다. 살찐 말로 무엇을 하겠는가. 유목민들은 추수철이면 살찐 말을 타고 국경을 넘었다. 당시 농경민족 한족에게 바람처럼 달리며 활을 쏘아대는 흉노는 공포 그 자체였다. 두려움에서 쌓기 시작한 게 만리장성이다. 중국은 만리장성을 최대 유적이라고 자랑하지만 이면에는 흉노와 두려움에서 비롯된 자격지심의 산물이다.

유럽에서는 흉노를 훈족으로 불렀다. 4~5세기 유럽인에게 흉노는 재앙이었다. 그들은 광활한 유라시아 초원을 내달아 동로마 제국 수도 콘스탄티노플(Constantinople, 터키 이스탄불의 이전 명칭)을 지나 루마니아와 헝가리까지 공격했다. 유럽인들에게 훈족 왕 '아틸라(Attila)'는 재앙을 부르는 공포였다. 유럽 풍속에 우는 아이를 달래 때 "아틸라가 온다"는 말이 있을 정도였다. 호랑이가 최대 공포였던 시절 조선도 "호랑이가 온다"고 했다. 그들에게 훈족 아틸라는 그만큼 두려운 존재였다. 세계사에서 가장 강력한 제국으로 손꼽는 로마제국도 훈족에 의해 붕괴됐다. 역사는 훈족과 전쟁에서 패한 게르만족이 서로마 제국으로 밀려 나면서 로마제국 몰락을 재촉했다고 적고 있다. 당시 아틸라는 유럽을 공포로 몰아넣었다. 아틸라와 훈족에 대한 공포는 유럽 회화(繪畫)에도 심심치 않게 등장한다. 아틸라는 말을 탄 채 채찍을 휘두르는 광포한 인물로 묘사돼 있다.

헝가리 부다페스트를 방문했을 때 도나우강이 내려다보이는 '어부 요새'에 올랐다. 가이드는 아틸라가 이끄는 훈족 기병대가 어부 요새까지 올라와 많은 이들을 학살했다고 설명했다. 몽골 기병은 바다와 같은 유라시아 초원을 달려 이곳 헝가리 부다페스트까지 진격했다. 당시는 내비게이션도 없었다. 말을 탄 채 수천 킬로미터를 이동해 어떻게 이곳까지 진격했는지 생각할수록 경이로웠다. 그러니 유럽인들이 처음 보는 훈족 앞에서 혼비백산했을 게 분명하다.

사마천은 훈족을 "광대뼈가 튀어나오고, 눈동자는 불타듯 강렬하고, 눈은 찢어진 모양이다"고 묘사하고 있다. 사마천 설명대로라면 한국인 외모와도 비슷하다. 그래서 일부 사학자들은 훈족을 몽골, 나아가 한반도인과 연결한다. 학창시절, 한민족은 900회 이상 침입을 받았다고 배웠다. 늘 터지기만 하는 나약한 민족으로만 생각했는데 역사상 가장 강성했던 훈족과 희미하게나마 핏줄로 연결돼 있다고 생각하면 은근히 어깨에 힘이 들어간다. 과장된 상상력이며 과잉 민족주의 일망정 훈족과 한국인 사이에서 연결고리를 찾는 건 흥미롭다.

어쨌든 훈족 후예답게 몽골제국은 한때 세계를 주름잡았다. 몽골제국은 가장 강력한 제국이었다. 역사상 가장 많은 땅을 차지한 인물로 세 사람을 꼽는다. 알렉산더 대왕과 나폴레옹, 히틀러다. 몽골제국이 차지한 영토는 셋을 합한 것보다 넓었다. 몽골제국의 위용을 짐작할 수 있다. 엄청 잘 싸운다는 점에서 훈족과 몽골은 개연성 있다. 한민족 뿌리가 몽골과 잇닿아 있으니 흔적을 좇다 보면 훈족에까지 이를 수도 있다는 생각을 해본다.

2012년은 훈 제국(匈奴)이 건국한 지 2,220년 되는 해였다. 훈 제국의 후예 몽골과 한국은 그해 '포괄적 동반자 관계(Comprehensive Partnership)'를 맺었다. 양국 관계는 2021년 9월 한 단계 더 격상됐다. 문재인 대통령과 후렐수흐 몽골 대통령은 전략적 동반자 관계를 맺고 공동 선언문을 채택했다. 윤석열 대통령도 지난해 8월 후렐수흐 몽골 대통령에게 친서를 보냈다. 친서에는 한국과 몽골은 가까운 형제이자 민주주의 전략 동반자이며 공급망 안정을 위한 중요 파트너라는 내용이 담겼다. 박진 외교부장관은 친서를 전달하며 "한몽 전략적 동반자 관계를 더욱 발전시켜 나가겠다"고 강조했다.

한국과 몽골은 1990년 수교 이후 30년 동안 긴밀한 관계를 유지하고 있다. 몽골은 세계 7대 자원 부국이며 몽골 국민들은 한국과 한국인에 대해 우호적이다. 한국 정부가 외교 관계를 격상한 이유는 몽골이 보유하고 있는 풍부한 자원과 에너지 때문이다. 몽골은 동(매장

량 세계 2위)과 석탄(4위), 우라늄(14위), 철 등 지하자원 보고다. 또 몽골은 우리정부가 구상하는 동북아 국가를 겨냥한 두만강 개발과 대륙 철도망 연결을 위해서도 필요하다. 양국 국민은 무비자 90일까지 체류할 수 있다. 한국과 몽골 사이 항공편도 대한항공과 아시아나, MIAT를 비롯해 다양하다.

몽골에 처음 갔을 때 광활한 초원에 감동했다. 몽골 기병의 말발굽이 휘몰아쳤을 그 땅에 서 있다는 사실만으로도 흥분됐다. 하지만 칭기즈칸을 배출한 후예답지 않은 궁핍한 현실은 의외였다. 수도 울란바토르에는 흙먼지 날리는 비포장도로가 흔했다. 또 밤사이 주차된 차량에서 바퀴를 빼가기도 했다. 어느덧 몽골도 경제성장에 힘입어 몰라보게 발전했다. 울란바토르에는 CU를 비롯한 한국 편의점만 250곳에 달한다. 또 뚜레주르와 카페베네 등 한국 브랜드가 즐비하다. 한국어를 하는 몽골인도 흔하다. 몽골 국민 300만 명 가운데 3만 명이 한국에 거주하고 있다니 두 나라는 형제 국가나 다름없다.

몽골 인들은 어릴 때부터 말을 탄다. 강인한 체력과 불타는 눈빛, 그리고 통뼈에는 몽골제국 DNA가 흐른다. 훈 제국 아틸라에서 시작해 몽골제국 칭기즈칸으로 이어지는 유목민의 땅, 몽골은 가난하다고 무시해서는 안 된다. 존중하고 배려하며 공생하는 지혜를 찾아야 한다. 비록 우리보다 경제력은 낮지만 자존심까지 가난한 건 아니다. 몽골제국 후예들이 다시 날개를 펴는 날을 기다린다.

# 편견과 차별로 쌓은 바벨탑

오래전 일이다. 2007년 2월 12일 월요일 아침, 출근길에 우울한 뉴스를 접했다. 법무부 여수 출입국관리소 외국인 보호시설에서 화재가 발생했다. 9명이 죽고 18명이 화상을 입었다. 방송 보도를 보는 내내 부끄러웠다. OECD 선진국을 자처하는 국가에서 운영하는 시설이라고는 믿기지 않았다. 인권 사각지대에서 그들은 한 줌 재로 사라졌다. 어처구니없는 죽음은 인권국가로 포장된 대한민국의 싸구려 인권 수준을 적나라하게 드러냈다. 보호시설에서 강제 추방을 기다리는 그들에게 한국은 증오의 땅이었다.

국가인권위원회는 외국인 보호시설에서 인권은 존재하지 않는다고 했다. 욕설과 폭행은 예사였고, 일부 시설은 햇빛조차 들지 않는 반 지하실이었다. 전국 18개소에 달하는 외국인 보호시설은 사실상 범죄자를 다루는 '감금' 시설로 이용돼 왔다. '보호'는 수사에 지나지 않았다. 불법 체류자 신분으로 전락하면 누구도 도움 받지 못했다. 그들은 절망과 외로움 속에서 코리안 드림이 아니라 코리안 나이트메어

(악몽)를 겪으며 분노를 키웠다. 지금은 달라졌을까. 올해 3월 태국에서 온 60대 남성 이주노동자가 경기도 포천 돼지농장에서 숨졌다. 불법 체류 신분이었던 그는 비위생적 환경 축사에서 생활하다 비극을 맞았다. 2월에도 고창에서 50대 태국인 부부 이주노동자가 밀폐된 방 안에서 일산화탄소 중독으로 사망했다. 둘 다 외국인 보호시설은 아니었지만 이주 노동자가 처한 현실을 보여주었다. 2021년 9월 국가인권위원회는 외국인 보호시설을 조사한 뒤 법무부 장관에게 인권침해 예방 및 인권 증진을 위해 관련 제도와 정책을 개선하라고 권고했다.

여수 화재 사고 이후 15년여가 흘렀지만 외국인 보호시설은 여전히 인권 사각지대였다. 시설에 수용된 1,065명 전원 코로나19 양성자로 판명됐다. 3.3평방미터(10평) 남짓한 공간에 18명을 수용했는데 의사 1인당 300여 명을 관리했다. 의료 사각지대에서 발생한 참사였다. 이수진 민주당 의원은 뒤로 결박하는 '세우꺾기'를 비롯해 신체 구속과 학대를 근절하는 출입국관리법 개정안을 발의하기도 했다. 인권국가를 자처하는 대한민국의 위선은 지금도 진행형이다.

미국 비자 없이 미국을 경유해 멕시코에 다녀올 기회가 있었다. 달라스 공항에서 비행기를 갈아타는 과정에서 억류(?)됐다. 폭설 때문에 다음 비행기로 바로 연결이 안 되면서 빚어진 해프닝이었다. '아에로멕시코'가 연착하면서 사달이 났다. 항공사는 미국 비자가 있는 승객들은 시내 호텔로 이송했다. 나는 비자가 없다는 이유로 혼자 공항에 남았다. 이동 반경은 공항 한구석 펜스(2평) 안으로 제한됐다. 공항 경찰의 감시를 받으며 밤새 1월 추위와 씨름했다. 짧은 억류였지만 당혹스러웠다. 아무런 조력도 받지 못한 채 사각지대에서 있었을 외국인 노동자를 생각하면 그때가 떠오른다.

여수 외국인 보호시설 화재 사건은 단순한 인재(人災)가 아니다. 우리 사회 전반에 팽배한 외국인 노동자를 대하는 인식 수준을 반영한다. 우리는 은연 중 경제적으로 뒤쳐진 동남아시아 노동자들은 함부로 대한다. 반면 유럽인과 미국인은 깍듯이 예우한다. 백인과 아시아인을 차별하는 잠재의식에서 비롯된 행동이다. 2006년 2월 수원 외국인보호소에서는 터키인이 투신자살했다. 그는 강제 추방에 대한 불안감을 이기지 못해 스스로 목숨을 끊었다. 이전 불법 체류자 일제 단속(2003년 11월~2004년 2월) 때도 유사한 사고가 있었다. 당시 단속 기간에만 무려 12명이 자살을 선택했다. 한국에서 강제 추방될 경우 따르게 될 경제적 어려움을 의식한 자살이었다.

대부분 외국인 노동자들은 하루 10시간 이상 중노동에 투입된다. 주52시간제 도입 이후 많이 개선됐다고는 하지만 욕설과 손찌검에 노출돼 있고 급여를 떼이는 경우도 여전하다. 일부 악덕 업주는 불법 체류자 신분을 악용해 상습적으로 임금을 체불하기도 한다. 불법 체류자에 대한 처분도 나라별로 다르다. 매번 형평성 논란을 빚고 있다. 중국이나 동남아 출신 불법 체류자 강제 추방 비율이 훨씬 높다. 반면 미국과 캐나다에서 온 불법 체류자는 상대적으로 낮다. 통계에 따르면 외국인 불법 체류자 가운데 중국 조선족과 구소련(CIS)지역 고려인 동포, 아시아와 아프리카 출신 강제 추방 비율은 30%를 넘었다. 반면 미국과 일본 등 선진국 출신 강제 추방 비율은 1~2%에 불과한 것으로 조사됐다.

언론은 '불법체류 단속도 인종, 국적 차별'이란 비판 기사를 쏟아냈다. 법무부가 작성한 '2005년 출입국관리법 위반자 국적별 처리 현황'에 따르면 아시아계는 불법 체류자 9만 5,435명 중 38% 3만 5,797

명이 강제 추방됐다. 방글라데시 68.4%, 네팔 65.5%, 베트남 51%, 태국 46%, 필리핀 44.8%로 이들 국가는 절반 이상 쫓겨났다. 반면 미국 1.3%, 캐나다 9.8%, 일본 0.8%는 대조를 보였다. 2021년 강제 출국자 통계 또한 마찬가지였다. 전체 강제 출국자 12만 1,225명 가운데 중국과 베트남, 태국, 몽골 국적 노동자는 8만 102명으로 66%를 차지했다. 인권과 평등을 지향하는 한국 사회가 보여주는 뿌리 깊은 인종 차별 현주소다.

수년 전 울란바토르에서 만난 몽골 여성도 1년여 불법 체류 기간 동안 6개월 이상 월급을 받지 못했다. 그는 내게 고스란히 날린 6개월분 급여에 대한 속상함을 말하면서도 한국에 대한 애정을 거두지 않았다. 이듬해 다시 서울에 온 그녀는 허름한 봉제공장에서 하루 열 시간가량 일했는데 또 3개월분 급여를 받지 못했다. 고용주에게 전화를 걸어 밀린 월급을 받도록 도와줬지만 부끄러웠다. 가난한 나라 몽골 노동자라는 선입견에서 그랬겠지만, 그녀는 울란바토르 대학을 졸업하고 러시아 이르쿠츠크 대학에서 유학까지 다녀온 엘리트다.

국내 외국인 노동자는 215만 명(2023년 1월 기준)에 달한다. 이 가운데 불법 체류 신분은 41만 명으로 집계됐다. 외국인 노동자는 한국 사회를 지탱하는 중요한 축이다. 그들과 우리 사이를 가로막는 건 언어가 아니라 편견과 차별이다. 이주 노동자는 이방인이 아니라 우리와 함께 생활하는 이웃이다. 인식 변화와 함께 보호시설 개선, 그리고 불법 체류 신분을 악용하는 인권침해를 멈춰야 한다. 이주 노동자에 대한 편견과 차별을 극복할 때 우리 사회는 성숙하다.

# 결혼 이주여성의 눈물

저녁 뉴스(2019년 7월)를 보다 어처구니없었다. 아니, 화가 났다. 베트남 결혼 이주여성이 한국인 남편으로부터 무차별 폭행을 당하는 영상이 공개됐다. 그것도 두 살배기 아들이 보는 앞에서였다. 영상은 베트남까지 빠르게 퍼졌고 외교 문제로 비화됐다. 경찰청장과 장관, 국무총리가 사과했고 청와대 게시판에는 남편을 엄벌하라는 국민청원까지 올라왔다. 왜 자꾸 이런 일이 끊이지 않는지 납득하기 어려웠다. 앞서 2010년 9월에도 몽골 출신 결혼 이주여성 강체첵 씨가 한국인 남성에게 살해됐다. 당시 스물다섯 살, 한국에 온지 불과 5개월 만이었다. 그녀는 어이없게도 몽골 출신 친구의 한국인 남편에게 피살됐다. 한국인 남편이 휘두르는 폭력에 시달리던 몽골 친구는 강체첵 씨 집으로 피신했고, 친구 남편을 설득하던 중 흉기에 찔려 숨졌다. 영정 속 그녀 얼굴은 해맑았다. TV 카메라는 생후 4개월 된 아이를 스치듯 보여주었다.

그해 7월에는 베트남 이주 여성 탓티황옥(20) 씨가 숨졌다. 결혼 8

일 만에 정신질환을 앓는 한국인 남편이 휘두른 흉기에 찔려 목숨을 잃었다. '묻지 마' 국제결혼 대행이 낳은 참사였다. 결혼 전, 그녀가 받은 배우자 정보는 이름과 나이(47)뿐이었다. 남편은 8년 동안 무려 57차례 입원치료를 받은 정신질환자였다. 결혼 대행업체는 수수료 챙기기에 급급해 정보 제공을 외면했고, 남편과 가족들은 베트남 여성을 상품으로 여겼다. 그릇된 욕망은 스무 살 꽃다운 목숨을 앗아 갔다.

TV 영상 속 몽골 친구는 강체첵 씨 영정 앞에서 "우리도 사람이야, 사람이다"며 서툰 한국말로 울부짖었다. 그 말이 두고두고 가슴을 찔렀다. 당연한 말을 왜 그토록 힘주어 말하는지 알기에 부끄러웠다. 인간다운 대접을 받지 못했다는 절규였다. 결혼 이주여성들은 언어와 문화적 차이, 관습 때문에 정착에 어려움을 겪는다. 2019년 국가인권위원회 실태조사에 따르면 42.1%가 가정폭력을 경험했다. 통계에 잡히지 않는 이들까지 고려하면 절반 이상이 상시적인 폭력에 노출됐다고 봐야 한다. 물론 이제는 많이 나아졌으리라고 믿는다.

베트남과 캄보디아, 필리핀은 자국민 보호를 위한 국제결혼심사 규정을 강화했다. 특히 한국 남성과 결혼을 엄격히 제한했다. 2010년 캄보디아는 한국 남성과 결혼을 일시 금지했다. 이후 50세 이상 한국 남성과 결혼 금지, 소득기준 월 2,500달러 이상으로 완화했지만 부끄러운 일이었다. 필리핀 역시 영리 목적으로 결혼을 중개할 경우 형사처벌하는 방향으로 강화했다. 한국 남성을 잠재적 범죄자 취급하기에 유쾌하지는 않지만 우리가 자초했다. 한때 농촌지역에는 "베트남 여성 절대 도망가지 않습니다"라는 낯 뜨거운 현수막이 걸렸다. 있을 수 없는 발상이지만 그런 문구를 버젓이 내걸 만큼 한국 사회는 무감각했다.

국제사회도 깊은 우려를 표했다. 2018년 12월 유엔 인종차별철폐위원회는 한국 내 폭력 피해 이주여성에 대한 관심을 표명했다. 국제사회가 경고장을 내민 건 그때가 처음은 아니었다. 2015년 유엔 인종차별 보고관은 한국을 다녀간 뒤 결혼 이주여성의 체류 안정을 보장하라고 권고했다. 2011년에도 유엔 여성차별철폐위원회는 한국 남성과 결혼한 외국인 여성의 국적 취득 요건과 차별 조항 폐지를 권고했다. 권고가 계속되고 있다는 건 결혼 이주여성에 대한 인권 상황이 개선되지 않는다는 것이다. 잊을만하면 터지는 결혼 이주여성에 대한 가정 폭력은 방증이다.

가정 폭력에 시달리다 집을 나온 결혼 이주여성을 취재할 기회가 있었다. 그녀는 어린 자녀와 함께 보호시설에서 생활하고 있었다. 보호시설에는 그 여성 말고도 5~6명이 더 있었다. 대부분 가정폭력에 시달리다 보호시설을 찾은 경우였다. 인터뷰를 하면서 결혼 이주여성을 상품으로 취급하는 현실 앞에서 부끄럽고 화났다. 한국인 남성들은 이주여성의 약점을 악용해 잦은 폭력을 행사했다. 이혼할 경우 불법 체류자로 전락하는 약점을 노린 야비한 행동이었다.

결혼 이주여성은 한국인 남성을 만나 한국에 정착한 한국인이다. 어디에서 태어났든 한국인 남자와 결혼한 순간부터 한국인이다. 그런데도 피부 색깔과 언어가 다르다는 이유로 함부로 대하는 바람에 악몽을 경험하고 있다. 결혼 이주여성 이혼도 증가 추세에 있다. 서울시 이주 여성상담센터에 따르면 상담 1위는 법률, 2위는 이혼상담, 3위는 가정폭력이다. 이혼 또한 2002년 1,744건에서 2021년 1만 4,319건으로 10년 만에 8배 이상 가파르게 치솟았다. 더구나 60.7%는 결혼한 지 5년 이내였다. 신혼의 단꿈은커녕 절망에 빠질 수밖에 없다.

결혼이주여성은 더 이상 외국인이 아니다. 더구나 우리는 베트남과 필리핀에 채무가 있다. 필리핀은 한국전쟁에 참전해 우리를 도왔고, 또 한국군은 베트남 전쟁에 무고한 양민을 살육한 원죄가 있다. 베트남 전쟁 당시 현지 여성과 한국인 사이에 태어난 '라이 따이한'도 사회문제다. 그들에게 같은 아픔을 또다시 반복한다면 몰염치하다. 물론 결혼 이주여성과 다문화 가정을 대하는 시선이 많이 달라진 건 사실이다. 다양한 지원정책도 마련됐다. 몽골 출신 이라씨는 결혼 이주여성 최초로 경기도의회(2010년)에 진출했다. 비록 지방의회일망정 이주여성이 지방의원으로 활동한다는 건 상징적이다. 또 광역자치단체마다 이주여성 계약직 공무원 채용을 늘려가고 있다.

몽골과 베트남에 여러 차례 다녀왔다. 현지에서 만난 그들은 비록 가난하지만 자존심은 강했다. 칭기즈칸 후예 몽골은 역사상 가장 넓은 땅을 차지한 민족이다. 영하 40도가 넘는 혹한에도 불구하고 그들은 유라시아 대륙을 호령한 자존심이 있다. 베트남 또한 중국과 네덜란드, 독일, 프랑스, 미국을 상대로 차례로 이길 만큼 강한 민족이다. 이런 그들이기에 자기 딸들이 한국 땅에서 허망하게 목숨을 잃는다면 분노할 수밖에 없다. 정부는 사건이 터질 때마다 재발 방지를 약속했다. 관건은 대책과 제도에 있지 않다. 우리가 그들을 딸과 친구, 아내, 어머니로 받아들이지 않는 한 근본적인 치유책은 없다.

# PART 3

# 생각을 담는 그릇, 문화

# 피할 수 없다면 즐겨라

북유럽 여름은 짧다. 세상사가 그렇듯 짧다는 건 항상 아쉽고, 덧없다. 노르웨이와 스웨덴, 핀란드, 덴마크 등 스칸디나비아 국가에서 여름은 대략 3개월 안팎이다. 이들 나라에서 여름은 햇볕과 신록을 즐길 수 있는 따뜻한 시기를 의미한다. 대신 겨울은 길다. 겨울이면 눈은 내리는 게 아니라 아예 퍼붓고, 칼바람은 밤새 휘몰아친다. 해는 오전 9시에나 늦게 얼굴을 내밀고 오후 2시면 서둘러 숨는다. 햇볕은 모자라고 하늘은 온통 먹빛인 그런 겨울이 8개월이나 계속된다고 생각해보라. 마냥 낭만을 이야기할 수 있을까.

언젠가 겨울, 스웨덴 스톡홀름을 찾았다. 낭만적인 광경을 기대했는데 거리는 온통 회색빛으로 을씨년스러웠다. 미처 녹지 않은 눈은 퇴적물과 엉켜 붙어 거무튀튀했다. 지나는 차량에 의해 튈까 걱정해야 할 판국이었다. 그래서 북유럽에서 햇볕은 은총이다. 봄날 북유럽에 가면 누워 반라 상태로 햇볕을 즐기는 미녀들을 무상으로 볼 수 있다. 잠시도 햇볕 아래 서 있지 못하고 그늘을 찾는 우리와 달리 그들은 뙤약볕 아래서도 유유자적하다. 태어나고 자란 환경이 만들어낸 생활습관이라는 걸 알면서도 선뜻 이해되지 않는 광경이다.

주근깨투성이 말괄량이 삐삐는 북유럽에서는 흔하다. 겨우내 모자란 햇볕을 짧은 시간에 받아들이다 보니 얼굴에 주근깨가 핀 것이다. 북유럽 국가에서 크리스마스 다음으로 큰 축제가 하지(夏至) 축제다. 햇볕과 관련돼 있다. 연중 낮이 가장 긴 하지(6월 23일)가 되면 스칸디나비아 반도는 축제로 들썩인다. 관공서와 상점은 일제히 문을 닫고, 가족 단위로 휴가를 떠나 거리는 썰렁하다. 만일 하지 축제 기간 중 거리에서 사람들을 만난다면 그들은 십중팔구 북유럽 밖에서 온 외국인이다.

핀란드를 거쳐 스웨덴, 덴마크를 다닐 때 하지 축제를 경험했다. 핀란드 헬싱키(Helsinki)에서 스웨덴 스톡홀름으로 향하는 여객선(Silja Line) 안이었다. 그들은 선상에서 밤 새워 마시고 흥청댔다. 날이 밝은 뒤에 보니 갑판은 깨진 술병으로 어지러웠다. 북유럽 겨울은 춥고 음울한데, 하지 축제 기간은 전혀 달랐다. 이들에게 햇볕은 사랑하는 연인이나 다름없다. 나뭇가지에 물이 오르고 해가 길어지면 너도나도 햇볕 아래로 모인다. 하지 축제는 이러한 기쁨을 나누는 자리다.

축제가 시작되면 사람들은 전통 의상을 차려입고 광장에 모인다. 꽃과 나무로 장식한 '5월 기둥(May Pole)'을 세우고, 주위를 돌며 동이 틀 때까지 여름밤을 만끽한다. 또 이날은 청춘남녀에게 특별한 날이다. 미래 배우자를 꿈속에서 만날 수 있다는 속설 때문이다. 하지가 시작되는 날 밤, 야생화 9가지 종류를 꺾어 베개 밑에 깔고 잔다. 그러면 꿈속에서 미래 배우자를 만날 수 있다는 전설이 있다. 아마도 긴

겨울 끝에 찾아온 여름을 즐기는 북유럽 사람들이 만든 특별한 의식은 아닐까 싶다. 긴 겨울을 이겨낸 들꽃을 미래 배우자와 연결시켜 그럴듯한 이야기를 만든 건 아닐까한다. 9가지 야생화로 만든 화관을 쓰고 사진 찍는 연인들은 이날만큼은 모든 고민을 내려놓고 행복한 모습이다.

우리나라는 장마가 끝나면 불볕더위가 찾아온다. 건조한 북유럽과 달리 우리나라 여름은 사람을 지치게 한다. 높은 습도에다 맹렬한 폭염은 인내를 요구한다. 그래서 북유럽 인들은 햇볕을 따라 해바라기를 하지만, 우리는 나무 그늘에 숨어 햇볕을 피한다. 북유럽에 갔을 때 재미있는 이야기를 들었다. 현지인들은 한국 여성을 쉽게 분간할 수 있다고 했다. 듣고 보니 수긍이 갔다. 관광객으로 북새통인 북유럽에서 한국 여성을 구분하는 방법은 간단했다. 나무 그늘에서 햇볕을 피하거나 양산을 쓰고 걷는 여성은 100% 한국인이라는 것이다. 양산을 필수품으로 여기는 한국 여성의 특징을 잘 간파한 말이다. 현지인들 눈에는 햇볕을 피하기 위해 애를 쓰는 한국 여성들 모습이 낯선 것이다. 한 뼘 햇볕도 아쉬운 그들에게 햇볕을 가리고 피하는 한국 여성이 어떻게 비춰졌는지 생각하면 재미있다.

김용택 시인의 〈유월〉을 읊노라면 우리 여름도 마음먹기에 달렸다. 섬진강 시인으로 알려진 김용택은 섬진강을 배경으로 수많은 서정시를 썼다. 〈유월〉은 이렇다. "하루 종일/ 당신 생각으로/ 유월의 나뭇잎에 바람이 불고/ 하루해가 갑니다./ 불쑥불쑥 솟아나는/ 그대 보고 싶은 마음을/ 주저앉힐 수가 없습니다./ 창가에 턱을 괴고/ 오래오래 어딘가를 보고 있곤 합니다./ 느닷없이 그런 나를 발견하고는/ 그것이/ 당신 생각이었음을 압니다./ 하루 종일/ 당신 생각으로/ 유월의 나뭇잎이 바람에 흔들리고 해가 갑니다."

피할 수 없다면 즐기라는 말이 있다. 지난해 여름 아내와 함께 섬진강 일대를 돌았다. 김용택 시인이 아이들을 가르쳤던 임실 덕치초등학교 느티나무 그늘에 앉아 섬진강 강바람을 맞았다. 방학 중이라 교정은 텅 비었지만 느티나무 아래서 듣는 바람 소리는 일품이었다. 또 섬진강 강가에 있는 김용택 시인 생가도 방문했다. 집에서 조금만 내닫으면 섬진강이고, 마당 안에서 섬진강 물소리가 들렸다. 강을 가로지른 돌다리는 어린 시절을 떠올리게 했다. 마을 입구 느티나무 그늘은 책 읽고 낮잠 자기에 제격이다. 이런 곳에서 시인으로 컸다고 짐작하니 욕심났다.

모든 게 마음먹기에 달렸다. 땡볕일지라도 생명을 키우는 소중한 햇볕이라고 생각하면 고마운 일이다. 비가 귀한 몽골에서는 겨울비도 축복이다. 또 우리에게는 성가신 땡볕도 북유럽에서는 소중하다. 넘치는 것을 불평할 게 아니라 가지지 못한 이들을 떠올리는 게 지혜롭다. 지난여름 폭우는 우리를 힘들게 했다. 서울 강남 한복판이 물에 잠긴 장면은 낯설었다. 적지 않은 피해를 입었지만 메마른 이스라엘 유대광야나 몽골초원을 떠올리면 원망할 일만도 아니다.

어떻게 바라보느냐에 따라 달라진다. 누구에게는 그토록 그립고 아쉬운 햇볕이라고 생각한다면, 한여름 땡볕도 고맙다. 혹독한 겨울을 지나면 봄이다. 또 뜨거운 여름을 견디면 서늘한 가을이 찾아온다. 올봄에는 나무 그늘을 찾아 바람에 흔들리는 나뭇잎을 보고 해가 지는 것을 바라 볼일이다.

# 흥미로운 목욕 문화사

일요일, 동네 목욕탕엘 다녀왔다. 비교적 최근 문을 연 때문인지 목욕탕 내부는 편백나무로 마감했고 히노키 탕도 있다. 벽에서는 연신 뜨거운 공기가 나와 탕 안을 알맞게 달궜다. 증기 때문에 시야는 뿌옇지만, 히노키 탕에 들어서면 상쾌하다. 히노키는 편백나무를 일컫는 일본말이다. 아토피는 물론 호흡기 질환에 효과가 있다고 한다. 제주 편백나무 숲에서 머리와 가슴까지 정화되는 느낌을 받았다. 히노키 탕은 일본이 본가다. 일본은 목욕 문화가 유난히 발달했다. 일본은 섬나라인 까닭에 여름 습도는 높고, 겨울이면 차가운 바닷바람이 끊임없이 불어온다. 그러한 환경을 이겨내는 수단으로써 목욕 문화가 발달했다. 일본에 갈 때마다 자연스럽게 온천욕을 한다. 온천단지가 흔하고, 굳이 온천단지를 찾지 않더라도 어지간한 호텔에서도 온천욕을 즐길 수 있기 때문이다.

일본 북단에 위치한 홋카이도는 스키장이 몰려 있다. 아사히 맥주와 쌍벽을 이루는 삿포로 맥주도 이곳에서 생산된다. 삿포로(Sappor)

는 겨울이면 설국으로 변한다. 눈이 내리기 시작하면 허리까지 쌓이는 건 보통이다. 때로는 버스 높이를 넘는 눈 벽 도로를 만나기도 한다. 산간 지역은 폭설로 도로가 묻힐 경우를 대비해 도로 경계선에 붉은 깃대를 세웠다. 깃대를 기준으로 운전하면 이탈을 방지할 수 있는데 이곳에서만 볼 수 있는 광경이다.

일본 최초 노벨 문학상 수상작인 가와바타 야스나리(端康成)의 소설 『설국』에도 묘사됐지만 일본의 겨울은 정말 아름답다. 눈은 그냥 내리는 게 아니라 무릎을 넘어 허리, 가슴까지 차오른다. 백설기 떡가루 같은 눈은 침대보다 푹신하다. 그 눈밭에 누워 하늘을 올려다보면 덩달아 기분도 좋다. 그런데 눈이 내릴 때면 겁이 날 정도다. 하늘에 구멍이라도 뚫렸는지 끊임없이 쏟아진다. 스키 활강을 하다 아이들을 잃어버릴까봐 조바심 냈던 기억도 있다.

숙소로 돌아와 언 몸을 녹이기 위해 히노키 탕에 몸을 담았다. 피로와 함께 모든 시름이 날아갔다. 호텔은 객실마다 히노키 탕이 딸려 있었는데, 테라스에 설치된 노천탕이었다. 눈 내리는 설경을 감상하며 온천욕을 즐겼다. 욕조에 몸을 담근 하반신은 따뜻한데 물 밖으로 드러난 상체에는 눈이 내려앉았다. 뜨거움과 찬 것을 동시에 경험한 특별한 경험이었다.

벚꽃 피는 4월, 도쿄에서 가까운 하코네 료칸(旅館)에 머문 적 있다. 하코네는 한국인들에게 인기 있는 온천 관광지인데 멋진 료칸이 즐비하다. 료칸은 우리말로 여관이다. 그러나 우리나라 여관으로 생각하면 오산이다. 전통 료칸 숙박 요금은 어지간한 호텔보다 비싸다. 료칸에도 어김없이 노천탕이 딸려 있다. 료칸에 짐을 풀고 벚꽃 잎이 흐드러진 밤, 노천탕에 몸을 담았다. 담장 밖으론 200여 년은 넘겼을 우람한 벚꽃나무가 담을 두르고 있었다. 하늘에는 쟁반 같은 둥근 달이 걸려 있고, 꽃잎은 밤새 소리 없이 욕조에 떨어졌다. 마치 눈이 내리듯 욕조는 하얀 꽃잎으로 채워졌다. 휘영한 보름달을 배경으로 날리는 벚꽃 잎은 환상적이었다. 이쯤이면 일본 히노키 탕은 관광 상품을 넘어선 문화다.

미야자키 하야오 감독의 애니메이션 〈센과 치히로의 행방불명〉에도 목욕탕이 주요 소재로 나온다. 시코쿠 에히메에 갔을 때 〈센과 치히로의 행방불명〉에서 배경이 된 도고 온천을 찾아갔다. 고풍스러운 외관과 함께 한 목욕은 문화 상품이나 다름없었다. 그들은 몸을 씻는 단순한 행위를 넘어 목욕을 고급문화로 승격시켰다. 기회가 된다면 일본 노천탕에 몸을 담고 하코네에서 추억을 떠올리고 싶다.

일본은 자연과 함께하는 개방형 노천탕을 일반화했다면 러시아와 중앙아시아, 스칸디나비아는 폐쇄형이다. 추위 때문이다. 카자흐스탄과 우즈베키스탄, 러시아 상트페테르부르크(Sankt Peterburg), 스웨덴 스톡홀름(Stockholm)에서 사우나를 경험했다. 그들은 '사우나 외교'라는 말이 있을 만큼 사우나에서 중요한 사람을 만난다. 사우나에 초청하는 건 환대로 해석된다. 발가벗고 앉아 거래하고 정보를 교환한다는 건 서로에 대한 믿음을 전제로 하기 때문이다.

정상 간 사우나 외교가 심심치 않게 언론에 오르내리는 것도 이러한 문화적 배경에서다. 이명박 대통령은 재임 당시 카자흐스탄을 방문해 사우나 초청을 받았다. 북유럽이나 중앙아시아에서 사우나는 뜨겁게 달군 돌에 물을 뿌려 수증기로 실내를 데운다. 공기가 식을 때마다 물을 뿌려 온도를 유지한다. 사우나 원조는 핀란드다. "사우나가 존재한다는 것만으로도 핀란드 사람은 어떤 상황에서도 결코 자살할 권리가 없다." 핀란드 출신 작가 아르토 파실린나의 소설 『기발한 자살여행』에 나오는 '사우나 예찬론'이다. 사우나에 대한 자긍심을 담은 글이다.

수년 전 겨울, 스웨덴 스톡홀름에 도착한 시간은 이른 새벽이었다. 마중 나온 교민은 밤기차 여행으로 굳은 몸을 풀라며 사우나로 안내했다. 이른 아침, 사우나는 여행으로 지친 피로를 풀고 낯선 도시에 대한 경계심을 날리기에 충분했다. 목욕 문화는 세계 어디든 보편적이다. 고대 기록이나 벽화에도 목욕 장면이 있고, 공중목욕탕 유적도 많다. 이탈리아 남부 나폴리(Napoli) 폼페이(Pompeii)에서는 화산재에 묻힌 공중목욕탕이 발견되기도 했다. 우리나라도 공중목욕탕이 보편화됐다. 그런데 언제부터인지 구멍가게 사라지듯 동네 목욕탕도 귀하게 됐다. 대신 그 자리를 대규모 사우나와 찜질방이 채우고 있다.

유년 시절 아버지를 따라 간 동네 목욕탕은 정겨웠다. 서로 눈인사를 건네고 때로는 서로 등을 밀어주며 덕담을 나눴다. 이젠 그러한 추억도 희미한 기억이 됐다. 더구나 코로나19를 거치면서 등 밀어달라는 말은 어렵게 됐다. 몸과 마음을 무장해제하는 목욕탕에서조차 서로를 경계하는 현실이다. 목욕 문화를 문화사적 측면에서 분석한다면 흥미로울듯하다.

# 안데르센의 연인, 인어공주

덴마크는 '안데르센(Andersen) 나라'다. 덴마크 어디를 가도 안데르센에서 벗어나기 힘들다. 공항과 거리, 공공건물, 박물관, 도서관까지 온통 안데르센이다. '안데르센 나라'는 실정법이 지배하는 물리적 공간이 아니라 한 사람의 영향력이 미치는 정서적 공간을 의미한다. 안데르센이 태어난 오덴세(Odense)와 수도 코펜하겐(Copenhagen)에서는 그가 남긴 흔적을 만날 수 있다. 오덴세에는 안데르센이 태어난 생가를 개조한 '안데르센 박물관'과 '유년기 집', '안데르센 공원'이 있다. 모두 걸어서 10~15분 거리에 있다. 안데르센 박물관에 딸린 작은 연못에는 동화 『미운 오리새끼』 속 백조가 유유히 헤엄치고 있다.

'유년기 집'에서는 안데르센의 어려웠던 시절을 볼 수 있다. 아버지는 구두 수선공이었다. 생가에는 구두 작업장과 유년 시절 유품이 잘 전시되어 있다. 이곳에서 가장 인상적인 공간은 세계 각국 언어로 번역된 안데르센 동화를 전시한 방이다. 영어와 스페인어, 프랑스어, 독일어, 러시아어, 페르시아어, 일본어까지 대략 120여 개 언어로 번역된 동화책으로 빼곡하다. 당연히 한국어 안데르센 동화 전집도 있다. 이 방에서 우리는 그가 얼마나 사랑받고 위대한 작가인지 확인할 수 있다. 오덴세에서 코펜하겐까지는 기차로 40여 분 소요된다. 안데르센이 동화작가로 활동한 코펜하겐 또한 안데르센과 관련된 장소가 많다. '인어공주 동상'과 '뉘하운(Nyhavn) 항구'는 핫스팟이다. 인어공주 동상은 코펜하겐에서 명물이다. 동화 『인어공주』가 끼친 영향력 때문이다. 실체를 대하면 허망하다. 항구를 배경으로 80cm 높이 동상이 달랑 서 있을 뿐이다. 흔히 벨기에 오줌싸개 동상, 독일 로렐라이 언덕과 함께 유명세에 비해 보잘 것 없는 관광지를 꼽을 때마다 거론된다. 어쨌든 인어공주는 2008년 베이징 올림픽 때 중국까지 다녀왔다.

코펜하겐을 찾는 관광객이라면 예외 없이 인어공주를 배경으로 사진을 찍는다. 유년 시절을 관통했던 인어공주에 대한 애정 때문이다. 겨울에 코펜하겐을 방문했던 나도 다르지 않았다. 가장 먼저 들려야할 곳으로 인어공주를 염두에 두었다. 북해 겨울바람을 맞으며 중앙역에서 30여 분을 헤맨 끝에 뉘하운 항구에 있는 인어공주와 만났다. 동상은 항구 끝자락에 있다. 마주한 순간 "이걸 보자고 이 고생을 했나?"하는 생각이 스쳤다.

인어공주 덕분에 한적한 겨울 항구는 활기가 돌았다. 주변은 숭배자(?)들로 소란스러웠다. 브라질과 미국, 중국, 일본, 한국 등 세계 각지에서 온 관광객로 북적였다. 아마 그들도 어린 시절을 인어공주와 함께했을 것이다. 정서적 유대감은 피부색과 언어를 초월한다. 이들을 북유럽 코펜하겐 구석진 항구로 불러 모은 힘은 이야기다. 〈인어공주〉를 비롯해 『성냥팔이 소녀』, 『엄지공주』, 『미운 오리새끼』, 『빨간 구두』

와 함께 보낸 추억이 그들을 이끌었다. 안데르센 순례는 BTS에 열광한 BTS아미가 한국을 다녀가는 것과 다르지 않다. BTS아미는 이름조차 생소한 한국이란 나라를 오로지 BTS 때문에 찾는다. 그들은 BTS를 만나기 위해 한국어를 배우고 지갑을 열고 시간을 내어 한국을 다녀간다. 유라시아 대륙 끝 한국은 BTS 때문에 핫스팟으로 떠올랐다. 문화 콘텐츠가 갖는 놀라운 힘이다.

이름과 실재가 부합하는 명실상부(名實相符)는 종종 어긋난다. SNS에서 요란할수록 그렇다. 소문난 곳, 소문난 맛 집이라고 하여 찾았다가 기대에 못 미쳐 돌아오는 경우가 허다하다. 앞서 언급한 브뤼셀(Brussels) '오줌싸개 동상'과 라인 강변 '로렐라이(Lorelei) 언덕'도 이 경우에 속한다. 브뤼셀을 상징하는 오줌싸개 동상은 명성에 한참 못 미친다. 높이 50㎝에 불과한데다 동상 주변은 지저분하기까지 했다. 지금은 달라졌는지 모르지만 당시는 관리가 엉망이었다. 오줌싸개 동상 오줌발도 시원치 않다. 그런데도 '꼬마 쥘리앙(Petit Julien)' 애칭을 지닌 동상은 유명세가 높다. 벨기에를 방문하는 외국 정상들은 동상에 옷을 입히는 의식을 치른다. 그렇게 함으로써 세계 평화를 기원한다는 스토리텔링에 참여한다.

독일 라인 강변에 위치한 로렐라이 언덕 역시 평범하다. 전설에 따르면 로렐라이는 연인에게 배신당한 슬픔을 견디지 못해 언덕에서 몸을 던졌다. 그리고 아름다운 목소리로 사람들을 유혹해 배를 난파시킨다. 우리 세대는 학창 시절 가곡 로렐라이를 배우며 상상력을 키웠다. 또 로렐라이 전설은 수많은 문학작품과 노래로 살아남았다. 독일 시인 하이네(Heine)는 〈로렐라이〉를 통해 로렐라이 언덕을 아름답게 각인시켰다. 오늘날 로렐라이 언덕의 명성은 하이네에 의해 만들어졌다. "나는 알지 못하네. 너무 슬픈 것이 무슨 의미인지. 내 마음에서 떠나질 않네. 태고 적부터 내려오는 동화 하나가. 바람은 서늘하고 날은 어두운데, 라인강은 고요히 흐르고, 석양에 산꼭대기가 붉게 찬란히 빛나고 있네. 세상에서 가장 아리따운 처녀가, 저 언덕 위에 황홀하게 앉아서, 황금빛 장신구를 번득이며, 황금빛 머리를 빗어 내렸다지. 황금 빗으로 머리 빗으며, 그녀는 노래했다네. 그것은 이상하고 놀라운 가락이었네. 조각배의 사공 걷잡을 수 없이 사로잡혀, 암초는 바라보지 않고 언덕 위 만 바라볼 적에, 물결이 마침내 사공과 조각배를 삼켰다네. 그것은 로렐라이가 노래로 하였던 것이라네." 한편의 잘 짜인 스토리텔링이다.

사람들은 신화에 열광하고 스토리텔링에 공감한다. 동상을 비롯한 여러 상징물은 신화, 전설과 접속하는 수단이다. 문학과 신화가 뿜어내는 아우라(Aura)는 여기에 이야기를 덧칠하면서 확대 재생산된다. 인어공주는 1913년 덴마크를 대표하는 맥주 회사 '칼스버그(Carlsberg)' 창업자 아들 카를 야콥슨(Carl Jacobsen)이 설치했다. 인어공주는 110년째 그곳을 지키며 숱한 스토리텔링을 양산했다. 안데르센은 뉘하운 항구에서 방세를 제때 못 내 이집 저집 옮겨 다녔다. 18번지, 20번지, 67번지 안내판은 젊은 날 남루한 삶의 흔적이다.

우리가 미운오리새끼나 성냥팔이 소녀, 인어공주에 열광하는 건 우리와 친근한 서사를 갖고 있기 때문이다. 안데르센은 외모 때문에 놀림 받고 실패와 좌절을 반복했다. 그는 70살 세상을 떠날 때까지 독신으로 지냈다. 사람은 누구에게나 그늘지고 쓸쓸한 얼룩이 있다. 안데르센을 통해 고난은 부끄러움이 아닌 자산임을 확인한다. 이야기가 힘인 시대다.

## 같은 듯 다른 듯 '반도국가'

'반도(半島, peninsula)'는 바다 또는 호수에 돌출하여 육지 대부분이 수면에 둘러싸인 지형적 특징을 일컫는 단어다. 삼면이 바다로 둘러싸인 우리나라를 한반도로 부르는 건 이 때문이다. 한반도 외에도 반도는 숱하다. 북유럽은 스칸디나비아반도, 서유럽은 이베리아반도와 이탈리아반도, 아시아는 인도차이나반도, 아랍은 아라비아반도 등이다. 반도는 바다에 접한 지형 특성상 아름다운 풍광에다 풍부한 해산물을 자랑한다. 우리나라는 동해와 서해, 남해로 둘러싸여 해산물과 먹을거리가 풍부하다. 또 바다와 산과 들이 어울려 빚어낸 자연풍광은 눈부시도록 아름답다. 부안 변산반도를 다녀온 이들이라면 고개를 끄덕일 게 분명하다. 변산반도는 산과 들, 바다가 어울려 있다. 소설가 양귀자는 어느 해 봄 신문에 기고한 글에서 자신이 가장 아끼는 드라이브 코스로 내변산 일주도로를 꼽았다.

한반도와 이탈리아반도, 이베리아반도는 축구를 잘한다는 또 다른 공감대가 있다. 특히 이탈리아와 스페인, 포르투갈은 세계적 명문 구단을 보유하고 있다. 이탈리아 AC 인터밀란과 유벤투스, 스페인 레알 마드리드와 바르셀로나 FC는 이름만으로도 쟁쟁하다. 이들 구단에서는 메시와 라울, 다비드 비아, 사비, 카카, 피구, 호나우드 등 내로라하는 선수들이 뛰고 있다. 축구 팬들이라면 이들을 지켜보는 것만으로도 즐겁다.

축구 명문가에 끼워 넣는 게 다소 민망하지만 한국 축구도 이제는 실력을 갖췄다. 한국 대표팀은 1986년 멕시코 월드컵부터 2022년 카타르 월드컵까지 10회 연속 본선 진출이라는 대기록을 세웠다. 10회 연속 월드컵 본선 진출은 다섯 나라밖에 없다. 브라질(22회)과 독일(18회), 이탈리아(14회), 아르헨티나(13회), 스페인(12회)에 이어 한국이다. 아시아 지역에선 한국을 따라올 나라가 없다. 일본과 이란(이상 6회), 사우디아라비아, 호주(이상 5회)와 비교하면 한국은 압도적이다. 게다가 한국은 2002년 월드컵 4강, 2010년과 2022년 16강에 올랐다. 또 영국 프리미어리그에서 활약하는 손흥민은 월드클래스다. 여기에 높은 축구 열기를 감안하면 한국 축구를 나란히 끼워 놓고 싶은 게 솔직한 심정이다.

2010남아공 월드컵에서 주인공은 스페인 대표팀이었다. 그들은 월드컵 진출 80년 만에 우승 트로피를 손에 쥐었다. 출중한 실력에도 불구하고 스페인 대표팀은 월드컵에서 딱 한차례 우승했다. 결승에서 스페인과 맞붙었던 네덜란드 대표팀은 1974년과 1978년에 이어 2010년까지 준우승만 세 번 차지하는 좌절을 맛봐야 했다. 스페인 대표팀 전력은 FIFA 랭킹 1~3위에 오르내릴 만큼 막강하다. 그럼에도 월드컵 우승은 전무해 '무적함대'라는 애칭이 무색했다. 매번 우승 후보로 거론됐지만 스페인 대표팀이 우승 문턱에서 좌절한 이유가 있다. 바르셀로나와 마드리드라는 지역감정 때문이었다. 선수 선발부터 출신 지역을 따지고, 또 팀워크를 갖추지 않아 대표팀은 삐걱댔다. 스페인 대표팀은 2010년 남아공 월드컵에서 우승하며 드디어 일을 냈다. 컴퓨터처럼 정교하고 짧은 패스를 바탕으로 네덜란드를 1 대 0으로 제압했다. 당시 스페인 대표팀 패스 성공률은 32개 팀 중 가장 높은 80%에 달했다. 서로 신뢰하지 않으면 어려운 패스 성공률이었다.

스페인 바르셀로나와 마드리드 지역감정은 우리나라 영호남 갈등은 저리 가라 할 정도다. 스페인이라는 같은 이름 아래 있지만 사실상 두 개 공화국이나 다름없다. 언제 깨질지 모르는 유리구슬과 같은 불안한 동거다. 바르셀로나를 주도(州都) 카탈루냐(Cataluña)와 마드리드 주도(州都) 카스티야(Castilla)는 원한이 깊다. 적대감정은 급기야 1930년대 프랑코(Franco)가 정권을 유지하기 위해 바르셀로나와 마드리드를 이간질하면서 격화됐다.

1992년 바르셀로나 올림픽 때 지역갈등은 극에 달했다. 당시 같은 스페인 국민임에도 불구하고 마드리드는 바르셀로나 올림픽을 외면했다. 2002년 한일월드컵 참가국 취재를 위해 바르셀로나와 마드리드를 방문했다. 당시 바르셀로나 경기장에서 험악한 분위기를 실감했다. FC 바르셀로나와 레알 마드리드 경기장 분위기는 전쟁터를 방불케 했다. 두 팀은 사투(死鬪)라는 표현이 어울릴 만큼 90분 내내 격돌했다. 그라운드에서 뛰는 선수들 못지않게 관중석 응원전도 뜨거웠다.

뿌리 깊은 지역감정은 월드컵과 같은 국가 대항전 때마다 악재였다. 감독의 출신 지역에 따라 대표팀을 편중되게 편성하고, 또 제대로 된 팀워크를 갖추지 못해 졸전을 반복했다. 바르셀로나 출신 선수가 슈팅하기에 좋은 위치에 있다 해도 마드리드 출신은 외면했다. 이러니 실력을 발휘하기 어려웠다. 그런데 2010년 남아공 월드컵은 달랐다. 스페인 대표팀은 정치가 못한 통합을 보여주었다. 당시 비센테 델보스케 감독은 마드리드 출신이었지만 바르셀로나 출신을 과감히 기용했다. 그는 "대표팀은 하나다. 통합된 모습이 지역갈등 해소에 도움이 됐으면 한다"며 선수를 기용했다. 결승전에서는 선발 11명 가운데 바르셀로나 출신을 5명으로 구성했다. 우승은 화합이 이룬 값진 승리였다. 우승이 확정된 그해 7월 12일 스페인 바르셀로나에는 카탈루냐와 카스티야 깃발이 함께 휘날렸다. 또 마드리드와 바르셀로나 시민들은 한목소리로 "스페인 만세(비바 에스파냐)!"를 외쳤다. 스페인 국민들은 그날만큼은 정치적 견해와 지역감정을 뛰어넘었다.

그러고 보니 한반도와 이베리아반도, 이탈리아반도는 지역갈등이 심하다는 공통점도 있다. 우연치곤 공교롭다. 우리는 지역갈등에 더해 진영대결 또한 극심하다. 스페인 국가대표팀이 지역색을 뛰어넘어 하나가됐듯 우리도 그럴 수 있을까. 극단으로 치닫는 정치권 상황을 감안할 때 쉽지 않다는 걸 안다. 그렇다고 갈등과 간극을 방치한다면 우리 사회는 암울하다. 미래세대에게 갈등과 반목, 증오를 물려준다면 무책임하다. 스페인이 "비바 스페인"을 외쳤다면 우리도 "비바 코리아"를 외치지 못할 이유가 없다.

# 해외에서 만나는 '식객'

허영만은 만화도 잘 그리지만 맛깔난 음식 소개로도 유명하다. 그는 전국을 돌며 맛 집과 음식을 소개하는 TV프로그램에 출연하기도 했다. 만화 〈식객(食客)〉은 그 기록이다. 만화 속 주인공 이름도 진수성찬(珍羞盛饌)에서 딴 '성찬'이다. 성찬은 허름한 시장 통 순대국밥부터 고급 한정식까지 소문난 곳이면 어디든 가리지 않고 찾아간다. 무술을 익히기 위해 고수를 찾아 헤매는 무협지 주인공처럼 성찬은 전국을 돌며 음식을 섭렵한다. 만화 〈식객〉은 대박을 쳤고, 영화로도 제작됐다. 그래서인지 허영만씨가 소개하는 음식점은 믿을만하다. 대게 이름난 맛 집이 유명세와 달리 허망한 경우가 많은데 허영만 표 맛 집은 그렇지 않다.

음식은 생명을 유지하는 원천이기에 우리 삶과는 뗄 수 없다. 인간의 먹는 행위는 본능을 넘어선 문화적 행위다. 우리는 습관처럼 "밥 먹자"는 인사를 건넨다. 연인은 물론이고 처음 만난 사람에게도 마찬가지다. 배가 고파, 또는 함께 밥 먹을 사람이 없어서가 아니다. 음식을 나누는 행위를 통해 서로를 알아가기 위해서다. 물론 정말로 밥을 먹자는 뜻으로 오해하면 곤란하다. 인사치레인 경우가 많다. 해외여행에서 얻는 즐거움 중 하나도 다양한 현지 음식을 맛보는 것이다. 반대로 사람들은 음식 때문에 적지 않게 고생하기도 한다.

음식은 문화다. 음식만큼 환경과 밀접한 산물은 없다. 기후와 관습, 농산물이 다른 까닭에 종류와 먹는 방법도 천차만별이다. 음식은 향으로부터 시작되는데, 각 나라 음식마다 독특한 향이 있다. 익숙하지 않은 향신료는 역겨움을 넘어 먹는 행위 자체를 포기하게 만든다. 90년대 초반만 해도 중국과 동남아에서 음식 때문에 고생했다는 이들이 많았다. 공항에서부터 시작된 특유한 향은 그 나라를 떠날 때까지 계속됐다. 90년대 초 처음 중국 베이징에 갔을 때다. 호텔 음식인데도 우유와 만두, 그리고 과일만 먹었다. 향신료 때문에 다른 음식에는 손이 가지 않았다. 이제는 중국이나 동남아 지역 음식도 입맛에 맞다. 역겨운 향신료도 어느 정도 자취를 감췄다.

어느 나라에서든 음식을 앞에 두고 주저하는 건 예의가 아니다. 음식은 상대 문화에 대한 존중을 담고 있다. 정성껏 준비한 음식을 맛있게 먹을 때 집주인은 자신과 자기 문화에 대한 공감으로 여긴다. 이란 테헤란에 머물 때 현지인 가정에 저녁 식사를 초대 받았다. 그들은 특별한 날에만 먹는 음식이라며 푸짐한 요리를 준비했다. 현지인 가족들과 함께 전통 방식에 따라 방바닥에 둥그렇게 둘러앉아 숟가락 대신 오른손을 사용해 음식을 먹었다. 자칫했다가는 낭패 보기 십상이라 일행끼리 음식 정보(?)를 교환하며 탐색하듯 입에 맞는 음식을 찾아냈다. 다행히 생각만큼 향신료 부담은 없었고 입맛에도 맞았다. 무엇보다 강렬한 태양 아래서 익은 과일은 단맛이 뛰어났다. 평소보다 과식 했지만 환대와 훌륭한 만찬은 오래 기억에 남아 있다.

해외여행 중 한국 식당을 찾는 것 또한 각별한 재미다. 김치찌개와 고추장이 간절할 때마다 한국 식당을 찾아 원기를 북돋곤 했다. 영국 런던과 중국 상하이, 스웨덴 스톡홀름, 페루 리마, 카자흐스탄 알마티, 러시아 상트페테르부르크, 에미리트 연방 두바이 등 수많은 나라에서 김치찌개와 삼겹살을 먹고, 소주를 마셨다. 그때마다 어떻게 그곳까지 김치와 고추장, 된장, 상추, 절인 깻잎이 흘러 들어왔는지 신기할 따름이다. 페루 리마에서는 전라남도 어디에서 왔다는 아주머니가 끓인 김치찌개에 감동했다. 지난해 가을 일본 시코쿠 고치 현에서 만난 한국식당도 잊을 수 없다. 해외에서 한국 음식은 다소 비싸지만 낯선 곳에서 우리 음식을 먹으면 눈물 날 정도다. 한계효용체감 법칙이 가장 잘 적용되는 게 외국에서 한국 음식을 먹을 때가 아닌가 싶다.

지금은 사정이 많이 나아졌지만 20여년 전만해도 한국 식당은 허름한 뒷골목 또는 변두리에 있었다. 맨해튼 한복판에 고급 한국 음식점도 없지 않지만 그때는 드물었다. 같은 아시아권임에도 중국과 일본, 태국은 시내 중심에 위치해 우리 음식이 뒤떨어진다는 인상을 줄 수밖에 없다. 특히 일식은 고급한 음식으로 인식된다. 그런 현실에 비춰볼 때 부러웠던 게 사실이다.

세계는 음식 전쟁 중이다. 일본은 40여 년 전부터 정부 차원에서 일식 세계화를 지원하고 있다. 세계인들에게 스시(회)와 사케(술)는 고급 음식이라는 인식과 함께 비싼 값에 팔린다. 또 일식당은 일본 문화를 알리는 전초 기지다. 태국 또한 2000년 음식 산업을 국가 전략 산업으로 채택하고 '키친 오브 월드'를 중심으로 공세를 펼쳤다. 해외 어디를 가든 쉽게 태국 음식점을 만날 수 있는 이유가 여기에 있다. 중국 음식점은 더 말할 필요가 없다. 이탈리아 베니스에서 우리 가족이 만장일치 선택했던 음식점도 중국 식당이었다. 마땅한 현지 식당을 찾기 어려울 때 중국 음식점을 가면 대개 실패하지 않는다. 이탈리아와 프랑스 음식 세계화는 두 말할 나위없다.

세계 식품시장 규모는 2021년 8조 달러(1경 488조 원)에서 2024년엔 9조 달러(1경 1799조 원)를 넘어설 전망이다. 2021년 기준 세계 반도체 시장의 13배가 넘는 규모다. 식품 수출이나 관광객 유입 등 연관 산업까지 고려하면 실제 파급효과는 훨씬 크다. 경희대 H&T애널리틱스센터가 분석한 '한식의 경제적 파급효과'에 따르면 한식 산업은 연간 23조원으로 자동차 52만대를 판매한 것과 같다. 고용 규모 또한 92만 명으로 문화 수출 가치를 포함하면 엄청나다. 식품 산업은 농수산물 수출을 촉진하고 식자재 산업을 자극하는 효과가 있다. 우리 정부도 뒤늦게 식품산업 클러스터를 조성했다. 식품산업을 전략적으로 접근할 목적에서다.

식품산업 클러스터가 소재한 전북은 농도(農道) 특성을 극대화하는 한편 우리 식품 세계화를 구상하고 있다. 전주는 유네스코 '음식창의 도시'다. 한류에 힘입어 K푸드도 새롭게 조명 받고 있다. 세계 주요 도시마다 감각 있는 우리 음식점이 문을 열고, 한국 음식을 섭렵하는 식객도 멀리 않았다. 혀처럼 간사한 게 없다.

# 목각인형,
# 마트료시카

러시아 우크라이나 전쟁이 1년을 넘겼다. 유엔 인권 고등판무관실(OHCHR)은 전쟁 발발 1년 만에 우크라이나에서 7,000명 이상 민간인이 사망했다는 조사 결과를 내놨다. 또 우크라이나 총참모부는 러시아군 사망자가 12만 명을 넘어섰다고 발표했다. 정확한 집계를 잡기는 어렵지만 지난 1년 동안 양측 사망자와 부상자는 수십 만 명에 이를 것으로 추산된다. 올해 초에도 러시아 미사일 공격으로 대규모 인명 피해가 발생했다. 1월 14일 러시아군이 쏜 미사일이 우크라이나 드니프로 아파트 단지를 폭격해 46명 넘게 숨지고 30여명이 매몰됐다. 사망자 가운데는 어린도 14명이나 포함돼 있다.

민간인 사망자 규모는 2014년 3월 러시아가 크림반도를 강제 병합한 이후 돈바스 분쟁에서 희생된 민간인 사망자(3,106명)보다 두 배 이상 많다. 4차 산업혁명 시대에 접어든 문명사회에서 벌어지는 대량 살상은 믿기 어렵다. 러시아에 대한 국제사회 인식은 좋지 않다. 하지만 러시아는 매력적인 나라다. 문화예술에 대한 심미안은 깊고 지하철이나 공원 벤치에서 책 읽는 모습도 인상적이다. 문학과 음악, 발레, 미술 분야에서는 기라성 같은 인물이 쏟아졌다. 볼쇼이와 마린스키 발레단은 세계 최정상이다. 또 레핀과 칸딘스키, 샤갈은 미술사에서 빼놓을 수 없다. 이런 국민들이 푸틴이라는 전쟁광을 잘못 만나 손가락질 받고 있다.

'마트료시카(matryoshka)'는 러시아를 대표하는 인형이다. 마트료시카는 문화와 예술을 사랑하는 러시아 국민성을 표현하듯 앙증맞고 순박하다. 수년 전 러시아 취재를 다녀오면서 마트료시카 인형을 샀다. 순박한 마트료시카는 우크라이나를 상대로 전쟁을 벌이는 러시아인들과 쉽게 연결되지 않는다. 마트료시카는 닭이 새끼 병아리를 품듯 큰 인형 속에 작은 인형이 차곡차곡 담겨 있다. 몸통을 돌릴 때마다 인형이 나오는데 적게는 3개에서 많게는 50개로 구성됐다. 키순대로 늘어놓으면 재미있다. 2003년 러시아 인형 제작자 베례즈니츠카야가 만든 마트료시카는 기네스북에도 등재됐다. 가장 큰 54cm 인형부터 가장 작은 0.31cm까지 무려 51개에 달한다. 마트료시카 가격은 인형 개수와 그림에 따라 천차만별이다. 개수가 많고 그림이 정교할수록 비싸고 소장 가치가 높다.

집에 있는 마트료시카 인형은 열 개짜리다. 면사포를 쓴 예쁜 얼굴에다 풍만한 여인을 형상화했다. 열 개를 세워 놓으면 팔뚝 길이부터 시작해 새끼손가락 크기로 줄어든다. 처음 접한 우리 집 사내아이들도 신기해 할 만큼 마트료시카 인형은 흥미롭다. 마트료시카는 수많은 종류에도 불구하고 어지간해서는 동일한 형태를 찾아보기 어렵다. 비슷한 것처럼 보여도 미세한 차이가 있다. 나무 소재부터 인형을 장식한 그림까지 모두 다르다.

모스크바 국립대학 앞 '참새언덕' 노점상에서 마트료시카를 샀다. 참새언덕에서는 모스크바 시가지를 조망할 수 있어 연중 북적인다. 평일에도 노점상들로 빼곡하다. 좌판에 진열된 형형색색 마트료시카는 좋은 구경거리이기도 하다. 현지인들은 일상에서 마트료시카를 흔히 대할 터인데도 깊은 관심을 보였다. 나는 검게 그을린 표면에 그림을 그리고 금박을 입힌 마트료시카를 골랐다. 10여 년 전, 우리 돈으로 2만여 원을 지불했으니 제법 좋은 인형에 속한다.

마트료시카 소재는 전통 의상을 입은 러시아 여성이 대부분이다. '작은 엄마'라는 뜻을 지닌 마트료시카는 모성과 다산을 상징한다. 인형 속에서 또 다른 인형이 나오는 발상은 출산과 다산을 의미한다. 마트료시카는 다양한 형태로 변주되는데, 푸틴과 고르바초프, 오바마 등 유명 정치인과 연예인들도 소재로 활용된다. 아무래도 마트료시카는 전통 의상을 입은 러시아 여인이 제격이다.

마트료시카 인형은 일본에 기원을 두고 있다. 제정 러시아 말기 일본 여행을 다녀온 러시아 사업가가 '칠복신(시치후쿠진)'을 사온 게 시작이라고 한다. 칠복신 인형도 마트료시카처럼 7개 인형으로 구성돼 있다. 마트료시카는 나무를 깎고 채색하는 수작업 작품을 최상으로 친다. 지금은 기계로 대량 생산하는 바람에 독창성을 찾아보기 어렵다. 서울 강남 한복판에서 마주치는 성형미인처럼 비슷비슷하고 특징 없다.

마트료시카 제작에 사용되는 나무는 라임과 자작나무, 오리나무, 미루나무 등이다. 이른 봄, 물이 올랐을 때 벌채한 뒤 2년여 동안 말린다. 나무속을 파고 깎아야하기에 나무 다루는 기술은 핵심이다. 그림은 에나멜페인트나 수채화 물감을 사용하며 장인 솜씨에 따라 가치가 좌우된다.

집에는 마트료시카 외에 마리오네트(marionette)로 불리는 체코 목각 인형과 일본 하카다(博多) 인형이 있다. 40여 년 전 받은 하카다 인형은 수년 전 이사 도중 파손돼 버렸다. 점토를 구워 만든 하카다 인형은 작품성이 뛰어나다. 기모노 입은 일본 여인을 형상화했는데 웃는 모습이 모나리자를 연상케 했다. 웃는 듯 우는 듯 묘한 표정을 볼 때마다 일본에서 인연을 떠올렸다. 초등학생이던 아이코(愛子)는 떠나는 날 내게 잊지 말라며 하카다 인형을 건넸다. 당시는 대수롭지 않게 생각했는데 하카다 인형은 일본인들도 갖고 싶어 하는 명품이다.

러시아와 우크라이나 전쟁은 1년 넘게 계속되고 있다. 이 때문에 인명 피해는 물론이고 세계경제까지 불안하다. 올해 세 배 가량 오른 '난방비 폭탄'도 러시아 우크라이나 전쟁이 작용한 결과다. 그럼에도 전쟁은 장기화할 조짐이다. 조 바이든 미국 대통령은 전쟁 발발 1년(2월 24일)을 앞두고 우크라이나 수도 키이우를 '깜짝 방문'했다. 바이든은 볼로디미르 젤렌스키 우크라이나 대통령과 회담에 이어 5억 달러 규모 군사 지원도 약속했다. 푸틴 러시아 대통령은 다음날 국정연설에서 우크라이나 전쟁을 도발한 장본인은 서방이며, 전쟁 목적을 달성할 때까지 '특별군사작전'을 일관성 있게 추진하겠다고 했다. 또 미국과 핵 협약도 중단하겠다고 발표했다. 전쟁이 가속화되지 않을까 걱정이다. 마트료시카 미소가 돌아오길 기대한다.

# 여자는 립스틱, 남자는 칼

스위스 하면 떠오르는 이미지가 있다. 눈 덮인 알프스와 요들송, 에비앙(Evian) 생수, 중립국, 부국, 그리고 언제가 봤던 영화 〈나는 지금 제네바로 간다〉에서 배경이 됐던 안개 낀 레만(Leman)호가 뒤를 잇는다. 레만호는 시인과 음악가, 미술가들에게 영감은 준 원천이다. 스위스를 대표하는 화가 페르디난드 호들러(Ferdinand Hodler)는 레만호를 주제로 많은 작품을 남겼다. 또 러시아 작곡가 차이콥스키(Pyotr Tchaikovsky)는 로잔 근교에 머물며 대표작 바이올린 협주곡을 작곡했다.

스위스는 강소국이다. 남한 면적 40%, 인구는 850만 명에 불과하다. 산과 호수를 제외한 경작지는 25%뿐이다. 그런데도 1인당 국민 소득은 8만 3,000달러, 세계에서 가장 잘 산다. 시계와 제약, 금융, 관광, 섬유는 스위스를 강국으로 이끈 대표 산업이다. 스위스가 예전부터 잘 살았던 건 아니다. 땅은 좁고 인구는 적은 탓에 스위스 남자들은 이웃나라에 용병으로 팔렸다. 스위스 용병에게 신의는 목숨과 같았다.

진가를 알린 건 1789년 프랑스 혁명 때였다. 모두 도망쳤지만 스위스 용병만 끝까지 남아 루이 14세를 지켰다. 이 과정에서 786명 전원 몰살됐지만 "스위스 용병은 믿을 수 있다"는 신화가 만들었다. 루체른에 있는 '빈사의 사자상'은 이를 기념한 조각상이다.

신뢰 자산은 스위스 산업에서 가장 큰 경쟁력이다. 이웃한 독일과 프랑스, 이탈리아, 오스트리아에 눌려 살았던 스위스가 강소국으로 올라선 건 바로 '신뢰'다. 스위스 산업을 대표하는 시계는 정확성을 담보로 한다. 정확하지 않으면 시계가 아니다. 군인들에게 필수품인 아미나이프 또한 신뢰를 바탕에 두고 있다. 빅토리녹스사는 신뢰를 토대로 경영 위기를 극복하고 성장했다.

스위스 시계와 빅토리녹스(Victorinox) 칼은 스위스 경제를 떠받치는 효자 품목이다. 견고한데다 용도도 뛰어나다. 특히 등산용 칼은 누구나 하나쯤 소유하고 싶을 만큼 매력적이다. 스위스 시계는 정확성과 미적 아름다움까지 갖추고 있다. 두 가지는 신뢰를 생명처럼 여기는 국민성을 고스란히 담고 있다. 스위스 용병에서 구축된 신뢰는 시계 산업에 큰 도움이 됐다. 시계는 정확성, 즉 믿음이 전제돼야 한다. 2021년 스위스 시계 산업 매출은 212억 스위스 프랑(우리 돈 27조 4,656억 원)으로 전년보다 31.6% 급증했다. 코로나19 와중에 보복 소비가 늘면서 명품 시계 매출이 덩달아 급증했기 때문이다. 시계를 팔아 연간 27조 원을 번다는 것도, 스위스 시계가 세계 명품 시계시장을 휩쓴다는 것도 놀랍다.

스위스 시계 산업은 15세기로 거슬러 올라간다. 당시 프랑스에 살던 위그노(신교도)들은 종교 박해를 피해 스위스로 이주했다. 이들 가운데 시계 제조공이 많았다. 위그노는 시계 제조기술과 보석 세공을 결합해 시계 산업을 발전시켰다. 정확성을 요구하는 전쟁 특성과 맞물려 시계 산업은 1, 2차 세계대전을 거치면서 비약적으로 발전했다.

루체른(Luzern)역에서 도보로 5분 거리에 위치한 시계 백화점은 눈이 휘둥그레질 만큼 현란하다. 몇 만 원짜리부터 수억 원짜리까지 세상 모든 시계가 있다. 이 많은 시계를 누가 만들고, 또 이 많은 시계가 주인을 찾아간다고 생각하면 경이롭다. '빈사의 사자상'까지 800m 남짓한 시계 전문 상가에서 아이쇼핑은 쏠쏠하다. 사실 수억 원짜리 시계와 몇 만 원짜리 시계는 시간을 확인한다는 점에서는 큰 차이가 없다. 거기에는 욕망이 담겨 있다. 시계를 통해 신분을 과시하고 싶은 것이다. 스위스 시계 브랜드는 350개로 추산되는데 상위 몇몇이 전체 매출에서 60%를 차지한다. 모건스탠리에 따르면 2021년 스위스 시계 매출 61%가 오데마피게와 파텍필립, 리차드밀, 롤렉스 등 고가 브랜드에 집중됐다. 내게는 낯설지만 마니아들에게는 명품으로 알려져 있다.

견물생심(見物生心)이라고 루체른에 갈 때마다 시계 매장 앞에서 수없이 망설였다. 마음에 드는 시계는 많지만 수천만 원은커녕 수백만 원짜리 시계도 내게는 그림의 떡이다. 그래도 쉽게 발걸음을 떼지 못했다. 평소 물건 사는 데 무덤덤한 나도 이럴진대 여성들은 오죽할까 싶은 생각이 스쳤다. 언젠가 루체른에 갔을 때 아내에게 줄 50만 원대 시계를 골랐다. 결혼하면서 10만 원짜리 시계로 예물을 대신한 전과(?)를 보상하기 위해서였다. 가격 대비 디자인과 성능 모두 만족스러웠다. 한동안 아내는 '고맙다'며 감격해 했다.

어느 해 또 루체른에 들렀을 때는 지인들에게 선물하기 위해 등산용 칼을 예닐곱 개 골랐다. 지인들은 무척 고마워했다. 등산 마니아가 아니라도 빨간색 바탕에 흰 십자가 로고가 박힌 스위스 아미나이프는 여러모로 쓰임새가 많다. 손안에 쏙 들어오는 크기에다 칼에 대한 본능까지 겹쳐 남자들이라면 마다할 이유가 없다. 여자에게 립스틱이라면 남자에게는 칼이다.

빅토리녹스는 하루 평균 3,400개 정도 스위스 아미나이프를 생산하는데 90%를 수출한다. 9.11테러 이후 항공기 반입이 금지되면서 타격을 입었다. 그럼에도 경영진은 한 사람도 해고하지 않고 다른 영역으로 투자를 확대했다. 그 결과 아미나이프 매출 비중은 95%에서 35%로 줄었다. 대신 여행용품과 시계, 향수 상품에 주력한 결과 전체 매출은 두 배 이상 상승했다. 빅토리녹스 CEO 칼 엘스너는 "영원히 좋을 수도 없고 끝없이 나빠지기만 할 수도 없다. 우리는 다음 분기가 아닌 다음 세대를 바라본다"는 말로 직원에 대한 신뢰를 보였다.

한때 잘나갔던 스위스 시계 산업은 1970~1980년대 위기를 맞았다. 일본 시계에 밀려 도산이 속출했는데 고급화와 혁신을 통해 위기를 극복했다. 이제는 스마트워치 때문에 또 다른 위기를 맞고 있다. 2020년 기준 스마트워치는 3,070만 개가 생산됐다. 스위스 전체 시계 출하량 2,100만 개를 웃도는 물량이다. 코로나19 이후 건강에 대한 관심이 높아지면서 스마트워치 수요는 꾸준히 증가할 전망이다. 스위스 시계가 또 어떻게 위기를 극복해 나갈지 기대된다.

우리도 국민성을 담은 대표 상품 개발에 관심을 기울일 필요가 있다. 가장 한국적인 것을 담아내는 동시에 신뢰 자산을 구축할 수 있다면 더할 나위없다. 무엇이 있을까.

# 브라질 삼바 축구

브라질 하면 가장 먼저 떠오르는 게 '축구'다. 전설적인 펠레를 시작으로 가린샤와 호나우두, 호나우징요, 히바우두, 네이마르 등 내로라하는 선수들이 브라질 출신이다. 축구에 관심 없는 이들이라도 펠레나 호나우두, 네이마르 정도는 안다. 지금까지 월드컵은 21차례 열렸는데 브라질은 최다(5회) 우승국이다. 2위는 독일로 4회 우승했다. 또 브라질 축구는 1930년 1회 우루과이 월드컵 대회 이후 지금까지 전 대회 본선 진출한 유일한 나라다. AP 통신은 지난해 12월 29일 축구 황제 펠레(82)가 대장암으로 투병하던 중 별세했다는 소식을 전했다. 펠레는 월드컵 3회 우승자이자 브라질 축구의 전설이다.

브라질에서 축구는 커피 다음으로 중요한 주력 상품이다. 세계 유명 프로팀마다 브라질 선수가 없는 팀은 없다. 브라질 선수들은 높은 몸값을 받고 세계 프로 무대를 쥐락펴락하고 있다. 국내 프로 축구 강자인 전북 현대도 마그노를 비롯해 많은 브라질 선수를 영입했다. 이들 활약에 힘입어 '전북 현대 모터스'는 좋은 성적을 냈다. 거꾸로 브라질에 축구 유학을 가는 해외 유소년도 많다. 브라질은 말 그대로 '축구의 나라'이다.

브라질 축구 원동력을 '삼바(samba)' 리듬에서 찾는 사람들이 적지 않다. 삼바축구 원류를 따라가다 보면 그 말에 동의할 수밖에 없다. 삼바는 브라질을 대표하는 민속음악이다. 경쾌한 '삼바' 리듬은 저절로 흥을 돋울 만큼 흥겹다. 삼바는 아프리카에 뿌리를 두고 있다. 먼 옛날 노예무역이 성행하던 시절, 아프리카를 떠나온 흑인들은 삼바 춤을 추며 향수를 달랬다. 오랜 시간이 흐르면서 흑인들은 뮬라토(Mulato)나 메스티조(Mestizo) 혼혈로 진화했다. 하지만 삼바 리듬만은 훼손되지 않은 원형질로 남았다.

경쾌한 삼바 리듬은 브라질 국민들 발재간을 키우는 데 결정적 역할을 했다. 한국 양궁과 반도체 경쟁력을 쇠 젓가락에서 찾는 것과 같은 이치다. 한국인들은 세계에서 유일하게 쇠 젓가락을 사용한다. 이 때문에 정밀함이 요구되는 생명공학과 반도체, 외과 의술 분야에서 독보적이다. 양궁과 사격도 마찬가지다. 같은 이유로 삼바 리듬에서 배태된 발재간은 브라질 축구 원동력으로 작용했음이 분명하다.

두 달 동안 브라질에서 연수하면서 가는 곳마다 삼바 리듬을 접했다. 귀국할 즈음 귀와 가슴은 삼바 리듬에 흠뻑 젖었다. 빠른 스텝과 허리 유연성을 요구하는 삼바에는 축구 동작에 필요한 모든 동작이 녹아 있다. 호나우두의 현란한 드리블과 공을 향해 달려드는 호나우징요의 표범 같은 유연함도 삼바 리듬에 바탕을 두고 있다. 상대 선수들을 헤집고 파도 타듯 진격하는 브라질 선수들의 현란한 몸동작은 호쾌한 삼바 춤을 연상케 한다.

체류 기간 중 지겹게 축구 이야기를 들었고 경기를 봤다. 가는 곳마다 하루 종일 축구 경기 방송을 틀어 놓으니 보지 않을 도리가 없다. 가정집은 물론이고 맥주가게, 음식점, 심지어 관공서 로비 TV마저 축구 중계 채널을 고정해 놓는다. 그들은 일상 대화 대부분을 축구로 도배하고, 또 일과가 끝나면 동료들과 축구로 하루를 마감한다. 우리나라는 조기 축구가 성행하지만 브라질은 퇴근 축구가 대세였다. 그들에게 축구는 곧 신앙이자 생활이다.

브라질 주재 상사원은 브라질에서 성공하려면 상대방이 좋아하는 프로 팀부터 파악한 뒤 화제를 시작하는 게 좋다고 조언했다. 실제로 브라질 현지 진출을 계획하는 상사원들에게 축구 정보는 절대적이다. 축구를 알아야 대화가 시작되고, 비즈니스에도 적지 않은 도움을 받을 수 있다. 축구를 모르면 비즈니스는 글렀다고 해도 과언 아니다.

브라질 국민들이 얼마나 축구를 좋아하는지는 가정에서도 알 수 있다. 가족이라도 응원하는 팀은 다르다. 우리나라는 지역 연고를 중심으로 프로팀을 선호한다. 이 때문에 엄마, 아빠가 좋아하는 팀은 자녀들도 좋아한다. 그러나 브라질은 지역 연고가 아니라 자신이 좋아하는 팀을 선호한다. 내가 묵었던 알프레도 씨 집 역시 부인과, 아이들까지 좋아하는 팀이 각기 달랐다. 그래서 TV중계방송을 보면서 가족들끼리 다른 팀을 응원하느라 입씨름한다. 만일 그날 자신이 응원하는 팀이 우승한다면 한바탕 소란이 인다. 차량에 응원하는 팀 깃발을 걸고 경적을 울리며 골목을 도는 모습도 흔한 풍경이다.

거리에 나서면 한층 뜨거운 축구 열기를 확인할 수 있다. 골목마다 맨발로 공을 다루는 아이들을 쉽게 볼 수 있다. 이 골목, 저 골목 할 것 없이 공놀이하는 아이들로 빼곡하다. 브라질 축구 저력은 어쩌면 골목 축구에서 시작됐는지도 모른다. 형편이 나은 아이들은 실내에서 미니축구를 하며 실력을 다진다. 동네마다 축구 클럽도 활성화돼 있다.

한국 축구는 1954년 스위스 월드컵에 첫 본선 진출했으나 터키에게 7점, 헝가리에게 9점을 내주며 높은 벽을 실감해야 했다. '뻥 축구'라는 조롱을 들었던 한국 축구도 발전을 거듭하고 있다. 2002한일 월드컵 4강 진출은 최고 성적이다. 히딩크 감독이 이끈 대표팀은 누구도 상상하지 않았던 결과를 성취했다. 그해 여름, 온 국민은 하나가 되었다. 한국 축구는 1986년 멕시코 월드컵 본선 진출 이후 2022년 카타르 월드컵까지 10회 연속 본선 진출 기록을 썼다.

2012년 런던 올림픽에서는 동메달을 땄다. 박주영과 구자철, 기성용 등 해외파 축구 선수들 활약이 돋보였다. 뛰어난 기량을 보인 박주영은 고등학교 졸업 후 브라질 축구 연수를 다녀온 경험이 있다. 2002년 월드컵 4강 이후 박지성을 필두로 이영표, 설기현, 송종국, 구자철, 기성용 등이 유럽 무대에 진출하면서 우리 축구는 한 단계 도약했다. 유럽 무대에서 활동하는 손흥민 선수는 세계적인 선수들과 어깨를 나란히 한다.

펠레의 딸은 인스타그램을 통해 부친의 사망 소식을 전하며 펠레가 남긴 유언을 게시했다. 펠레가 인류에게 보내는 마지막 메시지는 "사랑하고, 사랑하고, 또 사랑하라"였다. 브라질 축구의 전설 펠레는 크고 작은 분쟁이 끊이지 않는 지구촌에 사랑이란 메시지를 전하고 별이 됐다. 다시 브라질에 갈 기회가 온다면 펠레 무덤을 찾고 싶다.

# 몽골에선 겨울비도 축복

봄비가 살포시 뿌리는 봄날, 또는 장대비 쏟아지는 초여름, 그것도 아니라면 겨울비 내리는 겨울에 소월의 〈왕십리〉를 읊으면 좋다. 〈왕십리〉는 민요조 리듬으로 경쾌하며 애틋함까지 담고 있다. 같이 읊어보자. "비가 온다 / 오누나 / 오는 비는 / 올지라도 / 한 닷새 / 왔으면 좋지." 소월은 3·4 또는 4·3, 3·5로 변형되는 민요조 가락을 차용했다. 또 온다, 오누나, 오는, 올지라도, 왔으면 등 '오다'라는 변형된 동사형을 절묘하게 배치했다. 그러면서도 고운님을 하루라도 더 붙잡고 싶어 "올지라도 한 닷새 왔으면 좋지"라고 소망한다. 비를 핑계로 사랑하는 임을 붙잡고 싶은 마음이 느껴진다. 이어 소월은 '여드레 스무날엔 / 온다고 하고 / 초하루 삭망(朔望)이면 / 간다'며 보내기 싫은 마음을 담았다.

비는 시인이 아니라도 모든 이들에게 감상적 심사를 돋우는 촉매제다. 유독 비 오는 날을 배경으로 한 영화나 문학작품, 음악이 많은 것도 이러한 밑바닥 정서에 닿아 있다. 지난해 8월, 때늦은 장마는

"징하다"는 말로도 부족했다. 비 피해도 심각했다. 서울지역은 80년 만에 폭우로 강남과 서초동 일대가 물에 잠겼다. 비구름은 다음날에는 남쪽으로 내려가 호남을 물바다로 만들었다. 반 지하에서 생활하는 일가족 3명을 포함해 전국적으로 17명이 사망 또는 실종됐다. 비 피해를 입은 이들을 생각하면 〈왕십리〉를 읊는 게 죄스럽고, 눈치 보인다.

2011년에도 기록적 폭우가 강타했다. 아마 며칠 빼곤 한 달 넘도록 내렸다. 그것도 그냥 내린 게 아니다. 전국을 오르락내리락하며 퍼부었다. 그해 8월 10일 전북 정읍에는 하루 동안 무려 420㎜가 내렸다. 시가지는 온통 물바다로 변했다. 연 평균 강우량 3분의 1에 맞먹는 비가 하루 동안 내렸으니 상상을 뛰어넘는다.

그동안 지구를 함부로 한 '자연의 역습'은 매년 반복되고 있다. 인간의 오만함이 얼마나 보잘것없는지 일깨우기라도 하듯 유럽과 미국 서부는 대형 산불이 반복되고 지구촌 곳곳은 폭우와 태풍, 한파로 몸살 앓고 있다. 지난해도 스페인과 이탈리아, 미국 캘리포니아는 대형 산불 앞에 속수무책이었다. 이상기후와 자연재해는 앞으로도 더 큰 기세로 반복될 게 분명하다. 봄이면 우리를 괴롭히는 황사 발원지 몽골만 해도 그렇다. 고비사막에서 일어난 누런 모래 먼지는 편서풍을 타고 황해를 건너, 봄이면 한반도 하늘을 덮는다. 적당히 비가 내려준다면 어느 정도 황사는 해소될 수 있겠지만 요원하다. 몽골지역 연간 강우량은 200~250㎜로, 우리나라(1,200㎜) 6분의 1에 불과하다. 정읍에 내린 하루 강우량에서 절반에도 못 미친다.

몽골에서는 웬만해서는 숲을 보기 어렵다. 오직 초원뿐이다. 그나마 초원을 볼 수 있는 기간도 3~4개월에 불과하다. 9월부터 기온이 떨어진 뒤, 이듬해 4월까지 8개월 내내 겨울이 이어진다. 비가 귀한 까닭에 그들은 비를 축복으로 여긴다. 비가 내리면 그냥 맞는다. '산성비'라며 질색하는 우리와 달리 그들은 온몸으로 비를 맞으며 기뻐한다. 여름비뿐 아니다. 겨울비, 찬비도 기꺼이 맞는다. 문화적 차이가 판이하다.

어느 해 4월, 몽골 울란바토르(Ulan Bator) 초원에 갔다. 아직 냉기가 가시지 않은 몽골 초원 위로 겨울비나 다름없는 찬비가 추적추적 내렸다. 차에서 내려 숙영지 게르(Ger, 이동식 천막)로 이동하면서 우산을 걱정했다. 우산을 찾는 내게 그들은 신의 축복이니 그냥 맞으라고 했다. 자세히 보니 마중 나온 몽골 인들 누구도 우산을 쓰지 않았다. 그들은 뼛속까지 스미는 겨울비를 맞으며 우리를 반겼다. 을씨년스러워하는 우리를 대하는 그들 얼굴에는 웃음이 떠나지 않았다.

당시에는 겨울비를 마다하지 않았던 그들이 이해되지 않았다. 이제 와 생각하면 비가 부족한 몽골 인들에게는 자연스런 일이다. 어차피 문화란 자연환경과 밀접하다. 그들 입장에서 보면 소중한 비를 우산으로 흘려보낸다는 건 사치다. 햇볕도 마찬가지다. 한여름 뙤약볕을 질색하는 우리와 달리 북유럽 사람들은 일부러 햇볕을 찾는다. 조각보 같은 햇볕이라도 쬐기 위해 남녀 모두 웃통을 벗고 일광욕을 즐긴다. 유럽에서는 흔한 풍경이다. 햇볕이 귀하니 그럴 수밖에 없다. 결국 누구에게는 천덕꾸러기가 다른 이에게는 소중한 문화 상대주의를 확인한다.

이스라엘 유대 광야에 갔을 때도 비슷한 경험을 했다. 풀 한 포기 찾아보기 어려운 황량한 사막에서 마른 바람만 끊임없이 불어왔다. 황무지 한가운데서 느꼈던 막막했다. 예수가 광야를 헤맨 끝에 진리를 찾았다는 구약성서 배경이 하필 유대광야였는지 이해갔다. 척박한 땅이기에 깨달음을 얻기에 적합하고 고난을 묘사하기에도 안성맞춤이다. 지난해 카자흐스탄 알마티 외곽 광야에서도 마찬가지였다. 거친 들판을 지나면서 "이런 곳에서 어떻게 사느냐"고 했지만 누군가는 그 곳에 기대어 삶을 꾸려가고 있다.

우리나라에 내린 비의 절반만이라도 몽골과 유대 광야에 내리면 좋겠지만 자연의 섭리는 우리 뜻과 달리 움직인다. 매년 봄이면 우리를 괴롭히는 황사 발원지는 몽골 고비사막이다. 비가 내리지 않는 까닭에 고비사막 일대는 사막화가 빠르게 진전되고 있다. 우리나라 기업을 중심으로 고비사막에 나무를 심는 사업을 전개하고 있지만 한계가 있다. 결국은 자연에 기대야하는데 현실은 녹록치 않다. 골고루 비가 내리고, 골고루 햇살이 비치고, 골고루 나무가 자란다면 좋을 터인데 그렇지 않기에 인간은 자연 앞에 겸손할 수밖에 없다.

소월이 노래했듯 "한 닷새만 왔으면 좋았을" 것을 어떤 지역은 지나치는 바람에 비 피해가 반복되고 있다. 반면 비가 부족해 메마른 사막지역도 허다하다. 이상기후가 계속되면 언젠가 우리도 북유럽 사람들처럼 햇볕을 찾아 나서거나 몽골처럼 겨울비도 축복으로 여겨야 하는 건 아닌지 걱정이다. 그렇게 된다면 소월의 시는 더 이상 절창이 아니라 저주에 가까운 악담이 될 수 있다. 소월의 시가 절창으로 남고, 미래세대를 위해서라도 자연 앞에 겸손해야 한다.

# 공정하다는 착각, 아이비리그

과학영재들이 공부하는 카이스트(KAIST)가 한때 내우외환에 휩싸였다. 2011년 한 해 4명이 자살한데 이어 2016년까지 10명이 스스로 목숨을 끊었다. 언론은 다양한 분석을 내놓았다. 당시 서남표 총장 취임 이후 진행된 강도 높은 교육을 자살 원인으로 보는 해석이 제기됐다. 서 총장은 세계 50대 대학 진입을 목표로 성적에 따른 수업료 차등 지급, 100% 영어 수업 등 경쟁교육을 도입했다. KAIST 재학생들은 중고교 시절 1, 2등을 놓치지 않았던 수재들이다. 이들이 대학에 진학해 경쟁에서 밀리자 상실감을 이기지 못해 자살을 택했다는 분석이다. 서남표식 교육정책에 회의감이 제기되면서 카이스트는 변화를 꾀했다. 인문학적 소양을 기르는 방향으로 바꾸었다.

흔히 세계 명문 대학을 말할 때 미국 동부 아이비리그(Ivy League)를 거론한다. 하버드와 프린스턴, 예일, 컬럼비아, 펜실베이니아, 브라운, 다트머스, 코넬 등 8개 대학을 지칭한다. 아이비리그 입학생들은 미국 전역에서 상위 10% 이내에 속한다. 이들 가운데 30% 이상은 고등학교를 수석 졸업한 수재들이다. 하지만 하버드와 예일 대학은 고등학교 수석 졸업자도 부지기수로 탈락할 만큼 경쟁이 치열하다.

동부에 유독 명문 대학이 몰려 있는 건 미국 개척사와 맞물려 있다. 초기 영국에서 대서양을 건넌 이주민들은 보스턴 일대 동부에 대거 정착했다. 이들은 처음에는 종교적 목적에서 신학교를 설립했다. 복음을 전하고 목회자를 양성하기 위해서였다. 이주민 대부분은 종교적 박해를 피해 건너온 이들이었다. 아이비리그는 신학대학에서 출발했지만 세월이 흐르면서 종합대학으로 발전했다. 이후 자연스럽게 세계적인 명문 대학으로 자리를 굳혔다. 하버드대학(1636년)과 예일대학(1701년)을 비롯한 '아이비리그 대학'은 모두 320~380년 역사를 자랑한다. 아이비는 담쟁이 넝쿨을 뜻한다. 대학건물 외벽을 감싼 담쟁이 넝쿨에서 '아이비리그' 명칭이 유래됐다. 하버드를 비롯한 8개 대학은 매년 풋볼 리그전을 갖는데, 여기에서 '아이비리그'가 시작됐다. 앞서 언급했듯 아이비리그는 입학 자체도 어렵지만 세계 최강대국 미국을 움직이는 지도자들이 이곳 출신이라는 점에서 콧대 높다. 대통령을 비롯한 정치 지도자는 물론 경제, 과학, 인문 분야에서 내로라하는 이들이 아이비리그 출신이다.

태프트(27대)와 포드(38대), 부시(41대), 빌 클린턴(42대), 아들 부시(43대) 대통령, 그리고 힐러리 클린턴은 예일 대학 동문이다. 또 존 애덤스(2대)와 퀸시 애덤스(6대), 시어도어 루스벨트(26대), 프랭클린 루스벨트(32대), 케네디(35대) 대통령은 하버드 대학을 졸업했다. 아들 부시와 오바마 대통령은 하버드 대학원에서 공부했다. 또 컬럼비아 대학은 세계에서 가장 많은 노벨상 수상자를 배출했다. 대통령 4명과 연방 대법원 법관 9명, 퓰리처상 수상 101명, 아카데미상 수상자 25명도 이 대학 출신이다. 이 밖에 프린스턴과 펜실베이니아, 코넬, 브라운, 다트머스 대학도 정도 차이는 있지만 수많은 인재를 배출했다.

우리나라 교육은 미국식 교육제도를 따르고 있다. 광복 이후 미군정 통치를 겪으면서 자연스럽게 이입됐다. 또 미국에서 공부한 이들이 건국 과정에서 중요한 역할을 담당했다. 이 때문에 아이비리그에 대한 관심은 높다. 초대 이승만 대통령은 하버드 석사와 프린스턴 박사 경력을 자랑한다. 이밖에 수많은 관료와 정치인들이 미국에서 공부했고 아이비리그 출신이 포함돼 있다. 주지하다시피 한국 교육열은 유명하다. 미국에 거주하는 현지 이민 세대는 물론이고 한국 부모들까지 자녀들을 아이비리그에 진학시키는 걸 성공 척도로 삼는다. 보스턴 동부 8개 대학을 돌아보는 아이비리그 투어 상품은 인기다. 하버드와 예일, 프린스턴, 그리고 아이비리그는 아니지만 MIT공대를 둘러보는 상품인데 한국인들에게 특히 인기 있다. 뉴욕 맨해튼에서 보스턴까지는 자동차로 네 시간이면 도착한다. 빌딩으로 숲을 이룬 맨해튼과 달리 보스턴은 조용한 중소도시다. 고색창연한 학교 건물과 대학생들이 많은 교육도시다.

뉴욕에 갔을 때 아이들을 데리고 보스턴에 다녀왔다. 하버드와 예일, MIT를 돌아보기 위해서였다. 맨해튼 차이나타운에서 출발하는 '풍화(風華) 버스'를 이용했다. 하버드 대학 교정은 한겨울임에도 세계 각국에서 온 관광객들로 소란스러웠다. 아이들을 아이비리그에 데려간 이유는 분위기를 느껴보라는 의도였다. 하버드대학 본관 앞 존 하버드(John Harvard) 설립자 동상을 배경으로 기념사진도 찍었다. 동상 발등을 만지면 하버드대학에 입학할 수 있다는 속설이 있다. 그런 바람도 담았다.

마이클 샌델 교수는 아이비리그 대학을 분석한 『공정하다는 착각』을 썼다. 그는 '공정'을 화두 삼아 '아이비리그' 이면에 감춰진 불공정 실상을 고발했다. 샌델은 이 책을 통해 "우리가 '노력하면 성공할 수 있다'고 당연시했던, 개인 능력을 우선시하고 보상해주는 능력주의 이상이 근본적으로 크게 잘못되어 있다"고 주장한다. 샌델은 소득 상위 1%와 하위 50% 부모를 둔 자녀들의 아이비리그 진학률을 분석했다. 이 결과 상위 1%가 하위 50%보다 10배 이상 높았다. 그는 소득 수준에 따른 진학률 차이를 불공정과 연결 지었다. 경제적으로 부유한 집안 자녀가 좋은 환경에서 교육 받는 것을 불공정 출발로 규정했다. 부의 대물림 이면에는 출발 선상부터 차이 나는 불공정이 있다는 분석이다.

그런데도 많은 이들은 자신의 성공을 능력의 결과로 착각한다. 김누리 교수(중앙대학교) 역시 "승자는 끝없이 오만하고 패자는 굴욕감을 내면화한다"며 '능력주의 폐해'를 주장했다. 샌델 교수는 "능력주의는 승자에게 오만을, 패자에게 굴욕을 퍼뜨릴 수밖에 없다. 승자는 승리를 자신의 노력으로 얻어낸 당연한 보상으로 여기지만 그렇지 않다" 면서 다른 측면에서 공정을 바라보길 제안했다. KAIST와 아이비리그 대학 학생들은 샌델 교수 주장에 동의하지 않을 수 있다. 하지만 우리사회가 무한경쟁으로 치닫고 이로 인해 수많은 부작용을 양산하고 있음은 부인할 수 없는 사실이다. 우리사회 능력주의가 공정하게 작동하고 있는지, 또 '공정은 정의'라는 등식은 합당한 명제인지 성찰할 필요가 있다.

# 사랑의 흔적,
# 비비하님 모스크

사랑은 아름답지만 아프다. 사랑과 고통은 아무리 세대가 바뀌어도 변하지 않은 진리다. 사랑은 가시를 숨기고 있다는 말과도 상통한다. 사랑의 열병을 앓아본 이들이라면 누구나 공감한다. 희열에 찬 환희 속에 신열 같은 고통이 있음을 눈물로 안다. 사랑이 마냥 달콤하다면 사랑이 아니다. 사랑은 고통을 동반하기에 소중하다. 〈헌화가(獻花歌)〉는 사랑을 이야기할 때 회자되는 일화 중 하나다. 신라 성덕왕(聖德王, 702년~737년) 때 이름 없는 노인이 꽃을 꺾어 수로부인에게 바쳤다고 한다. 노인은 천 길 낭떠러지 벼랑에 올라 철쭉꽃을 꺾어 흠모하는 여인에게 전했다. 사람들은 목숨을 담보로 한 어리석은 행동이었다고 손가락질한다. 하지만, 붉은 순정은 목숨마저 버리게 한다. 노인의 가슴에도 메마르지 않은 사랑의 강물은 흐르고 있었다. 사랑하다 죽는 건 때로 행복하다.

세상에는 수많은 사랑 이야기가 문학과 미술, 음악, 건축으로 남아 후세에 전한다. 실크로드 중간 기착지, 우즈베키스탄 사마르칸트

(Samarkand)에서도 예외 없이 아픈 사랑을 만났다. 무대는 이름도 어여쁜 '비비하님 모스크(Bibi Hanim Mosque)'다.

비비하님 모스크는 1398년 인도 원정에서 돌아온 티무르가 개선 기념으로 건축했다. 비비하님 모스크를 찾는 날, 하늘은 잔뜩 흐리고 안개비가 설핏 뿌렸다. 주차장에서 모스크가 있는 언덕까지 오르는 길은 완만하다. 헌데 가슴 아픈 사랑 이야기를 품은 곳을 찾는다는 생각에 발걸음은 가볍지만 않았다. 모스크로 향하는 내내 비운의 주인공 비비하님을 떠올렸다. 모스크는 성채를 연상케 할 만큼 엄청난 크기다. 본관 높이만 35m, 미나렛(기도를 알리는 첨탑)도 50m에 달했다. 비비하님 모스크는 미학적으로도 뛰어나다. 본관 돔을 400개 대리석 기둥이 떠받치고 외벽은 코발트빛 푸른 타일로 마감했다. 건축 당시 중앙아시아에서 가장 크고, 가장 아름다웠다. 지금은 당시 화려함을 찾아보기 어렵게 망가졌다. 외벽과 내부 곳곳은 무너졌고, 틈 사이에는 새집이 둥지를 틀고 있다. 1897년 지진 충격에다 무관심과 잦은 약탈로 인해 모스크는 만신창이가 됐다. 폐가나 다름없는 모스크를 대한 순간 쓸쓸하고 덧없는 사랑 이야기와 겹쳤다.

대상 행렬이 지났던 사마르칸트는 오래된 도시다. 기원전 4세기부터 '마라칸다(Maracanda)'라는 지명으로 존재했다. 이후 사마르칸트는 마케도니아 알렉산드로스(Alexandros) 대왕과 몽골 칭기즈칸(Chingiz Khan)에게 차례로 정복당했다. 칭기즈칸은 정복자라는 이름에 걸맞게 사마르칸트를 철저하게 파괴했다. 사마르칸트는 14세기 티무르(Timurid) 대왕이 즉위하면서 옛 영화를 회복했다. 티무르 대왕은 사마르칸트를 근거지로 티무르 제국을 건설했다. 번성했던 티무르 제국 흔적은 티무르 유해가 안치된 구르 에미르(Guri Emir) 영묘와 왕족과 종교 지도자 유해를 안치한 샤흐이진다(Shah-i-Zinda) 영묘, 그리고 비비하님 모스크와 레기스탄(Registan) 광장 등에서 확인된다. 제국은 강했고 영향력은 넓게 미쳤다.

비비하님 모스크는 가슴 아픈 이야기를 간직하고 있다. 티무르 대왕은 여러 왕비 가운데 비비하님(Bibikhonim)을 가장 사랑했다. 그는 사마르칸트에 가장 크고, 가장 화려한 건물을 지어 사랑하는 여인에게 선물하고자했다. 왕은 건축가 200여 명을 동원해 5년 이내 모스크를 짓도록 지시했다. 건축 도중 티무르 대왕은 인도 원정을 떠났고, 그 사이에 문제가 터졌다. 왕비를 흠모한 페르시아 출신 젊은 건축가는 공사 기간을 맞춰주겠다며 그 대가로 왕비에게 키스를 요구했다. 단 한 번의 키스는 되돌릴 수 없는 불행을 초래했다. 원정에서 돌아온 왕은 분노한 끝에 왕비와 건축가를 죽였다. 티무르는 투신을 명령했고 비비하님은 모스크 첨탑에서 몸을 날렸다. 왕비는 자신을 위해 지은 모스크에서 목숨을 잃었다. 사랑은 가시를 품고 있다는 말을 되새기는 현장이다. 비감한 사연을 간직한 때문인지 비비하님 모스크를 돌아보는 내내 애잔했다.

안타까운 사연과 함께 문화유산을 방치하는 우즈베키스탄 정부를 이해하기 어려웠다. 아무리 못사는 나라라고 하지만 소중한 문화유산을 함부로 방치하는 건 의지의 문제였다. 무지이든 무관심이든 도무지 수긍이 안됐다. 돈이면 무엇이든 가능한 시대에 유적지 관리마저 경제력과 비례한다는 점에서 씁쓸했다. 굳이 많은 돈을 들이지 않아도 관심만 있다면 얼마든지 가꿀 수 있을 텐데 못내 아쉬웠다.

비비하님 모스크와 마찬가지로 인도 타지마할(Tāj Mahal) 영묘 또한 사랑하는 여인을 위한 건축물이다. 무굴제국 황제 샤자한(Shāh

Jahān) 역시 여러 왕비 가운데 뭄타즈마할(Mumtaz Mahal)을 가장 아꼈다. 왕은 아이를 낳다 숨진 왕비를 위해 타지마할을 건축했다. 타지마할은 매일 2만여 명이 동원돼 완공까지 20년 걸렸다. 타지마할은 오늘날 무굴제국 최고 건축물이자, 세계에서 가장 아름다운 건축물로 손꼽힌다. 그러나 사자한왕은 사원이 완공된 뒤, 아들에 의해 타지마할이 보이는 건너편 성에 갇혔다. 그리곤 숨지기 전까지 6년 동안 창살 밖으로 사랑하는 아내의 영묘를 바라보며 쓸쓸한 최후를 보냈다.

이집트 아부심벨(Abu Simbel) 신전도 한 여인에게 바친 건축물이다. 이집트를 가장 강한 나라로 이끌었던 람세스 2세는 카이로 남쪽에 신전을 건축했다. 그는 자신을 위한 대신전과 아내 네페르타리 왕비를 위한 소신전을 세웠다. 대신전을 장식한 람세스 좌상은 높이 21m로 압도적이다. 그는 자신의 오른쪽 다리 옆에 네페르타리(Nefertari) 왕비를 조각했다. 이것도 모자라 람세스는 대신전에서 100m 떨어진 곳에 왕비만을 위한 소신전을 세웠다. 소신전 전면에 늘어선 람세스 2세 입상은 왕비 입상과 동일한 크기다. 절대 권력을 행사하던 전제주의 시절, 왕과 왕비를 같은 크기로 세운 경우는 이집트 역사상 전무후무하다. 그만큼 람세스는 네페르타리를 사랑했다.

사랑하는 마음이 깊으면 관행 따위는 문제가 되지 않는다. 〈헌화가〉에서 비비하님 모스크와 타지마할, 아부심벨 소신전에 이르기까지 사랑은 이렇게 위대하다. 사랑마저 가볍게 소비되는 시대, 이들 건축물은 두고두고 위대한 사랑의 힘을 일깨운다.

# PART 4

# 희망을 걷는 사람, 사람들

# 아침 꽃을
# 저녁에 줍다

'희망이란 길과 같아서 본래 있다고도, 없다고도 할 수 없다. 본래 땅 위에는 길이 없었다. 걸어가는 사람이 많아지면 그것이 곧 길이 된다.' 이 글을 읽은 때마다 가슴 한쪽에서 은근한 희망이 솟는다. 나아가 공동체 의식에 대해서도 생각하게 된다. 많은 이들이 같은 방향으로 뜻과 마음을 모으다보면 현실이 되는 경우가 왕왕 있다. 사실 모든 역사는 두려움을 극복하고 한길을 걸었던 많은 이들에 의해 만들어졌다 해도 과언 아니다.

루쉰(魯迅 1881~1936)은 중국에서 존경받는 작가다. 그가 단편 〈고향〉에서 정의한 희망은 이렇게 오늘도 많은 이들의 가슴을 뜨겁게 한다. 루쉰이 말했듯 희망은 있기도 하고, 없기도 하다. 희망이 있다고 믿는 이들에겐 희망이 있다. 반면 희망을 포기한 이들에게 희망은 존재하지 않는다. 많은 사람들이 간절히 갈망하면 이루어지는 게 희망이다. 사람들은 매일 아침 해를 맞으며, 새해를 준비하며 저마다 '희망'을 품는다. 오늘은 어제와 다른 하루, 올해는 지난해와 다른 새해를 만들겠다는 간절함으로 첫발을 뗀다.

지금 이 순간에도 새로운 일을 시작하는 많은 이들은 희망을 이루기 위해 고단한 삶을 살아낸다. 하지만 매번 희망이 이루어지는 건 아니다. 돌아보면 기쁨보다는 좌절과 회한, 그리고 눈물로 뒤엉킨 여정이 많았음을 확인한다. 그래서 한 해를 마감하는 세밑에 서면 어김없이 한파처럼 회한이 몰려온다. 움켜쥘 것 없는 인생이라고 하지만, 매번 한 해 끝자락에서 이루지 못한 것들에 대한 아쉬움은 흥건하다.

시간은 시작과 끝을 구분하지 않고 유장하게 흐른다. 사람들은 이음매 없는 시간을 인위적으로 매듭짓고, 의미를 부여하고, 희로애락을 담는다. 낮과 밤, 하루와 일주일, 한 달과 일 년, 새해와 세밑, 춘분과 추분, 24절기는 그러한 결과물이다. 비단처럼 매끄럽게 이어지는 시간을 토막 내어 특별한 의미를 부여한 건 다름 아니다. 생각 없이 살지 않겠다는 의지다. 느슨한 삶을 추스르고, 신발 끈을 고쳐 매고, 성찰함으로써 다시 시작한다는 각오다. 그런데 시간은 무표정하다. 우리 의지와 달리 눈길 한 번 주지 않고 매정하게 흐른다.

코로나19는 지난 3년여 동안 우리 삶을 사납게 할퀴었다. 여기에 이상기후는 코로나19로 지친 삶을 한층 황폐화시켰다. 지난해 유럽과 미국 캘리포니아는 폭염과 산불로 불탔다. 또 유럽지역 기온은 관측사상 두 번째로 높았다. EU 집행위원회는 가뭄으로 유럽은 해마다 약 12조 원 규모 피해를 입었다고 발표했다. 지구 온난화가 계속될 경우 2100년이면 유럽은 가뭄으로 인한 연간 손실은 지금보다 4배가 넘을 것으로 추정된다. 유럽 전역은 또한 1월 평균 15~25도를 기록, 겨울 같지 않은 겨울이 이어지면서 대부분 스키장을 폐장했다. 파키스탄은 지난해 6월 기록적인 폭우로 국토 30% 이상이 물에 잠겨 520만 명이 이재민으로 전락했다. 유엔 재난위험경감사무국에 따르면 지난 20년간 재난 재해에 따른 사망자와 이재민 등 누적 피해자만 40억 명에 달하고 경제 손실도 2조 달러(2,640조 원)을 훌쩍 넘어섰다.

총체적 재난 앞에서도 '희망'을 이야기할 수 있을까. 루쉰의 '희망'을 떠올린 건 이 때문이다. 루쉰은 절망과 패배주의가 안개처럼 자욱한 중국 사회를 질타하며 '희망'을 들고 나왔다. 그는 각성을 촉구하고 희망의 끈을 놓지 말 것을 당부했다. 중국 상하이에 갈 때마다 들리는 곳 가운데 하나가 루쉰 공원이다. 우리에게는 윤봉길 의사가 도시락 폭탄을 던진 홍커우 공원으로 익숙하지만 이름을 바꾼 지 오래다. 루쉰 공원을 찾는 이유는 절망 속에서 희망을 설파했던 지성인의 육성을 듣기 위해서다.

중국 공산당 정부는 1956년 루쉰의 유해를 이곳에 안장하고 기념관을 건립했다. 중국인민이 사랑하는 루쉰을 이곳에 모신 건 탁월한 결정이었다. 지금은 공원주변을 고층 빌딩이 둘러싸고 있지만 1900년대 초, 상하이는 서구 열강과 일본의 각축장이었다. 동방명주(東方明珠)가 보이는 '와이탄(外灘)'에는 그 시절 조계지 흔적이 남아 있다. 조계지 입구에는 '중국인과 개는 출입 금지'라는 푯말이 걸렸다. 당시 중국인의 처지를 상징적으로 나타냈다.

상하이는 지독한 패배주의와 무력감이 지배했다. 아편과 마약장이가 넘쳐났다. 현실을 잊으려는 자포자기에 가까운 전염병만 자욱했다. 상하이 역사박물관에 가면 당시 무력감을 재현해 놓았다. 루쉰은 절망과 무기력이 극에 달했던 그때 각성을 촉구했다. 앞서 언급한 단편소설 『고향』은 그러한 절망 속에서 탄생한 명작이다. 루쉰은 산문집 『조화석습(朝花夕拾)』에서도 희망을 이야기했다. '조화석습'은 '아침 꽃을 저녁에 줍다'로 해석된다. 어떤 일이 닥쳤을 때 조급해하기 보다 여유 있게 대처하라는 중국인 특유의 철학을 담고 있다. 아침에 떨어진 꽃을 바로 쓸어내지 않고 해가 진 저녁에야 치우는 여유는, 어려울 때일수록 빛나는 가치다.

올해 한국경제는 시계 제로 상태에 있다. 러시아 우크라이나 전쟁과 미국 금리 인상, 중국 수출장벽 여파로 올해는 유독 험난할 것으로 전망된다. 저성장, 고물가, 고금리, 고유가, 저환율로 기업과 가계 모두 어려운 상황이다. "곳간에서 인심난다."는 말처럼 각박해지기 쉬운 때다. 이럴 때일수록 이웃과 주변을 돌아보는 느긋한 자세가 필요한 때다. 영국 화가 조지 프레데릭 왓츠는 절망 속에서도 희망을 잃지 않는 인간 의지를 그림으로 남겼다. 작품 〈희망, 1886년〉은 대표적이다. 그림에서 한 여인은 지구본에 앉아 수금(하프 일종)을 타고 있다. 자세히 보면 이상한 게 한 둘 아니다. 앞을 볼 수 없고 하늘은 어둡고 수금은 모두 끊어진 채 한 줄만 남았다. 모든 게 암담하고 위태롭다. 그런데도 화가는 '희망'이라고 했다. 그는 절망적인 상황에서도 끝내 버리지 말아야할 가치가 있다면 희망임을 넌지시 알리고 있다.

그리스 철학자 아리스토텔레스도 "희망은 잠자고 있지 않은 인간의 꿈이다. 꿈이 있는 한 이 세상은 도전해 볼만하다. 어떠한 일이 있더라도 꿈을 잃지 말자. 꿈은 희망을 버리지 않는 사람에겐 선물로 주어진다"고 했다. 험난한 시대, 꿈을 잃지 말라고 한다면 현실감 없는 말일까. 그래도 희망을 떠올리고, 시작해야 하는 건 우리가 살아 있기 때문이다. 우리 삶이 남루할지라도, 꺼지지 않는 희망이 있기에 빛나는 것이라고 생각해 본다.

# 낭트에 닻 내린 민선식 박사

2005년 10월, 한국인 요트 프런티어 5명이 100일간 요트로 세계 일주에 나섰다. 프랑스 낭트(Nantes)를 출발한 이들은 대서양을 횡단해 파나마(Panama) 운하에서 반환점을 찍었다. 다시 태평양을 가로질러 독도에서 마지막 닻을 내렸다. 항해 루트는 3만*km*, 70일간 바다 위를 떠다녔고 30일간 육지에 체류했다. 프랑스 낭트에서 출발해 한국에 도착하는 해양 루트는 생소하고 특별했다. 무슨 연유에서 프랑스 낭트~대한민국 독도였을까. 프랑스 서부 연안에 위치한 낭트는 프랑스 근대화를 촉발한 오래된 항구 도시다. 모든 항구 도시가 그렇듯 낭트 또한 새로운 문물을 받아들이는 입구였다. 이곳에서 개신교(위그노)에게 신앙의 자유를 허용하는 '낭트 칙령'이 선포됐다. 또 쥘 베른(Jules Verne)은 소설 〈80일간의 세계 일주〉를 썼다. 둘 다 개방적인 도시 분위기와 어울린다.

낭트 칙령은 기독교 역사에서 중요한 의미를 갖는다. 구교(가톨릭)과 신교(기독교)가 대립할 당시 대부분 유럽 국가는 신교를 탄압했다.

앙리 4세는 1598년 4월 이곳에서 낭트 칙령을 선포하고 신교도들에게 신앙의 자유를 허용했다. 이로써 지긋지긋한 30년 종교전쟁은 종지부를 찍었다. 그런데 87년이 흘러 1685년 루이 14세는 낭트 칙령을 폐지하고 다시 신교도의 종교와 사상의 자유를 박탈했다. 프랑스에 살던 신교도는 동요했고 100만 명 가운데 40만 명이 영국·네덜란드·프로이센으로 망명했다. 상당수 신교도는 전문직 종사자였다. 인재 유출로 인해 프랑스는 큰 손실을 입은 반면 이들을 받아들인 네덜란드는 패권 국가로 발돋움하게 된다.

이렇게 낭트는 가장 먼저 신앙의 자유를 허용할 만큼 열린 도시였다. 도시 분위기는 과학 분야에도 영향을 미쳤다. SF 과학 소설과 모험 소설을 개척한 쥘 베른은 이곳에서 태어났다. 그는 개방적인 낭트에서 어린 시절을 보냈다. 그가 『80일간 세계 일주』를 비롯해 『해저 2만리』, 『15소년 표류기』, 『지구 속 여행』 등 걸출한 SF소설과 모험 소설을 남긴 건 우연이 아니다. 우리세대 대부분은 쥘 베른이 쓴 『80일간 세계 일주』를 읽으며 자랐다. 아마 유년 시절을 쥘 베른에게 빚지지 않은 이들은 많지 않다. 쥘 베른이 150년 전 소설에서 언급한 로켓과 잠수함은 21세기 들어 실용화됐다. 뛰어난 상상력에 탄복할 수밖에 없다.

그는 소설을 통해 전쟁에 패해 침체에 빠졌던 프랑스 인에게 과학기술의 중요성을 각인시켰다. 소설이 발표된 1873년은 프로이센 전쟁에서 패한 직후였다. 프랑스 국민들은 상실감이 컸다. 자신들이 우습게 알았던 프로이센(독일)에게 패하자 국민들 사이에는 무기력함이 페스트처럼 퍼졌다. 당시 프랑스에게 프로이센은 유럽 동부에 위치한 보잘것없는 나라였다. 그런 프로이센에 패했으니 굴욕적이었다. 게다가 프랑스와 앙숙 관계에 있던 영국마저 프로이센을 후원했다. "때리는 시어머니보다 말리는 시누이가 더 밉다"는 말처럼 영국에 대한 원한은 깊을 수밖에 없었다. 그럼에도 쥘 베른은 『80일간의 세계 일주』에서 영국인을 주인공, 프랑스 인을 하인으로 설정했다. '밉지만 본받을 건 본받자.'는 의도였다. 어지간한 배짱이 아니고는 쉽지 않은 일이다. 자칫하면 국수주의에 찌든 이들로부터 몰매 맞을 수 있었다. 그러나 쥘 베른은 민족주의에 영합하기보다 무력감에 빠진 국민들에게 자극을 주는 내용으로 소설을 완성했다. 이후 프랑스는 과학과 기술 개발에 주력했다. 오늘날 프랑스는 과학기술 강국으로 인정받는데, 쥘 베른 덕이다. 절치부심(切齒腐心)이자 와신상담(臥薪嘗膽) 결과다. 민족주의를 자극해 국민을 친일과 반일로 나누고 악용했던 우리 정치권의 대일 정책과 비교된다.

한국 요트 여행자들이 세계 일주 출발지로 낭트를 택한 건 바로 이 때문이다. 낭트에서 꽃핀 프런티어 정신을 본받겠다는 뜻이다. 프랑스 국민들이 낭트에서 위기를 극복하고 강대국으로 부상했듯 한국도 그러기를 바란 것이다. 낭트 루아르(Loire)강 하류 삼각주에는 쥘 베른 박물관이 있다. 박물관은 그가 남긴 각종 설계도와 소설을 영화화한 포스터, 여행 경로를 표시한 게시판을 전시하고 있다. 『80일 간 세계 일주』를 읽었다면 소설과 현실을 비교해보는 것도 흥미롭다.

오래 전 낭트를 방문했다. 이곳에서 프랑스 한인 유학생 1호 민선식 박사를 만났다. 생존해 있다면 올해 100세다. 그는 전남 해남이 고향이다. 민 박사는 1948년 프랑스로 건너가 소르본느 대학에서 물리학 박사를 받았다. 1962년 낭트 대학 교수로 부임했다. 해남은 한국에서도 오지다. 땅 끝 마을에서 태어난 촌놈이 어쩌다 그곳까지 갔는지 궁금했다. 그것도 콧대 높은 프랑스 사회에서 유명 대학 물리학 교수로 존경받고 있다니 더 관심 갔다. 민 박사는 당시 배를 이용해 프랑스로 건너갔다. 홍콩과 아프리카를 돌아 프랑스까지 10여 일 걸리는 여정이었다. 유학 초기 그는 물설고 낯선 이국에서 숱한 어려움을 겪었다. 유학 중에는 6·25전쟁이 발발했다. 이 때문에 한국과 프랑스 간 외교 관계가 중단돼 학비와 생활비를 직접 벌어야 했다. 수돗물조차 나오지 않은 집에서 학업을 마친 그는 1962년 낭트 대학 교수로 임명됐다. 민 박사는 "당시는 대학 교수 지위가 상당했다. 더구나 외국인에게는 문이 좁았다"고 회고했다. 그는 한국인은 물론이고 동양인 최초 교수였다. 방문할 당시 민 박사는 프랑스 생활 57년째였다. 그는 루아르강이 내려다보이는 언덕 위에 집을 짓고 아내와 인생을 마무리하고 있었다. 집에 들어서자 60년 가까이 프랑스에 살았음에도 어쩔 수 없는 한국인임을 느꼈다. 거실은 한국 가정집을 그대로 옮겨놓은 듯했다. 한국에서 가져온 골동품과 고서화, 한국 서적이 집 안 곳곳을 채우고 있었다. 비록 몸은 오래전 고국을 떠나왔지만 마음은 한국에 매여 있었다. 성공한 한인 유학생이었지만 그에게 고향과 고국은 평생 버릴 수 없는 그리움의 원천이었다. 숱한 고난을 이겨내고 루아르강 주변에서 마지막 인생을 가꾸는 노부부를 통해 조국이란 무엇인가를 돌아봤다.

프랑스 근대화를 촉발한 『80일간의 세계 일주』가 쓰인 낭트에서 민 박사는 또 다른 개척자였다. 그에게 낭트는 프랑스에 최초로 닻을 내린 종착지였다. 민 박사 집에서는 루아르강이 한눈에 내려다보인다. 유유히 흐르는 루아르강은 가을 햇살을 받아 반짝였다. 그의 노년도 루아르강처럼 평화롭기를 기도한다.

# 마에스트로 방의 〈고향무정〉

2008년 베이징 올림픽 이후 태권도 퇴출 논란이 일었다. 지루하고 재미없다는 이유였다. 대한체육회와 국기원, 세계태권도연맹(WTF)에는 비상이 걸렸다. 필사적 노력 끝에 경기방식을 역동적으로 바꾸고 화려한 기술을 도입하기로 했다. 국제올림픽위원회(IOC)는 존치를 결정했고 나아가 올림픽 핵심 종목으로 지정했다. 이제 태권도는 천지가 개벽하지 않는 한 올림픽 정식 종목 지위에서 내려올 일은 없다. 2028년 LA올림픽에도 정식 종목으로 대회를 치른다. 2000년 시드니 올림픽 이후 8연속이다. 이제 태권도는 세계적 스포츠라 해도 과언 아니다.

국기로써도 태권도 위상은 남다르다. 2018년 4월 국회는 태권도를 국기로 지정하는 법안을 의결했다. 바른미래당 의원이자 공인 9단인 이동섭 의원이 대표 발의했다. 국회의장실에 있을 때 이동섭 의원을 몇 차례 만났다. 그는 국회의원 태권도연맹을 결성하는 등 태권도 발전에 각별한 노력을 기울였다. 법안은 태권도 법적 지위를 인정하는 것으로, 국가 차원에서 보호·육성하는 내용을 담았다. 의원 300명 가운데 무려 225명이 여야를 떠나 공동발의에 서명했다. 김치와 한복, 태권도마저 자신들 것이라고 우기는 중국 태권도 공정에 대응해야 한다는 여론이 뒷받침 됐다.

태권도는 원조 한류다. 1960년대 태권도 사범들은 미국과 유럽, 라틴아메리카로 건너갔다. 태권도 보급이라는 명분도 있었지만 대부분 먹고살기 위해서였다. 베트남 전쟁 기간 중에도 태권도 교관을 파견했다. 그렇게 시작된 태권도는 세계적인 브랜드가 됐다. 또 태권도는 민간 외교에서 중요한 역할을 한다. 60~70년대 물설고 낯선 곳에서 젊은 태권도 사범들은 그 나라 군과 경찰에게 태권도를 가르치며 한국을 알렸다. 태권도를 배우는 나라가 늘면서 이제 한국은 종주국 지위를 위협 받고 있다. 한국은 2021년 도쿄 올림픽에서 올림픽 사상 처음으로 노메달 수모를 겪었다. 태권도 평준화를 알리는 서막이었다. 올해 현재 세계태권도연맹 회원국은 212개국으로 유엔 회원국보다 많다. 지금 이 시간에도 지구촌 곳곳에서 우리말로 "차렷" "경례" "태권도"를 외치며 태권도를 배우고 있다. 생각하면 자랑스럽고 흐뭇하다.

브라질 상파울루에서 방근모 마릴리아(Marilia) 대학 교수를 만났다. 그는 브라질 사회에서 주류에 진입한 몇 안 되는 한국 이민자다. 방 교수는 고려대학을 졸업한 뒤 태권도 교관으로 브라질 땅을 밟았다. 60년대 후반 태권도연맹에서 라틴아메리카에 파견한 태권도 사범 신분이었다. 당시는 국가 정책으로 브라질 이민을 권장했다. 방 교수 부부는 말은 서툴고, 음식은 입에 맞지 않아 정착 초기 풍토병과 향수병을 심하게 앓았다. 지구 반대편에서 삶은 녹록치 않았다.

이역만리 땅에서 부부는 하루하루를 실전 치르듯 살았다. 방 교수는 현지인들 관심을 끌기 위해 격렬한 무술 시범도 마다하지 않았다고 한다. 시범 무술을 통해 흥미를 끌고 한국과 태권도를 알리기 위해서였다. 방 교수는 칼을 가진 상대와 대련하다 보면 피투성이가 되기 일쑤였고, 심지어 중태에 빠지기도 했다며 힘든 시절을 들려줬다. 말 그대로 하루하루가 실전이었다.

파견 기간이 끝난 뒤 방 교수는 브라질에 남았다. 서울에 돌아가기보다 브라질 땅에서 인생을 걸어보자고 생각했다. 태권도 수련을 통해 닦은 도전 정신이 브라질 이민으로 이끌었다. 아내는 돌아가자며 하루가 멀게 눈물 바람 했다. 하지만 그는 여기에서 끝장을 봐야 한다며 고집을 꺾지 않았다. "반드시 성공해 행복하게 해 주겠다는 말에 반승낙한 게 일생을 브라질 땅에서 보내게 될 줄 그때는 몰랐다." 방 교수 아내는 내게 밉지 않은 푸념을 늘어놨다. 이제는 편안하게 말하지만 이렇게 말하게 되기까지 부부는 온갖 역경을 이겨내야 했다. 강인해 보이는 방 교수지만 향수병에는 어쩔 도리가 없나보다. 그는 술기운이 오르면 무던히도 〈고향 무정〉을 불렀다고 회상했다. 수구초심은 무엇으로도 달래기 힘든 불치병이다.

방 교수는 10여 년 이상 상파울루 경찰청 간부를 대상으로 태권도를 가르쳤다. 그들과 쌓은 오랜 교분은 브라질 땅에서 살아가는 든든한 울타리가 되었다. 거장을 뜻하는 '마에스트로(Maestro) 방'이라는 존칭도 그때 얻었다. 상파울루 경찰청에서 방 교수를 모르는 이는 없다. 그들은 방교수와 허물없이 어울리며 "코리아 최고"를 외친다. 태권도 사범생활을 접은 지 적지 않은 시간이 흘렀지만 지금도 그들은 방 교수를 '마에스트로'로 부른다. 방 교수는 정직과 성실함을 바탕으로 브라질 땅에 우뚝 선 또 다른 '의지의 한국인'이었다.

체류하는 동안 방 교수 집에 초대받았다. 부부는 꼬리곰탕을 준비했다. 한국에서는 꼬리곰탕이 비싸다. 커다란 그릇에는 꼬리곰탕이 수북하게 담겼다. 또 군침 도는 잘 익은 깍두기도 한 사발 내왔다. 정성을 다한 부부의 마음이 눈에 선하게 그려졌다. '브라질 땅에서 꼬리곰탕에다 고춧가루 버무린 깍두기기라니.' 생각지 못한 뜻밖에 환대였다. 방 교수 부부는 오래 전 헤어졌다 재회한 처갓집 동생 대하듯 성심을 다했다. 그날 꼬리곰탕은 무엇과도 비교할 수 없는 성찬이었다. 한국에 돌아와 잘한다는 꼬리곰탕 집을 몇 차례 순례했지만 그 맛에는 못 미쳤다. 브라질 상파울루 마릴리아에서 꼬리곰탕은 지금 생각해도 진한 그리움으로 남아 있다. 아들만 둘 둔 방 교수 부부는 "한국 여성과 결혼을 강요할 생각은 없다"고 했다. 브라질에서 태어나 우리말보다 포르투갈어가 더 자연스러운 자식들에게 한국 정서만 고집하는 건 헛된 욕심일 뿐이라는 게 그 이유였다. 이따금 우리말이 서툰 교포 2, 3세대를 향해 무심코 "한국말도 못한다"고 핀잔했던 게 생각나 뜨끔했다.

그날도 방 교수는 술잔을 주고받다 〈고향무정〉을 불렀다. "고향이 그리워도 못 가는 신세~"를 부르는 그의 눈에는 물기가 어렸다. 태권도로 다져진 방 교수였지만 조국과 고향은 평생 지울 수 없는 그리움이었나 보다. 사나이 눈물은 각별하기에 술잔을 건네다 나도 울컥했다. 이따금 지인들과 노래방을 갔다가 누군가 〈고향무정〉을 부르면 어김없이 방 교수 부부가 떠오른다. 지금도 당당하며 큰형 같았던 '마에스트로 방'과 소녀처럼 맑은 품성을 간직한 사모 모습이 선하다. 세월이 흘러 연락은 끊겼지만 멋진 노년을 보내고 있으리라 믿는다.

# 피맺힌 고려인 이주 역사

'결정 1428-326cc'(1937년 8월 21일)

문서 한 장이 시작이었다. 소련 인민위원회와 공산당 중앙위원회는 연해주 블라디보스토크에 살던 고려인 강제 이주를 결정했다. 고려인 17만 명을 카자흐스탄과 우즈베키스탄 등 중앙아시아로 실어 나르는 계획이다. 이유는 터무니없었다. 일본인과 외모가 비슷하기에 첩자 활동을 방지한다는 게 첫째였다. 고려인들은 한순간 장기판 졸 신세가 됐다. 먹고살기 위해, 일제 압제를 피해 연해주에 정착했던 그들은 모든 걸 버려둔 채 황망히 떠나야 했다.

기차에 오른 1937년 10월, 누구도 기약 없는 디아스포라(이산)가 되리라곤 생각하지 못했다. 어디로 가는지, 얼마나 가야 하는지 아무도 몰랐다. 종착지까지 6700~6800㎞에 이르는 거리를 40여 일 동안 달렸다. 지금 세대들에게 시베리아 횡단열차는 로망이자 버킷 리스트다. 하지만 85년 전, 고려인들에게 시베리아 횡단은 목숨과 맞바꾼 고난의 행로였다. 시베리아는 10월이면 겨울이 시작된다. 고려인들은 창문도 없는 화물 열차에서 절망했다. 앉은 자리에서 생리 현상을 해결하고, 멈출 때마다 철로 주변으로 뛰쳐나갔다. 먹을거리는커녕 마실 물조차 턱없이 부족했다. 추위와 배고픔으로 많은 이들이 속절없이 숨졌다. 기록에는 2만 5,000~3만 명이 숨졌다고 적고 있다. 품 안에서 숨진 아이를 묻지도 못한 채 벌판에 던지며 참담했다.

그렇게 시작된 유랑은 올해로 86년째다. 국회의장 정무비서관으로 재직할 때 고려인 문제에 관심을 가질 기회가 있었다. 고려인 정착을 돕는 '사단법인 너머' 활동가를 만나 실태와 현안을 청취하고, 경기도 안산 고려인 마을에 다녀오기도 했다. 또 정세균 국회의장을 수행해 고려인대회에 참석하고 재외동포법 개정에도 힘을 보탰다. 2019년 7월까지만 해도 고려인 4세는 만 19세가 되면 한국을 떠나야 했다. 그들은 동포가 아닌 외국인으로 취급돼 부모와 생이별해야 했다. 1864년 구한말부터 시작된 디아스포라가 150년 넘게 계속되는 현실 앞에 어처구니없었다. 국회의장실에서 주도해 국회의원들과 문제의식을 공유했다. 그해 7월 17일 고려인 4세를 동포로 인정하는 법률안이 국무회의를 통과했다.

카자흐스탄 우슈토베는 고려인 이주 역사에서 빼놓을 수 없다. 첫 기착지이자 첫 정착지, 첫 경작지다. 블라디보스토크에서 출발한 고려인들은 우슈토베역에 첫 발을 디뎠다. 당시 17만 명 가운데 10만 명은 카자흐스탄, 나머지는 중앙아시아 전역으로 흩어졌다. 고려인들은 시베리아 칼바람이 부는 이곳에 짐짝처럼 내던져졌다. 살기 위해 맨손으로 토굴을 파고 갈대를 꺾어 움집을 지었다. 초기 정착 단계에서 3분의 1이 숨졌다. 당시 기록과 사진을 통해 살인적인 추위를 가늠할 수 있다. 알마티에서 우슈토베까지는 360km 거리다. 도로 사정이 나아졌다고 하지만 지금도 3시간 30여 분을 달려야 한다. 지난해 여름 찾은 우슈토베의 한낮은 고요했다. 뙤약볕을 맞으며 기차역을 둘러보는 나를 현지인들은 의아한 눈길로 바라봤다.

당시 고려인들은 거주 이전 자유가 없었다. 정해준 곳에서만 살아야 했다. 우슈토베역에서 내린 고려인들은 현지인들이 사는 마을을 지나 7km 떨어진 외곽 바슈토베로 이동했다. 일대는 지금도 황량하다. 땡볕 아래 마른바람만 거세다. 첫해 겨울을 움집과 토굴에서 보낸 고려인들은 이듬해 봄, 맨손과 호미로 갈대를 걷어내고 물길을 끌어와 벼농사를 시작했다. 2년 만에 자급자족에 성공하며 중앙아시아에 처음 벼농사를 보급했다.

토굴과 움집 흔적 뒤로 고려인 묘 200여기가 흩어져 있다. '조응선 묘(1871년 출생, 1951년 사망)', 녹슨 묘지명이 눈길을 끌었다. 가늠해 보니 66세 되던 해 우슈토베에 도착했다. 망해가는 조선을 떠나 러시아 블라디보스토크를 거쳐 카자흐스탄 우슈토베까지 신산한 유랑이었다. 묘지 한가운데서 민들레를 떠올렸다. 척박한 땅에서도 뿌리 내리고 꽃을 피우는 강인한 민들레가 고려인을 닮았다고 생각했다. 이제는 고려인 후손들도 여기저기 많이 흩어졌다. 우슈토베에 남아 있는 고려인은 몇 안 된다. 카자흐스탄 체류 중 통역과 가이드를 도와준 강우한 치과의사(38)는 "대부분 돈을 벌기 위해 한국으로, 또는 대도시 알마티로 나갔다. 기억하고 증언할 이들이 자꾸 사라진다는 게 안타깝다"고 했다.

2017년 '강제이주 80년'을 기념해 제작한 한 방송에는 우슈토베에 고려인 1세대가 10명 남짓 생존한다고 했다. 그 뒤로 5년이 흘렀다. 이제는 절반이나 남았을까. 고려인 강제이주 역사를 살필 수 있는 박물관으로 발길을 돌렸다. 고려인 사브리나 목사와 여든에 가까운 박헬렌(박희진) 선교사가 운영하는 교회에 딸린 작은 박물관이다. 이곳에는 고려인들이 기증한 옷가지와 농사 도구, 재봉틀 등 생활용품이 전시돼 있다. 또 마당에는 토굴과 움집, 김치 광을 재현해 놓았다.

박헬렌 선교사 또한 일생을 유랑했다. 한국에서 태어나 청소년기를 보내고 성인이 되어 미국으로 건너가 중장년을 보낸 뒤, 러시아와 카자흐스탄을 거쳐 이곳에 뿌리를 내렸다. 박헬렌 선교사는 "하나님이 내게 주신 사명이다. 아픈 역사를 잊지 않고 후손들에게 알려주는 건 의미 있는 일이다"고 했다. 그 바람대로 건강을 유지하며 고려인 강제이주 역사를 알렸으면 싶다.

카자흐스탄 우슈토베를 포함해 우즈베키스탄 타슈켄트와 러시아 블라디보스토크 신한촌까지 고려인 강제 이주와 관련된 세 곳을 다녀왔다. 고려인과 강제 이주사를 환기시키는 이유가 있다. '역사를 잊은 민족에게는 미래가 없다'는 경구 때문만은 아니다. 그들과 우리 피속에는 한민족이라는 DNA가 흐른다. 그들이 뿌리내리지 못한 채 겉돈다면 우리 정체성을 부정하는 것과 같다.

소련은 스탈린 사망(1953년) 이후 1955년 고려인에 대한 정치적·법적 명예회복을 선언했다. 고려인들은 거주 이전 자유를 되찾았지만 아직도 할아버지 땅에서 이방인 신세다. 경계인으로 사는 그들을 이제는 우리가 품어야 한다. 미중 갈등 사이에서 다시 쓰라린 유랑을 되풀이 하지 않으려면 어떠해야 할까. 우슈토베 고려인 공동묘지 한가운데서 깊은 생각에 잠겼다.

# 카레이스키 전설,
# 김병화

카레이스키(고려인) '김병화'는 우즈베키스탄에서 신화이자 전설이다. 고려인들의 근면성과 강인함을 거론할 때 그는 항상 앞자리에 놓인다. 김병화는 일본에게 국권을 빼앗긴 1905년 함경북도 경흥에서 태어났다. 출생 직후 부모를 따라 러시아 블라디보스토크 연해주로 이주, 1974년 우즈베키스탄에서 생을 마감했다. 소비에트 공화국 군대에서 대위로 복무하던 그는 숙청당한 뒤 1939년 우즈베키스탄 타슈켄트로 옮겼다. 타슈켄트에 정착한 김병화는 북극성 콜호즈(집단농장) 지도자로 활동하면서 괄목할만한 업적을 남겼다.

탁월한 지도력에 힘입어 북극성 콜호즈는 얼마 지나지 않아 소비에트 연방을 통틀어 가장 높은 위치를 차지했다. 북극성은 다른 집단농장에 비해 무려 4~5배가량 높은 생산성을 올렸다. 자연스럽게 고려인들이 몰렸다. 한때 1,000가구가 생활했고 학교와 병원, 보육원, 도서관, 약국이 들어섰다. 소비에트 사회주의 국가에서 '영웅' 칭호는 가장 영광스런 칭호다. 김병화는 한 번도 어렵다는 '사회주의 노력영웅' 훈장을 두 차례나 받았다. '2중 영웅'은 흔치 않다. 김병화를 비롯한 고려인들은 척박하고 황량한 중앙아시아에서 이렇게 살아남았다.

당시 노력 영웅은 650여 명으로 추산된다. 이 가운데 고려인은 21.3%, 139명에 달했다. 고려인은 소수 민족 중 하나일 뿐인데 노력영웅에서 21.3%를 차지했으니 놀랍다. 중앙아시아 현지인들은 지금도 고려인을 '카레이스키'라고 부르며 경외에 찬 눈길로 대한다. 고려인들이 자신들 땅에서 이룬 경이적인 삶을 잘 알기 때문이다.

앞서 언급했듯 1938년 러시아 연해주에 살던 고려인들은 영문도 모른 채 삶터를 떠났다. 한겨울 삭막한 벌판에 버려진 그들은 시베리아 칼바람과 맞섰다. 살아남기 위해 눈보라를 맞으며 맨손으로 갈대를 꺾어 움막을 엮고, 토굴을 팠다. 혹독한 겨울을 보낸 이듬해 물길을 끌어와 볍씨를 뿌리고 벼농사를 시작했다. 이후 고려인이 중심이 된 집단농장은 높은 노동 생산성을 올리며 주목 받았다. 한인 특유의 근면함과 끈기는 황무지를 옥토로 바꾸었다.

우즈베키스탄 소비에트 공화국은 김병화가 세상을 떠난 1974년, '김병화 농장'으로 이름을 바꿨다. 또 타슈켄트 중심에 '김병화 거리'를 만들었다. 김병화가 남긴 족적은 깊고 넓다. 우리나라 초등학생 교과서에는 자랑스러운 재외동포 중 한 명으로 소개되기도 했다.

타슈켄트 외곽에 위치한 김병화 농장은 이전만 못하다. 한때는 서울 여의도 면적의 70배가 넘는 750만 평에 달했다는데 지금은 한적하다. 농장 초입 김병화 박물관은 탄생 100주년을 기념해 2005년 건립됐다. 타슈켄트 꾸일륙 바자르(시장)에서 자동차로 20여 분이면 도착한다. 타슈켄트를 방문하는 한국인은 누구나 이곳을 찾는다. 박물관은 초라하지만 많은 이야기를 들려준다. 전시물에서는 신산했을 그 때를 확인한다. 강제 이주 직후 갈대 집을 찍은 사진이 있는데 믿기지 않는다. '집'이라는 사진 설명이 없다면 사람 사는 집으로 생각하기 어렵다.

전시실 내부에 걸린 '이 땅에서 나는 새로운 조국을 찾았다'는 문구는 복잡다단한 이주 역사를 함축하고 있다. 그들이 흘린 땀은 소련 연방에 봉사한 것에 불과하다고 폄하할 수 있다. 하지만 그들은 별다른 선택지를 갖지 못했다. 연해주를 거쳐, 타슈켄트까지 물처럼 흘러들었다. 한민족사는 오늘을 사는 우리에게 국가란 무엇인지 돌아보게 한다. 노력 영웅 훈장을 소련 연방을 위해 일한 대가로 비난해서는 안 된다. 누구도 카레이스키 유랑(流浪) 역사를 함부로 규정할 수 없다.

나라가 강했다면 유랑도 디아스포라도 없었을 것이다. 조선이 강했다면 구태여 러시아 연해주에서 중앙아시아 우즈베키스탄까지 찬 바람 부는 이국을 떠돌 이유가 없었다. 고향 땅에서 가족과 함께 안온한 삶을 즐기며 텃밭을 일궜을 것이다. 25만 명에 달했던 우즈베키스탄 고려인은 이제 18만 명으로 줄었다. 소련 연방에서 독립된 이후 우즈베키스탄 고려인들은 일자리를 찾아 다시 러시아와 카자흐스탄, 한국으로 떠돌고 있다. 민족주의 색채가 강화되면서 10여 년 전, 우즈베키스탄 정부는 러시아어 사용을 금지했다. 러시아어를 사용해온 고려인들은 또 한 번 정체성 혼란을 겪고 있다. 외모는 한국인, 국적은 우즈베키스탄, 언어는 러시아어를 사용하는 고려인 3~4세에게 고국은 어디일까. 많은 이들은 고려인들이 우리말을 모른다고 손가락질하지만 그들을 훑고 지나간 역사는 무겁고 아프다.

10여 년 전 김병화 박물관을 방문했을 당시 만났던 노부부는 이제 없다. 당시 노부부는 박물관 지키는 걸 사명이라고 표현했다. 적지 않은 나이에도 불구하고 노부부는 성심을 다해 김병화와 고려인 이주사를 설명했었다. 지금은 노부부 뒤를 이어 장 에밀리아 안드레예브나 씨가 관장을 맡고 있다. 그는 언론 인터뷰에서 "김병화 박물관만 사라지지 않는다면 한국인의 자긍심은 그나마 살려 나갈 수 있다. 후손들이 한국말과 박물관을 지켜줬으면 한다"고 했다. 그마저 세상을 떠난다면 중앙아시아 고려인과 한국을 이어줄 끈이 있을지 의문이다.

다행히 한국 정부 관심과 지원은 꾸준히 늘고 있다. 우리 정부는 2010년 타슈켄트에 고려인 1세대 독거노인 요양원을 설치했다. 이국 땅에서 세월을 보낸 고려인들에게는 편안한 휴식처다. 앞서 한국문화예술의집 건립(2018년), 고려인 이주 80주년 기념비도 설치(2017년)했다. 모국 방문사업과 고려인 3~4세를 대상으로 한 모국 취업도 활발하다. 이를 시혜를 베푸는 것으로 봐서는 안 된다. 한민족으로서 공감대를 마련하는 계기로 삼아야 한다.

타슈켄트 꾸일륙 바자르에는 고려인 상인들이 많다. 고려인들은 이곳에서 백김치와 오이장아찌, 순대 등 한국 음식을 판다. 대부분 한국 관광객은 꾸일륙 바자르를 관광지로 알고 있다. 일부는 고려인 상인을 향해 우리말도 못한다며 핀잔한다. 하지만 누구도 함부로 그들을 비난할 권리는 없다. 그들의 혹독한 이민사를 안다면 그럴 수 없다. 바자르에서 만났던 고려인 할머니의 표정이 잊히지 않는다. 지긋하게 응시하는 그 표정은 "너희들이 혹독했던 이산을 알기나 하느냐?"고 묻는듯했다. 홍범도 장군에서 김병화 영웅, 그리고 한인 성공 역사를 쓴 강병구 카자흐스탄 알마티 한인회장으로 이어지는 한인의 저력은 강인하다.

# 노무현과 베레고보와 수상

흔히 프랑스를 말할 때 '똘레랑스(tolerance, 관용)'를 꼽는다. 한국 사회를 '정(情)'으로 설명한다면 프랑스는 '관용(寬容)'으로 상징된다. 똘레랑스는 다른 사람의 정치적 종교적 자유에 대한 존중을 뜻한다. "당신의 정치적 종교적 신념과 행동이 존중받기 바란다면 다른 사람의 정치적 종교적 신념과 행동을 존중하라." 이것이 똘레랑스 출발점이다. 즉, 내 생각과 행동만이 옳다는 독선에서 벗어나야 한다. 뿐만 아니라, 자신의 정치적 이념이나 종교적 믿음을 남에게 강제해서도 안 된다. 자신이 신봉하는 이념과 신념이 귀중하다면 타인에게도 똑같이 중요하다는 말이다.

프랑스 공공장소에서 종종 이런 팻말을 볼 수 있다. '존중하시오. 그리하여 존중하게 하시오(Respectez, et faites respecter).' 잔디밭에 들어가지 마라는 말을 점잖게 표현했다. 똘레랑스는 바로 이런 의미를 담고 있다. '존중받기를 원한다면 다른 이를 존중하라.' 프랑스 사회는 강요와 강제하는 대신 토론 문화가 활발하다. 그들은 토론을 통해 이해 폭을 넓히고 이견은 좁힌다. 치고받고 싸우지 않으며, 미워하지도, 앙심을 품지도 않는다. 홍세화는 『나는 파리의 택시운전사』에서 "똘레랑스는 소수에 대한 다수의, 소수 민족에 대한 다수 민족의, 약한 자에 대한 강자의, 가난한 자에 대한 가진 자의 횡포를 막으려는 이성의 목소리다"고 했다. 홍세화는 사상의 자유를 허용하지 않는 군부독재 시절 프랑스로 건너가 택시 운전기사를 하며 똘레랑스를 몸으로 체험하고 돌아왔다.

진영 대결과 편 가르기가 일상화된 우리 사회는 언제부터인지 틀릴 수 있는 관용의 가치를 인정하지 않는다. 서로 흠집을 들추려 혈안 돼 있다. 이 같은 풍토 아래서 정권이 바뀔 때마다 정치 보복이라는 악순환을 되풀이한다. 노무현 전 대통령 죽음, 문재인 정부에서 환경부 블랙리스트, 윤석열 정부의 전방위 검찰 수사는 정치 보복이라는 연장선상에서 이해된다. 전임 대통령이 퇴임 후 스스로 목숨을 끊은 경우는 세계적으로도 흔치 않다.

노무현은 퇴임 후 일상으로 돌아가 평범한 시민으로 살고자 했다. 고향에서 환경운동과 유기농업에 소일하는 모습에서 국민들은 신선한 전임 대통령상을 봤다. 촌부로 돌아간 노무현은 소소한 일상을 통해 권력의 허상을 확인하고 안온한 시간을 즐겼다. 그러나 이명박 정부는 평범한 일상과 평온조차 허용하지 않았다. 집요한 검찰 수사는 한 인간을 파괴하고, 끝내는 죽음으로 내몰았다. 검찰은 중계방송 하듯 수사 내용을 흘렸고, 언론은 여과 없이 경쟁적으로 보도했다.

노무현의 죽음은 프랑스 미테랑(Mitterrand) 시절 베레고보와(Beregovoy) 수상 자살 사건과 흡사하다. 베레고보와는 1993년 수상에서 물러난 뒤 두 달 만에 권총으로 생을 마감했다. 그는 불행한 성장과 빈약한 학벌, 노동운동을 거쳐 수상에 올랐다. 노무현과 많은 부분에서 중첩된다. 그리고 스스로 목숨을 끊은 것까지 섬뜩하리만큼 닮았다. 두 사람은 기득권 세력이 구축한 세계를 뛰어넘지 못한 채 기성 질서에 좌절했다. 뿌리 깊은 기득권 세력은 낮은 학력과 거친 삶을 살아온 변방을 인정하지 않았다.

베레고보와는 가난한 이민 노동자 가정에서 태어났다. 중학교만 마친 뒤, 15세부터 먹고살기 위해 노동 현장에 뛰어들었다. 그는 1949년 정치에 뛰어들어 1981년 미테랑 대통령 측근으로 발탁되기까지 여러 분야에서 진보사회운동을 펼쳤다. 그는 진보 세력의 성원에 힘입어 재정경제부 장관을 거쳐 1993년 수상에 올랐다. 돌아보면 밑바닥 노동자에서 수상까지 치열한 여정이었다.

노무현 또한 다르지 않다. 일류 대학은커녕 상고를 졸업했고 돈이 안 되는 인권 변호사를 하며 생계를 꾸렸다. 정치에 입문해서도 가시밭길을 자처했다. 그는 지역주의 타파를 내걸고 민주당세가 약한 부산과 서울 종로에 출마해 연거푸 쓴 잔을 마셨다. 결국 대통령에 당선됐으나 집권 기간 내내 기득권 세력과 불화했다. 끝내는 고향에서 평범한 삶조차 누리지 못한 채 서둘러 생을 마감했다.

어느 사회나 자수성가 정치인을 대하는 분위기는 호락호락하지 않다. 성리학 질서가 지배하는 한국이나 똘레랑스를 자처하는 프랑스나 마찬가지다. 기득권 세력은 사회 변화를 기를 쓰고 반대한다. 프랑스는 어느 나라보다 인권을 중시하는 나라로 각인돼 있다. 하지만 비주류에게 벽은 높다. 프랑스 사회 또한 우리와 다르지 않다는 점에서 씁쓸하다. 프랑스 주류 사회는 엘리트 기득권층이 장악하고 있다. 이들에게 변방에서 온 '듣보잡'은 섞이기 어려운 존재다. 그들에겐 베레고보와의 빈한한 성장과 별 볼일 없는 학벌, 노동자 출신은 안주감에 불과했다.

흔들기가 시작됐다. 베레고보와 수상은 국회 부패 청산에 앞장섰다. 이는 명을 재촉하는 신호탄이 됐다. 부패 청산 과정에서 베레고보와는 적지 않은 정적을 만들었다. 베레고보와는 역공을 받았다. 부패 사건에 연루된 것으로 지목돼 물러나 경찰 조사를 받았다. 친구에게 무이자로 돈을 빌려 주택을 구입하고, 공짜 여름휴가를 즐긴 게 문제가 됐다. 어쩌면 사소한 문제지만 베레고보와는 도덕성에 치명상을 입었다. 결국 자신이 시장으로 재직했던 파리 외곽 한적한 도시 강가에서 권총으로 생을 마쳤다.

프랑스 시민들은 그가 떠난 뒤에야 베레고보와를 재평가하기 시작했다. 그가 활동했던 최후 10년 행적을 담은 논픽션 다큐멘터리를 방송함으로써 그를 기렸다. 프랑스 사회는 그를 정직하고 부패하지 않은 곧은 정치인, 그러나 인간적 약점을 지닌 존경할 만한 사람으로 기억한다. 한국 사회 또한 노무현 사후 더욱 노무현을 찾았다. 뙤약볕 아래 1,000만 조문객이 다녀갔다. 지역 타파와 탈권위주의를 승계하려는 움직임 또한 계속되고 있다. 서민 대통령 노무현의 가치는 죽은 뒤에 더 주목받고 있다. 안타까운 건 우리 사회가 그에게 절대적인 도덕성을 요구했을 뿐, 인간적인 약점을 허락하지 않았다는 것이다. 여야가 각박하게 대립하는 지금 그가 떠난 자리, 관용의 가치가 그립다.

# 별이 된 이름,
# 고흐

네덜란드 암스테르담은 운하 도시다. 내게는 '빈센트 반 고흐(Vincent van Gogh) 도시'로 더 친숙하다. 암스테르담 '반 고흐 뮤지엄'은 세계에서 고흐 작품을 가장 많이 소장하고 있다. 고흐를 좋아하는 이들에게는 성지와 같다. 코로나19 이전에는 암스테르담을 갈 기회가 많았다. 암스테르담을 목적지로 할 때도 있지만 인근 유럽 국가를 가려면 암스테르담 스키폴 국제공항을 경유해야 했다. 스키폴 국제공항은 허브 항공이다. 그때마다 반 고흐 뮤지엄에서 시간을 보냈다. 네덜란드는 한때 제국을 경영했고 지금도 강소국이다. 반 고흐 뮤지엄은 강소국 네덜란드의 자부심이다.

반 고흐 뮤지엄이 유명한 건 소장 작품 수는 물론이고 작품 수준에서도 최고라는 점 때문이다. 고흐는 생전에 드로잉 700점, 채색화 800점을 남겼다. 그림을 그린 기간은 37살 세상을 떠날 때까지 10년에 불과했다. 그는 10년 동안 말 그대로 치열하게 살았고 치열하게 그렸다. 작품 수를 감안하면 대략 3~4일에 한 작품씩 그렸다는 계산이

나온다. 미치지 않고는 불가능한 일이다. "미쳐야 미친다"는 불광불급(不狂不及)은 고흐를 두고 한 말이다. 반 고흐 뮤지엄은 800점 가운데 700여 점을 소장하고 있다.

고흐는 생전에는 불운한 화가였지만 죽어서 빛났다. 세계적인 뮤지엄마다 앞 다퉈 고흐 그림을 사들일 만큼 인기 작가다. 이런 걸 보면 사람의 삶이라는 게 참으로 아이러니다. 그는 자화상만 40여 점 그렸다. 왜 그토록 자화상에 매달렸는지는 삶과 연관 지어 유추할 수 있다. 고흐는 다른 사람과 소통은 서툴고 자아가 강했다. 고갱과 프랑스 아를에서 생활할 때도 끊임없이 삐걱댔고 끝내는 스스로 귀를 잘랐다. 이런 기질 탓에 고흐는 자화상에 집착한 것으로 보인다. 자화상은 하나같이 강렬하다.

고흐 〈자화상〉은 프랑스 오르세 미술관과 미국 필라델피아 미술관, 뉴욕 메트로폴리탄 박물관에 분산되어 있다. 암스테르담 반 고흐 뮤지엄은 가장 많은 자화상(18점)을 소장하고 있다. 반 고흐 뮤지엄은 초기 데생부터 채색화, 그리고 자필 편지까지 고흐 정신세계를 엿볼 수 있는 다양한 작품을 전시하고 있다. 고흐 숭배자들은 이곳에서 고흐란 사내와 마주하며 한 시대를 불운하게 살다간, 그러나 죽어서 빛난 천재와 이야기를 나눈다.

스페인 바르셀로나가 '가우디(Gaudi)'로 빛났다면 암스테르담은 바로 '고흐' 덕분에 그러한 지위를 누리고 있다. 명성에 걸맞게 반 고흐 뮤지엄 입장료는 콧대 높은 프랑스 루브르(Louvre) 박물관이나 한국인이 즐겨 찾는 오르세(Orsay) 미술관보다 2~3배 비싸다. 고흐는 암스테르담에서 가장 핫한 인물이다. 반 고흐 뮤지엄을 여러 차례 다녀왔지만 갈 때마다 고흐란 인물에 흥미를 느꼈다. 학창 시절 미술시간에 접했던 〈해바라기〉와 〈감자 먹는 사람들〉, 〈별이 빛나는 밤에〉, 〈자화상〉을 눈앞에서 보는 감동은 벅차다. 유명한 그림 앞에서 정신이 혼미해진다는 '스탕달 신드롬'을 경험하는 이들도 적지 않다.

조용필은 〈킬리만자로의 표범〉에서 고흐를 불행한 사람으로 묘사했다. 조용필은 "나보다 더 불행하게 살다간 사나이도 있었다"며 우리를 위로한다. 그러나 내가 만난 고흐는 생전에는 힘들었을지 모르지만 죽어서 행복한 사람이다. 비록 가난에 허덕이다 37살 자살로 마감했지만, 그는 렘브란트(Rembrandt) 이후 가장 위대한 네덜란드 화가로 추앙받고 있다. 네덜란드에서 고흐라는 이름이 갖는 광휘는 우리 상상을 뛰어넘는다.

증권 중개자였던 고흐는 27살 늦은 나이에 그림을 시작했다. 그러나 나이와 무관하게 천재성은 빛났다. 앞서 언급했듯 10년 동안 무려 800여 점을 남겼다. 미친 듯이 그렸다는 표현 외로 설명할 수 없는 광기다. 천재와 광기는 상통한다. 사나흘마다 한 점씩, 매년 80여 점을 그렸으니 정신적 고통은 어떠했을지 미뤄 짐작할 수 있다. 그런데도 동생 테오를 제외한 누구도 천재성을 알아보지 못했다. 가장 친하다고 믿었던 고갱마저 고흐를 외면했다. 고흐는 스스로 귀를 자르고 생레미 정신병원에 입원했다. 37살 삶은 짧았지만 죽어서 빛난 천재 앞에서 우리는 주눅 들 수밖에 없다.

생전에 고흐는 동생 테오에게 많은 편지를 보냈다. 동생은 유일한 친구이자 안식처였다. 편지에서 고흐는 "나는 성당을 그리느니 차라리 인간의 눈을 그리겠다. 왜냐하면 성당에는 아무것도 없지만 인간의 눈에는 영혼이 깃들어 있기 때문이다"라고 했다. 신을 부정했다기보다 평범한 삶과 이웃을 사랑한 정신세계를 반영한다. 고흐는 내세울 것도, 화려할 것도 없는 소박한 이웃을 화폭에 옮겼다. 초기 작품 〈감자 먹는 사람들〉에서도 경계를 허문 의도를 읽을 수 있다. 자화상 대부분은 형형한 눈빛이 압도한다. 그 눈빛은 자신을 이해하지 못하는 세상에 대한 분노는 아니었을까 싶다.

가족들과 갔던 뉴욕 메트로폴리탄 미술관에서도 고흐 인기를 실감했다. 고흐 〈자화상〉 앞에 줄을 선 관람객들을 보면서 생전에는 불행했을지 모르지만, 그가 부러웠다. 암스테르담 반 고흐 뮤지엄과 관련해 주목할 건 일본과 관계다. 유럽과 일본 인연은 1500년대로 거슬러 올라간다. 일본은 에도시대 난학(蘭學·네덜란드 학문)이라는 이름으로 서구 문물을 흡수했다. 또 네덜란드는 자포이즘(19세기 중반~20세기 일본풍 미술)이란 창으로 일본을 들여다봤다. 고흐 작품 가운데 일본 우키요(浮世絵) 판화 습작이 있는 건 이 때문이다. 반 고흐 뮤지엄은 두 나라 사이 돈독한 관계를 반영한다. 1973년 일본 보험사 솜포재팬(SOMPO JAPAN)은 '반 고흐 뮤지엄' 건립을 후원했다. 또 1994년 개관한 신관 뮤지엄은 일본 건축가 기쇼 구로카와(1934~2007)가 설계했다. 이렇게 일본과 네덜란드는 고흐를 매개로 오랜 관계를 유지하고 있다.

전남 해남 녹우당(綠雨堂) 공재 윤두서(尹斗緖) 자화상은 한국인이 그린 자화상 가운데 으뜸으로 친다. '윤두서'와 '고흐' 자화상은 둘 다 형형한 눈빛이 닮았다. 한쪽 귀를 자르고 붕대를 감은 고흐 자화상과 공재 눈빛은 강렬하다. 인간의 내면을 잘 드러냈다는 점에서도 상통한다. 네덜란드와 일본 사이 물리적 시간은 어찌할 수 없다 해도 윤두서와 고흐 자화상을 비교 전시하면 어떨까 싶다. 누군가 '고흐와 공재의 만남'을 주제로 기획전시회를 여는 상상을 해 본다.

# 발렌베리와
# 이건희 컬렉션

윤석열 정부 첫 8.15 광복절 특사에 삼성그룹 이재용 부회장이 포함됐다. 사면이 결정된 뒤 이 부회장은 "새로운 기회를 얻게 돼 매우 감사하다. 기업인으로서 책임을 다하기 위해 노력하겠다"고 했다. 한국에서 재벌 총수 구속과 사면은 새삼스러운 일이 아니다. 사면 때마다 국민적 관심이 집중되고 반대 목소리도 높다. 유전무죄 무전유죄 전형을 재벌 총수 사면에서 확인하기 때문이다. 잦은 구설에 오른 삼성그룹을 대할 때마다 스웨덴 발렌베리(Wallenberg) 그룹을 떠올린다. 발렌베리 가문은 우리나라 재벌 대기업과 닮은듯하면서도 여러 면에서 다르다. 한국 재벌 대기업에게는 좋은 본이다. 물론 발렌베리 그룹이 모범답안은 아니다. 발레베리 가문에도 어두운 과거가 있다. 핵심은 과거를 딛고 건강한 지배구조와 사회적 책임을 다하는 기업으로 거듭났다는 점이다.

발렌베리 그룹은 스웨덴 GDP 3분의 1, 상장사 시가총액 40%를 차지한다. 세계적인 가전회사 일렉트로룩스와 통신회사 에릭슨, 방위

산업체 사브(SAAB), 건설 중장비와 버스, 트레일러를 생산하는 스카니아(SCANIA)가 주요 기업이다. 또 스웨덴 최대 은행 그룹 SEB, 스웨덴과 덴마크, 노르웨이가 공동 설립한 스칸디나비아 항공(SAS), 그리고 북유럽 최대 발전설비 엔지니어링 회사 ABB도 발렌베리 그룹 계열사다. 여기에 세계 최초 코로나19 백신을 개발한 아스트라제네카를 포함해 100여 개 기업을 거느리고 있다.

산업 집중도와 자본 집중도만 놓고 보면 삼성보다 훨씬 크다. 문어발식 기업 확장이라고 비난해도 과하지 않다. 그런데도 발레베리 가문 후손들은 5대, 160년째 존경받는다. 그들은 '존재하되 드러내지 않는다'는 경영철학을 토대로 직접 경영 일선에 나서지 않는다. 대신 재단을 통해 간접 참여한다. 국민들로부터 손가락질 받는 우리 재벌 대기업과는 여러모로 다르다. 이들이 존경받는 이유는 '기업가 정신'에 있다. 집약하자면 사회적 책임을 다하는 '노블레스 오블리제' 실천이다. 발렌베리 가문은 건강한 지배구조와 함께 활발한 사회사업으로 주목받는다. 대부분 이익을 환원한다. 환원 규모는 전체 이익의 85%에 달한다. 재원은 학교와 병원, 해외 구호활동에 쓰인다. 특히 유네스코와 유니세프, 유엔난민기구를 통해 국제 분쟁지역 난민과 어린이에게 막대한 돈을 지원한다. 기초과학 분야 인재 양성에도 할애하고 있다. 유럽 최대 재벌가임에도 세계 100대 부자는커녕, 1000대 부자에도 속하지 않는 건 이 때문이다. 그들은 돈보다는 엄정한 후계자 선정과 건강한 지배구조, 공동체를 위한 사회적 책임 실현을 책무로 알고 있다.

스웨덴에 갔을 때 스톡홀름 시청사 앞에 서 있는 크누트 발렌베리 동상을 보고 부러웠다. 발렌베리 동상은 스웨덴 국민이 얼마나 발렌베리 가문을 아끼는지 보여준다. 공공 기관 앞에 특정한 재벌 동상을 세운다는 발상은 우리에겐 상상하기 어렵다. 하지만 스웨덴 국민들은 자랑으로 여긴다. 서울시청 앞에 삼성그룹 이건희 회장이나 현대그룹 정주영 회장 동상을 세운다고 생각해보자. 가능할까. 쉽게 고개를 끄덕일 수 없다.

툭하면 '무노조 신화'를 입버릇처럼 떠벌리는 삼성그룹 특검 결과가 2008년 4월 22일 발표됐다. 90일 동안 특검 결과는 초라했다. 여론은 삼성 비리를 수사할 목적에서 출발한 '특별 검사'가 삼성에 면죄부를 주는 '특별 변호사'로 전락했다고 조롱했다. 특검은 일부 혐의만 인정하고, 전원 불구속 기소했다. 당시 특검 최대 수혜자는 이건희 일가이고, 최대 피해자는 법치 후퇴였다는 자괴감이 상당했다. 임직원 명의로 된 차명 계좌 1,199개를 통해 비자금 4조 5,373억 원을 조성한 게 드러났지만 사법 처리는 없었다. 노회찬 전 의원이 제기한 삼성 X파일도 삼성을 다시 보게 했다. X파일 사건은 삼성이 현직 검사들에게 떡값을 돌렸다는 내용이다. 그런데 떡값 돌린 이는 무죄를 받고, 폭로한 현직 국회의원만 직을 상실하는 해괴한 재판으로 일단락됐다.

발레베리 그룹에도 어두운 역사가 있다. 2차 세계대전 당시 야콥 발렌베리는 나치에 협력함으로써 오명을 남겼다. 반면 라울 발렌베리는 유대인 10만 명을 구해 스웨덴 판 '쉰들러 리스트'로 불린다. 그는 1945년 1월 행방불명 됐다. 소련은 1957년에야 "독일 스파이 혐의로 체포해 조사하던 중 1947년 심장마비로 사망했다"고 발표했지만 진상은 불확실하다. 라울 발렌베리의 숭고한 삶에 힘입어 발렌베리 가문은 사회적 책임을 실현하는 기업으로 거듭났다.

2003년 이건희 회장은 이재용 전무와 함께 발렌베리 재단을 방문했다. 추정컨대 발렌베리 기업문화를 배우고자 했던 게 아닐까 싶다. 또 2012년에는 발렌베리 가문 경영진이 삼성과 리움미술관을 다녀갔다. 삼성은 이후로도 새로운 모습을 보여주지 못했다. 반전은 이건희 사후 일어났다. 삼성은 이건희 회장이 소장한 미술작품 2만 3,000여 점을 기증했다. 또 이재용 회장은 12조 원에 달하는 상속세를 납부하겠다고 발표했다. 이는 삼성가(家)를 다시 보게 하는 계기가 됐다. 국립중앙박물관과 현대미술관에 분산된 이건희 컬렉션에는 수많은 인파가 몰리고 있다. 기업의 사회 환원에는 여러 방식이 있겠지만 삼성가(家) 사례도 평가할만하다.

스톡홀름 중앙역에서 가까운 곳에 6층짜리 발렌베리 지주회사가 있다. 의식해서 보지 않으면 '인베스터AB' 깃발조차 눈에 뜨이지 않는다. 언젠가 스웨덴 최대 갑부 캄프라드(Kamprad) IKEA회장을 비롯한 스웨덴 기업인들이 세금을 피해 스위스로 본사를 옮겼다는 보도가 있었다. 발렌베리 가문은 거꾸로 300억 크로네(4조 7,000억 원)에 달하는 '크누트 앤 엘리스 발렌베리 재단(KAW)'을 통해 사회에 환원함으로써 대조를 보였다.

우리나라 재벌 기업들이 발렌베리 가문에서 배워야 할 게 있다면 세습을 문제 삼지 않는 국민 정서가 아니라 세습을 통한 아름다운 사회적 책임이다. 많이 나아졌다지만 아직도 천민자본주의에서 자유롭지 않은 기업이 적지 않다. "소유는 특권이 아니라 책임이다"는 발렌베리 가문의 철학에 공감하는 기업은 몇이나 될까.

# 기억 저편 옛 친구,
# 타이완

지난해(2022년) 8월, 펠로시 미국 하원의장이 대만을 다녀간 뒤 대만 해협은 한껏 긴장이 고조됐다. 중국은 대만 해역에 미사일을 쏘며 무력시위를 펼쳤다. 미국을 향한 엄포였다. '하나의 중국' 원칙을 깬 미국을 향해 여차하면 도발하겠다고 으름장을 놓은 것이다. 미중 갈등이 고조되면 그들 싸움만으로 끝나지 않는다. 중국과는 경제적으로 밀접하고, 미국과는 안보로 얽힌 우리는 어떤 형태로든 줄서기를 강요받을 수밖에 없다. 미국은 한국과 대만, 일본이 참여하는 반도체동맹(Chip4) 가입을 요구하고 있다. 안보 측면에서도 미국과 한국, 대만은 인식을 공유하고 있다. 이렇게 대만은 우리와 밀접하게 연결돼 있다.

2010년 11월 중국 광저우 아시안게임 때다. 태권도 여자 49㎏급 경기가 끝난 후 대만에서 반한(反韓) 감정이 격하게 일었다. '대만의 김연아'와 다름없는 양수쥔(楊淑君) 선수가 실격패한 게 발단이 됐다. 당시 유력한 금메달 후보였던 양수쥔은 베트남 선수를 상대로 9 대 0,

일방적인 경기를 펼쳤다. 그러나 경기 종료 12초를 남기고 실격패했다. 규정과 어긋난 센서를 부착하고 출전한 게 문제였다. 억울해 하며 우는 양수쥔 선수 얼굴이 TV로 보도되면서 대만 국민들 분노는 극에 달했다.

한국 선수와 맞대결도 아니고, 심판 전원 비(非) 한국인이었음에도 그들은 한국 심판위원들이 개입했다며 의혹을 제기했다. 격앙된 대만인들은 태극기를 불태우고 한국 상품 불매운동을 전개했다. 양수쥔 선수가 해명에 나서기까지 반한은 한동안 계속됐다. 양수쥔 선수는 대만 언론과 인터뷰에서 "실격 처리는 한국 때문이 아니다. 대만 국민을 대신해 한국에 진심으로 사과한다. 더 이상 충돌은 없었으면 한다"며 진화에 나섰다. 그러면서 "매년 한두 차례 한국에 간다. 닭갈비와 삼계탕을 좋아하고 휴대전화 벨소리도 한국 여성그룹 원더걸스의 〈노바디〉"라며 친밀감을 드러냈다.

논란은 수그러들었다. 한데 대만인들이 실격패 원인으로 한국을 지목한 건 배신감 때문이었다. 한때 한국과 대만은 각별한 친구였다. 그러나 1992년 8월 단교 이후 반한으로 돌아섰다. 한국은 중국과 수교를 위해 일방적으로 대만과 외교 관계를 끊었다. 이후 무조건 한국이 싫다는 반한 감정으로 번졌다. 대만인들이 합리적 판단을 미룬 채 반감을 드러낸 걸 이해할만했다. 밑바닥에 깔린 반한 감정은 배신과 서운함에서 비롯됐다.

한국과 대만은 동북아에 위치한 데다 한자 문화권이라는 동질성, 그리고 한때 '아시아 4마리 용'으로 불렸던 동질감이 있다. 또 1992년 단교할 때까지 44년 동안 외교 관계를 유지했다. 70년대 중반까지만 해도 한국을 찾는 외국 관광객 가운데 대만은 3위를 차지할 만큼 절대적이었다. 또 우리나라 공무원과 학생들도 대만을 집중적으로 찾았다. 그런데 1992년 단교를 계기로 멀어졌다. 당시 중국은 개혁·개방 정책을 채택하며 몸집을 키웠다. 그리고 '두 개의 중국을 인정하지 않는다'는 원칙을 앞세워 주변국들에게 단교를 종용했다. 한국 정부는 강자가 지배하는 국제질서에 순응해 오랜 친구를 등졌다. 일방적 단교로 대만 국민들은 깊은 배신감을 느꼈다. 대만 또한 우리와 마찬가지로 일본 식민 지배를 겪었다. 그럼에도 일본보다 한국에 반감을 드러내는 이유가 여기에 있다. 역사적 악연을 따진다면 일본은 '나쁜 나라', 한국은 '친구 나라'다. 그렇지만 배신감과 서운함이 가시지 않아 반한 감정은 반복되고 있다.

1990년 대학 졸업을 앞두고 대만으로 단기 연수를 다녀왔다. 당시만 해도 대만과는 우호적인 관계를 유지하고 있기에 즐거운 시간을 보냈다. 보름 동안 짧은 체류였지만 강소국 대만을 다시 보는 계기가 됐다. 대만에 체류하는 동안 현지 대학생들과 함께 프로그램을 진행했다. 또 다녀와 한동안 편지를 주고받으며 좋은 감정을 공유했다. 그런데 급작스런 단교 조치로 싸늘하게 식었다. 대만에서 돌아온 지 2년 만이었다. 당시 충격은 상당했다. 뉴스를 접한 순간 대만 학생들 얼굴이 떠올랐고 함께했던 추억이 스쳤다. 그들에게 미안했다.

80년대 학창 시절을 보낸 세대들이라면 대만은 긍정적으로 인식돼 있다. 당시는 중국은 중공(中共), 대만은 자유중국(自由中國)으로 불렀다. 명칭에서 느껴지듯 중국공산당을 줄인 '중공'에서는 왠지 음습한 기운이 풍겼다. 반면 '자유중국'에서는 자유롭고 활기찬 이미지가 연상된다. 우리 세대는 '장개석(蔣介石)'이라는 인물을 자유중국을 지켜낸 훌륭한 지도자로 배웠다. 또 공무원과 기업인, 학생은 선진문물을 배운다며 앞 다퉈 대만으로 향했다. 덩달아 민간인 관광도 붐을 이뤘다. 그러나 중국과 교류하면서 멀어졌다.

1983년 중국 민항기 한국 불시착 사건은 결정적이었다. 중국 민항기를 납치한 납치범들은 대만으로 보내 달라며 정치적 망명을 신청했다. 중국을 의식한 한국 정부는 납치범을 구속 수감한 뒤 1년 뒤 망명을 허용했다. 이 과정에서 대만인들은 한국은 중국 속국이라며 비아냥댔다. 이후 국제 스포츠 경기나 세미나에서 반한 감정이 분출했다. 1984년 한국에서 개최된 제8회 아시아 청소년 농구선수권 대회에서도 한국과 대만은 충돌했다. 한국 정부가 선수단 입장 때 대만 국기 청천백일기(靑天白日旗)를 금지한 게 발단이 됐다. 대만 국회는 한국 주재 대만 대사 소환과 함께 한국 정부에 해명 촉구 결의문을 채택하며 격앙했다. 1988년 서울에서 열린 세계무역제도 개선 세미나에서도 비슷한 상황이 발생했다. 한국은 주최 측임에도 중국 정부 주장을 받아들여 대만 대표에게 퇴장을 권고했다. 그해 7월 대만 존스컵(Jones Cup) 농구대회에서 대만 관중들은 한국 선수에게 욕설과 야유를 퍼부으며 분풀이했다.

인천공항에서 대만까지는 세 시간이면 닿는다. 수도 타이베이는 서울 복사판처럼 친근하다. 한류 열풍도 거세 한국 연예인들은 인기를 한 몸에 얻고 있다. 양수권 선수 문제로 반한 감정이 고조될 당시 "소녀시대가 와서 사과해도 받아주지 않는다"는 방송 멘트가 나왔다. 오죽하면 그랬을지 그들의 서운함과 분노가 이해됐다. 대만 가수 덩리쥔(鄧麗君)이 부른 〈첨밀밀(甛蜜蜜)〉에는 '봄바람 속에 피어 있는 것처럼'이란 가사가 있다. 한국과 대만 사이에도 봄기운이 다시 찾아오길 기대한다.

## 영웅은 어떻게 만들어지나

정도 차이는 있지만 모든 나라마다 영웅을 만들고 선전한다. 국민을 결집하고 자신들이 의도하는 방향으로 끌고 가는 데 영웅만한 게 없다. 없는 영웅도 만들어야할 판국이다. 영웅 만들기는 사회주의 특색이다. 중국 문화혁명 당시 뇌봉(雷鋒)은 마오쩌둥이 "뇌봉을 따라 배우자"고 하면서 영웅으로 떠올랐다. 22살에 생을 마감한 뇌봉은 이타적 삶의 화신으로 회자됐다. 뇌봉은 생전에 "내가 사는 것은 다른 사람을 더 행복하게 하기 위해서다"고 일기장에 적었다. 공산당 지도부에는 이보다 더 좋은 선전 수단이 있을 수 없었다.

네덜란드 역사학자 프랑크 디쾨터는 '문화혁명'이란 책에서 뇌봉은 중국 공산당 선전부가 만든 가공인물이라고 밝혔다. 공산당 필요에 의해 창조된 캐릭터라는 것이다. 대약진운동 실패로 궁지에 몰린 마오쩌둥은 위기를 모면하기 위해 가공의 뇌봉을 이용했다. 또 중국 공산당은 뇌봉을 마오쩌둥 우상화에 한껏 활용했다. 당시 중국 공산당 사이에서 뇌봉 배우기는 열풍이었다. 북한 또한 김일성·김정일 부자를 영웅화했다. 대부분 날조와 왜곡이지만 북한 인민들은 신앙처럼 떠받든다.

자본주의 미국에서 영웅 만들기는 다른 모습으로 변주된다. 할리우드 영화에서 '영웅 만들기'는 익숙한 소재다. 영화 속 주인공은 가족과 갈등하다 특정한 사건을 계기로 화해하고 해피엔딩(happy ending)으로 마무리한다. 브루스 윌리스(Bruce Willis)가 경찰로 등장하는 영화 대부분은 소시민 영웅을 창조한다. 영화 속에서 브루스 윌리스는 직장에서는 유능한 경찰이지만 격무 때문에 가정에서는 빵점이다. 그는 종횡무진 악당을 해치우고 결국은 가족과 화해하며 그동안 못한 사랑을 한꺼번에 해치운다. 미국다운 영웅 만들기 방식이다.

영웅 만들기는 정치 현장에서 흔하다. 퇴임 대통령에 대한 추모 열기는 영웅 만들기 연장선상에 있다. 한때 미국 전역은 정파를 떠나 레이건(Reagan)을 추모하는 열기로 후끈 달아올랐다. 또 재임 당시에는 인기가 없었던 카터조차도 존경받는 대통령으로 재평가했다. 왜 그들은 영웅 만들기에 몰두할까. 두 가지 이유가 설득력 있다.

첫째는 서부 개척시대 이민자 영웅담에 뿌리를 두고 있다. 초기 미국 이민자들은 인디언 도움 없이는 생존마저 어려울 만큼 나약했다. 이 시기에 자가발전 수단으로써 영웅은 필요했다. 짧은 역사 속에서 영웅 만들기는 개척 과정에서 폭력을 합리화하고, 당위성을 인정받기 위한 몸부림이었다. 둘째는 다인종 국가에서 관심사를 한곳으로 집중하는데 영웅 만들기만 한 게 없다. 미국은 이민자들 나라인 만큼 인종과 언어, 문화, 가치관이 다양하다. 다인종을 통합하고 위기 극복을 위해 그 때마다 영웅을 만들어 미합중국 일원임을 끊임없이 주지시키는 게 필요했다. 각성제로써 영웅 만들기다.

스티븐 스필버그(Steven Spielberg)는 영화 〈라이언 일병 구하기〉에서 새로운 영웅을 창조했다. 국가를 위해 싸우다 적에게 붙잡힌 병사를 구하기 위해 소대 병력을 투입한다는 스토리는 영웅심을 고취하기 위한 의도된 장치다. 무한한 충성과 결속을 이끌어내기 위해 만든 영웅담이다. 전직 대통령 또한 영웅 만들기에 최적화된 소재다. 인지도와 상징성을 갖추고 있어 국민들에게 어필하기 쉽다. 워싱턴과 링컨, 제퍼슨 등 건국 초기 대통령부터 루스벨트, 케네디, 카터, 레이건, 그리고 오바마까지 미국 대통령은 하나같이 인기 스타다.

뉴욕 맨해튼 타임스퀘어 일대는 인종 전시장을 방불케 할 만큼 현란하다. 파란 눈을 가진 백인부터 갈색 눈동자의 독일·이탈리아인, 그리고 흑인과 히스패닉, 중국인, 동남아시아 인까지 다양한 피부와 헤어스타일, 옷차림을 한 사람들로 북적인다. 이들을 보면서 작은 충격에도 부서질 것 같다고 생각했다. 하지만 미국은 애국주의 아래 미합중국 국민으로서 견고하다. 이들은 미국이 만든 영웅을 중심으로 단단하게 결속돼 있다.

다양한 인종을 한 방향으로 모으는 매개체는 영웅이다. 남북전쟁 당시 북군 그랜트(Grant) 장군과 남군 리(Lee) 장군은 미국인들이 좋아하는 영웅이다. 두 장군은 승패가 분명해지자 서로에게 예의를 갖추고 하나된 미국 건설을 위해 각자 자리로 돌아갔다. 애틀랜타에서 자동차로 30여 분을 달리면 스톤 마운틴(Stone Mountain)에 도착한다. 이곳을 방문하는 이들은 누구 할 것 없이 리 장군을 만나게 된다. 남북전쟁이 끝난 지 160여년 흘렀지만 지금도 남부인들이 리 장군을 영웅으로 받들고 있다.

또 다른 인물, 지미 카터(Jimmy Carter)는 재임 시절에는 실패한 대통령이었다. 그러나 그는 퇴임 후 존경 받는 대통령으로 거듭났다. 카터는 분쟁 지역을 찾아 평화를 중재하고, 또 어려운 이들에게 집을 지어주는 해비타트(Habitat) 운동에도 적극 참여했다. 카터재단은 최근 암 투병 중인 대통령이 연명치료를 중단하고 가족들과 함께 마지막 시간을 보낼 것이라고 발표했다. 올해 98세인 카터는 자신을 농부이자 해군 장교, 주일학교 교사, 야외활동을 좋아하는 사람, 민주주의 활동가, 사랑의 집짓기 건축가, 조지아 주지사, 노벨평화상 수상자, 그리고 39대 미국 대통령이었다고 소개한다. 다양한 이력에서 보듯 대통령으로 재직은 4년에 불과하다. 나머지 삶은 자신이 이루고자 한 분야에서 부단히 움직이고 겸손했다.

카터는 퇴임 뒤 세운 카터센터를 통해 자유와 민주주의 확산, 인권증진과 분쟁해결 활동에 나섰다. 카터 박물관에서 왜 우리는 존경하는 대통령을 갖지 못할까 생각해 봤다. 전직 대통령을 아끼고 존경하는 그들과 달리 그렇지 못하는 현실이 부끄러웠다. 짧은 현대사 70여 년 동안 우리 대통령들은 해외로 망명하거나, 부하에게 총살되거나, 구속 수감되거나, 스스로 목숨을 끊는 불행한 역사를 되풀이하고 있다. 문재인 정부에서는 전직 대통령 두 명이 동시에 수감되기도 했다. 비록 사면으로 풀려났지만 부끄러운 역사는 지워지지 않는다. 우리는 언제나 존경하고 사랑하는 전직 대통령을 갖게 될지 의문이다. 인위적으로라도 영웅을 만들어야 하는 건 아닌지 하는 생각을 떨치기 어렵다.

# PART 5

# 제국의 그늘, 라틴 아메리카

# 미국과 가까워
# 불행한 땅

흔히 "남대문을 본 사람과 보지 않은 사람이 싸우면 보지 않은 사람이 이긴다"는 말이 있다. 무식을 밑천 삼아 우기면 당해낼 도리가 없다는 뜻이다. 살면서 이 같은 경우를 흔히 겪는다. 라틴아메리카가 그렇다. 라틴아메리카 전공 학자나 사업가를 제외하면 제대로 아는 이는 드물다. 예를 들어 스페인어를 사용하는 남미 대륙에서 유독 브라질만 포르투갈어를 쓴다는 사실도 잘 모른다. 설령 안다고 해도 적지 않은 편견을 갖고 대한다.

라틴아메리카, 우리에게는 중남미로 익숙한 이곳이 생소한 이유가 있다. 우선 멀다. 인천공항에서 출발하면 미국이나 카타르를 경유해 대략 30시간을 날아가야 한다. 나도 브라질을 가면서 폐쇄 공포를 느껴 안절부절 했던 기억이 생생하다. 또 다른 이유는 서구 중심 사고에 오랫동안 길들여진 까닭이다. 스페인과 포르투갈, 아르헨티나 등 유럽 제국은 라틴아메리카를 식민지로 삼았다. 또 지금도 미국은 라틴아메리카를 안마당 삼아 착취하고 있다.

미국은 멕시코와 전쟁에서 영토를 확장했고, 쿠바와는 아직도 긴장 관계를 유지하고 있다. 최근 라틴아메리카 여러 국가에 좌파 정권이 들어서면서 기류가 바뀌기는 했지만 미국에게 라틴아메리카는 만만한 봉이다. 미국은 이권을 확장하고 또 허수아비 군사정권을 세웠다. 이 과정에서 라틴아메리카는 극심한 정치적 혼란을 겪었다. 명분은 좌파 정권 도미노로부터 라틴아메리카를 지킨다는 것이지만 자신들 이익을 위한 목적일 뿐이다. 우리는 이렇게 미국이란 굴절된 창을 통해 라틴아메리카를 인식하고 있다. 그런데도 많은 이들은 라틴아메리카를 쉽게 입에 올리고 또 그렇게 말하는 사람이 이긴다.

1997년 국제금융위기 이전만 해도 라틴아메리카는 가난하고 게으르고 무질서한 나라로 인식됐다. 그러나 우리는 국제금융위기를 겪으면서 라틴아메리카를 새롭게 인식했다. 당시 국내 언론은 국제금융위기를 극복한 라틴아메리카 사례를 앞 다퉈 보도했다. 특히 멕시코와 아르헨티나에 많은 지면과 시간을 할애했다. 두 나라는 우리보다 앞서 국제금융위기를 극복했다. 지구 반대편 라틴아메리카를 위기 극복에 성공한 '신대륙'으로 제시한 것이다. 덕분에 국민들도 라틴아메리카를 새롭게 인식하는 계기가 됐다.

나 또한 1998년 브라질을 방문하기 전까지 라틴아메리카에 대해 무지했다. 브라질을 열대우림과 아나콘다가 활보하는 아마존 정글정도로 인식했다. 하지만 아마존은 브라질 대륙의 극히 일부분이다. 브라질은 러시아와 캐나다, 중국, 미국에 이어 세계에서 다섯 번째로 넓은 나라다. 또 농업과 제조업, 금융업, 무역업, 관광업을 기반으로 경제 성장률도 가장 높다. 브라질은 1970년대만 해도 세계 7대 경제대국에 속할 만큼 강국이었다. 항공기 산업은 세계적 수준이다. 상파울루(São Paulo) 대학은 세계 10대 대학에 들어갈 만큼 명문이다. 룰라 대통령 재선 당선 이후 반정부 시위로 혼란스럽지만 비교적 정치도 안정돼 있다. 멕시코와 페루, 볼리비아, 아르헨티나, 콜롬비아는 문화 수준도 높다.

라틴아메리카와 인연은 1998년 봄, 브라질에 단기 체류하면서 시작됐다. 당시 두 달여를 현지인 가정에서 보냈다. 그것도 상파울루 지역을 돌며 2주마다 홈스테이 가정을 바꿨다. 성인 남자가 호텔이 아닌 외국인 가정에서 주일씩 머무는 건 쉽지 않다. 익숙할 만하면 바꿔야 했으니 난감했다. 게다가 포르투갈어권이라 소통에도 곤란을 겪었다. 당시는 곤혹스러웠는데 지나고 보니 흔치 않은 경험이었다. 그들은 지구 반대편 아시아에서 온 이방인을 따뜻하게 대했다. 나아가 라틴아메리카 특유 쾌활함과 온정으로 어색함을 녹였다.

최근 라틴아메리카는 좌파 정권으로 급속히 선회하고 있다. 지난해 6월 콜롬비아 대선에서는 구스타보 페트로가 사상 최초 좌파 대통령에 당선됐다. 그는 반정부 게릴라 출신으로 불공정 사회 개혁을 내건 좌파 정치인이다. 이로써 한때 우파 정권으로 도배됐던 라틴아메리카에 새로운 '좌파 벨트'가 형성됐다. 주요 국가 가운데 멕시코와 아르헨티나, 볼리비아, 칠레, 페루, 에콰도르, 콜롬비아까지 좌파 정치인들로 재편됐다. 지난해 10월 브라질 대선 또한 노동자 출신 룰라 전 대통령이 재선에 성공했다. 진보적 가치를 지향하며, 미국에 맞서는 좌파 정권이 등장하면서 미국은 외교 전략을 다시 짜야할 판이다.

라틴아메리카로 가는 길은 지금도 멀다. 당시 김포공항을 출발해 중간 기착지 LA공항 체류까지 포함하면 약 30여 시간을 날았다. 만약 LA공항에 중간 기착을 하지 않았다면 폐쇄 공포증을 우려할 정도였다. 이제 라틴아메리카는 우리 시각으로 바라봐야 한다. 미국이라는 굴절된 창으로는 본질을 볼 수 없다. 앞서 언급했듯 미국은 라틴아메리카 내정에 사사건건 간섭했다. 무력을 사용하거나 경제 제재, 또는 공작 정치로 정권을 교체하며 라틴아메리카를 자신들 손아귀에 넣었다. 미국 CIA가 개입한 공작정치는 숱한 책과 영화를 통해 알려졌다. 이런 처지를 빗대 20세기 초 멕시코 독재자 포르피리오 디아스(Porfirio Díaz)는 "불쌍한 멕시코! 너는 하느님과는 너무 멀고, 미국과는 너무 가까이 있구나!"라며 개탄했다. 멕시코 처지를 반영한 말이지만 다른 라틴아메리카 국가 사정도 크게 다르지 않다. 세계 최대 강대국과 이웃하고 있어 이득보다는 착취 대상으로 전락한 불행한 현실이다. 멕시칸들이 미국에 갖는 적대적 감정은 우리가 일본을 대하는 반일 감정 못지않다. 멕시코는 국토 절반을 미국에게 빼앗겼다. 그나마 우리는 나라를 되찾았지만 멕시코는 그렇지 못하다. 캘리포니아와 유타, 텍사스, 애리조나 등은 한때 멕시코 땅이었다. 그러나 멕시칸은 땅을 돌려받기는커녕 이곳으로 밀입국하다 숱하게 목숨을 잃고 있다. 매년 수천 명이 국경을 넘다 비명횡사한다. 정도 차이가 있을 뿐 라틴아메리카 대부분은 미국과 너무 가까워 정말 불행하다.

한·칠레 FTA로 라틴아메리카는 한층 우리 곁에 다가왔다. 태평양을 건넌 칠레 포도가 우리 식탁에 오르고, 아르헨티나 와인이 애호가들 입맛을 사로잡은 지 오래다. 우리 눈으로 라틴아메리카를 보고, 발전 원동력을 찾아야 한다. 편견을 벗어던지면 상생할 수 있는 지혜가 보인다. 미국과는 가까워 불행한 땅이지만 라틴아메리카는 우리에게는 기회의 땅이다. 멀다고 멀리할 게 아니라 우리 눈으로 라틴아메리카를 대해야 한다. 잘하면 청년 일자리도 해결할 수 있다.

## '발견' 아닌 '도착'

라틴아메리카 지붕은 길이 7,000 ㎞에 달하는 안데스 산맥이다. 안데스 산맥 품 안에서 수많은 제국이 명멸했다. 잉카제국도 그 가운데 하나다. 잉카제국 수도였던 쿠스코(Cuzco)는 해발 3,400m에 자리하고 있다. 한때 제국을 호령했던 쿠스코(Cuzco)는 지금은 한적한 시골마을이다. 그래도 우리는 예의를 표해야 한다. 비록 지금은 관광객들이 뿌리는 달러에 의존하는 가난한 도시로 전락했지만 한때는 찬란했던 잉카제국의 심장이었다.

오래 전 쿠스코와 마추픽추를 다녀왔다. 쿠스코 공항을 나서자 원색으로 치장한 원주민 인디오들이 반겼다. 때가 절어 반들거리는 손을 내미는 어린아이부터 길게 땋은 머리에 괴나리봇짐을 진 여인네까지 그들은 내 주변을 뱅뱅 돌았다. 아이들은 혹여 무언가 얻을 게 있을까 하는 눈치고, 여인네들은 직물류와 토산품을 팔기 위해서였다. 태양의 제국을 일군 잉카 제국 후예들과 첫 만남은 그렇게 시작됐다. 최근 페루가 반정부 시위로 마추피추를 폐쇄했다는 소식이 들려와 안타깝다. 쿠스코는 시가지는 곳곳에 찬란한 잉카 유적을 품고 있다. 21세기 과학문명으로도 해석하지 못한 불가사의한 유적들이다. 골목을 걷다 만나는 석축과 돌담은 대표적이다. 거대한 돌덩이를 두부 자르듯 잘라 정교하게 맞춘 솜씨는 인간의 경지를 넘어섰다. 적게는 6각부터 많게는 12각으로 깎아 퍼즐 맞추듯 쌓았다. 빈틈없이 맞물린 석축은 면도날조차 허용하지 않을 만큼 정교하다. 어떻게 맞췄을까. 수많은 과학자와 건축가들이 나섰지만 아직까지 미스터리로 남아 있다. 신의 영역이 아닌지 상상할 따름이다.

쿠스코 뒷산, 삭사우아만(Sacsahuaman) 요새에 오르면 아예 할 말을 잊는다. 이곳에서 보는 풍광은 아름답지만 거대한 성벽을 마주하면 머릿속이 텅 빈다. 요새를 쌓은 돌덩이 하나 무게만 수백 톤에 달하는데 거대한 성벽이 사열하듯 줄지어 있다. 외적 침입에 대비한 방어용인지, 태양신에게 기도를 올리는 성전인지조차 수수께끼로 남아 있다. 성벽은 종이 한 장 들어갈 틈조차 없이 맞물려 있다. 어디서 돌을 가져왔으며 누가, 어떤 목적에서, 어떻게 절단하고 쌓았는지 모든 게 의문투성이다. 기록에 따르면 채석장은 40㎞ 이상 떨어져 있다. 그렇다면 집채 크기 돌을 어떻게 옮겼을까. 여러 가지 가설이 있지만 입증되지 않은 상상일 뿐이다.

쿠스코 인디오(Indio)들은 지금도 선조가 남긴 유적을 지키며 살아간다. 하지만 초라한 행색 때문에 위대한 잉카제국 후예라고 믿기 어렵다. 그저 조상을 팔아 근근이 생계를 꾸려 나갈 뿐이다. 관광지에 만난 인디오 여인들에게 연민을 느낀 건 이 때문이다. 그들은 밤새워 짠 직물을 좌판에 늘어놓거나 아이를 등에 업고 관광객 사이를 누비며 물건을 판다. 대표적인 직물류 토산품은 촘촘한 짜임에다 예술성까지 뛰어나다. 기하학적 문양은 흉내조차 내기 어렵다. 그런데도 헐값에 관광객 손에 넘어간다. 여러 날 밤새워 짰을 판초가 단돈 몇 달러에 팔리는 걸 보면 안타깝다. 콧물이 그렁한 젖먹이 아이를 업은 채 몇 푼이라도 더 받기 위해 흥정하던 인디오 여인의 눈을 잊을 수 없다.

스페인은 매년 10월 12일을 '콜럼버스의 날'로 정하고 성대하게 기념한다. 이날은 1492년 콜럼버스(Columbus)가 아메리카에 도착한 날이다. 콜럼버스는 인디아(인도)를 발견한 것으로 착각했다. 훗날 바로잡았지만 그가 도착한 땅은 인디아가 아니라 아메리카였다. 신대륙 발견은 유럽에 막대한 부를 가져다주었지만 원주민들에게는 재앙의 시작이었다. 또한 스페인 군대가 가져온 천연두는 인디오 원주민을 절멸시켰다. 면역력이 없는 그들에게 천연두는 중세 흑사병과 같았다. 가톨릭 사제들 또한 선교라는 미명 아래 대량 학살과 원주민을 노예로 파는 만행에 동조했다.

로버트 드니로(Robert De Niro)와 제러미 아이언스(Jeremy Irons)가 주연한 영화 〈미션〉(*The Mission*)은 스페인 정복자에 의한 원주민 학살을 고발하고 있다. 과라니족 원주민에게 온정을 베풀던 가브리엘 신부의 인류애가 돋보인 영화다. 또 엔니오 모리꼬네(Ennio Morricone)가 작곡한 〈가브리엘의 오보에〉(*Gabriel's Oboe*)는 많은 이들은 울렸다. 콜럼버스와 유럽인들은 신대륙을 발견했다고 하지만 원주민 시각에서 보면 도착에 불과하다. 아메리카 인디오들은 콜럼버스 도착 이전부터 마야(Maya)와 아즈텍(Aztec), 잉카(Inca) 문명을 꽃피웠다. 자신들이 살고 있는 땅에 도착했을 뿐이기에 '발견'은 모순된 말이다. 그래서 '발견'이 아닌 '도착'으로 불러야 한다고 주장하는데, 공감할 수밖에 없다.

2004년, 이 같은 인식에 불을 지른 사건이 발생했다. 당시 아르헨티나 주재 스페인 영사는 스페인을 비난하는 반정부 시위대를 향해 "스페인과 영국이 아메리카 대륙을 정복하지 않고 마야·아즈텍·잉카인들이 그대로 지배했다면 지금 중남미 현실은 더욱 비참했을 것이다."는 망언을 쏟아냈다. 자신들이 파괴한 고대 문명과, 인디오 학살을 참회하기는커녕 엉뚱한 논리를 편 것이다. 라틴아메리카 대륙은 벌집 쑤신 듯 들끓었다. 망언 이후로도 '콜럼버스의 날'은 달라지지 않았다. 그 뒤로도 스페인 정부가 각성했고, 원주민 관점에서 기념한다는 소식은 듣지 못했다. 그들은 지금도 자신들이 라틴아메리카를 발전시킨 주역이라고 믿고 있다.

2020년 미국 미니애폴리스에서 백인 경관의 진압으로 흑인 조지 플로이드가 숨졌다. 미국 전역에서 "흑인 목숨도 중요하다"며 인종차별에 반대하는 시위가 벌어졌다. 콜럼버스는 인종차별 원조로 지목됐다. 당시 시위 군중은 대대적인 콜럼버스 지우기에 나섰다. 콜럼버스 동상에 밧줄을 걸어 쓰러뜨리며 환호하는 시위대 모습은 상징적이다. 역사는 순환한다는 평범한 상식을 조지 플로이드 사건으로 확인한 장면이다.

스페인 영사가 내뱉은 망언은 우리에게도 익숙하다. 일본 극우 정치인들은 틈만 나면 자신들 도움이 없었다면 오늘날 한국도 없었다며 식민 지배를 정당화한다. 우리 문화를 말살하고, 독립운동에 나선 양민을 학살한 것에 대한 참회는 없다. 그들이 그런 논리를 펴는 걸 보면 제국주의는 본질적으로 닮았다는 생각이다. 역사에도 정의라는 게 있는지 의문이다.

# 콜럼버스는 재앙의 시작

바르셀로나(Barcelona)는 마드리드와 함께 스페인을 대표하는 도시다. 바르셀로나는 경제도시, 마드리드는 정치도시 성격을 띠고 있다. 두 도시는 서로 다른 기질 때문에 치열한 경쟁 관계에 있다. 바르셀로나는 한때 분리 독립을 위한 주민투표까지 할 정도로 마드리드와 불편하다. 비록 분리 독립 시도는 무산됐지만 지역감정은 여전하다. 두 도시를 대표하는 프로 축구팀 FC 바르셀로나와 레알 마드리드는 앙숙지간이다. 두 팀 경기가 있는 '엘 클라시코'는 전쟁을 방불케 한다. 한일 전 못지않다. 혹시 스페인에서 축구 경기를 관람할 기회가 있다면 입조심해야 한다. 바르셀로나에서는 레알 마드리드를, 마드리드에서는 FC 바르셀로나를 응원해서는 안 된다. 그래도 하고 싶다면 목숨(?)을 걸어야 한다.

바르셀로나 람블라스(Ramblas) 거리는 서울 대학로만큼이나 활기차다. 버스킹 또는 초상화를 그리는 젊은 예술인들로 넘친다. 또 관광객들 호주머니를 노리는 집시들에게는 물 좋은 장소다. 이곳에서는 소매치기를 조심해야 한다. 불과 1km에 이르는 짧은 거리이지만 소매치기에게 관광객들은 좋은 먹잇감이다. 거리와 맞닿은 항구에는 콜럼버스 동상(높이 50m)이 서 있는데 자세히 보면 독특한 자세를 취하고 있다. 왼손은 미국 토산품 담배 파이프를 쥐고, 오른손은 대서양을 가리키고 있다.

동상은 1888년 스페인 바르셀로나 만국박람회를 기념해 세웠다. 이탈리아에서 태어난 콜럼버스가 어쩌다 스페인 바르셀로나까지 왔을까. 또 손가락은 왜 바다를 향하는지 궁금했다. 콜럼버스는 이탈리아 제노바 태생이다. 의문은 곧 풀렸다. 콜럼버스는 15세기 후반 스페인 이사벨(Isabel) 여왕 후원을 받아 신대륙 발견에 나섰다. 그는 스페인 남부 세빌리아(Sevilla) 카디즈(Cadiz)항을 떠나 아메리카에 도착해 스페인에 부를 선물했다. 스페인 입장에서 콜럼버스는 고마운 인물이다. 게다가 제국 유지에 도움을 줬으니 시비할 이도 없었다. 이런 인연을 토대로 콜럼버스 동상이 스페인 바르셀로나에 들어선 것이다.

미국산 담배 파이프를 쥔 이유 또한 콜럼버스가 발견한 아메리카 대륙, 미국과 친밀감을 상징한다. 담배 파이프는 미국을 상징한다. 그들은 콜럼버스가 대서양을 건너 막대한 부를 가져다줬듯 계속 국운도 뻗어 나갔으면 하는 바람을 동상에 담았다. 또 대서양을 가르치는 이유도 먼 옛날 대항해 시대를 열었듯 계속해서 바다로 진출하고 싶다는 뜻이다.

라틴아메리카와 북미 인디언에게 콜럼버스 신대륙 도착은 재앙이었다. 콜럼버스가 신대륙으로 가는 길을 연 이후 스페인은 착취와 살육을 자행했다. 원주민들은 노예로 잡혀가고, 더러는 개처럼 학살당했다. 또 스페인 군대는 자원과 노동력을 샅샅이 훑었다. 기록에 따르면 콜럼버스가 상륙했을 때 1억 명에 달했던 라틴아메리카 원주민은 150년 만에 300만 명으로 급감했다. 좌파 민족주의자이자 베네수엘라 차베스 대통령은 "콜럼버스가 아메리카 대륙에 상륙함으로써 150년간 계속된 인종 학살이 촉발됐다"며 "'콜럼버스의 날'을 기념하지 말라"고 촉구했다. 나아가 '콜럼버스의 날'을 '원주민 저항의 날'로 바꾸는 법령을 공표했다.

아즈텍과 마야, 잉카 문명은 콜럼버스에 의해 절멸됐다. 황금에 눈먼 스페인 제국주의 침략자들은 운송하기 쉽다는 이유로 유물을 녹여 금괴로 만들었다. 라틴아메리카 희생을 바탕으로 쌓아 올린 게 오늘날 스페인 발전의 원동력이며 유럽의 번영이이다. 다시 대서양을 향해 나가자고 선동하는 콜럼버스를 람블라스 거리에서 보는 건 불편하다. 잉카제국 수도였던 쿠스코에서도 스페인 제국주의가 저지른 흔적을 만날 수 있다. 점잖게 흔적이라고 표현했지만 실상은 만행이다. 쿠스코 중심에 자리한 산토도밍고 성당은 스페인 제국주의 산물이다. 붉은색 지붕으로 장식한 산토도밍고 성당은 쿠스코에서 가장 돋보인다. 압도적 규모에다 장소 때문이다. 애초 이곳에는 잉카인들이 섬기는 태양신을 모신 코리칸차(태양신전)이 있었다. 스페인 군대는 1533년 잉카제국을 점령한 뒤 태양신전을 부수고 그 위에 가톨릭 성당을 건축했다. 여기에서 제국주의 만행을 확인할 수 있다.

성당 주변은 지금도 여유 있는 공간이 많다. 당시에는 지금보다 여유로웠을 게 분명하다. 그런데 굳이 태양신전을 부수고 그 위에 가톨릭 성당을 건축한 이유는 무엇일까. 제국주의 오만이라고 밖에 해석할 수 없다. 그들은 다른 나라 정신을 깔아뭉갰다. 태양신전 위에 자신들이 숭상하는 가톨릭 성당을 짓는 방식으로 말살하겠다는 의지를 실행에 옮긴 것이다. 상대를 존중한다면 있을 수 없는 야만적 행위다. 그래서 성당 석축을 자세히 보면 기이하다. 기단은 잉카 시절 검은색 석축이고, 윗부분은 스페인 군대가 쌓은 붉은 벽돌이다. 이질적인 벽돌 색에서 야만적 제국주의 행태를 확인한다.

터키 이스탄불 성소피아 성당과 이탈리아 시칠리아 팔레르모 대성당은 얼마든지 공존할 수 있음을 보여준다. 메흐메트 2세는 1453년 이스탄불(당시 콘스탄티노플)을 함락했다. 메흐메트가 믿는 이슬람과 이스탄불 시민들이 믿는 기독교는 적대적이다. 그렇지만 메흐메트는 성당을 파괴하지 않고 이슬람 모스크로 개조해 사용했다. 또 그리스 성화를 회벽으로 덧칠해 남겼다. 오늘날 우리가 성소피아 성당에서 이슬람 문양과 그리스 성화를 동시에 볼 수 있는 건 이 때문이다. 상대를 없애지 않고도 공존할 수 있음을 보여준 사례다.

이탈리아 남쪽 끝 시칠리아섬에도 비슷한 사례가 있다. 팔레르모 대성당은 융합과 공존을 상징한다. 이슬람은 200여 년간 시칠리아를 지배하며 아랍 건축물을 남겼다. 이후 시칠리아를 지배한 노르만 왕조는 이슬람 흔적을 지우지 않고 공존을 추구했다. 팔레르모 성당 외부에서 볼 수 있는 아랍 건축양식과 성당 내부 기둥에 새긴 코란 구절은 이를 보여준다. 노르만 왕조는 다른 문화를 지우는 대신 관용과 공존을 택했다. 그러한 문화의 융합으로 탄생한 걸작이 팔레르모 성당이다. 이탈리아를 여행한 괴테는 팔레르모를 '세계에서 가장 아름다운 도시'라고 했다. 진정 팔레르모가 아름다운 건 배척이 아닌 관용과 공존을 배울 수 있기 때문이다. 바르셀로나 콜럼버스 동상이나 쿠스코 산토도밍고 성당은 목에 가시처럼 걸린다. 라틴아메리카에 재앙을 초래한 콜럼버스를 새로운 관점에서 인식해야 한다.

# 미국 말씀이 앞서는 라틴아메리카

2000년 새 천년을 앞두고 한 세기가 바뀌는 만큼 뭔가 달라져야 한다는 의지로 가득했다. 새 천년을 하루 앞둔 1999년 12월 31일 라틴아메리카 여행에 올랐다. 한데 기대와 설렘을 안고 떠난 멕시코와 페루 여행은 여러 해프닝으로 힘들었다. 스페인어와 포르투갈어라는 생소한 언어권으로 간다는 긴장감이 상당했던 모양이다. 어쨌든 보름 남짓한 여행은 많은 것을 생각하게 했다. 또 돌아온 뒤에도 상당 기간 깊은 울림을 남겼다.

고난은 멕시코 공항에 도착하면서 시작됐다. 멕시코 국제공항에 도착한 건 현지 시간 새벽 4시였다. 미국 달라스 공항에서 연결편이 지연 출발한 때문이었다. 폭설로 달라스 공항에 4시간가량 묶였다. 멕시코 국제공항에 마중 나오기로 한 후배와는 연락이 두절된 상태였다. 새벽 4시, 서툰 영어조차 통하지 않는 멕시코 공항에서 느꼈던 당혹감은 지금 생각해도 서늘하다. 이렇게 시작된 착오는 여행 내내 계속됐다. 사건은 귀국하는 페루 리마(Lima) 공항에서 터졌다. 애초 예약한 비행기를 놓쳤다. AM(Ante Meridiem, 오전)과 PM(Post Meridiem, 오후)을 혼동하면서 빚어졌다. 일정대로라면 그날 오후 3시 비행기에 탑승해야 했다. 그러나 PM 15시를 다음날 새벽 3시로 착각한 게 화근이었다. 그날 밤 페루 공항 대합실에서 뜬눈으로 지냈다. 다음 날 공항 주변을 뒤져 가까스로 밤 9시에 떠나는 항공권을 구했다. 정상 예매가 아닌 까닭에 웃돈까지 줬다. 결론부터 말하자면 그날도 비행기를 타지 못했다. 이유는 말도 안 되는 밀입국 혐의(?) 때문이다.

라틴아메리카에서 미국의 힘은 상상을 뛰어넘는다. 페루 리마 공항에서 탑승 거부도 그 가운데 하나다. 두 번에 걸친 탑승 불발 중 한 번은 시간을 혼동한 내 실수이니 변명할 여지가 없다. 하지만 다른 한 번은 보이지 않는 미국 제국주의 힘에 의해서였다. 지금도 그때를 떠올리면 제3국을 우습게 아는 미국의 오만함과 거대한 힘 앞에 울화가 치민다. 그날 체크인카운터에 도착해 어렵게 구입한 항공권을 건넸다. 미국 콘티넨털 에어라인이었다. 항공사 직원은 발권을 미룬 채 어딘가로 전화했다. 불안한 느낌이 들었다. 직원은 무표정한 얼굴로 탑승할 수 없다고 잘라 말했다. 이유인즉 페루 주재 미국 대사관에서 탑승을 허락하지 않는다는 것이다. 덧붙여 내일 아침 미국 대사관을 방문해 탑승 허가를 받으라고 했다. 이건 또 무슨 날벼락인지 황당했다. 스페인어를 전공한 후배는 서툰 스페인어로 항의 반, 사정 반 윽박질렀지만 소용없었다. 항공권은 정상이었지만 예정된 날에 출국하지 않은 게 문제가 됐다. 그들은 멕시코를 경유해 미국에 밀입국하려는 것으로 넘겨짚었다. 아무리 아니라고 해명해도 통하지 않았다.

가난한 멕시칸들은 육로를 이용해 밀입국한다. 텍사스와 유타, 애리조나, 산타페가 주요 통로다. 라틴아메리카 국민들 가운데 상당수가 멕시코를 통해 밀입국한다는 걸 뒤늦게 알았다. 미국 대사관 직원은 내가 멕시코를 거쳐 밀입국할 것으로 판단했다. 졸지에 밀입국자가 됐다. 페루에서 한국으로 직행하지 않고 멕시코를 들러야 하는 이유가 있었다. 짐을 찾기 위해서다. 페루에 오기 전 멕시코를 먼저 들렀는데, 그곳 호텔에 짐을 맡기고 페루에 왔다. 그래서 다시 멕시코에 들러 짐을 찾아야 했다. 귀국하는 항공 스케줄도 페루 리마-멕시코 시티-서울이었다. 그러나 그들에게는 변명에 불과했다.

"정당한 여권을 소지하고 있다. 항공 스케줄에도 기재돼 있듯 종착지는 서울이다. 밀입국할 이유가 없다. 우리는 너희 고객이다." 능숙하지 않은 영어와 스페인어를 섞어가며 따졌지만 요지부동이었다. 거듭 아이들 선물을 들이밀며 "밀입국할 사람이라면 왜 이런 선물을 샀겠느냐. 한국에 번듯한 직장이 있고, 가족이 기다린다. 우리는 한국에 가야 한다"며 호소했지만 통하지 않았다. 그는 "사정은 이해하지만 미국 대사관과 싸우기 싫다. 직접 탑승 허가를 받으라"며 돌아섰다. 우리의 선량한 의지보다는 미 대사관 직원의 말이 법이었다. 결국 그날도 탑승하지 못했다.

다시 하룻밤을 공항 로비에서 노숙했다. 밤새 치밀어 오르는 분노를 삭이기 힘들었다. 가족들 얼굴이 떠올랐고, 출근 걱정이 뒤따랐다. 미국의 위대한 말씀과 법(?) 앞에 황망했다. 페루 정부의 줏대 없음을 욕했지만 어쩔 도리가 없었다. 라틴아메리카의 무기력한 처지를 곱씹을 뿐이었다. 다음 날 한국 대사관에 전화를 걸어 사정을 이야기했다. 얼마 후 페루 주재 외교부 직원이 공항에 나타났다. 외교관은 동향이었다. 그는 반갑게 맞으며 다음 날 출국할 수 있도록 절차를 밟아줬다. 그날 저녁 그는 리마 해변에 있는 식당에서 저녁 식사를 샀다. 덕분에 예상치 못했던 보너스 여행을 했다. 넘어진 김에 쉬어간다고 했던가. 덕분에 리마 속내를 둘러보았다. 수상 레스토랑에서 와인 잔을 기울이며 라틴아메리카에 대한 생생한 현장 지식도 얻었다. 불행 뒤에 찾아온 행운이었다. 그렇게 페루 리마 공항에서 사흘을 보내고 어렵게 귀국했다.

오늘날 라틴아메리카는 외형적으로는 스페인과 포르투갈 식민 지배에서는 벗어났다. 하지만 여전히 스페인 영향권에 있다. 또 여우 대신 호랑이라는 속담처럼 미국이 뒤를 이어 지배하고 있다. 미국은 군사력과 경제력을 기반으로 라틴아메리카를 실질적인 경제 식민지로 묶어놓고 있다. 소련이라는 대항마가 글라스노스트(glasnost, 개방)와 페레스트로이카(perestroika, 개혁)로 해체된 뒤, 미국은 팍스(Pax) 아메리카 위세를 떨치고 있다. 중국이 G2로 부상했지만 팍스 아메리카 앞에서는 아직 기를 펴지 못한다. 미군정을 경험한 우리 또한 별반 다를게 없지만, 지리적으로 미국과 가까운 라틴아메리카 현실은 우리보다 훨씬 심각하다.

최근 라틴아메리카 주요 국가에 좌파 정권이 잇따라 들어섰다. 앞으로 미국과 새로운 관계 설정을 예상할 수 있다. 좌파 벨트를 바탕으로 미국을 향해 "아니오"라고 할 수 있을지 기대된다. 라틴아메리카 국민들 목소리에도 힘이 실릴 날이 온다면 다행이다. 그렇다 해도 여전히 미국은 무시할 수 없는 실재적 힘이다. 라틴아메리카에서 법은 멀고 주먹은 가깝다.

# 잃어버린 공중 도시,
# 마추픽추

'마추픽추'(Machu Picchu)를 가는 날 많이 들떴다. 오랫동안 꿈꾸고 바래왔던 곳을 간다는 게 실감나지 않았다. 중고교 시절부터 마추픽추는 버킷 리스트 1번이었다. 신문이나 잡지 사진을 오려 스크랩했고 TV다큐멘터리도 빼놓지 않고 봤다. 해발 2,430m에 위치한 비밀의 도시, 공중 도시 마추픽추는 모든 게 미스터리다. 라틴아메리카를 여행하는 이들이 가장 많이 하는 질문이 바로 누가, 왜, 어떻게다. 안데스산맥 깊은 산속에 건설한 정교한 도시가 갑자기 역사 속으로 사라진 것도, 발견된 과정도 신비롭다.

깎아지른 절벽, 깊은 산속에 건설된 마추픽추는 산 아래에서는 보이지 않는다. 오로지 하늘 위에서만 보이는 공중 도시다. 마추픽추는 스페인 정복자 추격을 피해 잉카인들이 건설한 것으로 알려진다. 마지막까지 저항한 요새다. 그래서 잉카제국의 잃어버린 도시, 마추픽추는 누구나 한 번쯤 가보고 싶은 비밀스런 공간이다. 발과 눈으로 직접 확인하지 않으면 상상조차 안 되는 경이로운 도시다.

마추픽추로 가는 방법은 크게 세 가지다. 쿠스코에서 우루밤바(Urubamba)역까지 자동차로 이동한 뒤 기차로 갈아타는 방법은 가장 보편적이다. 또 쿠스코에서 70㎞가량 떨어진 오얀타이탐보(Ollantaytambo)와 칠카(Chilca)까지 기차로 이동한 후 잉카로드를 따라 걷는 방법이 둘째다. 마지막은 쿠스코부터 마추픽추까지 기차를 타고 이동하는 방법이다. 가장 매력적인 코스는 잉카로드 트래킹이다. 잉카로드는 쿠스코부터 마추픽추까지 산길을 따라 걷는 길이다. 안데스산을 걷는 트래킹은 상상만 해도 즐겁다. 옛 잉카인들이 걸었던 길을 걷다보면 마추픽추 미스터리가 풀릴지도 모른다. 일정에 여유가 있었다면 잉카로드 트래킹을 하고 싶었지만 마음뿐이었다. 바듯한 일정 때문에 첫 번째 코스를 택해 다녀왔다.

출발하는 아침, 쿠스코 숙소 앞으로 티코 승용차가 왔다. 티코에 몸을 맡긴 채 비포장 산길을 1시간여 달려 우르밤바역까지 이동했다. 창밖으로 라마와 옥수수 밭이 스쳐갔다. 시골마을 담벼락에 붙은 선거 벽보는 60년대 우리나라 농촌풍경을 떠올리게 했다. 우르밤바역에 도착해 기차로 갈아탔다. 다시 1시간 40여 분을 달렸다. 창밖 풍경은 꿈꾸듯 아름답다. 오른쪽은 인디오들 주식인 옥수수 밭이 바다처럼 넘실댔다. 왼쪽으로는 우르밤바강이 마추픽추까지 계속 따라왔다. 철로는 단선이라 타고 갔던 기차를 타고 다시 돌아와야 한다. 깎아지른 협곡과 거친 숨을 토해내는 우르밤바강 덕분에 마추픽추는 천연 요새로 남았다. 그렇게 협곡을 끼고 1시간 40여 분을 달렸을까? 도착했다는 안내방송이 나왔다.

역은 호객하는 인디오와 관광객들로 북적였다. 역 주변은 강렬한 원색을 뿜는 직물과 나무를 깎아 제작한 토산품을 파는 가게들로 빼곡했다. 인디오 여인들 손길을 뿌리치고 마이크로버스에 올라탔다. 버스는 산길을 20여 분 달려 마추픽추 주차장에 내려놓았다. 산길은 대관령이나 진안 모래재처럼 구불구불 뱀처럼 휘감고 돌기를 반복한다. 드디어 꿈에 그리던 마추픽추다. 머릿속은 하얗고, 딱히 떠오르는 말도 없었다. 눈앞에 펼쳐진 풍광에 그저 멍했다. 어떤 말과 글로도 마추픽추의 장대함과 경이로움은 설명하기 어렵다. 수리학·건축학·물리학 등 모든 과학 지식을 동원해도 마찬가지다. 뒤로 물러설 수도, 앞으로 나아갈 수도 없는, 오직 하늘로만 열린 도시를 마주하자 숨이 멎었다.

마추픽추는 군사요새 겸 자립자족 경제도시였다. 대규모 계단식 논은 1,000여 명에 달하는 공중 도시에 사는 잉카인을 먹여 살리는 텃밭이었다. 이곳까지 어떻게 물길을 끌어 왔는지 의문이다. 집과 신전 건축물도 미스터리다. 어디에서 돌을 가져왔는지, 또 비탈진 경사로를 따라 정교하게 쌓은 석축 기술은 신비롭기만 했다. 산 정상에는 거대한 해시계가 있다. 돌을 깎아 만들었는데 그림자를 보고 시간을 측정했다고 한다. 가이드는 수년 전, 다국적 기업이 해시계를 배경으로 광고를 찍다 한쪽 귀퉁이를 훼손했다고 설명했다.

케추아어로 마추픽추는 '늙은 산', 맞은편 와이나픽추는 '젊은 산'이다. 진안 마이산처럼 두 산은 짝을 이루고 있다. 마추픽추는 발견 과정도 기적적이었다. 마추픽추는 잉카제국 멸망 이후 400여 년 동안 '잃어버린 도시'로 존재했다. 그러다 1911년 미국 예일 대학 교수 '하이람 빙엄(Hiram Bingham)'이 발견했다. 그때까지 마추픽추는 넝쿨과 잡석에 묻혀 잠자고 있었다. 잉카인들은 문자와 철·화약·바퀴를 몰랐지만 고도로 발달한 문명을 꽃피우고, 강한 군대를 보유했다. 또 태평양 연안과 안데스산맥을 따라 남북을 관통하는 두 갈래 잉카로드(2만 ㎞)를 건설해 제국을 통치했다. 황제의 명령은 라틴아메리카 전역에 미쳤다. 새 한 마리도 황제의 명령 없이는 날지 못했을 만큼 강력했다. 잉카인들이 돌을 다룬 기술은 신기(神技)에 가깝다. 그들은 수십 킬로미터 떨어진 곳에서 돌을 채취해 신전과 집을 지었다. 가장 큰 돌은 높이 8.53m, 무게는 361톤에 달한다.

이렇듯 강성했던 잉카제국은 스페인 말발굽 아래 허망하게 무너졌다. 마추픽추 입구에는 페루 정부가 하이람 빙엄에게 고마움을 표시하는 청동 판이 있다. 그가 감사를 받을 자격이 있는지 의문이다. 하이람 빙엄은 철저한 통제 아래 100상자가 넘는 황금을 미국으로 빼돌리고 독차지했다. 또 운반이 편하도록 황금 유물을 녹여 금괴로 만들었다. 그는 마추픽추에서 챙긴 막대한 돈으로 개인 박물관을 설립하고 정치권에 투신해 상원의원까지 당선됐다. 발견했다는 이유로 모든 걸 독차지한 빙엄은 다른 나라 문화유산을 함부로 대하는 영화 속 주인공 인디아나 존스와 다르지 않다. 마추픽추는 발견되지 않았다면 차라리 나았을지 모른다. 잉카 유적만은 온전히 보존됐을 것이라고 상상 해본다.

몰지각한 미국인 학자에 의해 마추픽추 잉카 문명은 역사 속으로 사라졌다. 이런 점에서 잉카제국을 끝장낸 피사로와 마추픽추 유물을 깡그리 약탈한 하이람 빙엄은 다르지 않다. 신대륙을 발견했다는 이유로 추앙받았던 콜럼버스가 역사 속에서 재평가되듯 피사로와 빙엄 역시 그래야 한다. 하이람 빙엄은 마추피추를 발견한 학자일까, 아니면 약탈자일까. 마추픽추를 내려오면서 하이람 빙엄에게 감사와 존경을 보내야 하는지 페루 국민들에게 묻고 싶었다.

# 굿바이보이, 잘 지내지?

마추픽추에서 감흥이 가시기도 전, 돌발 상황이 발생했다. 마추픽추는 진안 마이산처럼 산 두 개가 마주하고 있다. 힘들여 마추픽추를 간 관광객이라면 누구나 주봉인 마추픽추 정상에 오르고 싶어 한다. 더구나 두 다리가 성성한 젊은 사람들이라면 두 말할 나위없다. 나 또한 오랫동안 꿈꿔온 마추픽추에 왔으니 당연했다. 그런데 관리인은 안 된다며 입산을 막았다. 관광객 안전을 위해 오후 3시 이후는 입산을 금지한다고 했다. 해발이 높은데다 기후 변화가 심해 오후 늦게 산에 오르다 발생하는 사고를 막기 위해 입산 시간을 정해놓은 걸 몰랐다. 페루 정부는 잇따르는 관광객 안전사고를 막기 위해 오후 3시 이후 입산을 금지했다. 나중에 안 사실이지만 정상에 오를 계획이 있는 관광객은 1박 2일 일정으로 마추픽추를 찾는다. 주차장에 도착했을 때 산 정상에 웬 호텔인가 했는데 그때야 의문이 풀렸다. 강행군하는 우리와 달리 여유 있게 여행하는 유럽인들이 부러웠다. 사전 지식이 없는 나는 당일치기 일정을 잡았다 낭패를 본 것이다. “정상에 오를 수 없다”는 말을 듣는 순간 아찔했다. ‘어떻게 온 길인데’ 하는 조바심과 어떤 일이 있어도 올라가야겠다는 오기가 발동했다. 그러나 애원과 읍소에도 불구하고 관리인은 무뚝뚝하게 고개를 돌렸다. 그러나 포기할 수 없었다. 결국 정상은 아니지만 관리인에게 뒷돈을 쥐어주었다. 인디오 관리인은 누가 볼까 등 뒤로 조심스레 돈을 받았다. 주뼛주뼛 눈치를 살피며 돈을 받던 인디오 관리인 모습이 지금도 눈에 선하다. 어쨌든 융통성(?) 있는 그 덕분에 마추픽추에 올랐으니 평생 은인이나 다름없다.

막상 입산을 허락받자 다급해졌다. 마추픽추를 떠나는 마지막 기차는 오후 5시다. 막차 시간까지는 두 시간여밖에 남지 않았다. 산 아래 기차역까지 내려가는 시간을 감안하면 1시간 20여 분만에 정상을 다녀와야 한다는 계산이 나왔다. 그때부터 말 그대로 사력을 다해 산길을 올랐다. 아마 마추픽추 정상을 최단 시간에 주파한 여행객은 내가 아닐까 싶다. 다행히 정상으로 오르는 길은 그다지 험하지 않다. 다만 여유 있게 주변 경치를 감상하지 못한 채 허겁지겁 다녀온 게 아쉬움으로 남아 있다. 정상에 올라 이마에 흐른 땀을 훔치며 바라본 마추픽추 조망은 일품이었다. 왜 비밀 정원, 공중 도시라고 부르는지 실감나게 다가왔다. 마추픽추 정상은 오로지 콘도르만 도달할 수 있다는 말이 있다. 한눈에 들어오는 산 아래 광경을 보면서 신에게 감사했다. 정상에서 온몸으로 맞은 신비한 바람은 두고두고 감미로운 기억으로 남아 있다. 어렵게 오른 마추픽추 정상에서 찍은 사진은 작품에 가깝다. 다녀와 그 사진을 볼 때마다 긴박했던 당시가 떠오른다.

쿠스코로 돌아가는 막차를 타기 위해 서둘렀다. 마추픽추 주차장 호텔 앞에서 버스에 올랐다. 마이크로버스는 8*km*에 이르는 산길을 감았다 풀기를 수십 차례 거듭하며 산 아래로 내려갔다. 버스는 오래전, 생산을 중단한 한국산 아시아자동차 로고를 달고 있었다. 마추픽추에서 한국산 골동품을 만나는 재미는 쏠쏠했다. 기차역으로 향하는 산길에서 뜻밖의 광경을 만났다.

버스가 모퉁이를 돌 때마다 인디오 소년이 나타나기를 반복했다. 인디오 소년은 버스가 산 아래 도착할 때까지 "굿바이~"를 외쳤다. 다녀온 이들을 통해 들었던 '굿바이보이'였다. 처음에는 같은 복장을 한 여러 명을 모퉁이마다 배치한 줄 알았다. 그런데 그게 아니었다. 한 명이 정상부터 산 아래까지 버스를 따라 달렸다. 이게 어떻게 가능할까 했는데 의문은 풀렸다. 인디오 소년은 자동차 속도에 맞추기 위해 직선으로 달려 다음 모퉁이에서 버스를 따라잡았던 것이다.

소년은 8자를 그리며 달리는 버스를 따라잡기 위해 가쁜 숨을 내몰며 뛰었다. 이렇게 13굽이를 거듭해 달리면서 인디오 소년은 관광객에게 즐거움을 선물했다. 관광객들에게 굿바이보이는 재미있는 구경거리였다. "good-bye"가 거듭될 때마다 관광객들은 이번에는 어디서 나타날까 궁금해 하며 창밖을 바라봤다. 또 인디오 소년을 촬영하며 즐거워했다. 버스는 마지막 굽이가 끝나는 지점에서 정차했고 굿바이보이가 차에 올랐다. 관광객들은 땀을 비 오듯 쏟으며 가쁜 숨을 몰아쉬는 인디오 소년에게 2~3달러씩 팁을 건넸다. 결국 인디오 소년은 몇 달러를 손에 쥐기 위해 2,400여 미터의 산을 오르내린 것이다.

소년은 10살 안팎 어린아이다. 가난 때문에 충격을 흡수할 수 있는 나이키 에어 같은 좋은 신발을 신었을 리 없다. 자동차 타이어를 잘라 만든 신을 신고 있었다. 가파른 돌계단을 뛰어다니다 보면 관절은 망가질 수밖에 없다. 그렇게 어린 나이에 인디오 소년 무릎은 부서

진다. 소년은 부모 품에서 응석을 부리거나 학교에 다닐 나이다. 인디오 소년이 마추픽추 산길을 목숨을 걸고 뛰는 이유는 가난 때문이다. 타이어를 잘라 만든 딱딱한 신을 신고 다람쥐처럼 산을 오르내리는 열 살 소년은 잉카 후예다. 스페인 정복자에게 겪었던 불운한 역사가 수백 년을 지나 아이들에게도 대물림되는 현장이다. '굿바이보이'를 떠나보내면서 가슴 아픈 라틴아메리카 현실이 스쳐 지났다.

프랑스인에게 가장 존경받는 아베 피에르(Abbé Pierre) 신부는 집 없는 사람을 위해 60여 년 동안 '엠마우스(Emmaus) 운동'을 전개했다. 그는 일생을 빈곤과 소외 해결에 바쳤다. 『이웃의 가난은 나의 수치입니다』라는 책에서 그는 "이 세상은 하느님을 믿는 사람과 믿지 않는 사람으로 나누어진 게 아니라 이웃 사랑을 실천하는 사람과 그렇지 않은 사람으로 나뉘어 있다"고 말했다. 공감되는 말이다. 우리 주변에는 교회를 다니면서도 사랑을 실천하지 않는 이들도 많다. 그들은 독선과 배타적인 믿음으로 상대를 배척한다. 피에르 신부는 이웃사랑을 기준으로 삼아야 한다고 했는데 수긍할 수밖에 없다. 사랑은 말이 아니라 행동이다.

마추픽추를 다녀온 지 적지 않은 시간이 흘렀다. 그때 만났던 인디오 소년은 어떤 모습으로 자랐을지, 무릎은 무탈한지 궁금하다. 그가 건강한 사회인으로 성장해 잉카 후예로서 자존심을 지키며 살고 있기를 바라지만 희박한 기대라는 걸 안다. 지금도 마추픽추에서 다른 굿바이보이가 산을 오르내리고 있다. 인디오 소년을 떠올리며, 소년에게 건넨 푼돈이 어른이 되어서도 자존심에 상처가 되지 않기를 기도했다. 이웃의 가난은 나의 수치라는 피에르 신부의 말을 떠올리며 굿바이보이 안부를 묻는다.

# 신의 도시에 버려진 아이들

라틴아메리카에서 가톨릭 위세는 대단하다. 대부분 국가에서 가톨릭 신자는 80% 이상에 달한다. 가톨릭을 국교로 하는 스페인과 포르투갈이 라틴아메리카를 식민통치한 탓이다. 식민 지배 과정에서 원주민 토착종교는 말살됐고 가톨릭은 지배 종교가 됐다. 선교사들은 제국주의 확장에 앞장섰고, 그 나라 지성소를 파괴하고 성당을 건축했다. 일본도 우리나라를 지배할 때 불교 사찰을 파괴하고 민간신앙을 무속으로 취급하면서 문민통치를 강화했다. 이후 제국주의 속성은 교회와 학교로 진화하며 통치술을 발전시켰다. 그래서 라틴아메리카 어디를 가더라도 오래된 성당을 흔하게 만난다. 버스나 택시 기사에게 십자가와 묵주는 필수다. 가정도 예외는 아니다. 집집마다 성모 마리아상을 두고 드나들 때마다 기도한다. 그들에게 가톨릭은 종교를 넘어 생활이다. 악랄한 스페인 제국주의 지배를 감안하면 가톨릭을 국교로 삼는 그들을 이해하기 어렵다. 신사 참배 거부는 물론 광복 이후 모든 신사를 철거한 우리와 대비된다. 식민 지배 기간에 따라 대응 방식에서 차이가 났다고 하면 할 말 없겠으나 연구해볼만한 주제다.

2005년 언론은 유럽과 아프리카, 남미 출신 추기경 중에서 교황을 예상했다. 여론은 유럽 독점에서 벗어나 라틴아메리카를 비롯한 제3세계에서도 교황이 나오길 은근히 기대했다. 라틴아메리카 가톨릭 신자는 42%로 유럽 25%를 압도한다. 그러나 이변은 없었다. 독일 출신 베네딕토 16세가 나치 전력 의혹에도 불구하고 교황에 선출됐다. 베네딕토는 2013년 스스로 퇴위함으로써 화제를 낳기도 했다. 가톨릭교회에서 교황은 선종함으로써 퇴위한다. 베네딕토와 후임 프란체스코 교황 간 실화를 그린 영화 〈두 교황〉에는 퇴위 배경이 잘 설명됐다.

베네딕토 교황은 동성애와 콘돔 사용, 낙태에 완고한 입장이었다. 지극히 보수적인 가톨릭 교리에 충실한 교황이었다. 특히 낙태를 엄격하게 금지했다. 공교롭게 베네딕토 재임 당시 가톨릭 사제들에 의한 아동 성추행 문제가 불거졌다. 베네딕토는 교황 의자에서 곤혹스런 시간을 보냈다.

엄격한 낙태 금지가 라틴아메리카에서 어떤 문제를 낳는지 살펴볼 기회가 있었다. 브라질에 체류하는 동안 여러 사회복지시설을 방문했는데 특이한 사실을 발견했다. 우리나라 보육원(고아원)에 해당하는 수용시설이 유난히 많다는 점이다. 도시마다 크고 작은 보육원이 널려 있다. 왜 그럴까? 낙태를 허용하지 않는 가톨릭 종교관과 연결하면 쉽게 답이 나온다. 라틴아메리카는 비교적 성관계가 자유롭다. 그런 반면 콘돔 사용이나 낙태를 허용하지 않으니 원치 않는 아이를 낳을 수밖에 없다. 대부분 임산부는 10대 청소년인 까닭에 육아 능력이 없다. 이 때문에 도시마다 보육원이 넘쳐나는 것이다.

문제는 정상적인 잉태가 아닌 탓에 시설 아동 상당수는 정신지체를 앓고 있다. 낙태 금지를 진지하게 고민할 수밖에 없었다. 태어나자마자 버려진 아이들은 라틴아메리카에서 사회문제로 떠올랐다. 제대로 보호받지 못해 범죄자로 전락한다. 마약에 빠지거나, 범죄 조직에 가담하는 등 도시 주변부를 떠돌다 빈곤과 맞물려 사회문제를 야기하는 것이다. 라틴아메리카에서 낙태는 아직도 불법이다. 심지어 원하지 않는 임신(강간), 기형아조차도 낙태를 허용하지 않는다. 가톨릭 국가, 라틴아메리카에서는 어떤 경우라도 아이는 낳아야 한다. 보육원을 방문하면서 '왜 그리 융통성이 없나?'하는 생각이 들었다. 우리사회도 낙태는 민감한 이슈다. 개인적으로 피임과 낙태가 왜 가톨릭 교리를 거스르는 것인지 이해하기 어렵다. 오히려 기형아라면 낙태하는 게 낫지 않을까 생각한다. 태어나면서부터 불행한 아이에게 출생은 축복일까. 또 그런 아이들에게 사회적 안전망을 제공하지 못하는 사회라면 무책임하다는 생각을 하지 않을 수 없다.

라틴아메리카 출신 영화감독 페르난도 메이렐레스가 연출한 〈시티 오브 갓(City of God)〉이란 브라질 영화는 이와 관련 많은 생각거리를 던진다. '신의 도시'라는 제목과 달리 영화는 축복받지 못한 아이들과 라틴아메리카의 암울한 현실을 역설적으로 고발하고 있다. 영화 무대는 브라질 최고 휴양도시 '리우데자네이루' 한쪽에 위치한 빈민가(파벨라)다. 이곳에서 버림받은 아이들은 구걸과 마약 그리고 범죄 조직에 가담하는 게 일상이다. 영화는 열한 살짜리 소년이 지역 갱단과 어울리며 범죄에 탐닉하는 모습을 실감나게 그리고 있다. 믿고 싶지 않지만 현실을 기반으로 했기에 충격적이다.

갱단 지시로 소년은 자신보다 어린 동네 아이 발등에 총을 쏜다.

고통으로 울부짖는 다섯 살 아이의 울부짖음과 눈물은 감독이 만들어낸 상상이 아니다. 열한 살짜리 아이가 총을 소지하고, 또 자신보다 어린 아이를 향해 총을 쏘는 게 라틴아메리카 현실이다. 영화 제목 〈신의 도시〉는, 이곳에서는 오로지 신만이 생명을 좌지우지한다는 역설을 담고 있다. 또 갱단이 지배하는 신의 도시라는 뜻도 있다. 현지 교민과 함께 대형 할인마트에 가는 길에도 이런 모습을 숱하게 목격했다. 차가 교차로에 정차할 때마다 아이들이 나타나 앞 유리를 닦고 돈을 요구했다. 그때마다 교민은 적은 돈이지만 건넸다. 그렇게 몇 차례를 거듭한 끝에, 목적지에 도착했다. 여기에서도 멀쩡한 유리를 닦은 뒤 돈을 요구하는 아이들에게 교민은 돈을 주었다. "왜 같은 일을 반복하느냐?"는 물음에 그는 "돈을 주지 않으면 타이어에 펑크를 내는 등 해코지한다."고 했다. 거리를 떠도는 아이들은 바로 낙태와 피임을 허용하지 않는 라틴아메리카 가톨릭이 낳은 사생아다.

보수적인 교황 베네딕트에 대해 진보성향 사제와 신학자들은 '시대착오적인 종교관과 윤리관으로 가톨릭 현대화와 대중화를 가로막는 걸림돌'이라고 비판하기도 했다. 라틴아메리카 현실을 목격한 나로서는 공감할 수밖에 없다. 교리에 집착해 무조건 낙태를 막는 게 선인지 의문이다. 가톨릭을 국교로 삼는 라틴아메리카 거리에서 부초처럼 떠도는 아이들을 생각할 때 도덕적 허영은 아닌지 의문이다. 생명이 소중하다면 그에 걸맞은 사회적 안전망을 구축하는 게 우선이다.

상파울루 보육시설에서 만났던 해맑은 꼬마 천사들이 눈에 선하다. 하지만 자라면서 축복받지 못한 탄생을 원망하며 거리를 배회하거나 범죄 조직의 일원으로 충원될 것이라고 생각하면 안타깝다. 신의 도시를 떠나면서 가톨릭교회에도 유연한 바람이 불기를 기도했다.

# 마리아치 선율에 스민 슬픔

멕시칸들의 정열적 기질은 널리 알려져 있다. 한마디로 화끈하다. 멕시코시티 중심 소깔로(Zocalo, 대광장)은 연중 활기차다. 광장은 해가 지면 화려한 전통 의상 '차로'를 입고 챙이 넓은 모자 '솜브레로'를 쓴 악사들로 흥청댄다. 관광객들은 흥겨운 연주에 발길을 멈추고 전통음악에 몸을 맡긴다. 광장을 찾은 그해 1월, 기온은 쌀쌀했지만 '베사메무초'와 '라쿠카라차', '쿠쿠루쿠 팔로마'를 연주하는 멕시코 전통음악 마리아치(Mariachi) 선율로 후끈했다. 광장 주변은 스페인 풍 석조 건축물이 둘러싸고 있다. 공사 기간만 240년 걸렸다는 대성당과 식민 지배 당시 스페인 총통이 집무한 정부 청사는 위압적이다.

멕시코시티 대성당은 건축양식 박물관을 방불케 한다. 바로크부터 고딕, 르네상스까지 다양한 건축 양식이 혼재돼 있다. 성당은 크기도 압도적이지만 문화유산으로써 가치도 높다. 대성당에는 식민 지배 역사가 어려 있다. 멕시코를 지배한 스페인 정복자들은 아즈텍과 마야 문명을 철저히 파괴했다. 아즈텍과 마야는 잉카 못지않은 고도로 발달한 문명을 누린 고대 국가다. 스페인 정복자들은 아즈텍, 마야 건축물을 헐고 그 위에 성당을 지었다. 쿠스코에서 잉카 지성소를 부수고 그 위에 가톨릭 성당을 건축했듯 멕시코시티에서도 동일한 행태를 반복했다.

멕시칸 선조들이 이룩한 찬란한 아즈텍 유적은 멕시코시티 대성당 지하에 묻혀있다. 햇빛도 들지 않는 음습한 곳 아즈텍 유적이 잠자고 있다고 생각하면 스페인 제국주의를 탓하지 않을 수 없다. 스페인 정복자들은 정복 의지를 드러내기 위해 가는 곳마다 원주민 문화를 파괴했다. 그리고 자신들이 믿는 가톨릭 성당을 세움으로써 오만한 제국주의를 과시했다. 아즈텍 유적을 발굴해야 한다는 목소리는 높지만 현실적으로 쉽지 않다. 발굴하려면 대성당과 정부 청사, 광장을 헐어야하기에 또 다른 역사 파괴라는 비판이 우려된다. 마치 성폭행으로 잉태한 아이를 지울 수 없는 것과 같은 역사적 아이러니다.

애초 아즈텍 유적은 지상에 드러나 있었다. 그러나 스페인 정복자들은 성당과 광장을 건설하면서 그대로 파묻었다. 자기 종교와 문화만이 최고라는 폭력적 행태다. 제국주의자들에게 공존과 안목을 기대한다는 게 무리지만 지나쳤다는 생각은 지울 수 없다. 이 때문에 일부 복원된 아즈텍 유적을 관람하려면 정부 청사와 대성당 사이에 난 지하 통로를 이용해야 한다. 축축한 지하에서 생기를 잃은 아즈텍 유적을 대하자 남의 나라 처지지만 안타까웠다.

소깔로 광장에는 또 다른 비극적 스토리가 있다. 광장은 멕시코에서 태어난 스페인 2세(끄리올요)을 대표하는 마르틴 코르테스나 아빌라 형제가 처형된 현장이다. 아빌라 형제는 스페인 정부 폭정에 저항하다 공개 처형됐다. 스페인 제국주의자들은 저항 기운을 억누를 목적에서 그들을 본보기 삼았다. 일제 식민 지배를 겪은 우리로 말하자면 독립운동가를 서울광장에서 처형한과 것과 다르지 않다. 멕시칸들에게는 가슴 아픈 현장이다.

불운한 역사에도 불구하고 멕시코에서 가톨릭 신자는 90%에 달한다. 또 멕시칸들은 스페인어를 국어로 사용한다. 선조를 죽이고 역사를 유린한 스페인 제국에 대한 반감은 찾아보기 어렵다. 단죄하고 결별해도 시원찮을 판국에 침략자들이 남긴 유산을 이어받는다는 게 우리로서는 쉽게 이해되지 않는다. 게다가 혼혈을 거듭한 끝에 아즈텍 문명 후예라는 정체성마저 희미하다. 오히려 멕시칸은 미국에 대해 반감이 깊다. 자국 영토의 절반가량을 미국에 빼앗겼기 때문이다. 미국은 멕시코와 전쟁(1846년~1848년)에서 애리조나와 네바다, 텍사스, 캘리포니아, 유타, 뉴멕시코, 콜로라도, 와이오밍 등 136만㎢에 달하는 넓은 땅을 가로챘다. 멕시칸들 입장에서 보면 먼 옛날 스페인 제국주의에 의한 식민 지배보다 120여 년 전 땅을 빼앗긴 게 더 큰 수치다.

역사를 바로 보자는 목소리가 전혀 없는 게 아니다. 하지만 주요 의제에 오를 만큼 큰 호응은 얻지 못하고 있다. 이런 판국이니 스페인 정치인들은 라틴아메리카에 대해 오만한 인식을 거두지 않고 있다. 앞서 봤듯 아르헨티나 주재 스페인 영사는 빙산의 일각에 불과하다. 스페인 권력층에는 식민 지배를 반성하고 성찰하기는커녕 오히려 발전에 도움을 줬다며 정당화하는 이들도 많다. 우리가 일본에 과잉 대응한다면 멕시칸은 지나칠 만큼 소극적이다. 스페인 식민 지배 역사를 건너 뛴 까닭에 아즈텍 후손들은 지금 멸시당하고 있다.

일본 시네마현 의회는 2005년 '독도의 날' 조례 안을 의결했다. 독도가 자신들 땅이라는 주장을 명문화한 것인데 어이없는 결정이었다. 독도 문제를 국제사회 이슈로 부각함으로써 독도 영유권을 인정받으려는 의도였다. 당시 이명박 대통령이 독도를 방문하면서 독도 문제는 뜨겁게 달아올랐다. 그 틈을 타 일본 극우 정치인들은 화려하게 정치 전면에 부상했다. 한일 관계는 문재인 정부에서 최악이었다. 독도 영유권 분쟁과 강제 징용 배상 판결, 위안부 협약 파기에서 비롯된 마찰은 급기야 수출중단이라는 경제 보복으로 확대됐다.

일본은 패전 60년을 맞은 2005년부터 군국주의 부활을 꾀하고 있다. 아베는 평화헌법 개정과 자위대 군사화를 시도했다. 2022년 7월 테러로 아베가 숨졌고 일본 자민당은 총선에서 압승했다. 개헌 가능한 의석을 확보한 그들이 어디까지 내달릴지 주목된다. 일본 극우 정치인의 비이성적 언행은 우리 내부 문제를 극복하지 못한 것에도 원인이 있다. 한승조 전 고려대 교수는 "일본 식민 지배가 오히려 축복이었다."는 의견을 소신이랍시고 밝힌 바 있다. 이런 엉뚱한 인식이 그들에게 빌미를 제공하고 있다. 그릇된 인식과 군국주의 망상이 결합될 때 또다시 불행한 역사가 되풀이되지 말라는 법은 없다.

멕시칸이 부르는 마리아치는 경쾌하고 흥겨우면서도 애잔하다. 듣다보면 묘하게 가슴을 파고든다. 스페인 제국 식민통치 아래서 고통과 지금도 계속되는 미국과 불행한 악연을 담고 있는듯하다. '역사를 잊는 나라는 그 나라 자체가 잊힐 것이다.' 어느 전쟁기념비에 새겨진 문구다. 우리에게도, 멕시칸에게도 필요한 말이다.

# 황금박물관과 간송미술관

페루 수도 리마(Lima)는 해안가에 자리 잡은 500여 년 된 도시다. 스페인 약탈자 피사로(Pizarro)는 안데스(Andes) 산맥 기슭 태평양에 접한 이곳에 리마를 세웠다. 스페인 식민 지배 당시 리마는 라틴아메리카에서 가장 부유했다. 스페인 정복자들은 이곳에 베이스캠프를 차리고 라틴아메리카 골수를 빨았다.

리마는 비를 보기 힘든 메마른 땅이다. 물은 귀하고 바람마저 바싹 말라 있다. 먹는 물 대부분 지하수에 의존한다. 5월이면 이곳 사람들이 '잉카의 눈물'로 부르는 안개비 정도만 내린다. 도시는 온통 황량한 땅과 빌딩뿐이다. 햇볕은 따갑고 공기는 후덥지근하다. 피사로는 매력 없는 이곳을 골라 라틴아메리카 식민지 경영 근거지로 삼았다. 잉카 시대 건축물을 헐고 그 자리에 스페인 풍 건축물을 세웠다. 구시가지 아르마스(Armas) 광장에 주요 건축물이 밀집돼 있다. 광장을 중심으로 대통령궁과 대성당, 주교 관저, 공원까지 제국주의 흔적은 넘친다. 유네스코는 1991년 이 일대 역사지구를 세계유산으로 지정했다.

리마는 박물관 도시다. 이 가운데 '무기·황금박물관'은 특별하다. 으레 박물관은 지루하다. 황금박물관은 잉카와 프레 잉카시대(치무, 나스카) 황금 유물과 근대 무기류까지 다양한 볼거리를 갖췄다. 박물관 1층은 황금 유물과 제사 용구, 장신구를, 지하 1층은 세계 각국에서 모은 무기류를 전시하고 있다. 무기관은 중세 기사 갑옷과 무기부터 남북전쟁에 쓰인 기관포, 군복, 견장, 철모, 일본 사무라이 갑옷까지 망라하고 있다. 우리나라 은장도 보인다. 은장도를 무기로 착각한 엉터리 전시물이다. 황금 유물 가운데 제사용 칼 '투미'는 대표 유물이다. 치무시대 유물인데 터키석과 금으로 장식한 정교한 세공기술이 돋보인다.

잉카제국 인구는 전성기 때 2,500만 명에 달했다. 헌데 제국은 피사로가 이끈 스페인 군인 180명에 의해 허무하게 붕괴됐다. 잉카제국은 황금으로 넘쳤는데, 이게 독이 됐다. 유럽 정복자들에게 황금 유물은 좋은 먹잇감이었다. 피사로는 잉카제국 마지막 황제 아타우왈파에게 방안을 황금으로 채우면 살려주겠다고 꾀었다. 황제는 약속을 지켰지만 목숨은 부지하지 못했다. 피사로는 운반 편의를 위해 황금 유물을 녹여 금괴로 만들었다. 흔전만전 황금이 넘쳤다는 잉카 제국에 변변한 황금 유물이 남아 있지 않은 이유다.

아이러니는 페루에서 피사로가 차지하는 위상이다. 리마 대성당에 피사로 유해가, 거리에는 피사로 동상이 서 있다. 부관참시를 해도 시원찮을 판국에 호사로운 대접이다. 역사지구 광장 외진 곳 '무라야' 공원에 거대한 피사로 청동 기마상이 서 있다. 동상은 미국 조각가 람시(1879~1922)가 1915년 파나마·태평양 국제 박람회 전시용으로 제작했다. 리마 시는 창업자 피사로 업적을 기려 1935년 리마 창건 400주년을 맞아 리마 대성당 앞에 동상을 세웠다. 당시만 해도 페루 인들은 피사로를 미개한 잉카에 문명을 전파한 사람으로 영웅시하는 분위기였다. 마침 대성당에는 피사로 유해가 있기에 동상 자리로는 안성맞춤이었다.

동상은 1952년 아르마스 광장으로 한차례 이전했다. 역사 인물로 대접받던 피사로에게 1990년대 반전이 찾아왔다. 리마대학 건축학과 아구르토(Santiago Agurto Calvo) 교수는 "피사로는 영웅이 아니라 원주민을 학살한 범죄자이자 잉카 문화 약탈자"라며 동상 철거 캠페인을 펼쳤다. 2001년 원주민 출신 톨레도 대통령이 취임하면서 철거 여론은 힘을 받았다. 로씨오 리마 시장 또한 철거 여론에 적극 공감했다. 결국 피사로 동상은 2003년 4월 28일 철거됐다. 한동안 리마 시 창고에 방치됐던 동상은 무라야 공원을 조성하면서 빛을 봤다. 하지만 이전과 달리 웅장한 받침대를 없앴고 안내문도 없다. 피사로를 대하는 페루 인들 감정은 지금도 영웅과 약탈자 사이에서 오락가락하고 있다.

다시 황금박물관으로 돌아가자. 사실 황금박물관은 설립 배경과 운영 방식에서 주목받는다. 박물관은 택시를 타고 30여 분을 달리면 외곽에 위치한 고급 주택가에 있다. 빈부 격차가 심한 라틴 아메리카에는 미국 LA라스베이거스처럼 부자만 사는 지역이 있다. 황금박물관이 위치한 이곳도 리마 최고 부자들이 모여 사는 '몬테리코' 지구다. 부자 동네답게 박물관 이름도 황금박물관이다. 콜롬비아 보고타(Bogotá)에도 황금박물관이 있다. 리마 황금박물관은 몬테리코에 살았던 외교관 출신 사업가 미겔 무히카 가요(Miguel Mjica Gallo)가 수집한 유물로 설립됐다. 개인 컬렉션으로 출발했고, 지금도 후손들이 운영하고 있다. 미겔은 평생을 걸쳐 스페인이 강탈한 잉카 유물을 사재를 털어 수집했다. 미겔은 광산업과 금융업으로 돈을 모은 선친으로부터 유산을 물려받았다. 젊은 시절 페루 역사에 심취한 그는 유물 수집에 일생을 바쳤다. 무슨 목적에서 잉카 유물을 사들였는지 알 수 없다. 다만, 그나마 몇 점 남지 않은 황금 유물을 볼 수 있는 건 그 덕분이다.

우리나라 간송미술관도 비슷한 스토리를 갖고 있다. 간송 전형필(全鎣弼, 1906년~1962년, 문화재 수집·보존·연구가이자 교육가)은 일제 식민치하에서 흩어졌던 우리 문화재를 모았다. 그는 일본인 손에 들어간 문화재를 되찾겠다는 생각으로 일생을 바쳤다. 문화재를 손에 넣기까지는 숱한 일화가 전해진다. 그는 사재를 털어 1939년 우리나라 최초 사립 박물관 보화각(간송미술관 전신)을 건립하고, 문화재를 사기 위해 읍소하고 매달렸다. 간송은 혼란기 유실될 위기에 처한 우리 문화재를 지켜냈다. 간송 덕분에 우리는 오늘 조선의 진수를 만날 수 있다.

미겔과 간송의 안목에 박수를 보낼 수밖에 없다. 사설이지만 리마 황금박물관과 간송미술관이 그 나라 국립박물관보다 뛰어난 유물을 소장하게 된 건 이런 배경 때문이다. 미겔과 간송은 어떻게 돈을 써야 하는지 보여줬다. 진의가 어디에 있든 호사가들 취미로 폄하하기에는 간단치 않다. 황금박물관을 나서면서 '개처럼 벌어 정승처럼 쓰라.'는 속담에 고개를 끄덕였다. 이건희 컬렉션 또한 이런 관점에서 보면 높이 살만하다.

# 나스카 수호 여신,
# 마리아 라이헤

페루에서 나스카 라인(Nazca Lines)을 보지 못한다면 불행한 일이다. 수수께끼 같은 지상 그림은 세계 7대 불가사의 중 하나다. 누가, 왜, 어떻게 지상에 거대한 그림을 그렸는지 온통 베일에 싸였다. 나스카 평원은 비가 내리지 않는다. 연중 강우량은 10㎜에 불과하다. 자연스럽게 불모의 땅으로 변했다. 평원은 특이하게도 모래가 아닌 돌로 형성된 사막이다. 이런 특성 덕분에 나스카 지상 그림은 1,000년 넘게 보존됐다.

지상 그림은 용도를 놓고 설왕설래하고 있다. 천문 관측을 위해 그렸다는 가설부터 달력, 종교의식, 심지어 외계인과 교류 흔적이라는 이들도 있다. 어느 것 하나 명확하게 밝혀진 건 없다. 나스카 라인은 우리 능력으론 영원히 풀 수 없는 수수께끼다. 고대인들은 자신들은 볼 수도 없는 그림을 왜 그렸을까. 나스카 라인을 찾아가는 내내 의문은 꼬리를 물었다. 리마에서 남쪽 400㎞에 위치한 나스카는 인구는 3만여 명에 불과한 작은 도시다. 나스카로 가는 방법은 여러 가지가 있다. 그 가운데 남쪽 도시 아레키파에서 운행하는 야간 장거리 버스를 탔다. 나스카까지는 대략 9~10시간을 각오해야 한다. 낡은 버스는 언제 주저앉을지 불안하고, 차내 화장실에선 악취가 코를 찔렀다. 그런 와중에도 버스 바닥에 앉아 뭔가 먹는 이들도 눈에 뜨였다. 이들이 나스카 라인을 그린 천재들 후손일까 하는 생각에 미치자 쉽게 고개가 끄덕여지지 않았다. 그렇게 흔들리는 버스 안에서 자다 깨기를 반복했다. 다음날 아침에야 버스는 초췌한 나를 내려놓았다.

나스카 라인을 보는 방법은 두 가지다. 전망대에 오르거나 경비행기를 타고 하늘에서 바라보는 것이다. 전망대는 무료지만 3종류 밖에 볼 수 없다. 그나마 한 눈에 담기 어렵다. 그래서 대부분 경비행기를 이용한다. 높이 300m에서 내려다봐야 나스카 라인을 제대로 감상할 수 있다. 비행기를 타고 30~40여분 동안 대표적인 그림 12점을 감상한다. 울렁증이 있는 사람은 경비행기를 피해야 한다. 비행기 동체가 작은데다 선회 비행이 많아 멀미하는 이들이 많다. 나스카 평원에는 30여 개 동식물 그림과 200여 개 선·도형 그림이 있다. 날개 길이만 100m 넘고, 최대 300m에 달하는 그림도 있다. 벌새와 콘도르, 원숭이, 거미, 펠리컨, 도마뱀, 고래, 그리고 우주인까지 다양하다. 하늘에 오르자 말로만 들었던 지상 그림이 실체를 드러냈다. 여기저기서 탄성과 함께 카메라에 담느라 분주하다.

돌돌말린 원숭이 꼬리 선은 선명하고, 콘도르는 막 날아오를 것처럼 생동감 있다. 또 부리에서 꼬리까지 130m에 달하는 펠리컨은 목이 너무 길어 불안한 모습이다. 벌새 부리는 고속도로처럼 곧장 뻗었다. 동화책 속에서나 볼 것 같은 고래도 보인다. 페루 정부는 2020년 1월, 나스카와 가까운 이카(Ica)에서 지상 그림 143점을 추가 발견했다고 발표했다. 거듭해 누가, 언제, 왜, 어떻게 그렸는지 의문은 떠나지 않는다.

우리가 나스카 라인을 볼 수 있는 건 오로지 마리아 라이헤(Maria Reiche, 1903~1998) 박사 덕분이다. 그녀는 평생을 나스카 라인 연구에 바쳤다. 결혼도 하지 않은 몸으로 나스카 라인 연구와 보존에 매달렸다. 독일에서 태어난 라이헤 박사는 스물아홉 살 때 페루에 도착했다. 그리고 95세 나이로 숨을 거둘 때까지 나스카 라인 부근에서 26년을 지냈다. 비 한 방울 내리지 않는 황량한 나스카 평원은 그에게 집이자 연구실이었다.

라이헤 박사는 1941년 나스카 라인이 '세계 최대 천문력'이라고 주장하면서 그 존재를 세상에 알렸다. 이후 수많은 학자들이 나스카 라인 연구에 가세했다. 라이헤 박사는 나스카 라인에서 직선이나 원, 소용돌이는 별의 움직임을 나타내고 동물은 별자리를 의미한다고 주장했다. 비가 내리지 않는 이곳에서 농업은 최대 관심사이기에 신관은 기후변화를 살피기 위해 지상 그림을 준비했다는 것이다. 물론 아직까지 가설로 남아 있다.

그녀는 나스카 라인 보존에도 적극적이었다. 페루 정부는 1955년 안데스 산에서 물을 끌어와 나스카 평원을 적시는 관개수로 사업을 계획했다. 라이헤는 언론과 관계기관을 동원해 사업을 무산시켰다. 그때 라이헤 여사가 나서지 않았다면 나스카 라인은 물에 잠겼을 것이다. 뒤늦게 페루 정부는 라이헤 여사에게 국민훈장과 포장을 수여하는 등 각별하게 예우했다. 페루 국적도 부여했다. 나스카 우표에도 라이헤 여사를 인쇄했다. 유네스코는 1994년 나스카 라인을 세계문화유산으로 지정했다.

나스카 라인은 천년 세월을 건너뛰어 고대인과 현대인이 만나는 공간이다. 먼 옛날 고대인들이 미스터리한 지상 그림을 남겼다면 라이헤는 알리고 보존하는 역할을 했다. 평생을 한 길만 걷기란 말처럼 쉽지 않다. 한 인간의 집념이 고스란히 배인 나스카 라인 앞에서 숙연할 수밖에 없다. 그는 황량한 나스카 평원에서 온갖 멸시와 조롱을 참아내며 연구에 몰두했다. 다른 나라 조상이 남긴 그림의 실체를 밝혀내기 위한 그녀의 행보가 아름다운 건 이 때문이다.

라이헤 박사가 보여준 헌신과 집념은 무지한 자본과 대비된다. 판아메리카 고속도로는 미국 알래스카를 출발해 캐나다와 페루를 거쳐 칠레에 이른다. 고속도로 노선은 나스카 라인을 대표하는 도마뱀 허리를 끊었다. 당시 우회해야 한다는 여론이 있었지만 공사비 절감을 이유로 강행했다. 자본의 무지와 횡포 앞에 문화재 보호는 사치였다. 마추피추 정상에도 비슷한 사례가 있다. 다국적 기업이 CF를 촬영하는 과정에서 잉카시대 해시계 '인티와타나(Intihuatana)'를 훼손했다. 가이드로부터 그 말을 듣고 잉카시대 유적을 망가뜨린 어처구니없는 횡포 앞에서 할 말을 잊었다. 상업광고 촬영을 허가한 페루 정부의 안일한 인식 또한 한심했다. 나스카 라인을 보존하기 위해 평생을 바친 라이헤 여사라면 어떻게 생각할지 묻고 싶다.

# 브라질에 날리는 벚꽃

일본계 후지모리 전 페루 대통령은 3선 연임에 성공한 입지전적 인물이다. 하지만 실패한 대통령으로 더 잘 알려져 있다. 그는 2009년 반인륜 범죄와 부정부패 혐의로 25년 형을 받았다. 후지모리는 1990~2000년까지 페루를 통치했다. 재임 중 반군 게릴라 소탕으로 높은 지지를 받았지만 인권침해와 부패로 막을 내렸다. 측근 정보국장이 야당 의원을 매수하는 동영상은 결정타가 됐다. 페루 리마 교도소에 수감 중인 후지모리는 2017년 사면으로 풀려났지만 이듬해 대법원이 사면 취소를 결정하면서 재수감됐다. 올해 3월에도 페루 헌법재판소는 건강 악화를 이유로 석방을 판결했으나 미주인권재판소 반대로 여전히 수감 중이다.

한때 그는 라틴아메리카 일본인 교포사회와 일본 본국에서 성공한 인물로 주목 받았다. 멀리 라틴아메리카 페루에서 일본인 2세가 대통령직에 올랐다는 건 화제가 되기에 충분했다. 후지모리는 재임 초반 국영기업 민영화와 반군 게릴라 소탕에 힘입어 높은 인기를 유지했다.

그러나 부정부패와 권력 남용, 인권 탄압 등 비판은 끊이지 않았다. 특히 영구 집권을 위해 야당 의원을 돈으로 매수하는 장면이 담긴 비디오가 공개되면서 몰락했다. 궁지에 몰린 후지모리는 일본으로 도주했고, 일본에서 팩스로 사직서를 보냈다. 당시 일본 정부는 범죄자 송환 요청을 거부하며 후지모리를 감쌌다. 값싼 민족주의에 근거한 일본인다운 대응이었다.

페루와 일본 이중국적을 보유한 후지모리는 일본에서 편안하게(?) 지냈다. 저술 활동은 물론, 낙선하기는 했지만 망명 중에도 일본 참의원 선거에 나서기도 했다. 한마디로 속 편한 망명자였다. 한 나라 대통령이 재임 도중 다른 나라로 도망간 것도 희극이지만, 또 그 나라 국회의원 선거에 출마한 것 또한 코메디였다. 일본 정부가 페루 정부 소환 요구를 반대한 명분은 자국 국민이라는 이유였다. 어쨌든 후지모리는 라틴아메리카에서 대통령까지 배출한 일본의 저력을 돌아보는 계기가 됐다.

브라질 해외연수 당시 일본계 브라질인 집에서 민박할 기회가 있었다. 그는 상파울루 주 마릴리아(Marilia) 시 지방법원 판사였다. 후지모리처럼 성공한 일본인 2세였다. 일본계 브라질인 홈스테이는 내 뜻과는 무관했다. 해외연수를 주관한 단체에서 임의 배정한 결과였다. 60대 초반의 그는 일본 사무라이를 연상케 하듯 무뚝뚝했다. 집에 머무는 내내 가시방석에 앉은 것처럼 불편했다. 언어는 서툰데다 표정까지 경직됐다. 어서 빨리 홈스테이 가정을 바꿔줬으면 하는 바람뿐이었다. 지금 생각하면, 그는 브라질인이 아니라 일본인으로서 나를 대했던 듯하다. 자신은 일본인, 나는 한국인이라는 이분법적 사고다. 불편한 한일관계와 외교적 마찰을 내게 대입한 건 아닌지 싶었다. 하필이면 홈스테이 가정이 일본인 2세였을까 하는 아쉬움은 있지만 나름 생각할 기회가 됐다. 지방법원 판사라는 신분을 감안하면 그 역시 브라질 사회에서 성공한 일본인 2세였다. 일본인은 판사부터 대통령까지 배출하는데 우리는 왜 그렇지 못할까 생각했다.

두 달 가까운 브라질 체류 기간 중 만난 우리 교민은 의류 도매상과 과채류 소매상, 주점, 세탁소를 운영하는 자영업자가 대부분이었다. 상파울루 대학에 재직 중인 방근모 교수 정도만 주류 사회에서 활동하고 있었다. 그는 젊은 시절 태권도 교관으로 왔다 눌러 앉았다. 지구 반대편에서 어려움을 이겨내고 기반을 구축한 그에게 박수를 보내면서도 허전함을 느꼈다. 허전함은 주류사회에 진출하지 못한 채 주변부를 맴도는 교포들이 더 많은 현실 때문이었다.

방 교수는 "우리 교민들도 돈만 버는 일에서 벗어나 법조계, 정치, 학계 등 인적 인프라를 구축할 수 있는 분야로 눈을 돌려야 한다."는 말로 아쉬움을 나타냈다. 그 뒤로 적지 않은 시간이 흘렀으니 그 바람이 얼마나 구체화 됐을지 궁금하다.

라틴아메리카에서 일본의 저력은 탄탄하다. 우리보다 이민 역사도 길고, 중남미 경제력을 장악하고 있다. 이런 영향력은 벚꽃에서 확인된다. 당시 상파울루 지역 7~8개 도시를 방문했는데, 관공서 정원마다 어김없이 일본 국화 벚꽃나무가 있었다. 일본 정부나 시민단체에서 기증한 것이다. 벚꽃은 일본 영향력을 가늠하는 지표였다.

라틴아메리카에서 일본 교민은 150만 명(전체 해외 교민 중 57%)으로 한국 교민 11만 명을 압도한다. 일본 정부 또한 전체 대외 직접 투자의 23%를 중남미에 투자할 만큼 적극적이다. 고이즈미 전 총리는 2004년 9월 브라질과 멕시코를 방문해 '일·중남미 신 파트너십'을 구축했다. 고이즈미 방문은 라틴아메리카에서 일본 입지를 확고히 하는 계기가 됐다. 그는 5년간 유학생을 포함해 라틴아메리카 청소년 4,000명을 초청하겠다고 제안하는 등 친일세력 거점 확보 의지를 드러냈다. 일본을 다녀간 청소년들은 성장해 라틴아메리카에서 일본 이익을 대변하고 있다. 우리 외교정책도 라틴아메리카에 대해 변화가 필요한 시점이다.

그즈음 한국 기업은 한-멕시코 자유무역협정이 부결되면서 고전했다. 멕시코 시장에서 연간 1,500만 달러어치 타이어를 팔았던 금호타이어는 그해 한 개도 팔지 못했다. 자동차 산업도 마찬가지였다. 멕시코에 연간 100만 대를 팔았던 우리는 협상이 지연되면서 50% 상당 역마진 손실을 봤다. 우리가 멀다는 이유로 라틴아메리카에 대해 소극적일 때 일본은 능동적으로 나갔다.

한국에게 밀리던 일본 축구는 언제부터인지 우리를 추월하고 있다. 이 배경에도 일찍부터 브라질에 유소년 축구 유학을 보내는 것과 맞물려 있다. 일본 축구는 기본기에서 탄탄하다는 게 축구 전문가들 평가다.

브라질과 멕시코를 가게 되면 벚꽃보다 무궁화를 볼 수 있었으면 하는 바람이다. 벚꽃을 뽑아내고 무궁화를 심자는 게 아니다. 적어도 무한한 가능성이 있는 라틴아메리카를 벚꽃으로만 도배하도록 내버려 두지는 말자는 것이다. 그래야 신산한 100년 이민 역사를 갖고 살아가는 교민들에게도 힘이 될 수 있지 않을까 한다.

# 유카탄 반도의 애니깽

유홍준 전 문화재청장은 『나의 문화유산답사기』에서 "아는 만큼 보인다"고 했다. 사실 세상 모든 게 아는 만큼 보인다. 사람을 사랑하는 일이 그렇고, 역사는 더 말할 나위가 없다. 멕시코 유카탄(Yucatan, 멕시코 남동부) 반도 '칸쿤(Cancun)'을 떠올리면 무지했던 그때가 떠오른다. 구한말 조선 민족은 약소국 설움을 곱씹으며 해외 이주 길에 올랐다. 먹고살기 위해서였다. 가깝게는 일본부터 멀리 하와이와 스탈린 치하 연해주 블라디보스토크, 그리고 지구 반대편 멕시코 유카탄 반도까지 흘러갔다. 당시 그들이 갔던 길을 따라가다 보면 처절하고 눈물겹다.

유카탄 반도는 우리 민족에게 피눈물 어린 회한의 땅이다. 100여 년 전, 인천 제물포를 떠난 그들이 태평양을 건너 어쩌다 그곳까지 흘러갔는지 생각하면 아득하다. 조선인들은 칸쿤에 도착해 뙤약볕 아래서 에네켄(Henequen, 애니깽) 선인장 줄기를 자르며 목숨을 부지했다. 더러는 풍토병을 이기지 못해, 더러는 선인장 가시에 찔려 목숨을 잃었다. 나라 잃은 백성들이 겪어야 했던 설움이었다. 조선인들은 그렇게 통한의 눈물을 흘리며 이역만리 땅에서 고향의 산과 강을 그리다 삶을 마쳤다.

한데 무지한 까닭에 칸쿤 이민사를 뒤늦게 알았다. 그저 세계적 휴양지라는 말에 들떠 유람하듯 다녀왔고, 한동안 유카탄 반도 여행담을 자랑삼아 입에 올렸다. 아즈텍 유적으로 이름난 칸쿤은 쉽게 갈 수 있는 곳은 아니다. 우연하게 유카탄 반도가 회한의 땅임을 알게 됐다. 한 권의 책이 단초를 제공했다. 김영하의 소설 『검은 꽃』은 유카탄 반도 한민족 이민사를 적나라하게 그리고 있다. 멕시코 이민사를 소재로 한 소설을 읽고 뒤늦게 가슴을 쳤다. 역사적 사실에 기초한 소설은 무지를 질타했다. 마지막 장을 덮고도 한동안 묵직한 체증이 가시지 않았다. 그때 당혹감은 지금 생각해도 민망하다.

유카탄 반도는 우리나라 포항쯤에 해당한다. 한반도 등허리에 삐죽 튀어나온 꼬리처럼 카리브해에 접한 유카탄 반도도 그렇다. 이곳에서도 칸쿤은 단연 매혹적이다. 칸쿤은 세계적인 부호들이 소유한 고급 주택과 내로라하는 체인 호텔로 즐비하다. 러시아와 북유럽 부호들은 이곳에서 추위를 피해 휴가를 즐긴다. 에메랄드 빛 투명한 물빛과 백사장, 그리고 카지노를 갖추고 있다. 전북 출신 농민 운동가 이경해가 생을 마감한 곳이기도 하다. 전북 도의회 의원과 전국농민회중앙회장을 지낸 그는 2003년 9월 10일 칸쿤에서 열린 WTO에 반대하며 자결했다. 그해 의제는 농업개방 확대였다. 농도 전북을 대표하는 도의원인 까닭에 그는 농업개방을 적극 반대했다.

멕시코 여행 중 애초 칸쿤은 일정에 없었다. 멕시코시티 교통 체증은 세계적으로 악명 높다. 극심한 교통 체증에다 스모그 때문에 제대로 숨 쉬는 것조차 여의치 않다. 아즈텍 유적 테오티우아칸을 다녀오는 날도 교통 체증과 스모그 때문에 녹초가 됐다. 이집트 기자 피라미드에 버금가는 테오티우아칸을 다녀왔다는 흥분은 짜증으로 변했다. 멕시코시티를 벗어나 어디든 다녀오고 싶다는 말에 현지 교포는 칸쿤을 추천했다. 라틴아메리카 최고 휴양지라는 말에 주저 없이 칸쿤으로 발길을 돌렸다. 멕시코시티에서 칸쿤까지는 비행기로 두 시간 거리다. 칸쿤 공항에 도착해 비행기 트랩에서 내리는 순간, 눈부신 하늘과 푸른 카리브해가 한눈에 들어왔다. 칙칙했던 멕시코시티 하늘을 떠올리곤 오기를 잘했다고 생각했다. 광활한 숲으로 둘러싸인 칸쿤은 밀림을 방불케 했다. 공항에서 숙소로 가는 길에 만나는 주변 풍광은 장관이었다. 가도 가도 끝없는 바다와 같은 숲은 평생 처음만나는 광경이었다. 막막하다는 표현으로도 부족했다. 놀라움은 계속됐다. 저녁식사 자리에서 생맥주잔을 기울이며 '부자들은 이렇게 사는구나'라며 부러워했다. 그렇게 칸쿤에서 잊지 못할 첫날밤을 보냈다.

다음 날은 밀림에 숨은 마야 유적지를 찾았다. 치첸이트사와 메리다, 욱스말, 팔렝케 등 마야인들이 남긴 유적지를 찾아 나선 길은 설렘과 흥분으로 가득했다. 밀림이나 다름없는 숲속에 마야인들은 피라미드와 유사한 신전 건축물을 남겼다. 그곳에서 마야인들은 인신공양을 올리고 제사를 지냈다. 그렇게 마야 유적지를 돌아봤지만 정작 우리 민족의 역사에는 무지했다. 칸쿤에 도착한 우리 선조들은 뙤약볕 아래서 '애네켄' 선인장을 잘랐다. 당시는 제국주의가 팽창하던 시기였다. 대항해 시대가 열리면서 선박 로프 수요가 급증했다. 에네켄 선인장에서 추출한 섬유는 훌륭한 선박 로프 원료였다. 질긴데다 내구성이 뛰어났다.

1905년 인천 제물포항을 떠난 조선인 1,023명은 한 달여를 항해한 끝에 유카탄 반도에 도착했다. 그리고 다시 칸쿤으로 이동했다. 낯설고 물 선 땅에서 그들은 노예나 다름없는 노역에 동원됐다. 한낮에는 용설란을 자르고 밤에는 용설란 섬유를 엮어 로프를 만들었다. 작열하는 뙤약볕 아래 더러는 풍토병으로, 더러는 고된 노동으로, 더러는 이민족 분쟁에 휩쓸려 모래처럼 사라졌다. 소설 『검은 꽃』은 이주민 중 일부가 쿠바 항쟁에 가담했다는 사실을 소개하고 있다. 선조들의 혼령이 떠도는 유카탄 반도에 아무런 생각 없이 다녀온 가벼운 처신은 두고두고 부끄러움으로 남았다. 만일, 그 땅에 스민 이민 수난사를 알았다면 칸쿤의 겉모습만 요란하게 떠들지 않았을 것이다. 무지할 때는 휴양지에 불과했던 칸쿤이 역사를 알고 나니 가슴 아픈 땅으로 다가왔다.

2005년 노무현 정부 당시 한국과 일본은 정상회담 장소를 놓고 실랑이를 벌였다. 회담 장소는 온천 관광지로 이름난 가고시마 이부스키였다. 국내 언론은 이부스키가 정한론 본거지였기에 적합하지 않다는 기사를 쏟아냈다. 뒤늦게 한국 정부는 회담 장소를 변경하자고 요구했다. 노무현 대통령의 결단으로 정상회담은 그대로 진행됐다. 역사를 알았더라면 있을 수 없는 해프닝이었다. 역사에 무지하면 이렇다. 역시 아는 만큼 보인다. 토인비는 "역사에서 아무것도 얻지 못하는 것은 비극이다"고 했다. 유카단 반도 한인들이 있었기에 오늘 우리가 있는 것이라고 생각해본다. 다시 한 번 유카탄 반도에서 숨진 선조들의 아픈 역사를 되새긴다.

# PART 6

# 혼돈과 증오의 땅

# 중동, 이슬람,
# 그리고 아랍

우리가 중동과 이슬람, 아랍으로 부르는 이 지역은 복잡다단한 역사를 지닌 땅이다. 서로 다른 인종과 종교로 얽혀 있고 지금도 크고 작은 분쟁이 끊이지 않는다. 그래서 중동과 이슬람, 아랍을 획일 된 테두리로 묶는 건 무리다. 어떻게 다른가. 먼저 중동은 지정학적 개념이다. 제국주의 영국은 자신을 중심으로 근동, 중동, 극동으로 분류했다. 중동은 극동과 근동 사이에 낀 지역이다. 북아프리카와 아라비아반도 걸프 지역, 이란, 터키, 아프가니스탄 등이 중동에 속한다. 그들 분류대로라면 중동은 모두 22개국이다. 이슬람은 종교 문화적 개념이다. 이슬람교를 믿는 나라를 이슬람 국가로 부른다. 이 때문에 지리적으로는 중동에 속하지만 이슬람으로 분류할 수 없는 나라도 있다. 유대교를 신봉하는 이스라엘이 이런 경우다. 반면 인도네시아나 말레이시아는 중동에서 수 천km 떨어져 있지만 이슬람 국가다. 중앙아시아 우즈베키스탄과 카자흐스탄, 아프가니스탄도 마찬가지다. 카자흐스탄은 이슬람 율법을 엄격하게 지키지 않지만 국민들은 이슬람으로 자처한다. 전 세계 이슬람 신자는 57개국 19억 명으로 지구촌 4분의 1을 차지하는 최대 단일 종교다.

아랍은 종족 개념으로 아랍민족을 뜻한다. 이슬람권에서 아랍어를 모국어로 사용하는 나라들이 여기에 해당한다. 이집트와 시리아, 수단은 아랍이다. 중동 22개 국가 가운데 이란과 이집트, 이스라엘은 각기 다른 민족이다. 이란은 페르시아 민족, 이스라엘은 유대 민족, 이집트는 아랍 민족이다. 그래서 '중동=아랍'이라는 통칭은 맞지 않다.

이처럼 중동과 이슬람, 아랍은 지역과 종교, 인종 테두리를 의미할 뿐이다. 그럼에도 우리는 뒤섞거나 통칭해 부르고 있다. 또 미국과 서구사회가 만든 프레임으로 아랍과 중동, 이슬람을 보고 있다. 중동은 인류문명 발상지이자 세계 3대 유일신(기독교, 이슬람교, 유대교) 종교가 탄생한 곳이다. 그런데도 우리 눈으로 보지 못한 채 편견으로 대해 왔던 게 현실이다. 지금 이 순간에도 무슬림을 테러리스트와 연관 짓는 이들이 적지 않다. 우리사회가 제주 예멘 난민을 테러리스트와 성범죄자로 취급한 건 이 같은 편견에 기인한다.

"아는 만큼 보이고, 보이는 만큼 사랑하게 되며, 그때 사랑하는 것은 정말 사랑하는 것이다."고 했지만 이슬람과 아랍, 중동을 제대로 알기란 쉽지 않다. 취재기자 시절 이란과 이집트, 이스라엘, 요르단, 두바이, 아부다비, 오만, 터키, 인도네시아, 말레이시아, 카자흐스탄, 우즈베키스탄 등 이슬람 문화권과 중동을 다녀올 기회가 있었다. 이 가운데 터키는 중동은 아니지만 이슬람을 믿는다. 또 민족 구성도 아랍(이집트)과 페르시안(이란), 유대인(이스라엘), 아시아인(터키, 인도네시아, 말레이시아)까지 넓게 포진해 있다. 그나마 짧은 지식이라도 갖추고, 그들을 이해하려는 건 이때 경험 덕분이다.

출발하기 전 2개월 동안 내로라하는 중동 관련 전문가들로부터 특강을 들었다. 또 관련 서적을 읽으며 빈약한 지식을 채웠다. 그럼에도 막상 현지에서 맞부딪친 실상은 얄팍한 지식을 여지없이 무너뜨렸다. 같은 나라임에도 다른 도시 분위기 때문에 당혹스러웠다. 아랍에미리트(UAE)에 속한 두바이(Dubai)와 아부다비(Abu Dhabi)가 그런 경우다. 두바이가 졸부라면 아부다비는 뼈대 있는 집안 분위기다. 두바이는 세계 최고, 최초, 유일만 좇다 국가 부도를 경험했다. 반면 아부다비는 지속가능한 개발을 지향했다. 이란 테헤란과 콤(Quam), 에스파한(Esfahan)도 마찬가지다. 활기찬 테헤란과 달리 자동차로 두 시간 거리에 불과한 콤은 숨 막히는 성직자 도시다. 같은 나라라는 게 믿기지 않은 정도였다. 또 에스파한은 우리나라 고도(古都) 전주나 경주에 비견될 만큼 차분했다. 주민들 눈빛은 선하고, 건물 높이 또한 낮아 편안했다.

중동에 위치한 이스라엘은 또 다른 이유로 이질적이었다. 이란에서 10여일을 보낸 뒤 이스라엘에 입국했다. 이란이 소탈하고 살가웠다면 이스라엘은 차갑고 냉랭한 인상이었다. 이란과 이스라엘이란 열탕과 냉탕을 오간 것과 같았다. 두 나라는 종교와 민족 특성에서 전혀 다르다. 이란은 이슬람 문화권(페르시아), 이스라엘은 기독교 문화권(유대인)이다. 이 때문에 두 나라는 오랫동안 견원지간 관계를 유지하고 있다.

이스라엘은 이방인에게 까칠한 나라다. 요르단 암만(Amman)에서 이스라엘 국경 도시 알렌비(Allanby)까지는 자동차로 5분 거리에 불과하다. 그런데도 이스라엘 국경을 통과하는 데 무려 세 시간가까이 걸렸다. 까다로움을 넘어 불쾌했다. 이스라엘 검문소는 팽팽한 긴장감이 흘렀다. 그들은 모든 입국자를 잠재적 테러리스트로 간주하고 함부로 대했다. 더구나 자신들과 적대관계에 있는 이란을 다녀왔다는 이유로 적대감을 드러냈다. 그들은 내가 이란에서 받은 선물을 하나하나 끄집어내어 추궁했다. 무례함에 울화가 치밀었지만 어쩔 방법은 없었다. "지은 죄가 많으니 이런가보다."라며 동료들과 수군대는 것으로 화풀이를 대신했다.

한편으론 주변 아랍 국가들 사이에서 살아남으려는 몸부림으로 이해했다. 이스라엘에 체류하는 동안 그렇게 밖에 할 수 없는 그들 입장을 동정하기도 했다. 그러나 요르단 강 서안(West Bank)과 가자(Gaza) 지구를 다녀온 뒤 이스라엘에 대한 동정을 거두었다. 팔레스타인을 봉쇄한 분리장벽은 끔찍했다. 아랍계 이스라엘 티비(Tibi) 의원은 "지구상에서 가장 큰 감옥이다."며 이스라엘을 비난했다. 인간이 인간을 가두고 이동을 제한한다는 건 용납하기 어려운 국가폭력이다.

이스라엘에서 귀국한 지 사흘 만에 테러 소식을 접했다. 예루살렘에서 팔레스타인인이 불도저로 버스와 승용차를 들이받아 3명이 숨지고 60명이 다쳤다는 외신 보도였다. 오죽했으면 그랬을까하며 팔레스타인을 심정적으로 지지했다. 이후로도 계속되는 이스라엘과 팔레스타인 분쟁 소식을 접할 때마다 마음은 편치 않았다. 일상에서 반복되는 폭력 때문에 팔레스타인 젊은이들은 희망을 빼앗겼다. 천 가지 얼굴이 뒤섞인 중동과 이슬람, 아랍은 영원한 숙제다.

# 분노와 비탄의 가자지구

성서의 땅, 이스라엘에는 피 냄새가 짙게 배어 있다. 이스라엘 건국 이후 그 땅에서는 하루도 통곡이 끊이지 않았다. 지난해(2022년) 8월에도 많은 사람이 죽고 다쳤다. 이스라엘과 팔레스타인 무장단체 '팔레스타인 이슬라믹 지하드'(PIJ) 간 유혈 충돌은 사흘 만에 일단락됐지만 짧은 기간 가자지구에서는 44명이 죽고 360명 이상 다쳤다. 사망자 가운데는 어린이(15명)과 여성(4명)도 포함됐다. 이번 피해는 2021년 5월 '11일 전쟁' 이후 최대 규모였다. 그때도 이스라엘의 무차별 폭격으로 어린이 65명을 포함해 팔레스타인 주민 232명이 숨지고 1,900여명이 부상을 입었다. 국제사회는 민간인 피해를 거세게 비난했지만 이스라엘은 꿈쩍하지 않았다.

이집트 중재 아래 유혈 충돌은 일시적으로 멈췄다. 아랍 맹주를 자처하는 이집트는 이스라엘과 팔레스타인 분쟁 때마다 중재자로 나선다. 그러나 휴전 합의에도 불구하고 이스라엘과 팔레스타인은 서로 정당성을 주장하며 비난했다. 양측 정치권은 분쟁과 유혈 충돌을 발판으로 정치 생명을 이어가고 있다. 정치적 기반이 약화될 때마다 분쟁을 일으키는 건 아닌지 의심마저 든다. 이 와중에 애꿎은 민간인 희생자만 늘어나는 게 이스라엘과 팔레스타인 분쟁 핵심이다.

2009년 9월에도 불과 3일 만에 280여 명이 숨졌다. 이스라엘 최신예 전투기는 가자지구를 융단 폭격, 최종적으로 1,000여 명이 넘는 팔레스타인이 사망했다. 전쟁도 아닌 평시에 수많은 사람이 죽거나 불구가 됐다. 걸핏하면 벌어지는 유혈 충돌과 인명 피해는 어처구니없다. 일상으로 벌어지는 살육 현장은 다름 아닌 인류를 위해 십자가에 매달린 예수가 태어난 땅이다. 우리와는 무관한 먼 땅에서 벌어지는 일이라고 넘기기에는 참담하다.

이스라엘은 그해 공습에 앞서 1년 반 넘게 가자지구를 봉쇄했다. 분리장벽으로 육로를 차단하고, 해안까지 꽁꽁 묶었다. 가자지구를 오갈 수 있는 길은 오직 하늘뿐이다. 가자지구는 기본적인 음식과 물은 물론이고 의약품과 연료 등 생활필수품이 바닥났다. 외신은 고사 직전 유령 도시나 다름없다고 했다. 그런데도 이스라엘은 최신예 전투기를 동원해 300여 차례 넘는 융단 폭격을 단행했으니 끔찍하다. 바다에선 함포, 땅에선 탱크, 하늘은 폭격기와 헬기를 동원해 비처럼 포탄을 퍼부었다. 또 지상군은 탱크를 앞세워 쟁기질하듯 갈았다.

사실 팔레스타인 정파 하마스는 이스라엘이 주장하듯 무장 폭력단체가 아니다. 그들은 선거를 통해 정상적으로 집권한 정당이다. 다만, 노선에서 차이가 있을 뿐이다. 파타 당이 온건하다면 하마스는 강경한 입장이다. 이스라엘은 하마스를 불법 무장단체로 규정하고 와해를 시도하고 있다. 자신들에게 고분고분한 파타를 인정하고 강경파 하마스는 축출하려 한다. 이스라엘은 2006년 하마스 집권 이후 두 정당을 이간질하고 있다. 파타 당이 집권한 요르단 강 서안에는 사탕을, 하마스가 집권한 가자지구는 채찍을 휘두르며 팔레스타인 갈라놓고 있다.

가자지구 주민들은 이스라엘군 폭격에 절망하며 분노했지만, 분노와 절망은 분리장벽 밖을 넘지 못했다. 그들이 감당해야 할 분노와 슬픔의 깊이를 생각하면 암담하다. 국제사회는 외신을 통해 사상자 숫자를 확인할 뿐 무기력하다. 더구나 이스라엘에게는 미국이라는 든든한 뒷배가 있다. 팔레스타인에 대한 이스라엘 공습은 갓난아이 손목을 비트는 것과 다르지 않다. 이스라엘은 국제사회 비난에 눈과 귀를 닫고 유엔 결의안조차 휴지 조각으로 만들었다. 그저 자신들이 정당하다고 앵무새처럼 떠들 뿐이다.

〈뉴욕 타임스〉 여론조사는 이러한 정서를 극단적으로 보여준다. 이스라엘 국민을 대상으로 조사한 결과 90% 상당이 가자지구 침공을 적극 지지했다. 또 이스라엘은 언론을 통제해 침공을 정당화했다. 하마스가 쏜 로켓포 공격으로 부상 입은 이스라엘 병사 소식은 전하면서도 이스라엘군에 의한 팔레스타인 민간인 학살은 입을 닫았다. 편향된 정보는 편향된 의식을 만든다. 이스라엘 인권단체들은 "이스라엘 언론은 이스라엘 군에 대한 비판을 억제하고 있다. 불행히도 이스라엘 군이 벌인 행위에 대한 논쟁은 전혀 없다."고 비판했다. 이후로도 이스라엘 정책이나 언론은 변화가 없었다.

이스라엘에서 시민단체 '피스 나우(Peace Now)'를 취재했다. '피스 나우'는 국제사회와 연대해 여론을 조성하고, 이스라엘 정부를 압박하는 운동을 펼치는 단체다. 한쪽으로 치우친 이스라엘에서 이런 시민단체가 있다는 게 존경스럽고 놀라웠다. 그것은 신변 위험이 따르는 일이다. 실제로 '피스 나우' 운동가들은 목숨을 위협 받고 일상 또한 살얼음판이었다. 오펜하이머 사무총장은 "시위 현장에서 테러나 린치는 비일비재하다"고 했다. 극우주의자가 판치는 일본에도 양심 세력이 존재하듯, 이스라엘 땅에도 정의를 실천하는 이들이 있다는 건 감동이었다.

취재를 마치고 히브리어와 영어로 쓴 '이제는 평화'라는 플래카드를 들고 기념사진을 찍었다. 가끔 그 사진을 볼 때마다 그 땅에는 언제나 평화가 찾아올지 안타까웠다. 헤어지면서 오펜하이머 사무총장에게 "당신 같은 이들이 있기에 언젠가는 이 땅에도 평화가 오리라고 확신한다. 한국에 돌아가면 나도 할 일이 있는지 찾아보겠다."고 약속했다. 귀국 후 적지 않은 시간이 흘렀고, 그동안 잊고 지냈다. 지난해 8월 가자지구 유혈 충돌을 계기로 이스라엘과 팔레스타인, 그리고 '피스 나우'를 다시 떠올렸다. 수천 킬로미터 떨어진 이스라엘 땅에서 반복되는 참극은 우리사회 무관심을 돌아보게 했다.

예수는 "네 이웃을 네 몸처럼 사랑하라."고 했다. 예수가 태어난 이스라엘 땅에서 지구상 최대 살육전이 일상처럼 반복되는 건 아이러니다. 이때마다 어린이를 포함한 민간인 피해가 급증하고 있다. 분노와 비탄이 가득한 땅에서는 희망을 기대하기 어렵다. 팔레스타인인 절멸을 시도하는 이스라엘과 미국의 맹목적 편들기가 멈추지 않는 한 이 땅에서 평화는 멀다. 그나마 양심을 저버리지 않고 정의를 실천하는 이들에게서 희망을 본다.

# 바람 잘 날 없는 '성묘교회'

이스라엘 예루살렘은 유대교와 이슬람, 기독교가 공존하는 성지다. 예루살렘은 어느 나라에도 소속되지 않은 채 유엔 관리 아래 있다. 1948년 이스라엘 건국 이후 지켜온 원칙이다. 모든 나라가 이스라엘 주재 대사관을 예루살렘이 아닌 텔아비브에 둔 것도 이 때문이다. 그런데 트럼프 정부 때 암묵적 원칙이 깨졌다. 2017년 12월 트럼프는 예루살렘을 이스라엘 수도로 선포한 뒤 미국 대사관을 이전했다. 아랍 세계는 트럼프가 지옥문을 열었다며 반발했지만 무기력했다. 반대 시위로 인해 가자지구에서만 팔레스타인인 사망 58명, 부상자 3,000여명이 발생했다. 말 그대로 지옥문을 열었다.

예루살렘은 히브리어로 '평화의 도시'다. 그런데 민족과 종교로 얽혀 피로 얼룩진 분쟁과 갈등의 땅이 된지 오래다. 기독교인에게 이스라엘은 성지(聖地)다. 예수가 태어난 베들레헴부터 십자가에 매달려 죽은 예루살렘, 마귀로부터 유혹을 이겨낸 예리코, 아브라함

(Abraham) 묘가 있는 헤브론, 그리고 황량한 유대 광야와 갈릴리 호수, 사해(死海)까지 온통 성서의 땅이다. 이 가운데서도 예루살렘 구시가지는 특별하다. 예루살렘은 해발 600m에 불과하지만 주변에 높은 산이 없어 도드라진다. 닿을 수 없는 아득한 곳에 절대자가 존재하듯, 예루살렘에 오르는 길은 숨 가쁘다. 구시가는 세 종교(이슬람, 유대교, 기독교)와 두 민족(팔레스타인, 이스라엘)으로 뒤엉켜있다. 바람 잘 날 없는 중동의 화약고라는 말이 실감난다.

1킬로 평방미터 남짓한 구시가에는 유대교 회당과 이슬람 사원, 기독교 교회가 마주하고 있다. 이슬람교도에게 예루살렘은 메카와 메디나에 이은 세 번째 성지다. 그들은 이슬람교 창시자 마호메트가 이곳 바위 돔에서 승천했다고 믿는다. 또 유대교도들은 '통곡의 벽'을 최대 성지로 여긴다. 통곡의 벽은 AD 70년 로마인들에 의해 파괴된 성전 터다. 다윗왕국을 꿈꾸는 유대인들에게는 유일한 유적이다. 유대인들은 성전이 파괴된 뒤 세계 각국으로 흩어졌다. 그들은 성전을 재건함으로써 유대 왕국을 다시 세울 수 있다고 믿는다.

기독교인들에게는 골고다 언덕과 성묘교회(聖墓敎會)가 최고 성지다. 예수가 사형 당하고 부활했다는 성묘교회는 중요한 순례 코스다. 그래서인지 성묘교회 주변은 연중 세계 각지에서 온 기독교인들로 북새통을 이룬다. 예수는 골고다 언덕 십자가에서 숨을 거두었다. 관광객과 순례자들은 예수가 십자가를 지고 골고다 언덕으로 향했던 '비아돌로로사(Via Dolorous, 비탄의 길)'을 오른다. 그들은 이 길을 걸으며 인간을 대신해 죽은 예수의 고통과 사랑을 절감한다. 기독교인은 아니지만 나도 '비아돌로로사'를 걸으며 인간 예수를 떠올렸다.

골고다 언덕에는 예수가 못 박혔을 것으로 추정되는 십자가 터가 있다. 기독교 교회는 이 위에 성묘교회(聖墓教會, Church of the Holy Sepulchre)를 건축했다. 성묘교회는 서기 336년 건축된 이후 파괴와 재건축을 거듭했다. 페르시아와 이슬람 군대가 허물면 십자군은 다시 지었다. 성묘교회는 가톨릭과 그리스 정교회, 콥틱 기독교, 시리아 정교회, 아르메니안 정교회가 공동 관할한다. 아이러니하게도 교회 열쇠는 이슬람교도가 갖고 있다. 특정 정파가 독점하지 못하도록 한 견제 장치다. 하지만 같은 곳에 여섯 종파가 몰려 있다 보니 분쟁은 그칠 날 없다.

2008년 11월 9일에도 기독교인들끼리 난투극이 벌어졌다. 아르메니안 정교회와 그리스 정교회 소속 성직자들끼리 치고받으며 패싸움을 벌였다. 아르메니안 정교회 성직자들은 그리스 정교회 성직자들이 미사 도중 난입하는 바람에 싸움으로 번졌다고 주장했다. 반면 그리스 정교회 성직자들은 아르메니안 정교회가 자신들 권리를 인정하지 않은 채 미사를 강행하다 생긴 일이라며 책임을 돌렸다. 난투극은 경찰이 양측 성직자를 체포하면서 일단락됐다. 같은 기독교인들끼리도 반목하는 곳이 예루살렘이다. 현지 언론은 "예수 가르침을 무색케 한 폭력 사태였다. 상대를 인정하지 않는 독선적 교리에서 비롯됐다"고 보도했다. 성묘교회 폭력 사태는 언제든 불씨만 당기면 폭발하는 불안한 예루살렘 현실을 보여준 상징적 사건이다. 다툼을 방지하기 위해 이슬람교도에게 교회 열쇠를 맡겼지만 언제든 폭발 가능성을 내포하고 있다. 어쨌든 이슬람교도가 기독교 교회 열쇠를 갖고 있다는 건 아무래 생각해도 웃픈 현실이다.

성묘교회를 둘러싼 반목과 갈등은 이스라엘 전체로 확대된다. 기독교 대 이슬람, 유대인 대 아랍인(팔레스타인) 간 갈등으로 하루도 피가 마를 날 없다. 분쟁과 긴장, 폭력은 일상이 됐다. 이 땅에서 예수의 사랑은 성경 속에서나 만나는 말장난에 불과하다. 예수가 이 땅에 온다면 이스라엘 땅에서 벌어지는 증오와 반목을 어떻게 생각할지 의문이다. 한국 기독교 또한 아집과 독선으로 일관하고 있다. 미국인 현각 스님은 『만행(萬行) : 하버드에서 화계사까지』에서 십자가로 도배한 한국의 첫인상에 놀랐다고 적었다. 교회 숫자만큼 사랑을 실천한다면 우리 사회 갈등은 없을 텐데 그렇지 않은 현실을 꼬집은 것이다. 한국 기독교는 세계 기독교사상 유례를 찾아볼 수 없을 만큼 급속하게 팽창했다. 그럼에도 불구하고 한국 사회 갈등과 반목은 최고 수준이다. 한국 교회가 제 역할을 못하고 있다는 뜻이다.

예루살렘과 베들레헴, 헤브론, 가자지구 취재를 마치고 든 생각은 팽팽한 긴장 속에서 일상을 영위하는 그들에게 평화는 멀어 보였다. 요르단강 서안에서 조랑말을 탄 팔레스타인 소년을 만났다. 말은 나누지 않았지만 고단한 처지가 이해됐다. 그 소년에게도 꿈은 있을까, 있다면 어떤 꿈일지 궁금했다. 소년은 책보다 돌팔매질을 먼저 배울 게 분명했다. 땅을 빼앗기고 자유마저 박탈당한 팔레스타인인들 처지는 슬퍼보였다.

영국은 벨푸어 선언으로 팔레스타인 땅을 찢어 놓았다. 자신들 목적을 달성하기 위해 그들은 팔레스타인과 이스라엘 모두에게 나라를 세워주겠다고 약속했으나 지키지 않았다. 분쟁은 여기에서 비롯됐다. 미국 또한 유대자본에 눈이 멀어 이스라엘과 함께 팔레스타인을 압박하고 있다. 이스라엘 내 팔레스타인은 고립된 섬이다. 바람 잘 날 없는 성묘교회는 이러한 상황을 압축한다. 그들에게도 예수의 사랑이 깃들 날이 올까 생각하면 아득하다.

## '쌀람'과 '샬롬'
## 사이에서

쌀람(Salam)과 샬롬(Shalom)은 '평화'를 뜻하는 인사말이다. 상대가 평화롭기를 기원할 때 무슬림은 "쌀람!" 유대교는 "샬롬!"을 외치며 눈인사를 나눈다. 그러니 자신이 방문한 나라를 감안해 인사를 건네야한다. 무심코 '쌀람'과 '샬롬'을 외쳤다간 험악한 상황에 직면할 수 있다.

어느 나라든 출입국 심사대를 통과할 때 그 나라 인사말을 건네면 친근한 인상을 줄 수 있다. 하지만 엉뚱한 인사말을 건네면 안 하느니만 못한 경우를 당하게 된다. 이슬람권에서는 "쌀람", 유대 지역에는 "샬롬"이라고 해야 한다. 그러나 이란에 입국하면서 '샬롬'이라고 한다든지, 이스라엘 출입국 심사대 앞에서 '쌀람'이라고 하면 매서운 추궁을 각오해야 한다. 자신들과 사이가 좋지 않은 나라 인사말을 건넨다면 좋은 인상은커녕 시비 거리를 만들 가능성이 높기에 각별히 유의해야 한다.

이란에 체류하는 동안 숱하게 '쌀람'을 외쳤다. 알고 있는 이란어가 몇 안 될뿐더러 어색한 거리를 쉽게 좁히는 데는 인사말이 최고였기 때문이다. 동양인 입에서 '쌀람'이라는 인사말이 튀어나오면 그들은 대견스러워하며 반갑게 대했다. 그래서 가는 곳마다 '샬람'을 외치며 경계심을 허물었다. 개인적인 생각이겠지만 이란인은 선한 눈빛을 가졌다. 게다가 페르시아 제국 후예답게 이목구비도 또렷해 미남미녀다. 머리에 히잡을 두른 이란 여성은 신비감까지 더해 한층 미모가 도드라진다. 이러니 이란 여성을 보면 저절로 '쌀람'이 나온다. 아름다운 여인과 한마디라도 나눠보고 싶기에 "쌀람"만한 요긴한 말은 없다.

말을 건네면 쑥스러움과 함께 얼굴을 붉히지만 히잡 속 눈빛에서는 호기심을 읽을 수 있다. 이란 여성은 사진 찍기를 꺼려하기에 아이들과 많은 사진을 찍었다. 귀국한 뒤 이따금 사진을 꺼내보면 이란 아이들의 천진난만한 미소가 반갑다. 이란은 이슬람 신정체제 아래서 정치적으로는 경직됐지만 개인 삶은 순박하다. 이란은 1979년 이란 혁명 이후 이슬람 성직자가 국정을 주도하는 신정일치 정치 제도를 고수하고 있다. 한데 2010년 이후 대규모 반정부 시위로 한계에 직면했다.

'쌀람'이 입에 익을 즈음 이스라엘로 건너갔다. 앞서 말했듯이 이란과 이스라엘은 적대 관계에 있다. 무의식적으로 튀어나오는 '쌀람'을 억누르고 '샬롬'을 외쳤다. 그러나 인사에도 불구하고 이스라엘 군인들은 냉랭했다. 이란이 순박한 여인이라면, 이스라엘은 산전수전 다 겪은 매서운 중년 여성을 연상케 했다. 선입견일지 모르겠지만 이스라엘에 있는 동안 만난 이들도 하나같이 차가웠다. 산업화와 도시화에다 군사국가라는 삭막함이 더해진 때문이다.

예루살렘에서 겪은 충격은 이질적 종교도, 민족도 아니었다. 시가지 곳곳에 배치된 검문 검색대와 무장 군인들 때문이었다. 그들은 아무렇지도 않게 M16 소총을 휴대한 채 거리를 활보했다. 해질 무렵 맥주를 마시기 위해 나섰다가 만난 젊은 여성들은 기이했다. 10대 후반으로 보이는 여성들은 청바지와 티셔츠 차림으로 M16 소총을 메고 퇴근했다. 보면서도 믿기지 않았다. 주근깨가 가시지 않은 앳된 여인들이 총기를 휴대한 것도 그렇지만, 총을 가지고 출퇴근한다는 것도 놀라웠다.

한국 남성들이라면 군복무 시절 사격장에서 얼차려를 받았던 추억을 갖고 있다. 총기 사고를 예방하기 위한 얼차려였다. 그런 소총을 이스라엘에서는 20대 초반 여성들이 실탄을 장전한 채 지니고 다녔으니 낯설었다. 게다가 관공서는 물론이고 사람이 많이 모이는 장소면 어디에서든 검색이 일상적이었다. 쇼핑몰과 식당, 옷가게까지 무장한 경비원들은 소지품을 검사했다. 가방과 핸드백을 열어 보여준 뒤에야 출입이 가능하다. 무장 경비원들은 업소에서 고용한 사설 요원들이다. 테러로부터 지키기 위한 것이라지만 지나치다는 생각을 지울 수 없었다. 그들은 평화를 기원하며 '샬롬'을 외치지만 실상은 하루하루 살얼음판을 걷고 있는 것이다.

이란과 이스라엘 지도자들이 내뱉는 언사를 보면 언제든 전쟁으로 치달을 수 있을 만큼 험악하다. 마무드 아마디네자드 이란 대통령은 당시 "이스라엘을 지도상에서 없애 버리겠다."며 공개적으로 이스라엘을 성토했다. 이에 대해 이스라엘 모파즈(Mofaz) 부총리는 "이란이 핵무기 개발을 계속한다면 군사공격을 하겠다."고 반격했다. 이란은 "핵은 순수한 개발용이다."며 항변하고 있지만 미국과 이스라엘은 "무기 개발용이다."며 제재를 강화하고 있다.

이스라엘은 지구상에 핵무기를 보유한 몇 안 되는 나라다. 그들은 자신들은 문제가 안 되지만 이란은 용인하지 않고 있다. 이 또한 나만 옳다는 독선이자 힘에 근거한 횡포다. 이스라엘은 미국의 힘을 빌려 이란을 '악의 축'으로 규정하고 걸핏하면 무력시위를 벌이고 있다. 중동에서 평화는 힘을 가진 이스라엘에 달렸다. 상대를 인정하고 존중하지 않는다면 아무리 '쌀람'과 '샬롬'을 외쳐도 평화는 깃들기 어렵다.

이스라엘에 있는 동안 무심코 "쌀람"을 입에 올렸다가 철렁했던 기억이 있다. 하필 긴장이 고조된 체크 포인트 앞에서였다. 팽팽한 긴장 때문에 얼결에 나온 '쌀람'이었다. 순간 보안 요원 눈초리가 매섭게 빛났다. 동행한 현지 한국인 목사 덕분에 가까스로 수습했지만 아차, 싶었다. 이후로는 이스라엘에 체류하는 동안 '샬람'도 '샬롬'도 건네지 않았다. 군사국가, 그것도 자신들이 당한 홀로코스트를 팔레스타인인에게 그대로 되돌려 주고 있는 그들에게 평화를 기대하며 인사를 건넨다는 게 부질없다는 생각에서였다.

폴란드 아우슈비츠 수용소에서 이스라엘 청년들을 만난 적 있다. 그들은 정문 앞에 이스라엘 국기를 가운데 놓고 통성 기도를 했다. 그 광경을 보면서 그들이 다시는 끔찍한 일이 되풀이 되어서는 안 된다는 교훈을 얻어가길 바랐다. 그러나 이스라엘에서 벌어지는 일상적인 학살을 보노라면 그들은 증오를 다짐했던 듯하다. 증오와 학살은 대를 물려 계속되고 있다. '쌀람'과 '샬롬', 간단한 인사말에도 이렇게 거리는 아직도 멀다.

# 파트리샤는 아흐메드를 사랑해

"파트리샤는 아흐메드를 사랑해."

팔레스타인인이 거주하는 베들레헴 시가지를 봉쇄한 콘크리트 분리 장벽에 적힌 문구다. 낙서처럼 휘갈긴 수많은 문구 사이에서 눈길을 끈 이유는 '사랑'이라는 말 때문이었다. 모든 사랑은 애틋하다. 하지만 분노의 땅 팔레스타인에서 사랑은 단순한 사랑이 아니다. 이곳에서는 사랑을 하려면 목숨을 걸어야 한다. 분리 장벽에는 사랑 이야기조차 무겁다.

분리 장벽 주변으로 흐르는 팽팽한 긴장감은 폭발직전이다. 분리 장벽을 지키는 이스라엘 무장 군인들 눈매는 체크포인트를 드나드는 모든 이들을 말려 죽일 듯 매섭다. 반면 팔레스타인인들 눈빛은 절망적이다. 이전 자유를 박탈당한데다 저항할 힘도 없다. 그래서인지 분리 장벽 아래를 지나는 팔레스타인 주민들은 생기가 없다. 그들에게 삶의 의미를 묻는다는 건 사치에 가깝다. 분리 장벽은 팔레스타인 주거지를 봉쇄함으로써 이동을 제한한다. 이스라엘 군인 허가를 받은 사람만 출입 가능하다. 분리 장벽은 지상에 존재하는 가장 거대한 감옥이다.

삭막한 분리 장벽 앞에서 만난 '사랑'은 엉뚱했지만 강인한 민들레를 떠올리게 했다. 아마 생이별한 팔레스타인인 청춘남녀가 쓴 글이 아닐까 싶었다. 다른 문구도 비장했다. "살아 있는 게 저항(to exist is to resist)." "우리는 영원히 잊지 않는다." 무엇을 상대로 저항하고, 무엇을 잊지 않겠다는 것일까. 다름 아닌 이스라엘에 대한 분노와 저항이다. 자신들을 내쫓고 일상적 폭력을 행사하는 이스라엘에 대한 분노는 깊다. 팔레스타인 거주지는 분리 장벽으로 갈기갈기 찢겼다. 팔레스타인 주민들은 글과 그림으로 분리 장벽에 분노를 표출하고 희망을 노래한다. 분리 장벽을 뒤덮은 글과 그림은 절망과 분노의 다른 표현이다. 일반 관광지에서 접하는 "나 왔다 간다." "순이야 사랑해."와는 깊이가 다르다. 분리 장벽에 쓰인 글은 메시지다. "살아 있는 게 저항"은 끝까지 살아남아 이스라엘과 맞서겠다는 결연한 각오다. 아무리 밟아도 잡초처럼 굽히지 않겠다는 의지를 담고 있다.

'너희들이 아무리 우리를 압박하고 죽여도 끝까지 살아남아 되돌려 주겠다.' 이보다 더 비장한 맹세가 있을까. "파트리샤는 아흐메드를 사랑해." 또한 사랑조차 자유롭지 않다는 역설이다. 팔레스타인에는 연인들은 이전 자유를 박탈당한 까닭에 마음대로 만날 수 없다. 어찌어찌하여 사랑에 성공했더라도 분리 장벽 밖으로 나가는 건 불가능하다. 결혼 또한 쉽지 않다. 분리 장벽을 사이에 둔 가슴 아픈 '견우와 직녀'가 하나둘 늘면서 분노와 증오도 배가되고 있다.

이스라엘은 자국민을 보호한다는 명분 아래 2003년부터 분리 장벽을 쌓았다. 자신들 거주지와 팔레스타인 주민들 거주지를 분리하는 장벽이다. 그들은 전기 철책이나 콘크리트 담장을 이용해 팔레스타인 거주지를 물 샐 틈 없이 봉쇄했다. 분리 장벽은 두 민족을 물리적으로 분리하는 데 그치지 않는다. 소통과 이동을 가로막고 분노와 증오를 키웠다. 팔레스타인인들이 분리 장벽 밖으로 나가는 길은 두 가지다. 하나는 목숨을 걸고 장벽을 넘거나, 다른 하나는 합법적으로 검문소를 통과하는 것이다. 장벽을 몰래 넘다 발각되면 죽음을 각오해야 한다. 합법적으로 검문소를 통과할 수 있는 팔레스타인인도 많지 않다. 그들을 가두기 위해 장벽을 쌓았기에 쉽게 왕래를 허락하지 않는다. 이스라엘 쪽에 직장을 갖고 있는 몇몇에게만 특별히 허가한다. 그곳에서는 풀 한 포기도 제 의지대로 자라지 못한다.

해외를 다니다보면 수많은 인공 건축물을 만난다. 종교적 이유나 군사적 목적, 그리고 통치를 위한 건축물들이다. 예외 없이 위압적이다. 로마 베드로 성당과 이스탄불 소피아 성당, 바르셀로나 성가족교회는 종교 건축물이다. 이들 건축물은 높은 천정과 첨탑에다 웅장한 외관을 갖추고 있다. 신에 대한 경외감을 불어넣기 위한 목적이다. 한마디로 무지몽매한 백성들 기를 죽여 놓겠다는 의도다. 중국 만리장성은 군사 목적에서 쌓았다. 성벽을 축조하면서 많은 이들이 숨졌다. 사실 만리장성은 내세울 자랑거리가 아니다. 피로 쌓아올린 돌담이라는 점에서 부끄러운 유산이다. 멕시코 테오티우아칸과 캄보디아 앙코르와트, 이집트 기자 피라미드 또한 마찬가지다. 통치 목적에서 신전을 세웠지만 수많은 목숨과 바꿨다.

이스라엘 땅에서 만나는 분리 장벽은 폭력이다. 종교와 통치, 군사적 목적도 아니다. 오직 팔레스타인인을 절멸시킬 목적뿐이다. 높이 8~10m 콘크리트 분리 장벽을 바라보면 아득하다. 이스라엘 베들레헴은 예수가 태어난 곳이다. 예수는 사랑을 실천하기 위해 이 땅에 왔다. 또 인간을 대신해 '이웃 사랑'을 말하다 십자가에 매달렸다. 예수가 말하는 사랑은 편협한 사랑이 아니다. 그런데 베들레헴 분리 장벽은 증오와 절망감으로 날서 있다. 베들레헴 거리는 삭막하고 암담했다. 파트리샤와 아흐메드 사랑 또한 분리 장벽에 가로막혔다. 지금 이 순간에도 분리 장벽 아래로 증오는 산처럼 쌓인다.

우리에게 분리 장벽은 없을까. 놀랍게도 수많은 장벽이 널려 있다. 사람과 사람 사이 소통을 가로막는 장벽은 촘촘하다. 학벌과 권력, 돈, 종교 등 다양한 장벽은 공동체를 파괴하고 있다. 또 양극화와 진영 대결이 심화되면서 우리 사회는 갈등하고 있다. 길이 248㎞에 이르는 DMZ 철책 선은 분단 장벽이다. 남과 북을 갈라놓은 철책은 70년 넘게 한반도 허리를 끊었다. 이산가족과 탈북자 문제는 남과 북이 풀어야할 숙제다. 냉전시대를 상징하는 베를린 장벽은 무너진 지 오래다. 남은 건 DMZ 철책이다. 정권교체에도 불구하고 DMZ 철책은 요지부동이다. 또 대립과 반목으로 우리 사회는 보수와 진보진영 사이에 깊은 골이 패였다. 상대를 인정하지 않은 채 증오와 혐오를 확대 재생산하는 진영 대결은 갈수록 심화하고 있다. 진영 대결은 진보와 보수 사이에 높은 장벽을 세웠다. 장벽을 사이에 두고 양 진영은 절멸을 기도하고 있다. 이밖에 세대갈등을 비롯한 젠더갈등, 지역갈등, 노노갈등, 노사갈등 또한 우리 사회를 위협하는 장벽들이다. 올해 초, 지하철 노인 무임승차를 놓고 벌어지는 세대갈등을 보면서 우리 사회가 어디까지 치달을지 두렵다. 분리 장벽 때문에 팔레스타인에서는 남녀 간 사랑조차 쉽지 않듯 우리사회도 어느덧 공동체를 유지하는 것조차 아슬아슬한 지경에 이르렀다.

## 분리 장벽 넘는
## 양심의 소리

이스라엘 정부는 2021년 12월 1조 3,000억 원을 투입한 분리 장벽 건설에 마침표를 찍었다. 분리 장벽은 65㎞에 이르는 가자지구를 콘크리트 담으로 완벽하게 에워쌌다. 또 지중해와 맞닿은 가자지구 해안경계 선까지 봉쇄했다. 이로써 이스라엘 내 분리 장벽 길이는 850㎞에 이르게 됐다. 그해 2월 이스라엘 정부는 미국 바이든 정부 반대에도 불구하고 팔레스타인인들이 거주하는 요르단강 서안에 1,800세대 규모 점령촌을 건설하는 사업도 승인했다. 이스라엘 내 점령촌은 모두 130곳으로, 여기에는 유대인 60만 명이 거주한다. 그들은 분리 장벽으로 가두고, 또 점령촌으로 팔레스타인 거주지를 갈기갈기 찢어 놓았다.

이스라엘 현지 취재 당시 분리 장벽과 점령촌이 갖는 폭력성을 눈으로 확인했다. 요르단강 서안과 베들레헴, 가자지구 일대는 분리 장벽과 점령촌으로 불안했다. 많은 이들은 분리 장벽과 정착촌이 이스라엘 땅에서 무엇을 의미하는지 잘 모른다. 분리 장벽과 점령촌은 이스라엘과 팔레스타인 분쟁을 촉발하는 도화선이다. 이전까지 분리 장벽과 점령촌 보도를 접하면 '무슨 일이 있나 보다' 하는 정도로 지나쳤지만 이후 '왜, 이들은 끊임없이 싸울까?'라는 의문으로 진전됐다. 분리 장벽과 점령촌의 의미와 실상을 헤아리기까지는 상당한 시간을 필요로 했다.

분리 장벽과 점령촌은 1967년 제3차 중동전쟁에서 비롯됐다. 이스라엘 민족은 다윗왕 시절 빼앗긴 땅을 찾는다는 '시오니즘(Zionism)'을 앞세워 1948년 국가를 건설했다. 우리가 고조선 영토였던 만주와 요동에 우리 땅이라며 나라를 세운 것과 다르지 않다. 2,000년 동안 거주해온 땅을 빼앗긴 팔레스타인은 황당했다. 팔레스타인 거주지는 요르단강 서안과 동예루살렘, 가자지구로 급격히 줄었다. 가자지구는 지구상에서 인구 밀도는 가장 높다. 이스라엘은 그 땅마저 빼앗기 위해 정착촌을 구실 삼아 점령 지역을 넓혀 나가고 있다. 이스라엘은 '정착촌'이라고 하지만 팔레스타인인 입장에서는 '점령촌'이다.

점령촌은 팔레스타인인 거주 지역에 유대인 주택단지를 건설하는 사업이다. 이스라엘은 이 과정에서 팔레스타인 원주민 땅을 빼앗고 학살을 서슴지 않고 있다. 이스라엘의 폭력은 점령촌 건설에서 그치지 않는다. 자국민을 보호한다는 명분 아래 점령촌과 팔레스타인 거주지 사이에 또 분리 장벽을 쌓았다. 2002년부터 쌓기 시작한 분리장벽은 높이 10m에 달하는 콘크리트 장벽이다. 분리 장벽 때문에 팔레스타인인들은 거주 이전 자유를 빼앗겼다. 분리 장벽을 첫 대면한 순간 무릎이 꺾일 만큼 암담했다. 어떻게 인간이 인간을 상대로 무자비한 폭력을 행사할 수 있는지 섬뜩했다.

이스라엘 정부는 분리 장벽을 쌓은 뒤 팔레스타인인과 물자 이동을 차단했다. 팔레스타인인들은 체크포인트(통제소)를 통해서만 제한적으로 통행할 수 있다. 이따금 팔레스타인인이 분리 장벽을 넘다 이스라엘군에게 사살됐다는 외신 보도는 이런 현실에서 빚어진 참사다. 이스라엘을 다녀온 뒤 팔레스타인인을 돕는 시민단체 '피스 나우'와 약속을 떠올리고 분리 장벽과 점령촌의 폭력성을 고발하는 글을 여러 편 썼다. 유엔을 비롯해 양심 있는 지식인들도 분리 장벽과 점령촌의 야만성과 폭력을 비판했지만 이스라엘은 꿈쩍도 하지 않았다. 오히려 분리장벽과 점령촌 건설에 박차를 가했다.

사람 사는 땅에는 어디든 양심적인 이들이 있기 마련이다. 앞서 소개한 시민단체 '피스 나우'는 대표적이다. 또 이스라엘 지식인 사회도 그렇다. 2010년 8월 31일 이스라엘 일간지 〈하레츠〉는 "이스라엘 내 대학교수 150여 명이 유대인 정착촌에서 예정된 아트센터 개장 기념 공연을 거부하는 배우와 극작가들을 지지하는 성명을 발표했다"고 보도했다. 교수들은 "그린라인 밖에서 어떠한 강의나 토론, 세미나도 참석하지 않겠다. 유대인 정착촌은 팔레스타인과 평화 가능성을 훼손한다"고 비판했다. '그린라인'은 1967년 제3차 중동전쟁 이전 국경선을 말한다. 팔레스타인 주민에게 최소한 땅을 보장하는 의미를 담고 있다.

팔레스타인과 적대 관계에 있는 정부 정책에 맞서 반대 목소리를 내기란 쉽지 않다. 그러나 양심적인 지식인들은 국제사회 관심을 촉구하며 지속적으로 목소리를 내고 있다. 2013년에는 덴마크 여성 2명이 '라이트 투 무브먼트(이동할 권리)'를 조직해 베들레헴 국제마라톤을 개최했다. 마라톤 코스는 베들레헴 분리 장벽을 따라 두 번 왕복한다. 참가자들은 분리 장벽과 체크포인트, 유대인 정착촌, 난민캠프를 달리며 국제사회에 팔레스타인인이 처한 고통을 알렸다. 첫해 600여 명에서 시작한 마라톤은 2016년 외국인 1,800명을 포함해 4,600여 명으로 확대되는 등 호응을 이끌어냈다. 마라톤 대회는 하마스가 나서는 바람에 2016년 이후 중단됐다. 하지만 다양한 형태로 달리기는 계속되고 있다.

한국과 일본 또한 팔레스타인과 이스라엘처럼 불행한 역사를 갖고 있다. 일본인 오카 마사하루 목사는 일본 사회에서 외롭지만 양심을 일깨우는 일에 평생을 바쳤다. 그는 원폭 피해자라는 인식이 팽배한 일본 사회에서 조선인 희생자 피해보상을 촉구하며 일본 책임론을 주장했다. 쉽지 않은 일이었지만 그에 힘입어 조선인 희생자에 대한 관심을 이끌어냈다. 오카 마사하루 목사를 통해 일본 사회를 다시 보듯, 이스라엘 땅에서 폭력과 야만을 질타하는 목소리는 황무지에 핀 들꽃과 같다.

정치철학자 한나 아렌트는 나치 협력자 아돌프 아히만 재판을 지켜본 뒤 "무지는 용서할 수 있지만 무사유는 죄악"이라는 유명한 말을 남겼다. 사람은 사유하지 않고 맹목적으로 복종할 때 범죄에 가담하고 악인이 된다는 통찰이다. 나치 치하에서 상부 명령에 따라 유대인 학살을 주도한 아돌프 아히만은 법정에서 자신은 시키는 일만 했기에 무죄라고 주장했다. 한나 아렌트는 아히만의 죄는 사유하지 않은 것이라며, 무사유는 죄악이라고 규정했다. 어느 사회, 어느 시대든 권력에 복종해 망나니 칼을 휘두르는 무리가 있다. 반면 사유하고 비판을 멈추지 않은 사람도 있다. 분리 장벽을 넘는 양심적인 목소리는 지금은 외롭지만 긴 호흡에서 보면 승자다. 사유하지 않음으로써 악에 가담하고 있는 건 아닌지 돌아본다.

# 흔들리는 신정국가

이란은 2019년 11월부터 2020년 2월까지 계속된 반정부 시위로 뒤숭숭했다. 애초 반정부 시위는 급격한 휘발유 가격 인상에서 촉발됐다. 그해 이란 정부는 휘발유 가격을 50% 인상하고 구매량도 월 60L로 제한했다. 유가 보조금도 폐지했다. 테헤란을 비롯한 100여개 도시로 시위가 확산되자 이란 정부는 인터넷을 차단하고 1,000여 명을 체포했다. 당시 사망자만 304명에 달했다. 반정부 시위는 이듬해 1월 미국이 솔레이마니 혁명군수비대장을 암살하면서 반미 시위로 전환됐다. 그러나 경제 불황이 장기화되자 민심은 다시 반정부 시위로 돌아섰다. 미국 경제제재로 실업률은 16.8%까지 치솟고 국내 총생산 또한 전년보다 9.5%p 하락했다. 또 1인당 GDP는 5,506달러, 세계 95위로 떨어졌다. 이란 젊은이들은 반정부 시위를 주도하며 하메네이 최고지도자 퇴진까지 요구했다.

소강상태에 들어갔던 반정부 시위는 지난해(2022년) 9월 다시 촉발됐다. 히잡을 제대로 착용하지 않았다는 이유로 체포된 마흐사 아미니(22) 의문사가 계기였다. 시위는 해를 넘겨 5개월째 계속되고 있다. 폭력 진압 과정에서 시위 참가자 500여 명이 목숨을 잃었고, 1만 8,000여 명이 체포됐다. 이란 당국은 40여 명에게 사형을 선고하고 집행 중이다. EU 27개 회원국은 올해 1월 반정부 시위를 가혹하게 진압하고, 인권 학대를 자행한 이란혁명수비대 소속 18명과 19개 기관에 대한 제재를 결정했다. 이들은 EU 입국이 금지되고, EU 내 보유 자산도 동결된다. 미국과 영국에 이어 EU까지 제재에 나서면서 서방과 이란 간 관계는 악화 일로에 있다.

신정국가 이란에서 반정부 시위는 다소 의외다. 이슬람 율법에 순종하는 무슬림들이 정부를 상대로 반기를 든다는 건 쉽지 않다. 2010년 12월 북아프리카 튀니지에서 촉발된 '재스민 혁명'은 아랍의 봄을 촉발했다. 당시 혁명 기운은 튀니지와 리비아, 이집트, 예멘 정권을 무너뜨렸다. 이슬람권에 만연된 부정부패와 빈부 격차, 높은 청년 실업률은 혁명이 불타기에 좋은 불씨다. 시아파 맹주를 자처하는 이란도 예외는 아니었다.

오래전 수도 테헤란과 남부 이스파한에서 많은 이란인들을 만났다. 그들은 품위 있고 따뜻했다. 외신보도를 통해 격렬한 시위 모습을 접할 때마다 어디에서 그런 용기가 나오는지 의아했다. 이란은 페르시아 제국을 건설했던 후예로서 자존심 강한 민족이다. 또 타인을 배려할 줄 아는 웅숭깊은 속내를 지녔다. 하지만 오랜 강압 통치와 누적된 부정부패는 순한 이란인들조차 거리로 뛰쳐나오게 했다.

2009년 6월 대통령 선거 직후 반정부 시위는 격렬했다. 선거는 박빙을 예상했으나 보수파 아마디네자드(Ahmadinejad) 대통령 재선으로 마무리됐다. 야당은 부정선거 의혹을 제기했다. 개혁파 후보 무사비(Moussavi)를 지지했던 시민들은 거리로 뛰쳐나왔다. 그들은 테헤란 시내를 누비며 "독재자 타도!"를 외쳤고 선거 무효를 주장했다. 테헤란 시가지는 검은 연기 기둥과 불길에 휩싸인 버스로 아수라장이었다. 경찰은 곤봉과 최루탄으로 강경 진압에 나섰다. 스무 살짜리 '네다'라는 여성이 총에 맞아 숨졌다. 인터넷을 통해 사망 장면이 퍼지면서 국제사회는 격앙했다. 당시 유혈 진압으로 확인된 공식 사망자만 72명으로 집계됐다.

국제사회는 이란에 대한 압박 수위를 높였고 이란 정부는 한동안 궁지에 몰렸다. 오바마(Obama) 미국 대통령까지 거들었다. 오바마는 "이란 대통령 선거의 합법성에 중대한 의문이 있다."며 부정선거 의혹 가능성을 제기했다. 영국 정부도 이란 주재 자국 대사관 직원과 가족을 철수시켰다. 또 런던 주재 이란 외교관을 추방하며 강경 대응했다. 아마디네자드를 지원했던 이란 최고지도자 하메네이(Khamene)는 "부정선거는 없었다. 어떤 압력에도 굴복하지 않겠다."며 서방 세계에 노골적인 불만을 드러냈다.

2009년 6월 반정부 시위는 1979년 이슬람 혁명 이후 최대 규모였다. 1979년 이슬람 혁명은 이란 근대사에서 중요한 분기점이다. 왕조 체제가 종식되고 종교 지도자들이 정치 전면에 나선 계기가 됐다. 종교도시 콤에서 시작된 혁명은 팔레비 왕조 독재를 무너뜨렸다. 이슬람 성직자 호메이니(Khomeini 1901~1989)는 '아야톨라', 즉 최고지도자 지위에 올랐다. 최고지도자는 국가 정책 결정 및 집행은 물론이고 대통령 인준 및 해임, 군통수권, 군사령관 임명까지 모든 권한을 행사한다. 종교 지도자가 세속 권력까지 겸하는 독특한 신정체제는 이렇게 시작됐다.

종교 지도자들이 국정을 운영하면서 이슬람주의는 사회 전반으로 확산됐다. 히잡 착용과 금주, 종교 경찰은 대표적이다. 종교 경찰은 히잡을 쓰지 않은 여성을 단속하고, 간통 죄인을 공개 처형했다. 삼엄한 경찰국가 아래서 당연히 국민들 불만도 누적됐다. 2009년 이후 계속되는 시위는 누적된 억압과 강압 통치에 따른 반발로 해석하는 게 합리적이다. 이란 정부는 이슬람 혁명 30주년이 되는 2009년 이슬람 가치를 새롭게 무장하는 계기로 삼고자 했다. 하지만 대규모 반정부 시위를 통해 국민들 사이에 누적된 반감만 확인하고 말았다. 반정부 시위는 율법이라는 이름 아래 인간 본성과 욕망을 통제하는 게 지속가능하지 않다는 걸 보여줬다.

이란에서 혁명은 언제든 재연될 수 있다. 이슬람 가치를 신봉하는 이슬람 혁명 세대와 실리를 추구하는 젊은 세대 간 갈등은 끊임없이 충돌하고 있다. 이슬람 성직자가 주도하는 폐쇄적인 국정 운영에 대한 불만도 폭발 직전이다. 남부 에스파한에서 만난 무스타미 씨(34)는 청바지 차림에 히잡을 착용하는 신세대 여성이다. 그는 "이란 정부는 국민들 머릿속까지 조정하려 하고 있다."면서 이란을 조지 오웰이 쓴 『동물농장』에 빗대 반감을 드러냈다. 강력한 신정체제에 균열이 가고 있음을 확인한 계기였다. 이슬람 율법이 지배하고, 종교경찰이 활보하는 이란 사회에서 신변 위험을 초래할 수 있는 발언이었다. 율법으로 신세대를 묶어 놓는 게 한계에 직면했다는 방증이다. 1979년 부패한 정권을 바로잡겠다고 일어선 이슬람 혁명 세력은 이제 자신들을 부패한 정권으로 규정한 신세대가 주도하는 반정부 시위에 직면했다. 이렇게 역사는 반복된다.

# 테헤란 '서울로'와 서울 '테헤란로'

"벌을 줄 필요가 있다." 미국과 이란 간 갈등이 고조되던 2013년, 당시 이란 제1 부통령 라히미(Rahimi)는 한국을 겨냥해 격한 감정을 쏟아냈다. 그는 "한국은 미국을 따라 (이란)제재에 가세하면서도 이란에 물건을 팔고 있다. 관세를 200% 올리고, 한국 상품을 사지 못하도록 하겠다"며 날을 세웠다. 그즈음 바흐티아리(Bakhtiari) 주한 이란 대사도 "한국이 유엔 안보리 결의를 넘어서는 조치를 취한다면 한국 중소기업들이 피해를 입게 될 것"이라고 경고했다. 고래싸움에 새우등 터진다는 말이 있다. 미국과 이란이 싸울 때마다 한국 정부 신세가 그렇다. 미국 압력에 굴복하는 모양새가 반복되면서 한국 정부 처신을 놓고 뒷말이 많다. 한국은 미국과 동맹 관계지만 이란과도 경제적으로 밀접하다. 섣불리 처신할 경우 국익에 불이익을 초래할 위험이 높다.

2020년 1월에도 한국은 미국 요구를 수용해 호르무즈 해협 파병을 결정했다. 이란은 친미 국가들이 미국과 협력하면 공격하겠다며 경고한 상태였다. 당시 트럼프 정부는 이란 핵합의를 일방적으로 파기한 데 이어 가셈 솔레이마니 이란 혁명수비대 사령관을 살해함으로써 긴장을 초래했다. 이란이 호르무즈 해협 봉쇄에 나서자 미국은 우리에게 파병을 요구했다. 문재인 정부는 파병을 결정했고 이 때문에 한동안 비싼 대가를 치러야 했다. 당시 정세균 총리는 대통령 특사로 이란을 방문해 어렵게 봉합하고 돌아왔다. 이란 정부는 석유 판매 대금 70억 달러 지급을 요구했다. 한국은 미국 제재에 동참하느라 지급을 중단한 상태다. 이란 입장에서 물건만 가져가고 돈은 지급하지 않는 한국 정부가 괘씸할 수밖에 없다.

가까스로 진정됐던 대 이란 관계는 올해 초 또다시 악화됐다. 아랍에미리트를 순방한 윤석열 대통령이 "이란은 적"이라는 취지로 발언한 게 화근이 됐다. 이란 정부는 강하게 반발했다. 이란 주재 한국 대사를 불러 항의하는 한편 밀린 석유 대금 지급을 다시 끄집어냈다. 대통령실은 "이란 측에서 오해한 것 같다. 시간이 지나면 오해가 풀릴 것으로 생각한다"고 했지만 현실은 그렇지 않았다. 이란 외무부 대변인은 "한국 조치가 충분하지 않았다"며 불편한 심기를 드러냈다. 외교 전문가들은 윤 대통령 발언을 "미국의 적은 우리에게도 적"이라는 잠재의식에서 비롯된 것으로 해석했다.

사실 한국과 이란은 오랜 친구다. 교류 역사는 길고 깊다. 가까이는 1977년 수교와 함께 서울 강남에 '테헤란로'가 들어섰다. 테헤란로는 한국 경제 발전을 압축적으로 보여주는 도로다. 거꾸로 이란 테헤란에는 '서울로'가 있다. 강남 테헤란로처럼 화려하진 않지만 두 나라 우호를 상징한다. 또 테헤란에는 '서울공원'도 있다. 한국과 이란(페르시아) 교류는 멀리 신라까지 거슬러간다. 경주 남산에는 묘지를 지키는 페르시아 인 신장이 서 있다.

테헤란 방문 당시 이란에서 한국에 대한 우호적인 분위기를 접했다. 당시 드라마 '대장금'을 방영 중이었는데 믿기지 않겠지만 시청률은 90%에 달했다. 나머지 10%는 아예 TV가 없는 가정이라고 이란 언론인은 설명했다. 모든 테헤란 시민들이 '대장금'에 푹 빠져 지냈다 해도 과언 아니다. 이란 현지 언론은 '대장금'이 방영되는 날이면 서둘러 귀가한 탓에 시내가 텅 비었다며 호들갑이었다. 이 때문인지 가는 곳마다 이란인들은 "양금이(그들은 대장금을 이렇게 불렀다), 코리아 최고!"라며 나를 반갑게 맞았다. 한국에 대한 우호적인 감정과 드라마 열기에 힘입어 한국 제품은 이란 국민 브랜드로 통했다. 이란은 중동지역에서 한국 자동차와 가전제품 점유율이 가장 높은 나라다. 테헤란 거리를 주행하는 승용차 다섯 대 가운데 한 대꼴로 한국 자동차였다. 한국 가전제품 점유율은 50~60%에 달했다. 또 테헤란 시가지 건축물 외벽은 LG 로고가 찍힌 에어컨 실외기로 도배돼 있었다. 테헤란 중산층은 삼성 파브TV와 LG 양문 냉장고, 세탁기를 부(富)의 상징처럼 과시하곤 했다. 당시 LG전자 현지 주재원은 "이란은 터키, 남아공과 함께 중동 지역 'Top 5'에 랭크될 만큼 성장 잠재력이 높다"고 평가했다. 이런 나라를 적으로 돌리고 있으니 어리석다.

앞서 언급했듯 이란과 한국 간 교류는 1,200년을 헤아린다. 7~9세기 신라 땅을 밟은 페르시아 상인은 '지구상 천국을 봤다'며 신라를 극찬했다. 신라 향가 처용가(處容歌)와 경주 남산 고분(古墳)에 페르시아 인이 등장하는 건 이 같은 역사적 배경에서다. 하지만 미국이 주도하는 이란 제재 때마다 한국과 이란 관계는 출렁였다. 미국은 이란 핵무기 개발을 저지한다는 명분 아래 이란을 압박하고 있다. 이란은 평화적 핵 개발이라고 항변했지만 힘을 앞세운 미국 앞에서 통하지 않았다. 그때마다 한국은 미국을 편들며 이란을 자극했다.

왜 미국은 핵을 가져도 괜찮고, 다른 나라는 안 된다는 것일까. 자신이 보유하면 안전하지만 다른 나라는 위험하다는 것인데 오만한 논리다. 지구상에서 가장 많은 핵을 보유한 나라는 미국이다. 또 가장 많은 전쟁을 일으키는 나라도 미국이다. 그들 논리대로라면 '깡패'는 이란이 아니라 자신들이다. 미국은 탈레반(Taliban)을 색출한다는 구실로 아프가니스탄을 공격했고, 대량 살상 무기를 찾는다며 이라크를 침공했다. 이라크 전쟁 동안 민간인 13만여 명이 숨졌다. 이제 미국은 이란을 타킷으로 삼고 있다. 이라크 전쟁에서 확인된 '아니면 말고'식 무책임한 불장난은 이란에 이어 다음은 북한이 될 가능성이 높다.

미국이 주도하는 이란 제재 국면에서 유연하게 대처할 필요가 있다. 지금처럼 '형님이 시키는 일'이라며 맹목적으로 편들다 보면 오랜 친구를 잃고, 한반도를 불구덩이로 만들 수 있다. 이란은 우리에게 오랜 친구이자 실질적인 이익도 공유할 수 있는 나라다. 한국은 중국 압력에 굴복해 대만과 단교한 전과가 있다. 대만과 일방적인 단교는 한국은 믿을 수 없는 나라라는 인식을 남겼다. 이란과 외교에서 같은 실수를 반복해서는 안 된다. 앞서 말했듯 이란에서 삼성과 LG 가전제품은 국민 브랜드다. 또 한국 자동차는 진출 2년 만에 도요다 아성을 단숨에 무너뜨렸다. 테헤란 시민들은 현대 자동차를 타고, 삼성 파브 TV를 보며, LG 양문형 냉장고를 자랑으로 여긴다. 특정한 나라에서 한국 제품이 이처럼 광범위한 사랑을 받는 경우가 또 있을까 싶다. 친구를 적으로 돌린다면 어리석다.

# 잔혹한 돌팔매질 사형

이슬람 율법 샤리아는 결혼하지 않은 남녀 간 성관계를 금지한다. 만일 이를 어겨 성인 4명 이상 증언하면 투석 사형에 처한다. 돌을 던져 사람을 죽이는 투석 사형은 이슬람권에 보편화된 형벌이다. 지난해 2월에도 이슬람 무장 조직 탤레반이 집권한 아프가니스탄에서 투석 사형을 집행한 동영상이 공개돼 논란이 일었다. 동영상은 결혼하지 않은 남녀가 혼전 성관계를 했다는 이유로 투석 사형을 집행하는 잔혹한 장면을 담고 있다.

2012년 개봉한 영화 〈더 스토닝〉은 투석 사형이 얼마나 야만적인지 보여준다. 영화는 실화를 바탕으로 했기에 더 끔찍하다. 1986년 프랑스 언론인 사헤브잠은 우연히 이란 국경 마을에 들렀다. 그는 이곳에서 투석 사형으로 숨진 여성 사라야의 사연을 접한 뒤 이를 소설로 옮겼다. 소설은 돌팔매질을 뜻하는 영화 〈더 스토닝〉으로도 제작됐다. 영화와 소설은 남성 중심 이슬람 사회에서 투석 사형이 조작되거나 악용될 수 있음을 보여준다. 사라야는 마을 이장의 욕정을 거부하다 그가 꾸민 거짓 증언 때문에 목숨을 잃는다.

이란을 부정적으로 이야기하는 이들은 투석 사형을 입에 올린다. 이란은 2012년 2월 투석 사형 및 미성년자 사형을 폐지했다. 이때까지 이란은 공개적으로 투석 사형을 집행했다. 이란을 포함한 이슬람 국가는 살인과 간통, 동성애를 국가 문란 행위로 규정하고 공개적으로 투석 처형했다. 이란 정부는 비등한 국제사회 비난 여론을 수용해 투석 사형을 폐지했다. 하지만 아직도 공권력이 미치지 않는 시골에서는 공공연하게 투석 사형을 집행하고 있다.

투석 사형은 통상 시장이나 마을 광장 등 공개적인 장소에서 집행한다. 마을 주민들은 피의자를 허리나 가슴까지 묻고 목숨이 끊어질 때까지 돌팔매질한다. 집행 과정은 잔인하고 야만적이다. 특히 간통죄는 예외 없이 투석 사형을 적용한다. 여러 사람이 한꺼번에 돌을 던지는 행위는 공포감을 조성하는 동시에 경계하려는 의도가 강하다. '너희 중 누구라도 이렇게 될 수 있다.'는 공권력을 빙자한 공갈이다. 더불어 죄책감을 나눠 갖는 기능을 한다. 북한 정권이 공개 처형과 공포정치를 통해 통제하는 것과 다르지 않다.

무리지어 생활하는 유목민들에게 가장 중요한 덕목은 구성원 간 화합이다. 떼를 지어 목초지와 오아시스를 찾아다니는 까닭에 불신과 불화는 유목생활에 치명적이다. 유목생활 특성상 다른 배우자를 탐내는 간통은 결속을 깨뜨리는 결정적 죄악이다. 동물세계에서 암컷 소유는 본능이다. 다큐멘터리를 보면 짝을 빼앗기지 않기 위해 목숨 걸고 싸우는 수컷을 흔히 본다. 하물며 인간사회에서 타인이 자기 배우자를 간통하면 인내하는 게 쉽지 않다. 유목사회가 간통죄를 엄격하게 다스리는 건 문화·사회적 산물이다.

이슬람 경전 코란 또한 '다른 여자를 탐하지 말라.'고 경고한다. 엄격한 율법 때문인지 이슬람권 여성은 다른 남자 앞에 노출을 꺼린다. 부모와 남자 형제를 제외한 누구에게도 맨 얼굴을 보이지 않는 건 굳어진 관습이다. 얼굴을 보이지 않게 감싸는 '히잡'과 온몸을 덮는 '차도르'가 이슬람 여성 복식으로 자리 잡은 이유는 이 때문이다. 시대가 바뀌어 느슨해졌지만 아직도 율법을 고집하는 이슬람 국가는 적지 않다. 이슬람 국가를 방문할 당시 차도르와 히잡 문화를 흥미롭게 관찰할 기회가 있었다. 앞서 말했지만 이란 내에서도 테헤란과 콤은 판이하게 다르다. 테헤란은 개방적인 반면 남부 콤은 무겁다. 콤은 이란에서 가장 큰 '마드라사(이슬람 신학교)'가 있는 종교 도시다. 테헤란 여성들이 자유분방한데 비해 콤 여성들은 경직돼 있다. 또 테헤란 여성들은 화려한 스카프로 한껏 멋을 내지만 콤에서 만난 여성들은 머리부터 발끝까지 검은 천을 둘렀다. 자동차로 네 시간 남짓한 두 도시 분위기는 이렇듯 다르다.

복식으로 여성을 통제하려는 건 욕정을 차단하려는 의도다. 하지만 아무리 덮고 감싸도 한계가 있다. 남녀 간 감정은 눈빛만으로도 전달된다. 히잡과 차도르, 니캅, 부르카로 차단할 수 있다고 믿는다면 어리석다. 간통 또한 이슬람 사회는 교수형과 투석 사형으로 단죄해 왔지만 끊이지 않는다. 공식 통계에 의하면 1980년부터 투석 사형이 폐지된 2012년까지 투석 사형으로 목숨을 잃은 사람만 99명에 달했다. 지금도 투석 사형과 교수형이 계속된다는 건 잠재된 욕망은 통제 대상이 아니라는 방증이다.

테헤란에 있을 때 간통 혐의로 교수형에 처한 남녀를 촬영한 동영상을 봤다. 당시 이란 주재 한국 대사관에 근무하는 영사가 현지인에게 받은 영상이었다. 스마트폰으로 촬영한 15분 분량 교수형 장면은 섬뜩했다. 간통한 여성과 남성을 트럭 크레인에 메달아 차례로 목을 매는 장면이었다. 한동안 잔상이 계속돼 힘들었다.

그즈음 이란 사회는 투석 사형으로 숨진 아시티아니라는 여성을 놓고 뜨거웠다. 아시티아니는 간통과 남편을 살해한 혐의를 받았다. 그는 강압에 의한 자백이었다며 혐의를 부인했다. 국제사회는 아시티아니 구명 운동에 나섰고 로마 교황청도 가세했다. 당시 베네딕토 교황은 아시티아니 사형을 반대한다는 입장을 내놨다. 프랑스 외무 장관도 "아시티아니를 구하기 위해서라면 뭐든 하겠다. 테헤란에 가야 한다면 가겠다"며 반대했다. 이란 정부는 "살인 사건이 정치나 인권 문제로 변질되어선 안 된다"며 내정 간섭으로 치부했다. 결국 아시티아니 아들까지 구명에 나서면서 논란이 확대되자 이란 정부는 수감 9년 만인 2014년 석방했다. 아시티아니처럼 죽음 직전까지 갔다 살아 돌아온 경우는 극히 드물다. 대부분 억울함을 안고 형장에서 사라진다. 거듭 말하지만 문명화된 사회에서 돌팔매질 처형이나 공개 교수형은 야만적이다. 관건은 문화 상대주의다. 대놓고 비난하기보다 변화를 유도해야 한다. 우리나라도 불과 100여 년 전까지만 해도 공개적인 자리에서 간통 죄인을 멍석에 말아 죽였다. 문화와 풍습을 존중하되 변화된 인권 감수성에 공감할 수 있도록 그들을 공론장으로 끌어내는 게 중요하다. 이란 정부가 투석 사형을 폐지하고 아시티아니를 석방했듯 시간이 필요하다. 비난만으로 문제 해결은 어렵다.

## '히잡'은 이슬람 여성에게

지난해 8월 서울 보신각에 이집트 난민과 한국인 수십 명이 모였다. 정치적 박해를 피해 한국에 온 이집트인들에 대한 난민 지위를 촉구하는 집회였다. 4~6년째 난민 심사를 대기 중인 이집트인들은 언제 추방될지 모르는 불안 속에 있었다. 집회에 참가한 한 이집트인은 "한국 정부가 5년째 난민 인정을 거부하는 바람에 5년 동안 가족들과 한 차례도 만나지 못했다"며 생이별에 따른 고통을 호소했다. 이집트 국민들은 2011년 1월 무바라크 정권을 내쫓은 '아랍의 봄' 당시만 해도 민주화를 기대했다. 그러나 2013년 쿠데타로 정권을 장악한 엘시시 정권은 강경 진압으로 수천 명을 살해했다. 또 6만 명이 넘는 반정부 인사를 구속했다. '아랍의 봄'은 간 데 없고 이집트는 다시 '아랍의 겨울'로 돌아갔다.

그즈음 사진 한 장은 이슬람 세계를 발칵 뒤집어 놓았다. 진압 군인들이 시위에 참가한 여성을 끌고 가는 장면이었다. 시위 현장에서 진압 군인이 시위대를 거칠게 다루는 건 흔하다. 문제는 여성의 속살과 브래지어가 드러났고, 또 발길질하는 모습이 포착돼 논란이 됐다. 이슬람 문화권에서 여성이 다른 남성에게 속살을 내보이는 건 이슬람 율법에 어긋난다. 더구나 공개적인 장소에서는 상상하기 어려운 일이다. 그런데 속살을 내보였고, 또 발길질까지 했으니 이슬람 사회가 발끈한 건 당연했다.

예상대로 다음 날 카이로 타흐리르(Tahrir) 광장에는 분노한 여성 수천 명이 쏟아져 나왔다. 인터넷으로 동영상을 접한 남성들까지 가세한 시위대는 진압군을 격렬하게 성토했다. 급기야 당시 미 국무장관 힐러리 클린턴(Hillary Clinton)까지 비판 대열에 가세했다. 이집트 군은 신속한 사과와 함께 관련자 처벌을 약속했다. 하지만 이슬람 율법을 위배한 진압 방식에 대한 분노는 쉽게 가라앉지 않았다.

이슬람 경전 코란(Koran)은 여성은 자신의 신체를 가족이 아닌 다른 남성에게 보이면 안 된다고 명시하고 있다. 히잡 착용은 이 때문이다. 테헤란으로 향하는 항공기 내에서 목격한 일이다. "비행기가 곧 착륙한다."는 방송이 끝나기 무섭게 이슬람 여성들은 부랴부랴 '히잡'을 썼다. 히잡을 착용하지 않으면 입국 금지는 물론 자칫하면 체포될 수 있기 때문이다. 히잡 착용 의무는 외국인 여성도 예외 없다. 외국인일지라도 '히잡'을 쓰지 않으면 입국 불허와 강제 출국을 각오해야 한다. 또 이슬람 국가에서는 동의 없이 여성 사진을 찍어서도 안 된다. 이를 무시한 채 무턱대고 사진을 찍으면 봉변당하기 일쑤다. 그러니 공개 장소에서 속살을 드러내고 폭행한 건 있을 수 없는 일이었다.

흔히 이슬람 여성 복식을 억압 상징으로 여긴다. 아프가니스탄을 장악한 이슬람 원리주의 세력 탈레반들이 부르카(Burka) 착용을 강제하면서 이런 인식은 서구 사회에 널리 퍼졌다. 부르카는 머리부터 발

끝까지 온몸을 덮는다. 부르카는 눈 부위까지 망사 처리한 복식이다. 여성들에게는 최악이다. 부르카 복식이 여성을 억압하는 게 맞다. 또 부르카보다는 다소 낫지만 눈 부위만 드러내는 니캅(Niqap) 또한 여성을 억압하기는 마찬가지다.

하지만 차도로(Chador)나 히잡(Hijab)에 이르면 이야기가 달라진다. 차도르와 히잡은 오히려 적당히 가림으로써 여성미를 강조하는 패션 소품으로 활용된다. 차도로 역시 몸을 덮기는 하지만 얼굴 전체는 드러낼 수 있어 자유롭다. 또 스카프 형태 천으로 머리카락만 가리는 히잡은 이슬람 여성들이 가장 선호하는 소품이다. 우리나라 여성들도 70~80년대까지만 해도 히잡과 비슷한 스카프를 썼다. 아프가니스탄을 비롯해 극단적인 나라가 아닌 대부분 이슬람권 국가 여성들이 보편적으로 착용하는 게 히잡이다. 히잡은 여성 억압과는 거리가 먼 소품으로 생각하면 된다.

이란과 시리아, 요르단, 레바논은 이슬람권에서도 비교적 개방된 국가다. 그래서 멋쟁이 여성들은 히잡을 중요한 패션 소품으로 활용한다. 히잡은 색상과 디자인이 다양하며 가격도 천차만별이다. 테헤란 시내를 걷다보면 명품 히잡을 두르고 구찌 선글라스를 쓴 멋쟁이 여성을 숱하게 만날 수 있다. 디자인은 세련됐고 색감도 뛰어나다. 심지어 몸에 달라붙는 차도르를 입고, 히잡 밖으로 얼굴과 염색한 머리카락을 드러낸 채 활보하는 속칭 '날라리' 신세대 여성도 흔하다. 이란 정부도 단속 한계를 넘어섰음을 인정하는 분위기다. 또 일부는 한 장에 수백만 원짜리 명품 브랜드 히잡을 쓴다. 이슬람권 부유층을 겨냥해 구찌와 샤넬, 루이뷔통이 명품 히잡 시장에 뛰어든 것이다.

테헤란 여성들은 모두 히잡을 쓰지만 강제성은 찾아보기 어렵다.

현지에서 만난 젊은 여성에게 히잡이 여성을 억압하는 도구냐고 물었지만 하나같이 아니라고 했다. 이슬람권 밖에서 보는 시각과 현지 사이에 온도 차이가 있다는 걸 그때 알았다. 부유층이 몰려 사는 테헤란 북부 '타즈리시'에서 만난 마하즈 샤할리자드(27)도 "율법 때문에 히잡을 쓰고 차도르를 입는 게 아니다. 편하고 디자인과 색상이 다양해 좋아한다."고 했다. 히잡과 차도르가 여성을 억압한다는 선입견은 서구 중심 편견에 지나지 않는다. 그들에게는 생활의 일부다.

물론 히잡과 차도르를 불편해하는 여성도 적지 않다. 착용 여부를 선택이 아닌 율법으로 강제하기 때문이다. 이슬람 국가에서는 성직자가 대통령보다 법적 지위가 높다. 이란 정부는 이슬람 권위를 알리기 위해 이따금 '시범 케이스'로 단속을 벌인다. 그러나 아름답고자 하는 본능을 율법 테두리에 가둬두기엔 한계가 있다. 여성의 욕구는 강하고, 세상은 빨리 변하고 있다. 인터넷과 영화도 끊임없이 욕망을 부채질한다. 적어도 이란에서 여성은 당당한 주체다. 다만, 남성들에게는 관대한 율법이 형평성을 상실했기에 문제일 뿐이다.

프랑스와 벨기에는 공공장소에서 히잡 착용을 금지한다. 문화적 상대성을 인정하지 않은 몰상식한 행태이다. 히잡 착용을 강제하는 게 기본권 침해라면 같은 논리로 입지 말라고 강제하는 것 역시 기본권 침해다. 히잡을 착용하든 벗든 그것은 이슬람 여성들이 선택할 문제다. 내 문화가 중요하다면 상대 문화도 중요하다. 다양성을 존중하고 상대를 배려할 때 평화가 깃든다.

# 혼돈의 도시,
# 카이로

"유례를 찾을 수 없는 수많은 경이와 어떤 말로도 형용할 수 없는 기막힌 업적이다." 그리스 역사가 헤로도토스(Herodotos)는 이집트를 다녀온 뒤 이렇게 묘사했다. 그가 말한 것처럼 고대 문명의 발상지 이집트는 인류 문명의 보물 창고로써 부족함 없다. 이집트는 어딜 파도 보물창고나 다름없다. 이집트 전역이 유적지라고 해도 과언 아니다. 우리는 이집트 문명을 포함해 메소포타미아 문명과 인도 문명, 황하 문명을 세계 4대 문명으로 배웠다. 이들 문명은 모두 큰 강(나일, 유프라테스, 황하, 인더스)을 끼고 있다. 또 전제군주가 출현했고, 고도로 발달한 도시 문명을 일궜다는 공통점도 갖고 있다.

이 가운데 이집트 문명은 단연 압권이다. 피라미드(Pyramid)와 스핑크스(Sphinx), 상형문자, 미이라(Mirra)까지 모든 게 경이롭다. 그래서 이집트는 반드시 가야할 나라였다. 현지에 가기 전까지는 소설과 영화의 한계를 뛰어넘지 못했다. 머리에 떠오르는 이집트는 음산한 피라미드에서 미이라가 석관을 열고 나오거나, 무거운 돌덩이를 나르는 노예와 작렬하는 태양, 채찍질, 그리고 스핑크스를 휘감는 모래바람으로 각인돼 있었다. 모든 게 할리우드 영화가 만들어낸 허상에 불과하다는 걸 현지에 가서야 깨달았다.

피라미드 건설 목적만 해도 우리가 아는 것과는 다르다. 카이로 주재 서정민 전 중앙일보 특파원은 "피라미드 건설은 노예를 동원한 강제 노역이 아니다. 평민들은 돈을 받고 피라미드 축조를 비롯한 토목공사에 자발적으로 참여했다"고 설명했다. 우리나라 공공 근로사업이자, 이집트 판 '뉴딜 정책'이라는 것이다. 고대 이집트 파라오는 일자리를 만들기 위해 대규모 토목공사를 벌였고, 꼬박꼬박 일당을 지급했다는 기록은 이 같은 사실을 뒷받침한다. 우리가 알고 있었던 강제 노역은 상상의 결과일 뿐이다.

카이로에서 13㎞ 떨어진 기자(Giza) 사막 한가운데 거대한 피라미드 3개가 있다. 이 가운데 가장 규모가 큰 쿠푸왕 피라미드는 높이 147m, 사용된 돌덩이만 250만 개에 달한다. 개당 15톤씩 무려 650만 톤에 달한다. 거대한 구조물을 인간의 힘만으로 축조했다는 게 믿기지 않았다. 고층 아파트 수십 층을 쌓아올린 돌무덤 앞에 서면 인간이란 존재는 미미하다. 또 그 앞을 수호신처럼 버티고 있는 스핑크스는 볼 때마다 신비스럽다. 이집트 원정에 나선 나폴레옹은 1798년 피라미드 전투 시작에 앞서 "제군들, 피라미드 위에서 4000년 역사가 우리를 내려다보고 있다"고 했다. 당시나 지금이나 거대한 피라미드 앞에 서면 주눅들 수밖에 없다.

이집트에서는 지금도 잊을만하면 고대 유물 발굴 소식이 심심치 않게 들려온다. 지난해 7월에도 카이로 남부 아부시르에서 고대 이집트 제5왕조(기원전 2465~2323년) 시대 진흙 벽돌 건축물 유적이 발굴됐다. 또 같은 해 5월에는 사카라 유적지에서 2500년 전 유물이 대량으로 쏟아졌다. 보존 상태가 좋은 미이라 목관 250점과 풍요의 여신 이시스를 위한 의식에 쓰인 신상과 제기 등이다. 2021년 1월 이집트 정부는 4000년 전 사카라 유적지를 발굴했는데, 제6왕조 첫 파라오의 왕비 사원인 장례사원으로 확인된 바 있다. 외신 보도를 통해 접한 사카라 유적과 미이라 목관은 너무 생생했다. 정말이지 이집트는 파도파도 끝없는 보물창고다.

신비롭고 경이로운 이집트는 내게 혼돈으로 기억돼 있다. 오늘날 이집트는 조상이 이룩한 업적과는 너무 동떨어져 있다. 찬란한 고대 문명을 꽃피운 곳이라고 생각하기에는 지나치게 더럽고 시끄럽고 무질서하다. 무질서와 부패, 극심한 빈부 격차 그리고 교통 혼잡과 체증으로 환상은 깨졌다. 특히 수도 카이로는 혼돈 그 자체였다.

카이로는 아랍어로 '승리한'이라는 뜻이다. 시가지 정경은 명칭과 거리가 멀다. 카이로에는 이집트 전체 인구(1억500만 명)의 5분의 1에 해당하는 2,100만 명이 몰려 산다. 세계에서 가장 번잡하고 인구밀도가 높은 도시 중 하나다. 카이로는 1,000년 고도(古都)다. 같은 자리에서 같은 이름으로 1,000년 역사를 간직한 도시는 세계에 몇 안 된다.

하지만 옛 영화(榮華)는 사라진 지 오래다. 이슬람 사원에서 흘러나오는 '아잔' 소리도 자동차 소음에 묻힌 지 오래다. 거리는 옷차림이 남루한 청춘 남녀가 소일거리를 찾지 못한 채 모래바람처럼 떠돌고 있었다. 그들 얼굴에는 미래에 대한 희망보다는 피폐한 현실이 기미처럼 끼어 있었다. 선입견인지 몰라도 이방인을 대하는 눈빛도 사나웠다. 호시탐탐 먹이를 노리는 하이에나처럼 경계하는 메마른 눈빛 때문에 조심스러웠다. 건축물 또한 후줄근했다. 짓다만 건물이 부지수며, 제대로 페인트를 칠한 건물도 찾아보기 어려웠다. 철근은 삐죽삐죽 드러나 있고, 레미콘 반죽은 엉켜 붙어 엉성했다. 미완성 건물인데 그들은 그곳에서 일상을 영위하고 있었다. 피라미드를 세운 후예들이라고 도무지 믿기 어려웠다.

극심한 교통 체증과 혼잡은 카이로를 상징한다. 신호등 없는 교차로가 대부분이며, 교통 경찰관도 보기 힘들다. 또 물결치는 차량 행렬 속에서 말끔한 차량은 찾아보기 어렵다. 깨지고, 부서지고, 찌그러진 폐차 직전 차량들이 곡예 하듯 거리를 메우고 있다. 현지인들 또한 정상적인 노동보다 손쉽게 돈을 버는데 혈안 돼 있다. 유적지 주변 그늘에 앉아있다 관광객들이 나타나면 사진 찍기 좋은 장소라고 일러주고는 돈을 요구한다. 황당했지만, 정작 당사자들은 태연했다. 택시 요금은 물론이고 식사비용까지 흥정해야 하는 카이로에서는 도무지 원칙이라는 걸 찾아볼 수 없었다. 여기까지 쓰고 보니 지나치게 부정적인 일면만 말한 것 같아 미안하다.

우리 눈에는 후줄근하고 무질서하게 보였지만 시간이 흘러 생각하니 혼돈조차 묘한 매력이다. '조상 유산을 팔아먹고 사는 못난 후손들'이라고 손가락질했는데 이제는 혼잡스럽고 무질서한 카이로가 오히려 그립다. 편하고, 깨끗하고 정돈된 것에 길들여진 내가 만난 이집트는 또 다른 편견에 불과했다. 혼돈의 도시 카이로에도 인정은 흐르고, 따뜻한 미소가 있다. 또 오랜 역사를 지켜온 자긍심을 간직하고 있다. 언젠가 다시 이집트와 카이로에 간다면 편견과 선입견에서 벗어나 있는 그대로 보고 이해하고 싶다. 그들은 피라미드와 스핑크스, 상형문자를 만든 후예들이다.

## 새벽잠 깨우는 '아잔'

중동을 여행하다 보면 여러 면에서 흥미롭다. 이슬람 문화권을 접할 기회가 흔치 않기 때문이다. 불교와 유교, 기독교 문화권에서 태어나고 자란 한국인이라면 더 말할 나위없다. 사람은 낯선 것을 만나면 경계하고 불편해한다. 대신 편안함을 좇아 익숙한 것을 찾는다. 낯선 문화권에 가면 때로는 불안하기까지 하다. 언어와 문화, 관습이 전혀 다른 이슬람 한복판에 홀로 서 있다고 생각하면 불안은 구체화된다.

이슬람 문화는 이슬람교와 밀접하다. 이슬람 문화는 건축과 의복, 음식, 언어, 음악, 미술 등에서 우리와 전혀 다르다. 예술성을 지닌 이슬람 문자는 그림에 가깝다. 또 코발트블루 타일로 장식한 모스크(mosque, 이슬람교 사원)은 아름답다. 타일 조각만으로 이토록 멋진 건축물을 완성할 수 있다는 게 놀랍다. 또 여성과 남성이 머리에 쓰는 히잡(hijab)과 터번, 그리고 전통 의상 아바야는 호기심을 자아낸다. 양고기를 주식으로 하며 강한 향신료를 쓰는 이슬람 음식은 도전해야할 대상이다. 모든 게 낯설지만 강렬한 긴장과 호기심을 유발한다.

유년 시절 이슬람 문학은 우리를 상상의 세계로 이끌었다. 〈신밧드의 모험〉과 〈알리바바와 40인의 도적〉 등 『아라비안나이트』(천일야화)는 밤잠을 잊게 했다. 천일야화에 등장하는 주인공들은 짜릿한 경험을 선물했다. 그래서 이슬람 국가에 가면 양탄자가 하늘을 날고 요술램프에서는 '지니'가 뛰쳐나올 것 같았다. 현실은 달랐다. 인류 문명의 보물 창고였던 이슬람은 전쟁과 테러로 얼룩져 있다. 또 종교적 갈등도 만만치 않다. 그들은 신화에서 너무 멀리 떨어져 있었다. 인류 문명에 젖줄을 댄 이슬람 문명은 왜곡돼 있다.

중동과 이슬람에서 가장 인상 깊은 것을 꼽으라면 '아잔'(azān, 이슬람교에서 예배 시각을 알리기 위하여 큰 소리로 외치는 일)이다. 새벽잠을 깨우는 아잔은 현실과 꿈을 넘나들며 이방인을 아스라한 혼몽 속으로 이끈다. 무슬림(Muslim, 이슬람교를 믿는 사람)에게 하루 다섯 번 기도는 의무다. 이들은 매일 이슬람 창시자 무함마드(Muhammad, '마호메트'의 아랍어 이름)가 태어난 메카(Mecca, 사우디아라비아 남서부에 있는 홍해 연안 도시)를 향해 기도한다. 기도 시간은 태양 위치에 따라 매일매일 달라진다.

무함마드가 활동하던 당시는 확성기가 있었을 리 만무하다. 이때는 기도 책임자 '무아진'의 인도에 따라 기도했다. 무아진은 미나렛(minaret, 뾰족한 첨탑)에 올라 기도 시간을 알렸다. "알라는 위대하다. 알라 외에 어떤 신도 없다고 나는 증언한다. 기도하러 오라. 구원받으러 오라. 알라는 위대하다. 알라 외에 신은 없다."는 게 주된 내용이다. 이슬람교는 기독교와 함께 유일 신앙이다. 이슬람은 알라 외는, 또 유대교는 하느님 외는 믿지 말라고 한다. 이 때문에 두 종교는 오랫동안 반목하고 있다. 자신들이 믿는 신이 중요하다면 상대가 믿는 신도 중요하다는 걸 왜 인정하지 않을까.

이집트 카이로에서 처음 아잔을 들었다. 시차 때문에 새벽잠에서 깨어 뒤척이던 중 어딘가에서 아스라한 목소리가 들려왔다. 그 목소리는 청아하다는 말로도 부족했다. 새벽 찬물에 얼굴을 씻은 듯 청신하며 경건했다. 나중에 알고 보니 '아잔'이었다. 아잔은 내게 신비하고 놀라운 문화적 충격이었다. 하지만 아잔 소리에 깨어 바라본 카이로 시가지는 초라했다. 폐가나 다름없는 건축물이 널려있고 또 시가지는 극심한 교통체증으로 혼잡했다. 그러한 땅에서 듣는 아잔은 현실과 너무 동떨어졌다.

무슬림들은 기도 시간이 되면 일제히 메카를 향해 얼굴과 팔, 무릎을 땅에 대고 기도한다. 그 모습을 지켜보노라면 이슬람신자가 아니라도 저절로 신심이 우러난다. 주말 예배를 습관처럼 수행하는 기독교인에 비춰볼 때 생활 속에 녹아든 무슬림들의 기도는 훨씬 정직하다. 이제는 이슬람권에서도 제대로 된 '아잔'을 듣는 게 쉽지 않다. 대부분 녹음을 튼다. 도시 특성에다 편리함을 좇은 결과물이겠지만 아쉽다. 우리나라 사찰 또한 독경 대신 반야심경 녹음을 반복해 틀어줄 뿐이다. 어쨌든 녹음일망정 낯선 세계에 발을 디딘 이방인에게 뜻 모를 아잔은 신비로운 경험이었다.

우즈베키스탄 부하라(Bukhara)와 사마르칸트(Samarkand)에서 제대로 된 아잔을 들었다. 중앙아시아 고도(古都)답게 그들은 아직도 '무아진'을 두고 있었다. 실크로드를 따라 이슬람교를 받아들인 까닭에 중앙아시아 대부분 국가는 이슬람을 믿는다. 모스크와 미나렛은 먼 옛날 이곳까지 이슬람 문명이 영향을 미쳤음을 알려준다. 중앙아시아에서 이슬람 규율은 다소 느슨하다. 하루 다섯 번 기도와 히잡 착용, 돼지고기 금식 등 무슬림 의무를 탄력적으로 적용하고 있다. 지난해 여름 카자흐스탄 알마티에서도 느꼈지만 무슬림 의무를 엄격히 지키는 이들은 좀처럼 찾아보기 어려웠다. 중앙아시아에서 이슬람은 일상을 규제하는 종교라기보다 생활의 일부였다. 우리가 불교신자를 자처하며 사찰을 드나들듯 그들도 그랬다.

스위스는 얼마 전 모스크 신축과 히잡 착용을 금지하는 법을 제정했다. 프랑스 또한 공립학교에서 무슬림 여학생 히잡 착용을 금지했다. 인권과 종교의 자유를 중요시하는 유럽사회가 특정 종교를 규제한 건 아이러니였다. 무슬림 국가와 단체들은 "다양성과 종교의 자유, 인권을 존중하는 정신에 위배된다"며 강하게 반발했다.

대구에서도 이슬람 사원 신축을 놓고 2년째 대립 중이다. 대법원은 지난해(2022년) 9월 이슬람 사원 신축 허가는 적법하다고 결정했다. 하지만 주민들은 모스크 사원이 들어서면 하루 다섯 번 기도 때문에 소음이 우려된다며 공사를 가로막고 있다. 심지어 주민들은 공사 현장 앞에서 통돼지 바비큐를 굽고 돼지고기 수육 먹기 행사를 가졌다. 이슬람 문화권에서 돼지고기는 금지 식품이다. 문화 다양성을 존중하는 대신 욕보인 행태다. 상대 문화를 인정하는 '관용'이 실종된 현장이다. 프랑스 언론 르몽드는 "한국 사회는 불교와 개신교, 천주교 등 종교적으로 다양하지만 여전히 단일 민족이라고 생각하며 이슬람을 거부하고 있다"고 지적했다.

마음을 열면 아잔도 얼마든지 천상의 나팔소리가 된다. "네가 없으면 내가 없고, 네가 있으면 나도 있다"는 관용이 필요한 시대다.

# PART 7

# 경계에서, 일본

# 끊임없이 출렁이는 현해탄

동해를 사이에 두고 한국과 일본은 끝없는 긴장관계를 반복한다. 두 차례 침략(임진왜란·정유재란)에다 36년 식민지배는 뼈아픈 역사다. 문화적 우위에 있던 조선은 메이지 유신을 기점으로 일본에 뒤처졌다. 급기야는 1910년 통째로 나라를 빼앗겼다. 한국은 한동안 경제 속국이란 그늘에서 벗어나지 못했다. 어느덧 한국은 많은 분야에서 일본을 제쳤고 자신감도 회복했다. 1인당 구매력 지수는 물론이고 반도체와 가전제품, IT정보화는 압도적 우위에 있다. 일본 정치인들은 인정하지 않지만 많은 부분에서 한일 역전은 엄연한 현실이다.

문재인 정부에서 한일 관계는 평행선을 달렸다. '죽창가'는 문재인 정부 대일 정책을 집약한다. 조국 전 정무수석은 페이스북에 '죽창가'를 올렸고 민주당 지지층은 동조했다. 의도대로 지지층 결집에는 성공했지만 한일관계는 파국으로 치달았다. 한국과 일본은 한때 1,000만 명(2019년)이 오가며 유례없는 우호적인 분위기를 이어갔다. 그러나 지난해 수십 만 명대로 쪼그라들었다. 코로나19 팬데믹 영향을 빼놓을 수 없지만 반일과 혐한 정서도 일정부분 영향을 미쳤다.

새 정부 출범 이후 양국관계를 개선하려는 움직임이 활발하다. 한일양국은 지금과 같은 상황은 바람직하지 않다는데 인식을 공유하고 있다. 윤석열 대통령은 취임 이후 한일 관계 정상화 의지를 피력했고, 기시다 후미오 일본 수상 또한 여기에 화답했다. 정부는 일제 강제 징용 배상과 위안부 문제 해결 방안으로 '제3자 변제' 방안을 제시했다. 양국 의지에 따라 한일관계는 비온 뒤에 굳어진다는 속담처럼 개선될 여지는 열려있다.

우리사회에서 대일 문제는 살아 있는 뇌관이다. 이념 성향은 달라도 역대 정부마다 대일 문제는 롤러코스터를 차는 민감한 이슈였다. 보수정권이 집권한 이명박 박근혜 정부 때도 살얼음판이었다. 2012년 8월 10일 이명박은 우리나라 대통령으로는 처음 독도를 방문했다. 당시 일본 정부는 "역사적 사실에 비추어도 국제법상으로도 독도는 명백하게 일본 고유 영토다. 독도에 대한 일본 정부 입장은 일관된다"며 한국을 자극했다. 이 대통령의 기습적인 독도 방문으로 한일 관계는 얼어붙었지만 우리 국민은 환호했다. 물론 정치적 부담은 한동안 지속됐다.

박근혜와 아베 정부에서 긴장국면은 지속됐다. 2014년 3월 한·미·일 정상회담에서 박근혜와 아베 만남은 상징적이다. 아베 총리는 "박근혜 대통령님으루(대통령님을) 만나서 반갑스무니다(반갑습니다)."라며 서툰 한국말로 인사를 건넸다. 경색된 한일관계를 풀어보기 위한 몸짓이었다. 그럼에도 박 대통령은 굳은 표정을 풀지 않았고, 또 세 정상이 악수해 달라는 요청도 거부했다. 미국 중재에 힘입어 대화 테이

블에 마주한 한일은 이듬해 12월 한일위안부합의를 발표했다. 위안부 문제와 관련 양국 정부 간 첫 합의였고, 첫 일본 총리 사과였다. 또 일본 정부 예산(10억 엔)으로 재단(화해치유재단) 출연금을 마련한 것도 처음이었다. 당시 아베는 "최종적이고 불가역적으로 해결됐다"고 선언했다. 하지만 불안한 합의였다.

문재인 정부에서 불안감은 현실화됐다. 문재인 정부는 위안부 합의를 백지화했다. 문 대통령은 2017년 2월 "절차적으로나 내용적으로나 중대한 흠결이 있다. 양국 정부 간 공식 약속에도 불구하고 해결될 수 없음을 분명히 한다"고 밝혔다. 화해치유재단을 해산하고 재단사업도 종료(2018년 11월)했다. 이어 강제 징용자에 대해 일본 기업이 배상해야 한다는 대법원 판결까지 가세했다. 일본 정부는 국가 간 합의를 파기한 한국 정부를 신뢰할 수 없다며 격앙했다. 정치적 위험을 무릅쓰고 위안부 문제에 합의했는데 백지화됐으니 아베 입장에서는 뒤통수 맞은 격이었다. 이후 일본은 수출 보복 카드를 꺼냈고 한국은 지소미아 파기와 '노 재팬 운동'으로 맞서며 양국은 4년 내내 불화했다. 이렇듯 한일문제는 자칫하면 손만 데인다.

한일 정치인들은 그동안 한일문제를 지지층 결집 수단으로 악용해온 측면이 없지 않다. 새로운 정권이 들어설 때마다 한일관계가 악순환을 반복하는 건 이 때문이다. 2024년은 광복 80주년, 한일 외교 정상화 60주년이다. 지금까지 한일관계는 한국의 도덕적 문제 제기에 대해 일본 정부가 양보하는 식이었다. 그동안 일본 정부는 1993년 고노담화와 1995년 무라야마 담화, 1998년 김대중 오부치 한일 파트너십 선언, 2010년 간나오토 담화까지 적지 않은 노력을 기울여 왔다.

고이즈미 총리가 2001년 10월 15일 서대문독립공원(서대문 형무소)

에서 사과하고 헌화한 건 가장 인상적인 장면이었다. 고이즈미는 김대중 대통령과 정상회담을 위해 그해 한국을 방문했다. 그는 공항에 도착하자마자 서대문독립공원을 찾아가 무릎 굽혀 헌화하고 참배했다. 고이즈미는 추모비 앞에서 "일본 식민지 지배로 인해 한국 국민에게 많은 손해와 고통을 안겨준 데 대해 진심으로 반성하고 마음으로부터 사죄한다"고 했다. 이어 "외세 침략과 조국 분단 등 곤경과 수난 속에서 (한국 국민이) 받은 고통은 상상을 초월한다"고 덧붙였다. 보수 정치인 고이미즈의 참배와 헌화, 사과는 이례적이었다. 당시 서대문독립공원 참배를 실무적으로 준비했다는 주한 일본대사관 다카네 참사관은 "이 사실을 아는 한국인들이 많지 않다는데 놀랍다"면서 균형 잡힌 인식을 아쉬워했다.

우리는 흔히 반성하지 않는 일본을 비난할 때 독일 브란트 수상을 예로 든다. 브란트는 1970년 폴란드 바르샤바 유태인 희생자 위령탑을 찾아 유태인 학살을 사죄했다. 그러나 우리 국민 가운데 고이즈미의 서대문독립공원 참배와 사죄를 아는 이는 많지 않다. 누구도 알려주지 않고 가르치지 않기 때문이다. 서울시는 2009년 고이즈미 헌화 추모비를 철거함으로써 흔적마저 지웠다. 우리가 마냥 일본을 비난하는 게 옳은지 의문이다. 하토야마 총리 또한 퇴임 후 2015년 8월 서대문독립공원에서 무릎 꿇고 묵념했다. 그는 "일본이 한국을 식민지 통치하던 때 독립운동, 그리고 만세운동에 힘쓰신 유관순을 비롯한 많은 분이 수용되어 고문당하고 가혹한 일이 벌어졌으며, 목숨까지 잃었다는 사실을 떠올리며 진심으로 사죄드린다"고 했다. 여러 차례 사죄담화와 참배에도 불구하고 정권이 바뀔 때마다 사과를 요구하는 한국에 대해 일본은 '사과 피로증'을 토로하는 건 이 때문이다.

한일양국에는 미래 지향적이며 생산적인 관계 구축이라는 과제가 놓여 있다. 지금처럼 한쪽은 패배주의와 피해 사실만 반복하고, 다른 쪽은 과거사를 부인한다면 관계 정상화는 어렵다. 나아가 불행한 과거사를 극복할 때 한국은 비로소 선진국에 올라 설 수 있다. 피해의식을 강요함으로써 지지층 결집을 꾀하는 반쪽짜리 역사교육은 한계를 다했다. 일본의 외눈박이 역사관도 문제지만 우리 또한 편협하지 않았는지 돌아보는 성숙한 자세가 필요하다. 2001년 10월, 고이즈미는 서대문독립공원 참배 이후 국회연설을 계획했으나 한나라당 반대로 무산됐다. 국민의힘과 윤석열 정부는 한나라당 후신이다. 지금 윤석열 정부는 일본과 관계 정상화에 주력하고 있으니 아이러니다. 정권과 이념을 막론하고 일관된 자세가 아쉽다.

# 40년 시간의 강 건너

일본을 흔히 '가깝고도 먼 나라'라고 한다. 지리적으로 한국과 일본은 정말 가깝다. 부산 김해에서 큐슈(九州) 후쿠오카 공항까지는 1시간 20분이면 도착한다. 개인적으로 후쿠오카(福岡)와는 각별한 인연이 있다. 40년 전 1984년 처음 해외에 나갔는데, 그곳이 후쿠오카였다. 당시 문교부에서 주관한 한일청소년문화교류단에 선발돼 해외연수를 다녀왔다. 해외여행 자율화(1988년) 이전이니 쉽지 않은 경험이다. 첫 해외 방문지가 우리와 애증이 깊은 일본이었다는 점에서 긴장됐다. 일본과 일본인을 어떻게 바라봐야 하는지를 돌아보는 좋은 기회였다.

체류 기간 동안 한국 학생 20명, 일본 학생 20명과 함께 움직였다. 아침에 모여 공식 일정을 보내고, 오후에는 홈스테이 가정으로 흩어졌다. 저녁시간은 홈스테이 가족들과 보냈다. 내가 묵은 집은 딸만 셋이었다. 동갑내기 대학 1학년 미끼(美樹), 여고생 하루미(青美), 여중생 미호(美保)는 내게 온갖 정성을 쏟았다. 아버지 후루야 도시키(古屋 俊

毅·85)는 당시 미쓰비시 전자 임원이었다. 돌아보면 지금처럼 한일 관계가 활발하지 않던 40년 전 딸만 있는 집에서 남학생, 외국인, 그것도 한국인을 받아들였다는 게 놀랍다. 그들은 내가 불편해 하지 않도록 세심하게 배려했다. 주말 나들이 때마다 온 식구가 부산을 떨었다.

한국인은 유전자 속에 반일 감정이 녹아 있다. 한데 그들이 보여준 온정은 경계심을 풀기에 충분했다. 교육을 통해 우리는 유년시절부터 일본은 용서해서는 안 되는 나라로 배워왔다. 지금도 국가 대항 스포츠경기가 열리면 한국과 일본은 격렬하게 맞붙는다. 그런 내가 체류 기간 차츰 마음을 열었다. 귀국 후에도 한동안 편지를 주고받았다. 연락이 끊겼던 이들 가족과 10여 년 전 재회했다. 30년 만이었다. 후쿠오카 공항에 마중 나온 노부부를 한눈에 알아봤다. 순간 여러 생각이 스쳤다. 1시간 20분이면 도착할 수 있는 거리를 30년 만에 왔다는 미안함이 앞섰다.

그동안 양국에는 적지 않은 변화가 있었다. 일본은 성장세가 둔화된 반면 한국은 일본을 위협할 정도로 성장했다. 또 일본 내 한류 붐은 거세고 양국 교류도 활발하다. 코로나19 이전 2019년 한 해 동안 한일 관광객은 1,000만 명을 넘어섰다. 첫 만남 당시 40대 중·후반이던 도시키(俊毅)와 에츠코(悦子) 부부도 어느덧 80대 중·후반에 접어들었다. 세 딸들도 출가해 가정을 꾸렸다. 개인이나 국가적으로나 많은 일들이 일어났다. 노부부는 요란스럽지 않게 속정을 드러내며 재회를 진심으로 기뻐했다. 눈빛과 표정만으로도 그들이 얼마나 반가워하는지 알 수 있었다.

후쿠오카는 일본 남단에 위치한 큐슈에서 가장 큰 도시다. 에도시대 후쿠오카는 변방에 불과했지만 오늘날 일본을 만든 메이지유신 토대를 닦은 곳이다. 다음 날 여든을 넘긴 노부부는 직접 운전을 하며 나를 안내했다. 도시키씨는 우리 아버지와 1938년 동갑내기다. 첫 방문지는 다자이후(太宰府)와 큐슈국립박물관, 관음사였다. 다자이후는 '학문의 신'을 모신 신사다. 자녀교육에 대한 열망은 세계 어디나 마찬가지다. 그래서 대학 입시철이면 다자이후는 수험생을 둔 학부모들로 북새통을 이룬다. 이날도 합격을 기원하는 이들로 북적였다.

큐슈국립박물관은 현립 박물관임에도 규모와 소장품에서 국립 못지않다. 2005년 개관한 박물관 외관은 늘씬하며 강렬한 인상을 풍긴다. 지하에서 에스컬레이터를 타고 올라오면 웅장한 건물을 만나게 된다. 전면을 유리로 마감한 박물관은 푸른 대나무 숲에 둘러싸여 있다. 뛰어난 입지에 박물관을 앉힌 안목이 돋보였다. 후쿠오카에서 가장 인상적인 건축물을 꼽자면 단연 큐슈박물관이다.

다도 체험도 독특했다. 차 문화가 발달한 일본은 다도를 문화로 승화시켰다. 그들은 단순히 찻물을 목으로 넘기는 것에서 그치지 않고 상대를 배려하고 자신을 수양한다. 차를 내온 사람에 대해 고마움을 표시하고 같은 공간에 있는 사람들과 화합한다. 찻집을 나와 도시키씨 집으로 향했다. 연수 시절 묵었던 방에 들어섰다. 40년이란 시간을 건너 뛰어 묘한 느낌이 들었다. 노부부는 40년 전 내가 선물했던 목각 원앙을 아직도 간직하고 있었다. 원앙을 볼 때마다 한국에서 온 청년을 생각했다고 한다. "그동안 연락하지 못해 죄송하다"는 말에 그들은 말없이 내 어깨를 다독였다. 일본인은 누구를 대하더라도 정성을 다한다. 몸에 밴 친절은 감동적이다. 상대에게 폐를 끼치지 않으려는 독특한 국민성은 유별나다. 인류문화학자들은 이러한 국민성을 섬나라와 사무라이 문화에서 찾는다. 사무라이가 지배한 700여 년 동안 칼

앞에서 목숨을 보전하려면 항복하거나 할복하는 길 밖에 없었고, 목숨을 부지하려는 본능이 친절로 굳어졌다는 설명이다. 그래서 본심(혼네)은 다르다며 폄하하기도 한다. 하지만 인색하게 폄훼할 일은 아니다. 시늉으로라도 친절을 베풀지 못하면서 일본인들 친절은 본심이 아니라고 비난만한다면 편협하다.

물론 군국주의 환상에서 벗어나지 못한 극우 정치인들도 적지 않다. 양국 모두 반일과 반한감정을 정치적으로 악용하기도 한다. 양국 정부가 관계 정상화에 나선 건 이 같은 상황이 지속될 경우 서로에게 도움 될 게 없다는 판단에서다. 한일 갈등이 고조될 때 현지에서 느끼는 혐한 기류는 상상을 초월했다. 한일 관계 악화 원인은 복합적이다. 한국과 일본 사이에 퍼져 있는, 과잉 민족주의에 기댄 극우 정치인들의 선동이 그것이다. 또 이를 여과 없이 전달하는 언론도 문제다. 다행히 최근 여론조사에서 한일 정상화 필요성에 공감하는 응답이 늘었다.

양국에는 균형 잡힌 언론과 양심적인 학자, 시민도 적지 않다. 한일 관계가 험악하던 2014년 8월 15일 아사히신문은 '역사를 잊지 않는 것이 후대의 책무'라는 사설을 통해 "일본군은 아시아를 전쟁터로 만든 역사를 잊어서는 안 된다. 역사적 사실을 전하는 것을 자학 사관이라고 부르고, 국가 위신을 세우겠다며 과거 역사를 속이는 것은 부끄러운 짓이다"고 질책했다. 또 최근에는 큐슈대학 입시에 약탈 문화재 반환 관련 문제가 출제되는 등 문화재 반환 목소리도 높다. 떠나는 날 도시키씨는 "남은 인생은 사회에 공헌하고 지역사람들과 긴밀하게 접촉해 사회에 환원하길 바란다"라고 쓴 편지를 건넸다. 우리가 지향해야 하는 가치는 이런 것들이 아닐까.

## 느림의 미학, 유후인

일본에서 자동차 운전은 쉽고도 어렵다. 다시 말하자면 편안하고 헷갈린다. 어렵다는 건 우리와 달리 운전석이 오른쪽에 있기 때문이다. 방향 지시등과 와이퍼, 주행 도로까지 모두 반대다. 왼쪽 운전석에다 오른쪽 주행도로가 익숙한 한국인들은 혼란스럽다. 일본에 갈 때마다 렌터카를 이용한다. 차를 인도받기 전에 주의 사항을 숙지하지만 막상 운전대를 잡으면 한동안 헤맨다. 방향 지시등과 와이퍼를 자꾸 혼동한다. 방향 지시등이라고 생각해 조작하면 와이퍼가 작동하는 바람에 당황하기 일쑤다. 또 교차로에서는 왼쪽으로 진입해 식은땀을 흘리기도 한다. 습관이라는 게 이렇게 무섭다.

편안하다는 건 일본인들의 얌전한 운전습관 때문이다. 과속도, 무리한 끼어들기도 없다. 상대를 배려하며 질주하지도 않는다. 그들은 고속도로에서조차 시속 80~100*km*를 넘지 않는다. 그러니 한국에서 온 초보도 운전하기 편하다. 게다가 고속도로는 친환경적이어서 운전하는 맛이 각별하다. 주변 풍광도 빼어나지만 중앙 분리대는 나무를 심어 위압적이지 않다. 시멘트 구조물을 세운 삭막한 한국 고속도로와는 다르다. 원시림을 방불케 하는 고속도로 주변을 감상하다보면 어느새 목적지에 도착한다. 후쿠오카를 출발해 1시간 40분여를 달려 유후인(由布院)에 도착했다.

유후인은 일본인들이 즐겨 찾는 관광지 중 하나다. 오이타(大分)현 여러 도시 가운데 하나로, 유후다케에 둘러싸인 분지다. 연간 관광객은 400만 명에 이른다. 일본관광진흥청에서 추천한 J-ROUTE 24곳 가운데 하나일 만큼 인기 있다. 1970년대부터 개발을 시작해 온천관광지로 이름을 얻은 건 50여년 남짓이다. 인근 벳부(別府)를 제치고 1위로 올라선 데는 이유가 있다. 벳부가 지나친 개발과 상업화로 매력을 상실한 반면 유후인은 전통을 보전함으로써 관광객을 유인했다. 유후인에 들어서면 메이지시대 전통가옥과 개울까지, 전통과 현대가 어울려 있다.

유후인은 개발 초기 현대화를 거부하고 과거로 돌아가는 데 역점을 두었다. 건물 층수를 제한하고 대단위 리조트 개발도 거부했다. 대신 고증을 통해 옛날 시골온천 분위기를 살렸다. 유후인에서 메이지시대 가옥과 전통 술 창고를 만날 수 있는 건 이 때문이다. 쉽게 말하면 느림의 미학을 되살렸다. 모두들 편하고, 빠른 것만 좇을 때 유후인은 거꾸로 갔다. 더 느리게, 더 불편하게를 지향한 결과 특색 있는 공간을 창출했다. 유후인의 차별화된 정체성은 경쟁력이 됐다.

일본을 대표하는 애니메이션 감독 미야자키 하야오는 이곳을 배경으로 〈이웃집 토토로〉와 〈센과 치히로의 행방불명〉을 제작했다. 그는 유후인 특유 문화와 감수성을 작품에 녹였다. 또 유후인에는 30여

개 넘는 미술관이 있다. 단순한 관광지가 아니라 문화를 향유하는 공간으로 이미지를 재정립했다. 해마다 5월엔 영화제, 8월에는 음악제를 개최한다. 전통자산과 문화를 적절히 배합하고 느림의 미학을 더했다. 도시생활에 지친 일본인들은 이곳에서 "편하고 쉽다"는 욕구를 충족한다.

유후인 역에서 긴린코(金鱗湖) 호수까지는 동화 속 마을을 연상케 한다. 상가마다 특색 있다. 아베 총리가 다녀갔다는 부엉이 장식을 판매하는 가게는 예술성까지 겸하고 있다. 동심으로 돌아가게 하는 오르골 가게도 흥미롭다. 오르골 형태는 다양한데 3억 2,300만 원짜리 오르골도 있다. 거리에서 가장 유명한 곳 가운데 하나는 고로케 가게다. 실상 별다른 맛은 없는데 소문이 소문을 불렀다. 이렇게 걷다보면 긴린코에 다다른다. 긴린코는 시골 방죽이나 다름없지만 발길이 끊이지 않는다. 긴린코가 명소로 이름을 얻은 건 스토리텔링 때문이다. 온천과 냉천이 솟는 긴린코는 겨울이면 몽환적으로 변한다.

유후인 중심가는 느린 걸음으로 걸어도 두 시간이면 충분하다. 진짜 매력은 유후인 밖에 있다. 주변 논길과 둑길을 걸으면 행복하다. 걷다보면 시간이 멈춘 유후인의 매력에 빠진다. 상업주의로 찌든 서울 인사동과 북촌, 전주한옥마을과 차별된다. 그래서 유후인은 넉넉하다. 상점가도 여유롭고, 긴린코와 시골마을도 여유롭다. 우리나라 전통마을 또한 경쟁력을 확보하려면 역발상이 필요하다. 현대적이고 편리한 것을 좇기보다 전통적이고 느린 정체성을 회복하는 것이다. 전주한옥마을은 경기전과 전동성당, 전주천, 한벽당까지 관광 자원이 풍부하다. 스토리텔링을 하기에 충분하다. 지금처럼 천박한 자본 아래 두어서는 안 된다.

유후인 여행에서 백미는 전통 료칸(旅館)에서 하룻밤 묵는 것이다. 료칸에서는 숙박과 전통 음식, 온천을 한꺼번에 즐길 수 있다. 내가 묵은 료칸 또한 정갈하고 친절했다. 다다미가 깔린 료칸은 전통 일본식 가옥이다. 료칸 숙박 요금은 웬만한 호텔 숙박비보다 비싸다. 보통 20~30만 원이지만 '가이세키 요리(會席料理)'가 포함되면 70만~140만 원으로 뛴다. 가이세키(會席)는 모임 좌석이라는 뜻으로 일본 정식 요리를 뜻한다. 보통 1즙 3채, 1즙 5채, 2즙 5채를 이용한다. 즙은 국을 뜻하며 채는 반찬이다. 맛과 색깔, 모양을 고려해 계절별로 다르게 구성된다. 유후인에는 료칸만 140여 개에 달한다. 이 중에서 30개는 별도로 온천을 운영하고 있다. 느긋한 온천욕을 좋아하는 이들이라면 선택지가 넓다.

무엇보다 유후인 료칸에서 만난 풍광이 잊히지 않는다. 료칸 미닫이 창문 너머로 펼쳐진 유후다케 산과 푸른 논은 장관이다. 다녀온 뒤에도 한동안 아른거렸다. 저녁 식사를 마친 뒤 논길을 걸었다. 지금도 유후인 여행에서 최고를 꼽으라면 별을 보며 걸었던 시간이다. 청량한 밤공기와 고요한 적막 사이로 시간이 멈춘 유후인의 산과 들은 때 묻지 않은 관광 자원이다. 이런 곳에서라면 며칠이라도 쉬고 싶다.

료칸을 떠나는 날, 아침 또 다른 감동을 접했다. 숙소를 떠나는 내게 료칸 여주인은 무릎을 꿇고 허리를 굽혀 다소곳하게 인사했다. 예상하지 못했기에 적지 않게 당황했다. 일본을 방문하는 외국인들은 이런 친절 앞에서 감동할 수밖에 없다. 과도할 필요는 없지만 마음에서 우러난 친절은 사람을 감동시킨다. 언제까지 본심(혼네, 本音)는 그렇지 않다고 폄하만할 것인가.

## 유신의 고향, 가고시마

역사학자 주강현은 "근대 일본을 알려면 메이지유신을 이해해야 하고 메이지유신을 알려면 가고시마를 이해해야 한다"고 했다. 가고시마(鹿兒島)는 일본 근대화라는 문을 열어 제친 관문이다. 메이지유신 주역들 가운데 상당수는 이곳을 무대로 활약한 사무라이들이다. 가고시마에 가기 전 『상투를 자른 사무라이』(이광훈)를 읽었다. 막부 정권 말기, 사무라이들은 '촘마게(상투)'를 자르고 근대화에 앞장섰고, 그 결과 메이지유신으로 이어졌다는 내용이다.

메이지유신은 동아시아에는 그늘을 드리웠다. 그들은 근대화를 통해 축적된 힘을 이웃나라 병탄에 사용했다. 조선을 강제 병합했고 만주와 대만, 필리핀에서 전쟁을 일으켰다. 러일전쟁과 청일전쟁, 태평양전쟁은 그 산물이다. 가고시마는 정한론 근거지였으며, 군국주의자들이 활동한 무대다. 일본 우익정치 뿌리도 여기다. 가고시마 옛 이름은 사쓰마다. 메이지유신 추동 세력은 사쓰마번과 야마구치 죠슈번이었다. 죠슈에서 활동한 요시다 쇼인(吉田松陰)은 정한론을 완성했고 사쓰마 출신 사이고 다카모리(西鄕隆盛)는 행동에 옮겼다. 두 사람 모두 일본인들이 추앙하는 인물이다. 인구 60만 가고시마에는 사이고 다카모리 동상만 8개나 있다. 야마구치 하기(萩)에는 정한론을 완성한 요시다 쇼인을 기린 신사가 있다. 국가 중요 사적지다. 아베는 재임 당시 총리로는 처음으로 쇼인 신사를 참배했다. 정치적 뿌리가 쇼인에게 있음을 알린 계산된 행동이었다.

막부 정권을 무너뜨린 뒤 죠슈와 사쓰마는 주도권을 놓고 세이난 전쟁을 치렀다. 사쓰마는 전쟁에서 패했고, 정신적 지주였던 다카모리는 할복으로 생을 마감했다. 이후 죠슈 출신은 일본 정계를 주도했다. 이토 히로부미를 비롯해 일본 육군의 교황으로 불리는 야마가타 아리토모와 수많은 우익 인사들이 야마구치(죠슈) 출신이다. 모두 9명이나 총리에 올랐다. 사쓰마 또한 비록 주도권은 내주었지만 뒤지지 않는다. 사이고 다카모리를 비롯한 기라성 같은 이들이 태어났다. 그래서 한국인에게 가고시마는 다층적이다.

가고시마는 남국 정취가 물씬 풍긴다. 시내 가로수도 야자나무다. 택시회사 이름도 난고쿠(南國)다. 코발트빛 태평양과 눈부신 경관, 사람들은 '동양의 나폴리'로 부른다. 불결하고 불친절한 나폴리와 달리 가고시마는 정갈하고 친절하다. 활화산 사쿠라지마(櫻島)와 세계자연문화유산으로 지정된 야쿠시마(屋久島), 검은 모래온천으로 유명한 이부스키(指宿), 일본 최초 온천 신혼여행지 기리시마(霧島)까지 갈 곳도 많다. 이브스키 검은 모래찜질은 최고 관광 자원이다.

2004년 12월 이곳에서 한일 정상회담이 열렸다. 당시 한국 언론은 정한론 근거지라며 문제를 제기했고 한국 정부는 회담장소 변경을 요구했다. 노무현 대통령 결단으로 그대로 진행했지만 여러 면에서 아쉬웠다.

가고시마는 정한론 근거지이기도 하지만 열린 도시다. 가고시마는 1543년 포르투갈로부터 처음 총을 받아들여 자신들에게 맞게 개량했다. 조총은 불과 50년 뒤 조선을 향했다. 임진과 정유재란 7년 동안 조선은 조총 앞에서 쑥대밭이 됐다. 가고시마 치란에는 군국주의를 상징하는 가미카제 특공대 기지도 있다. 정상회담 장소 변경을 놓고 빚어진 해프닝을 보면서 이런 생각이 들었다. 회담장소를 제대로 정하든지, 그것도 아니라면 정한론 근거지에서 일본과 정상회담을 펼칠 만큼 우리 국력이 신장됐다는 자신감을 알리는 장소로 삼았으면 좋으련만 이도저도 아니었다.

메이지유신 당시 변방에 불과했던 가고시마가 중앙을 제친 건 개방성 때문이다. 앞서 소개한 조총과 함께 가고시마 중앙역 앞 '젊은 사쓰마의 군상'은 열린 사고를 반영한다. 사쓰마는 1865년 서구문명을 배우기 위해 13~34살까지 17명을 선발해 영국 유학을 보냈다. 우리가 쇄국정책으로 문을 닫아걸 때 이들은 유학을 보냈으니 놀랍다. 이 가운데 근대 일본을 만든 주역이 나왔음은 물론이다. 메이지유신 3걸 중 한 명인 오쿠보 도시미치는 일본의 관료주의를 완성했다. 이렇듯 최남단 가고시마는 근대화 격변기에 중요한 역할을 담당했다. 레이메이칸(유신기념관)과 유신 후루사토관에서는 메이지유신 당시 가고시마 위치를 확인할 수 있다. 후루사토는 고향(故鄕)이란 뜻이다. 야마구치 하기(萩)가 유신 발상지라면 가고시마는 유신의 고향이라는 자부심을 갖고 있다.

전시물 가운데 조선 정벌을 논의하는 '정한논의도' 앞에 서면 정신이 바짝 든다. 이광훈은 "그들에게 합병은 시대적 과제였고, 그 이데올로그를 완성한 인물은 요시다 쇼인이다"고 했다. 당시 조선과 일본은 비슷한 궤도를 유지했다. 평행선을 달리던 운명은 메이지유신을 전후해 엇갈리기 시작했다. 일본은 서양과 일전을 계기로 근대화에 박차를 가한 반면 조선은 문을 닫아걸고 정반대 길을 걸었다. 요시다 쇼인과 이토 히로부미는 야마구치 출신이다. 야마구치는 앞서 살펴봤듯 가고시마와 함께 메이지유신을 추동한 근거지였다. 일본은 한동안 1,000엔 권 지폐에 이토 히로부미를 사용했다. 그들은 안중근 의사를 테러범이라고 한다. 정한론 근거지이자 메이지유신 중심지였던 가고시마는 이렇게 여러 얼굴을 하고 있다.

가고시마에서는 사이고 다카모리 외에도 러일전쟁 당시 일본 육군 총사령관을 지낸 오야마 이와오(大山巖) 원수, 러일전쟁에서 발틱 함대를 괴멸시킨 도고 헤이하치로(東鄕平八郎) 제독이 태어났다. 또 신정부 초석을 다진 오쿠보 도시미치(大久保利通)와 해군 대신을 지낸 사이고 쓰구미치(西鄕從道) 등 기라성 같은 인물도 같은 마을에서 자랐다. 일본 국회가 막부 말기부터 태평양 종전까지 일본을 일으킨 위대한 인물 650명의 출신지를 분석한 도쿄에 이어 가고시마가 2위를 차지했다. 인구 대비로 보면 가장 많다고 해도 과언 아니니다. 근대화 여명기에 가고시마는 열린 사고로 힘을 키웠다. 그 치열함은 근대화를 연 동력이 됐다는데 우리는 어떠한지 돌아본다.

# 조작된 애국 '치란평화회관'

2014년 초 가고시마 미나미큐슈(南九州)시는 '치란(知覽)특공평화회관'을 유네스코 세계기록유산으로 등재 신청했다. 세계기록유산은 인류가 후손에게 남길만한 가치가 있는 기록물이다. 우리나라는 훈민정음 해례본과 조선왕조실록, 승정원일기, 난중일기, 동의보감을 비롯해 5.18민주화운동과 새마을운동 기록물까지 11건 지정됐다. 세계기록유산으로 등재할만한 가치가 있는지는 해당 국가가 판단할 문제다. 하지만 자살특공대원의 유서와 편지를 등재 신청했다는 소식에 주변 국가는 발끈했다. 가미카제(神風) 자살특공대원들이 쓴 편지와 유서는 군국주의 광기를 상징하기 때문이다.

일본은 태평양전쟁 말기 엽기적인 군사작전을 고안했다. 전투기나 잠수 어뢰정에 사람이 탄 채 적함에 부딪쳐 공격하는 방식이다. '제로센(零戰)' 비행기와 '카이텐(回天)' 어뢰정이다. 둘 다 인간병기였다. 군국주의 일본 군인들은 카이텐과 제로센을 타고 그대로 적함으로 돌진했다. 비행기는 편도에 필요한 기름만 채웠고, 카이텐은 내부에서는 열 수 없는 구조였다. 스무 살 안팎 자살특공대원들에게는 오로지 '돌격 앞으로'와 죽음만 있을 뿐이었다.

가미카제 특공대는 처음에는 미군을 공포로 몰아넣었지만 명중률은 생각보다 낮았다. 기록에 따르면 패전 때까지 총 3,300여기가 출격했으나 명중률은 11.6%에 그쳤다. 어뢰정 카이텐은 더 떨어졌다. 미군 유조선 한 척을 침몰시킨 게 전부다. 치란평화특공회관은 가미카제가 출격했던 비행기지 자리에 세웠다. 특공대원들이 생활했던 막사도 있다. 일제는 20살 전후 젊은이들을 동원할 목적에서 이곳에 일본 육군 최대 가미카제 특공 기지를 조성했다. 특공대원들은 이곳에서 조작된 애국심을 강요받았다. 겉으로는 지원병이지만 실상은 강제 징용이었다. 청년들은 출격을 앞두고 생명에 집착을 보였다. "이제 한 달밖에 남지 않았다. 초시계 바늘만 돌아간다. 이제 한 달 남은 내 생애에서 자신을 찾아내려고 하는 나의 몸부림." 24살 특공대원이 남긴 일기다. 또 다른 청년은 "한 번도 효도를 못했지만 내일 일본을 위해 죽습니다"라며 부친에게 마지막 편지를 썼다. 한 가미카제 생존자는 "출격 당일 비행기가 활주로 맨 끝에 있어 기뻤다. 가능한 천천히 걸으며 새소리에 귀를 기울이고, 바람의 감촉을 느꼈다"고 회고했다. 비행기까지 걸어가는 몇 분 동안이라도 살아있음을 느끼려고 발버둥친 것이다.

치란평화특공회관은 일제가 저지른 만행을 집합해 놓은 장소다. 그런데 잘못을 참회하는 대신 세계기록유산 기록물로 등재하겠다고 나섰으니 황당했다. 당시 미나미큐슈 시장은 기자회견에서 "2015년 종전 70년을 맞아 특공대원들의 메시지를 알려 전쟁의 비참함과 전쟁에 대해 생각하는 계기를 만들고 싶다"고 했다. 젊은이들을 강제 동원해 사지로 내몬 것을 반성하는 대신 어줍지 않은 명분을 내세웠다. 더구나 일기와 편지, 유서는 강요와 협박에 의한 것이었으니 염치없는 짓이었다.

치란은 가고시마에서 남쪽으로 40여 킬로미터를 더 내려가야 한다. 평화특공회관은 스산하고 음습했다. 기념관 뒤로는 위패를 안치한 신사가 있다. 안내인은 "매년 수많은 일본인들이 찾는다"며 자랑했다. 그날도 일본 고교생 단체 관람객을 만났다. 그들은 국가를 위해 목숨을 버린 것에 감동받은 눈치다. 한쪽에서는 눈물을 훔치는 학생도 보였다. 기념관을 돌아본 이들이라면 애국심에 고취될 수밖에 없다. 군국주의 광기와 참혹함을 가르치는 대신 감성만 자극한 결과였다.

수년 전 폴란드 아우슈비츠 수용소에서도 비슷한 광경을 목격했다. 수용소 정문 앞 관람을 마친 이스라엘 청년들은 다윗별을 새긴 국기를 둘러싸고 통성 기도를 올렸다. 당시는 이스라엘 청년들이 느꼈을 감정에 공감했다. 한데 팔레스타인 국민에 대한 무자비한 학살을 보면서 위선에 지나지 않았다는 걸 알았다. 다시는 비극이 되풀이되어서는 안 된다는 교훈을 얻어야 했는데 그들은 더 무자비한 방법으로 팔레스타인을 살육하고 있다. 사랑 대신 증오를 배운 셈이다. 치란평화특공회관 역시 참회가 아닌 증오를 다짐하는 곳으로 변질된 건 아닌지 걱정이다.

외눈박이 교육은 또 다른 비극을 부른다. 이곳을 다녀간 일본 청소년들 가운데 다시는 비극을 되풀이해서는 안 된다는 걸 깨달은 학생은 몇이나 될까. 일본 극우 정치인들의 잦은 망언을 접하노라면 오히려 증오를 키우는 현장은 아닌가 싶다. 기념관을 돌다 비장한 일본 관람객들 사이에서 어떤 표정을 지어야할지 난감했다. 자살특공대원들 사진은 하나같이 밝게 웃는 모습이다. 죽음을 앞두고 그들이 정말 천연스럽게 웃었을지 의문이다. 조작 혐의가 짙다. 기념관 내부 촬영은 안 된다. 부끄러운 과거를 은폐하고 자신들만 공유하고 싶어서 그런 건 아닌지 의심 갔다.

기념관 옆 내무반 막사는 특공대원들이 죽음을 기다린 곳이다. 그들은 출격을 앞두고 무슨 생각을 했을까. 아마 부모형제를 떠올렸을 것이다. 치란특공기지에서 출격해 숨진 특공대원은 모두 1,036명이다. 이 가운데 조선인도 11명 포함돼 있다. 기념관 초입에 조선인 특공대원을 기린 기념비가 있다. 비문은 '아리랑 노랫소리를 먼 조국에 남겨 놓고 간 조선반도 출신 특공대원의 영혼을 위로하기 위해 비석을 세운다'고 적었다. 일본인이 20여 년 전 세웠다고 한다. 그는 일본인일까 한국인일까 생각하니 복잡했다.

빼곡한 비석 사이로 고이즈미 전 총리 이름도 보였다. 고이즈미는 힘들 때마다 이곳을 찾았다고 한다. 방위청 장관을 지낸 부친 고향이 가고시마이기도 하지만 이곳에서 정치적 결의를 다진 셈이다. 고이즈미에서 시작된 극우 정치 뿌리는 아베 총리로 이어졌다. 그들이 왜 위안부 실체를 부인하고, 고노 담화 재고를 주장하는지 치란 특공평화기념관에 가면 알 수 있다. 평화는 없고 특공만 남은 기념관에서 성숙한 국민 의식은 무엇일까 생각한다.

# 짬뽕과 카스텔라, 그리고 고흐

나가사키(長岐) 하면 가장 먼저 '짬뽕'이 떠오른다. 나가사키를 방문한 이들은 예외 없이 짬뽕을 먹는다. 그리고 혀끝에 나가사키라는 도시를 각인한다. 얼큰한 우리 짬뽕과 달리 나가사키 짬뽕은 담백하다. 그래서 많은 이들이 즐긴다. 자극적이지 않은 국물에다 신선한 야채와 앞바다에서 잡은 해산물을 듬뿍 얹는다. 나가사키 중심 신치중화거리(新地中華街)에 위치한 시카이(四海樓)와 카이라쿠엔(會樂園)이 유명하다. 다른 집도 맛있다. 전주 어느 곳에서든 콩나물국밥 맛을 보장하듯 나가사키에서도 그렇다.

짬뽕은 흔히 이것저것을 섞은 것을 표현할 때 사용한다. 어쩌면 '짬뽕'은 나가사키라는 도시 정체성을 가장 잘 표현한 단어다. 나가사키를 한 마디로 표현하면 '짬뽕문화'다. 동양과 서양 문화가 뒤섞여 있다. 또 과거와 현대가 공존한다. 나가사키에서 '과거'란 네덜란드와 포르투갈 흔적을 말한다. 구라바엔 공원을 비롯해 오란다 언덕, 히가시야마테, 오우라 천주당, 데지마 워프는 서양 문물 흔적이다. 푸치니 오페라 나비부인의 무대가 된 구라바엔에도 영국 상인 토머스 글로버 저택을 비롯해 서양 건축물 9채가 몰려있다.

구라바엔에서 보는 서양 건축물은 짬뽕문화를 상징한다. 나가사키는 서구와 접촉을 통해 근대화 문을 열었다. 사무라이들이 지배하던 막부시대 나가사키는 자유로운 공기로 가득했다. 막부 정권은 나가사키 앞 바다를 메워 데지마섬을 조성하고 이곳을 통해 네덜란드 문물을 흡수했다. 오란다 언덕과 히가시 야마테에는 흔적이 남아 있다. 또 오란다 언덕은 네덜란드인들이 살던 주거지로 향하는 길이다. 나가사키에 처음 입항한 네덜란드 동인도회사 선박 이름이 오란다였다. 언덕길은 400여 년이 흘렀지만 아직도 당시 흔적을 확인할 수 있다.

17~18세기 나가사키는 서양과 만나는 열린 창이었다. 이곳을 통해 들어온 서양 문물은 마른 땅에 물 스미듯 퍼졌다. 네덜란드인들은 나가사키에 상관을 설치하고 의학과 화포를 전했다. 도쿠가와 막부 정권은 1858년 5개국과 통상조약을 체결하고 3개 항을 열었다. 나가사키와 요코하마, 하코다테였다. 그 가운데서도 나가사키는 중심이었다. 네덜란드 상인들은 나가사키를 무대로 무역을 전개했다. 일본 지식인들은 앞 다퉈 '난학(蘭學)'으로 불리는 네덜란드 학문을 배웠다. 일본 지식인들은 나가사키를 찾아 서양 문물에 탐닉했고, 열기는 메이지유신 불씨가 됐다. 이종찬은 『난학 세계사』에서 "난학자들은 기본적으로 번역가다. 번역을 통해 낯선 언어인 네덜란드어를 그들 언어로 재창조했다. 이 과정에서 중국 한자 굴레에서 벗어나 일본식 한자를 새롭게 발명했다"고 했다. 자신들 문자와 언어를 갖는다는 건 자기 세계를 창조한다는 뜻이다.

일본인들이 가장 좋아하는 서양화가는 고흐다. 네덜란드 암스테르담에 있는 고흐미술관도 일본 기업이 후원했다. 근대화 과정에서 자신들에게 도움을 준 네덜란드에 대한 보답이다. 고흐는 일본 판화 〈우키요에(浮世繪)〉를 그리기도 했다. 또 유럽 화가들 사이에 '자포니즘' 화풍이 유행했다. 그만큼 일본과 네덜란드는 가깝다. 네덜란드에 앞서 막부 정부와 접촉한 서양은 포르투갈과 스페인이었지만 최종 승자는 네덜란드였다. 네덜란드 동인도회사 상선은 막부 정권 허가를 받아 나가사키에 처음 입항했다. 이어 네덜란드는 1609년 데지마(4,000여 평)에 상관을 설치했다. 네덜란드 상관은 200년 동안 문을 열었다. 카스테라가 전해진 것도 이즈음이다. 일본 근대화는 우리에게는 불행이었다. 난학을 통해 촉발된 근대화는 메이지유신으로 이어졌고 이는 동아시아 침략으로 분출됐다. 일본은 임진왜란 때도 조총을 앞세워 조선을 유린했다. 일본은 1543년 포르투갈 선원으로부터 화승총 두 자루를 구입해 개량했다. 조총은 임진왜란 당시 사용됐다. 일본은 힘이 축적될 때마다 조선을 희생양으로 삼았다. 나가사키의 개방과 다양성은 조선에는 불행으로 확대됐다.

2014년 월드컵에서 독일 대표 팀이 우승했다. 축구 전문가들은 개방성을 원동력으로 꼽았다. 아리안 순혈주의를 버리고 대표팀을 구성함으로써 전력을 끌어올렸다는 분석이다. 감독은 폴란드 출신 포돌스키를 비롯해 절반가량을 다른 국가 출신으로 구성했다. 2002년 월드컵에서 한국 대표팀 4강 진출도 같은 맥락이다. 네덜란드 출신 히딩크는 연고와 학연을 배제했다. 세계 최강 미국도 원칙적으로는 피부색과 태어난 곳을 따지지 않는다. 능력 위주 시스템은 강대국 미국을 만들었다. 나가사키 짬뽕문화도 일본 경쟁력에 일조했다. 연합군이 나가사키에 원자폭탄을 투하한 건 미국과 맞장을 뜰 정도로 성장한 근거지를 무너뜨리기 위해서였다.

오우라 천주당(1864년 건축)은 일본 내 서양식 건물 가운데 유일한 국보다. 이곳에는 관용과 희생을 실천한 콜베 신부를 위한 특별실이 있다. 콜베 신부는 1930년 4월 포교를 위해 나가사키에 도착해 6년 동안 머물렀다. 고국 폴란드로 돌아간 뒤 콜베는 나치에 체포돼 아우슈비츠 수용소에서 생활하다 다른 이를 대신해 목숨을 희생했다. 오우라 천주당은 콜베 신부의 숭고한 희생정신을 기려 특별실을 설치했다. 희생정신은 일본 우익 정치인들이 새겨야 할 가치다. 명확한 역사 인식과 관용, 그리고 다양성을 배척한다면 일본의 미래는 어둡다.

짬뽕과 함께 나가사키 명물은 노면 전철이다. 1915년 첫 운행을 시작했으니 110년 가깝다. 주요 장소를 빈틈없이 연결하는 노면 전철은 여행자들에게는 훌륭한 교통수단이다. 원폭 평화기념관과 나가사키역, 데지마 워프, 오란다 언덕, 구라바엔, 오우라 천주당까지 노면 전철로 연결된다. 고풍스런 전철은 나가사키에 활력을 불어넣는 관광 상품이다. 교통체증 해소와 친환경 교통수단으로 각광 받는다. 적자에도 불구하고 노면 전철을 운행하는 건 친환경교통 수단이라는 효용성 때문이다.

'나가사키 18은행'을 비롯해 군산과 목포에는 일제 강점기 건축물이 다수 남아 있다. 우리에게는 기억하고 싶지 않은 역사지만 '아픈 역사도 역사'로 받아들일 때 우리 역량은 배가 된다. 그들이 나가사키를 통해 문호를 개방했듯 우리에게 필요한 것도 열린 사고다.

# 예술 섬으로 부활, 나오시마

시코쿠는 일본 소도시 여행 1번지다. 본토를 형성하는 큰 섬 4개 가운데 가장 작다. 1만 8,803㎢ 크기에 363여만 명이 산다. 제주도(1,850㎢, 68만 명)와 비교하면 면적은 10배, 인구는 5배 규모다. 시코쿠는 도쿠시마(德島)와 가가와(香川), 에히메(愛媛), 고치(高知) 등 4개 현으로 구성돼 있다. 현마다 자연환경은 독특하고 오랜 전통을 자랑한다. 시코쿠는 소도시답게 소박하며 시골 인심이 남아 있다. 여기에 뛰어난 먹거리와 메이지유신에서 주축을 담당한 사카모토 료마를 비롯해 많은 인물을 배출했다.

가가와현 사누키 우동과 고치현 가다랑어 구이는 현지인들도 즐겨 찾는 음식이다. 또 도쿠시마현을 대표하는 전통춤(아와 오도리)은 400년 역사를 간직한다. 매년 8월 9~12일까지 열리는 고치현 요사코이 축제는 8월 태양보다 뜨겁다. 고치현 일요 장터도 명물이다. 또 나오시마섬은 세계적 건축가 안도 다다오가 설계한 지추(地中)미술관으로 유명하다. 이곳에서 매년 세토우치 국제예술제가 열린다. 300년 역사를 자랑하는 에히메현 도고온천(道後溫泉)은 애니메이션 〈센과 치히로의 행방불명〉에 모티브가 된 목욕탕이다. 에히메현 마츠야마 JR역에서 도고온천까지 운행하는 보짱 열차는 이곳 출신 나쓰메 소세키가 쓴 소설 『도련님』(보짱)에서 이름을 땄다.

가가와는 한자로 '향천(香川)'이다. 풀어쓰면 향기 나는 강이다. 도시 이름처럼 가가와현은 소박한 시골 풍경과 세련된 도시 모습을 함께 갖추고 있다. 또 세계적인 건축가 안도 다다오 작품을 만날 수 있다. 쪽빛 바다를 끼고 달리는 풍광 또한 아름답다. 이곳은 우동이 유명한데 이름난 우동가게를 찾아다니는 우동기차와 우동택시는 색다른 관광 상품이다. 시가지는 아담하고 정갈하다. 일본을 갈 때마다 어쩌면 이렇게 도시를 정갈하게 가꾸는지 감탄한다.

이곳에서 예술 섬, 나오시마섬에 가려면 다카마쓰 JR에서 500m 떨어진 선착장에서 배를 타면 된다. 선착장에서 나오시마까지는 50분 소요된다. 여유 있게 세토 내해 풍광을 즐기다보면 나오시마를 상징하는 빨강 호박이 나타난다. 나오시마에는 노란 호박이 하나 더 있는데 야요이 쿠사마(草間彌生) 작품이다. 세토 내해는 시코쿠와 큐슈, 오카야마, 오사카 지역으로 둘러싸인 내해다. 이곳에는 나오시마를 비롯해 데시마, 메기지마, 오기지마, 쇼도시마 등이 꽃잎처럼 떠 있다. 세토 내해 섬을 묶어 매년 세토우치 국제예술제가 열린다. 섬마다 문화예술 콘텐츠를 입혀 관광자원화 했다. 예술제는 건축가와 아티스트, 주민들이 어울려 만든다.

예술제는 단순한 작품 감상에 끝나지 않는다. 섬이 지닌 역사와 문화, 생활을 느끼고 체험하는 새로운 형태다. 매년 100만 명 이상 찾는다. 산업화 과정에서 버려진 황량한 섬이 예술로 부활했다. 이 가운데 으뜸은 나오시마섬이다. 나오시마는 섬 전체가 미술관이다. 세계적으로 주목 받는 현대 미술의 성지로 부상했다. 유명세를 탄 건 일본이 자랑하는 건축가 안도 다다오가 설계한 지추미술관과 베네세 하우스 덕분이다. 배가 섬에 도착하면 빨강 호박이 반긴다. 섬에서는 마을 순환 버스를 타면 편리하다. 20여 명이 타는 마이크로버스는 골목길을 헤집으며 소박한 풍광을 보여준다. 종점에 내리면 지추미술관에서 운영하는 셔틀 버스를 무료 이용할 수 있다. 두 다리가 튼튼한 청춘들은 버스 대신 선착장에서 자전거를 빌려 돌아본다. 자전거 페달을 밟으며 신록과 쪽빛 바다를 만끽하는 관광객들에게서 여유를 느낀다.

지추미술관은 건축물을 지하에 구축했다. 미술관 외벽은 노출 콘크리트로 마감했는데 투박하지만 세련됐다. 건물 내부는 자연 채광을 끌어들이도록 설계했다. 일조량과 계절에 따라 작품도 공간도 달리 표현된다. 안도 다다오는 제주 유민미술관과 원주 뮤지엄 산도 설계했다. 유민 미술관과 뮤지엄 산은 여러 면에서 나오시마 지추미술관과 닮았다. 노출 콘크리트로 마감한 것도 그렇지만 자연채광과 삼각형 중정도 같다. 또 모네의 수련, 제임스 터렐 작품까지 전시 내용물도 유사하다. 매표소에서 지추미술관까지는 300~400m가량 낮은 언덕길이 이어진다. 길은 야생화와 낮은 관목을 심어 인상적이다. 미술관 내부는 클로드 모네와 제임스 터렐, 월터드 마리아 작품을 전시하고 있다. 커다란 방 하나를 가득 채운 모네의 수련 앞에서면 황홀하다. 모네는 30년 동안 수련 작품을 250여 점 그렸다. 모네는 연못과 수련, 연못 위에 비친 나무와 구름과 그림자, 그리고 빛에 따라 달라지는 변화를 화폭에 담았다. 그가 남긴 작품 가운데 지추미술관 수련은 대작이다.

오로지 빛과 공간만으로 작품을 만든 제임스 터렐 작품도 강렬하다. 지추미술관을 나와 10분정도 걸으면 한국 작가 이우환 미술관이 있다. 이우환은 한국과 일본을 오가며 점과 선을 이용한 작품을 남겼다. 나오시마를 상징하는 베네세 호텔 또한 안도 다다오가 설계한 호텔을 겸한 미술관이다. 이렇게 나오시마 예술 섬 프로젝트는 활력을 잃은 이곳을 세계적인 예술 성지로 탈바꿈시켰다.

예술 섬 프로젝트에는 여러 사람이 뜻을 같이했다. 베네세 기업과 후쿠다케 재단, 건축가 안도 다다오를 비롯한 예술가 집단, 그리고 섬 주민들이 돈과 열정을 보탰다. 나오시마 성공은 인접한 쇼도시마와 오기지마섬으로 확대됐다. 세토내해 국제예술제는 나오시마와 쇼도시마, 오기지마를 연결해 연다. 국제예술제는 지역과 예술이 어우러질 때 어떻게 부가가치를 높일 수 있는지를 보여주는 좋은 사례다. 선착장으로 돌아가는 길에 만나는 '집 프로젝트' 또한 지역주민과 예술가들 합작품이다. 오랜 동안 방치된 낡은 집을 보수해 작품화했다. 집 프로젝트는 지역주민과 예술가들이 협업했다. 나오시마 예술 섬 프로젝트는 예술과 상상력이 어울린 성공한 지역재생 사례다.

시간이 허락한다면 인접한 쇼도시마(小豆島)를 추천한다. 쇼도시마는 1년 내내 온화한 날씨 덕분에 일본 올리브 발상지로 자리매김했다. 섬에서는 올리브 나무를 흔하게 볼 수 있다. 섬에 도착하면 가장 먼저 반기는 상징물이 올리브 잎을 엮은 황금 월계수관이다. 섬을 상징하는 조형물이 올리브 잎을 정도로 섬 전체는 올리브 향으로 가득하다. 나오시마와 쇼도시마 일정을 마치고 배에 오르면 자꾸만 뒤가 돌아봐진다. 아쉬움이 크기 때문이다. 버려진 섬을 세계적인 예술 섬으로 바꾼 발상 전환에서 개발에 중독된 한국 사회를 돌아본다.

# 우동 천국, 다카마쓰

가가와현 다카마쓰(高松)는 인구 42만 명으로 아담하다. 공항에서 도심으로 향하는 도로는 정갈하다. 다카마쓰 도로망은 단순하다. 다카마쓰 JR역에서 리츠린(栗林) 공원까지 메인스트리트는 곧게 연결돼 있다. 걷거나 자전거, 고토덴 전철, 자동차를 타고 곧장 가면 리쓰린 공원에 도착한다. 고토히라(琴平)궁과 리츠린 공원, 다카마쓰성은 다카마쓰를 대표하는 관광지다. 먼저 고토히라 신궁으로 향했다. 다카마쓰 JR역에서 고토히라 신궁이 있는 곤피라역까지는 특급열차로 1시간가량 소요된다.

고토히라 신궁은 일본인들도 일생에 한 번은 가보고 싶어 한다. 해양 신을 모신 신궁이다. 사면이 바다인 일본에서는 해양신이 가장 세다. 해양 신에게 밉보이면 풍어는커녕 목숨조차 부지하기 어려웠기에 해양 신을 모신 고토히라 신궁은 위상이 높다. 그래서인지 곤피라역은 작은 시골역임에도 하루에 수십 차례 특급 JR열차가 선다. 열차가 지나는 오월 들녘은 푸릇푸릇한 보리 싹이 제법 올라와 기차가 지날 때마다 싱그럽게 흔들렸다. 어느 나라나 시골풍경은 아름답지만 일본은 특히 그렇다. 즐거운 흔들림에 익숙해질 즈음 곤피라역에 도착했다.

역에서 고토히라 신궁 입구까지는 여유로운 걸음으로 15분이면 충분하다. 지나는 길, 상가 풍경은 유년 시절 수학여행을 연상케 할 만큼 친숙하다. 경주 토함산 주차장에서 불국사로 오르는 길에도 먹거리며, 기념품 가게가 빼곡했다. 고토히라 역시 다르지 않다. 다른 게 있다면 대부분 가게가 100년을 넘는다는 것이다. 이곳에는 1400년 된 일본에서 가장 오래된 가부키 극장이 있다. 에도시대 건축물인데 외관부터 예사롭지 않다. 매년 봄, 한차례 공연이 열린다. 다행스럽게 이날 공연이 있었다. 입장료는 우리 돈으로 14만 원, 적지 않다. 하지만 1400년 된 가부키 극장에서 공연 관람은 돈과 바꿀 수 없는 추억을 선물한다.

상가 골목을 지나는 동안은 유혹을 떨치기 어렵다. 참새가 방앗간을 지나치지 못하듯 군것질거리 유혹을 뿌리치기 힘들다. 그렇게 한 개 두 개 늘리다보니 배는 불러오고 어느덧 고토히라 신궁 입구에 도착했다. 참고로 시코쿠에만 88개 사찰이 있다. 이를 연결한 순례 길은 스페인 '산티아고 데 카미노'와 함께 손꼽힌다. 88개 사찰을 명주실 꿰듯 1,400km를 이었다. 모두 돌아보려면 대략 40일 정도가 소요된다. 사랑을 잃은 연인들, 대학에 떨어진 재수생, 인생 후반부를 시작하는 중년 등 다양한 이들이 오헨로(순례자)를 자처하며 걷는다.

고토히라 신궁은 높고 깊은 산속에 자리하고 있다. 본궁까지는 30여분을 올라가야 한다. 계단만 785개다. 참선하는 마음으로 묵묵히 계단을 올라야 한다. 숨은 가쁘지만 계단을 오를 때마다 바뀌는 풍광 때문에 지루하지 않다. 그렇게 몇 구비를 돌았을까 고토히라 신궁에

도달했다. 신궁 앞 수백 년 된 나무는 넓은 그늘을 만들었다. 신궁에 도착하면 왜 많은 이들이 800여 개 계단을 오르는 수고를 마다하지 않는지 이해된다. 정상에서 맞는 바람은 달다. 산 아래 펼쳐진 시가지 풍광도 일품이다. 한국과 일본의 사찰은 형식은 다르지만 마음을 다스리는 건 같다.

곤피라역을 떠나 다시 다카마쓰 JR역으로 돌아왔다. 리쓰린 공원으로 가는 시내버스를 탔다. 리츠린 공원(栗林公園)은 에도시대 다이묘(大名 지방 영주)의 정원이다. 400여 년 세월을 넘긴 일본 3대 전통 정원 중 하나다. 일본 정원의 백미를 유감없이 보여준다. 공원은 100여 년에 걸쳐 증축을 거듭한 끝에 1745년 비로소 완공됐다. 일본 정원문화재 가운데 최대 면적을 자랑한다. 75만㎡ 부지에는 연못 6개, 인공산 13개가 조화를 이룬다. 토지 분할과 자연석 배치가 뛰어나며 나무와 돌이 어울려 작품이 됐다. 사계절 변화에 따라 다양한 풍광을 감상할 수 있다. 1,400여 그루 소나무 가운데 약 1,000 그루는 특별 관리 대상이다. 소나무는 인공적인 분재다. 아름답다는 생각과 함께 인위적인 뒤틀림은 부자연스럽다. '상자 소나무'(箱松·하코마쯔)는 말 그대로 가지가 'ㄱ자'로 꺾였다. 300년 동안 가지치기를 하며 만들었다는데 자연과는 거리가 멀다.

리츠린 공원은 다카마쓰 시민들에겐 최고 휴식처다. 도심 한가운데 이렇게 풍성하고 조용한 정원이 있다는 게 놀랍다. 맨해튼 센트럴파크나 강남 압구정동 도산공원에서 느꼈던 감상과 다를 바 없다. 리츠린 공원은 미슐랭 그린가이드 재팬에서 최고 점수인 별 3개에도 링크됐다. 리츠린 공원의 백미는 기쿠게쓰테(菊月停)이다. 정자는 다도를 위한 별채인데 연못 한가운데 떠 있다. 이곳에 앉아 녹차를 마시며 바라보는 리츠린 풍광은 일품이다. 역대 다이묘들은 이곳에서 자연과 교감하며 시를 지었다고 한다. 지금은 일반인들도 다이묘들처럼 풍광을 감상할 수 있다. 분주한 일상에서 벗어나 시름을 내려놓고 바람을 맞으며 즐겨볼만 하다.

리츠린 공원을 제대로 보려면 2시간은 족히 걸린다. 공원을 나와 마지막 일정인 다카마쓰성으로 향했다. 리츠린 공원에서 고토텐 전철을 이용해 10여 분이면 종착역 다카마쓰 칫코역이다. 칫코역 바로 앞에 다카마쓰성이 있다. 1587년 완공된 수성(水城)이다. 세토우치 해수를 성 안에 끌어 들였다. 일본 3대 수성 중 하나로 경관은 빼어나다. 성터는 약 2만 4,000평으로 바다와 연결되어 있다. 천수각에 오르면 바다가 한눈에 들어온다. 성은 바닷가에 있기에 지키기가 용이했다고 한다. 또한 바다를 통해 물자를 반입하거나 탈출하기 쉬운 이점도 지녔다. 바닷물을 이용한 다카마쓰성은 견고한 3중 해자로 방어하고 있다. 성안으로 배가 지나다닌다. 도심 한가운데 성터를 보존한 다카마쓰 시민들에게 박수를 보냈다. 산업화와 도시화 과정에서 흔적도 없이 사라진 서울 4대문을 생각하면 안타깝다.

가가와현 '사누키 우동'은 식도락가들 사이에 유명하다. 다카마쓰에는 우동 가게만 800개소에 달한다. 명성에서는 전주 콩나물 국밥집에 뒤지지 않는다. 사누키 우동 역사는 1200년을 넘는다. 우동 택시와 우동 버스는 이러한 인기를 반영한다. 공항에서는 외국인 관광객에게 우동 수첩까지 무료 제공한다. 수첩은 우동 가게마다 특색 있는 스탬프를 찍을 수 있도록 제작돼 여러 가지 우동을 맛볼 수 있다. 다카마쓰는 우동조차 문화로 승화시켰다.

# 사카모토 료마와 고치

고치는 20년 전 흥미롭게 읽었던 『료마가 간다』에서 실존 인물 사카모토 료마(坂本龍馬)가 태어난 고향이다. 료마는 일본인들이 가장 좋아하고 존경하는 인물 1순위다. 그의 파란만장했던 일대기는 영화와 TV드라마 사극만 해도 수십 편에 달한다. 그는 일본 근대사에 큰 발자취를 남겼다. 료마는 메이지유신을 주도했고, 그 때문에 일본은 한때 G2반열까지 올랐다.

다카마쓰에서 고치까지는 JR특급으로 3시간여 소요된다. 차창 밖으로 파노라마처럼 펼쳐진 시코쿠 풍광을 한껏 마음과 눈에 담는 여정이다. 일본의 오월은 눈부시다. 일본의 산은 그냥 산이 아니다. 원시림을 방불케 하듯 전 국토가 울울창창한 숲을 이룬다. 그 산과 산을 터널로 연결하고, 계곡을 가로질러 철로를 놓았으니 일본의 토목기술은 세계적이다. 이런 지형에서 오랫동안 토목기술을 익혔으니 정교하기 이를 데 없다.

일본을 여행하다 보면 뛰어난 토목기술을 흔히 접한다. 계곡과 계곡을 연결한 도로와 철도는 감탄사가 절로 나온다. 아슬아슬한 협곡에 어떻게 철로를 깔았는지 놀랄 따름이다. 또 교토나 가나자와 등 오래된 도시에서 만나는 맨홀 뚜껑에서도 장인 정신을 확인한다. 디자인 자체로도 아름답지만 빈틈없이 맞물린 맨홀 뚜껑은 정교하다. 자동차가 지나다녀도 미동조차 없다. 울퉁불퉁한 노면에다 덜컹대는 맨홀 뚜껑 때문에 종종 사고로 이어지는 우리와 비교된다.

JR고치역을 빠져나오자 눈부신 햇살이 온몸을 감쌌다. 역 광장에서는 공연이 한창이었다. 일본어를 알아듣지 못했지만 흥겨웠다. 광장에는 고치 출신 역사 인물을 기념하는 동상이 서 있다. 사카모토 료마(1835~1867)를 중심으로 다케치 한페이타와 나가오카 신타로가 주인공이다. 역 광장을 압도하는 위세가 만만치 않다. 숙소까지 걸으며 처음 만나는 도시와 교감했다. 고치는 도쿄나 오사카와 달리 높은 빌딩도 화려한 전광판도 찾아보기 어렵다. 우리나라 중소 도시처럼 위압적이지 않으며 편안하다.

숙소에 짐을 맡기고 고치성을 찾았다. 숙소에서 고치 성까지는 1,000m 남짓 가깝다. 고치성으로 이어지는 거리는 일요 시장이 선다. 마침 일요일이었다. 고치 일요 시장은 일본 전역에서도 이름 높다. 시장은 300년 이상 역사를 자랑한다. 매주 일요일이면 어김없이 장이 선다. 한쪽 차로를 막고 1㎞넘는 도로에 500여 개 점포가 늘어선다. 우리나라에 5일장이 있다면 고치는 7일장이다. 300여 년 넘게 매주 장이 선다는 것도 놀랍지만 시민들 호응과 운영 방식도 부럽다.

매주 교통을 통제하지만 운전자들 누구도 불평하지 않고 기꺼이 우회도로를 이용한다. 일요 장터 운영 방식도 독특하다. 고치현 주변 농부와 시민이 주인이다. 이들은 자신이 가꾼 농산물과 골동품, 수공

예품을 가져와 판다. 누구도 물건을 더 팔기 위해 욕심내지 않고 즐긴다. 일주일 만에 만나 안부를 묻고 정보를 교환한다. 이곳에서 고치 명물인 도자기 술잔(베쿠하이·可杯)를 샀다. 고치는 술이 유명하고 술 문화가 발달됐다. 재미난 술잔도 그런 산물이다. 술잔은 구멍 나 있고 균형이 맞지 않다. 그래서 잔을 받으면 무조건 비워야 한다. 그렇지 않으면 바닥을 흥건히 적신다. 허물없는 이들과 흥겹게 술을 마시기 위해 고안한 술잔이다.

일요 장터가 끝나는 길목에 고치성이 있다. 일본은 메이지 정부가 들어서기 전까지 700여 년 동안 사무라이 세상이었다. 이런 까닭에 막부정권은 전국에 방어 목적으로 성을 쌓았다. 아직까지 남아 있는 성만도 100여 개 이상을 헤아린다. 전통문화에 대한 각별한 관심을 엿볼 수 있다. 고치성은 견고하며 아름답다. 또한 보존 상태도 나무랄 데 없다. 성 꼭대기에 오르면 고치 시가지가 한눈에 들어온다. 성은 자신들 문화에 대한 자부심, 그리고 전통을 지켜가려는 일본인 특유의 장인 정신을 엿볼 수 있는 곳이다. 고치성은 에도시대 모습이 그대로 남아 있는 일본 유일의 성곽이다.

성을 내려와 사카모토 료마 생가기념관으로 향했다. 료마는 앞서 언급했듯 오늘날 일본 근대화 토대가 된 메이지유신을 이끈 주역이다. 메이지유신은 사쓰마번(가고시마)과 조슈번(야마구치)이 추동했는데 이들은 앙숙 관계에 있었다. 도사번(시코쿠 고치) 출신 료마는 사쓰마와 조슈를 중재해 '사초동맹(薩長同盟)'을 성사시켰다. 사초동맹으로 힘을 키운 사무라이들은 도쿠카와 막부 정권을 뒤엎고 메이지유신을 단행했다. 료마가 없었다면 사초동맹도 없었고, 메이지유신도, 일본 근대화도 없었다. 료마를 대한 각별한 애정은 여기에 근거한다.

메이지유신 당시 료마는 역할도 중요했지만 이른 나이(33세)에 암살당하면서 영웅이 됐다. 영웅치고 제대로 수명을 누린 사람은 없다. 일찍 죽었기에 료마는 일본인들에게 영웅이자, 신이자, 친구이자, 흠모의 대상으로 기억됐다. 료마 생가기념관은 제법 볼거리가 많다. 기념관은 막부 말기 료마가 국가적 변혁기에 어떻게 고난을 극복하고 역사적 인물로 성장했는지를 자세히 소개하고 있다.

태평양과 접한 가쓰라하마(桂浜)에도 료마기념관이 있다. 고치 중심가에서 가쓰라하마까지는 자동차로 30여 분 소요된다. 현립 료마기념관은 가장 많은 자료를 소장하고 있다. 또 가쓰라하마 공원 언덕에 세운 높이 15m 료마 동상은 인상적이다. 태평양을 응시하고 있는 료마 동상은 혁명을 단행했던 단호한 의지를 암시하는 듯하다. 이렇듯 고치는 료마의 도시다. 료마 흔적을 좇다보면 일본 근대화가 있고, 오늘날 강대국 일본의 뿌리를 발견하게 된다.

일본은 메이지유신 이후 서구 문화를 받아들여 정치와 경제, 사회 체제를 변혁했다. 근대화와 부국강병이란 국가 목표를 달성한 것이다. 시바 료타로는 소설을 통해 료마를 지난 천 년 동안 최고 정치인으로 만들었다. 『료마가 간다』는 2,400만 부 넘게 팔렸다. 또 TV시대극과 대하드라마로 1968년부터 2004년까지 4차례나 방영됐다. 그때마다 료마는 일본 사회를 들뜨게 했다. 정점은 2010년 방영한 NHK 대하드라마 48부작 〈료마전〉이었다. 고치에서 료마는 최고 관광 상품이다. 하지만 메이지유신을 통해 축적한 힘은 군국주의로 변질됐다. 한국을 비롯한 동아시아 국가에게 메이지유신은 악몽이다. 태평양이 넘실대는 가쓰라하마에서 료마가 남긴 유산을 돌아본다.

## 사랑스러운 여인, 에히메

에히메(愛媛)는 '사랑스러운 여인'을 뜻한다. 에히메라는 일본 발음도 감미롭지만 '사랑스런 여인'이라는 뜻은 한층 매력적이다. 세계 어느 도시 이름이 이렇게 매혹적일까 싶다. 에히메를 향해 가는 동안 사랑스러운 여인을 만난다는 기대로 잔뜩 부풀었다. 시코쿠 여행 일정을 짜면서 에히메를 가장 마지막에 뒀다. 사랑스런 여인을 만나는 설렘을 오래 간직하고 싶어서였는지 모른다.

열차는 세 시간여를 달려 에히메현 마쓰야마(松山)역에 도착했다. 마쓰야마는 에히메 현청 소재지로 51만 명이 거주한다. 에히메는 네 가지 키워드로 집약할 수 있다. 감귤과 마쓰야마성, 소설가 나쓰메 소세키, 그리고 도고온천이다. 네 가지를 중심으로 마쓰야마의 속살을 들여다본다. 먼저 감귤이다. 앞서 다녀온 가가와현이 사누키 우동, 고치현이 가츠오 타타기(가다랑어 짚불 구이)라면 에히메현의 명물은 감귤이다. 에히메는 일본 제1의 감귤 생산지다. 종류만도 30가지에 달하며 맛도 뛰어나다. 당도가 높은데다 과즙 또한 풍부해 저절로 입안에

침이 고인다. 에히메를 여행하는 동안 다양한 감귤을 맛봤다. 모양만큼이나 맛도 갖가지다. 감귤 인심도 풍부해 처음 만나는 이들에게도 흔연스럽게 권한다.

또 다른 자랑거리는 소설가 나쓰메 소세키다. 그는 일본인이 가장 사랑하는 국민작가다. 일본 최초 소설가인 그는 근대 일본의 소외된 지식인들에게 초점을 맞춰 설득력 있는 문장으로 묘사했다. 그를 시작으로 일본에 소설이라는 장르가 태동했다. 일본 근·현대 작가들에게 커다란 영향을 미쳤다. 1984~2004년까지 1,000엔 지폐에 나쓰메 소세키 초상이 사용될 만큼 일본인들은 그를 아꼈다. 『나는 고양이로소이다』와 『도련님』은 대표작이다.

일본어로 도련님은 보짱인데, 마쓰야마 시가지를 운행하는 '보짱 열차'는 그 소설 제목에서 땄다. 마쓰야마시는 2001년 관광용 디젤 기관차로 복원했다. 시민들은 자신들이 좋아하는 나쓰메 소세키의 소설 『도련님』에서 이름을 빌어 보짱 열차로 명명했다. 열차는 마쓰야마 JR역에서 도고 온천까지를 느릿느릿 오간다. 열차에 오르면 고등학교 교복 차림을 한 승무원이 넉살스럽게 반긴다. 많은 이들은 보짱 열차를 탑승하고 싶지만 워낙 많은 관광객이 몰리는 바람에 쉽지 않다.

다음은 시내 한 가운데 위치한 마쓰야마성이다. 일본 100대 성으로 선정될 만큼 빼어난 건축미를 자랑한다. 흑백 조화를 이룬 마쓰야마성의 첫 인상은 정갈하다. 방어를 위한 군사적 기능은 물론 미학적으로도 뛰어나다. 봄이면 성곽 주변으로 수백 그루 왕벚나무가 흐드러져 절경을 이룬다. 에히메를 뜻하는 '사랑스런 여인'은 바로 마쓰야마성이 아닐까 싶다. 성곽에 오르면 마쓰야마 시가지가 한 눈에 들어온다. 시가지 한가운데 500년 이상 된 성곽을 보존한 그들의 정성과 안목이 놀랍다. 천년 고도라는 전주는 조선왕조가 시작된 본향임에도 도시를 확장하면서 4대문은 물론 성곽까지 죄다 허물었다. 우리가 얕잡는 일본인들이 전통문화를 지키는 걸 보면 한수 위에 있다.

마쓰야마성을 오르는 방법은 세 가지다. 걷거나 리프트를 타거나 케이블카를 이용하는 것이다. 여유가 있다면 30분 남짓 걸어서 올라가는 게 좋다. 또 리프트나 케이블카를 탔다면 걸어서 반대편으로 내려오기를 권한다. 마쓰야마성을 가려면 오카이도 전철역에서 내리는데, 여기부터 케이블카 탑승장까지 상가 거리가 형성돼 있다. 천천히 걸으며 눈요기하기에 좋다. 마쓰야마 특산품은 타월이다. 누구라도 지갑을 열만큼 품질과 디자인에서 뛰어나다. 에히메현 이마바리시는 일본 타월 생산량의 60%를 차지한다. 작품이나 다름없는 디자인과 색감에 감탄사가 절로 나온다.

에히메현과 고치현은 기질과 정서에서도 대척점에 있다. 고치현은 술과 사무라이 사카모토 료마가 상징한다면 에히메현은 감귤과 소설가 나쓰메 소세키가 대신한다. 고치는 남성적인 반면 에히메는 여성적이다. 또 고치는 쾌활하고 역동적인 반면 에히메는 차분하고 온순하다. 불과 200km 떨어진 두 도시의 대비되는 지방색을 비교해보는 것도 시코쿠 여행의 색다른 재미다.

도고온천(道後溫泉)은 300년 역사를 자랑하는 일본 최고(最古) 온천이다. 본관은 온천으로는 처음(1994년)으로 일본 중요문화재로 지정됐다. 애니메이션 〈센과 치히로의 행방불명〉에 나오는 온천이 바로 도고온천 본관이다. 미야자키 하야오 감독은 도고온천 본관 건물을 모티브 삼아 환상적인 애니메이션을 만들었다. 본관 건물은 목조 건물로써 3층 구조를 하고 있다. 이곳에는 공중목욕탕과 황실 전용 욕탕이 있다.

온천을 즐기는 방법은 간단하다. 매표소에서 입욕권을 끊어 가격대별로 구분된 탕에 입장하면 된다. 여러 사람이 함께 쓰는 공중목욕탕 가미노유(神之湯)와 다마노유(靈之湯)가 일반적이다. 대부분 관광객은 이곳에서 피로를 씻는다. 목욕을 마치면 욕의(유카다)를 입고 휴게실에서 과자와 차를 즐긴다. 다마노유는 개인용 객실도 있어 보짱 경단을 먹으며 조금은 사치스러운 체험을 할 수 있다. 객실 요금은 가미노유 410엔(3,900원), 다마노유 1,250엔(1만 2,000원)이다. 본관 동쪽 왕실 전용 유신덴은 우아하고 호화스럽다. 관람만 가능하다.

도고온천 주변 볼거리도 풍부하다. 도고온천역은 메이지시대 역을 복원했다. 이곳에서 보짱 열차가 출발한다. 또 가라쿠리 시계와 무료 족욕 체험도 인기다. 가라쿠리 시계는 매시 정각이 되면 캐릭터들 나와 춤을 춘다. 도고 온천은 학창 시절 수학여행지로 이름났던 충남 온양온천을 떠올리게 했다. 현충사를 관람한 뒤 들린 온양온천은 정체모를 흥겨움이 떠다녔다. 온천을 마치고 나와 지역 맥주인 도고맥주를 마시며 나쓰메 소세키 작가를 사랑한 에히메를 가슴에 담았다.

# 시민이 지킨 우치코

시코쿠를 떠나는 날, 전주한옥마을과 비슷한 우치코(内子)를 떠올렸다. 에히메현 마쓰야마 JR역에서 우치코까지는 40㎞. 특급 열차를 타고 30분이면 도착한다. 다카마쓰 공항까지 돌아갈 시간을 어림잡아도 충분했다. 우치코행 열차에 올랐다. 언제든 새로운 곳을 찾아 떠나는 발길은 설렘으로 가득하다. 그래서인지 아침 공기는 상쾌했다. 우치코를 뜻하는 한자가 재미있다. 우리 발음으로 읽으면 '내자(内子)'다. 다른 사람에게 자기 아내를 낮춰 이르는 옛말이다. 에히메는 사랑스런 여인, 우치코는 아내이니 결국 에히메현 우치코는 '사랑스러운 아내'가 되는 셈이다. 우치코는 이름에 걸맞게 대갓집 며느리처럼 정숙하고 정갈했다.

우치코는 에도시대부터 목랍과 종이로 번창했다. 목랍은 옻나무에서 채취한 양초 원료다. 에도시대 1600년대 초반 시작된 목랍 사업은 1700년대 정점에 달했다. 한때 에히메현 목랍은 일본 전체 생산량에서 45%를 차지했다. 수요가 증가하면서 해외까지 수출됐다. 1900년에는 파리 만국박람회까지 진출했다. 이곳 출신 혼하가(本芳我)는 목랍으로 돈을 번 거상이다. 우치코에서 가장 큰 저택을 소유하고 있다. 중요문화재 혼하가 주택에는 지금도 후손들이 살고 있다. 목랍과 함께 전통 종이 화지(和紙)는 우치코 번성을 이끌었다. 우치코는 상인들 도시다. 그들은 목랍과 종이를 팔아 부를 축적했고 도시를 가꿨다. 정갈한 거리와 고급 건축물은 그러한 부로 완성됐다.

우치코 주민들은 경제적인 여유를 바탕으로 문화생활을 누렸다. 한적한 시골에 가부키 극장이 있는 건 이 때문이다. 가부키 극장 우치코 좌(内子座)는 1916년 다이쇼 천황 즉위를 기념해 문을 열었다. 올해로 문을 연지 108년 된다. 우치코 좌는 한때 헐릴 위기에 처했지만 주민들이 지켜냈다. 1975년 시민들이 결성한 우치코 역사적 환경보존운동은 우치코 좌 존치를 이끌어냈다. 당시 성금 20만 엔으로 가부키 극장을 복원해 1985년 문을 열었다. 시민들 힘으로 사라질 뻔했던 극장을 살렸다. 일종의 내셔널트러스트 운동이다. 우치코 좌에서는 가부키 공연, 만담 공연, 인형극 그리고 영화도 상영한다. 요즘은 졸업식을 비롯해 주요한 마을 행사도 이곳에서 치른다. 우치코 주민들이 사랑하는 공간이자 사랑방이다. 온갖 상업시설로 넘쳐나는 서울 북촌과 인사동, 전주한옥마을과 구분되는 지점이다.

주민들이 앞장서 옛 것을 지키고 가꾸는 우치코와 비교할 때 전주한옥마을은 실망스럽다. 부동산 가격은 폭등했고 거리는 온통 먹거리 장터로 전락했다. 고즈넉한 분위기를 기대했던 이들은 한옥마을에서 실망감을 감추지 않는다. 여기에 비하면 지역 주민들이 참여하는 우치코 전통마을은 인상적이다. 우치코역에서 시작되는 600m 거리에는 전통 건축물 70칸이 어깨를 맞대고 있다. 오래된 양조장부터 혼하가 주택, 오무라 주택, 목랍자료관, 상업과 생활박물관, 우치코 극장, 공방, 교회까지 에도시대 풍광을 고스란히 보존하고 있다. 일본 정부는 이곳을 중요전통건축조형물보존지구로 지정했다. 무분별한 개발로 훼손된 전주한옥마을과 비교하면 부럽다.

우치코와 전주한옥마을에서 굳이 공통점을 찾자면 사람들이 살고 있다는 정도다. 박제화 된 세트장이 아니라 온기가 있다. 한때 연간 1,000만 명이 다녀갔다는 전주한옥마을의 현재는 안타깝다. 비싼 임대료를 감당하지 못한 나머지 문화예술인들이 떠난 그곳에서 전통을 발견하고 옛것을 체험한다는 건 쉽지 않다. 위기에 처한 전주한옥마을은 정체가 불분명한 먹거리 노점과 좌판들로 혼란스럽다. 문화예술인들이 떠난 자리는 음식점과 커피숍이 점령했다. "이대로는 안 된다"는 때늦은 반성은 무성하지만 '어떻게' 해야 하는지 답은 없다. 이런 상태가 지속된다면 경쟁력 상실은 불문가지다. 우치코처럼 옛 모습을 잃지 않고, 번잡하지 않으며, 무언가를 생각하게 하는 여유가 아쉽다. 일본 현지인들이 우치코에서 에도와 메이지 시대 정취를 느낀다.

우치코는 전국적인 관광지임에도 그 흔한 노점상과 좌판을 찾아보기 어렵다. 간단한 기념품과 차, 먹거리를 파는 정도다. 집 앞에 단출한 좌판을 벌이고 자신들이 재배한 농산물을 내놓을 뿐이다. 그것마저도 지붕 처마를 벗어나지 않는다. 또한 장인들은 공방에서 공예품을 제작하며 관광객들과 교감한다. 여행자들은 우치코에서 과거와 대화하며 만족한다. 반면 서울 북촌과 전주한옥마을은 문화예술인들이 발붙이는 게 어렵다. 상업화 격랑에 휩쓸려 하나 둘 떠났다. 전통이란 허울만 남긴 채 속살은 빠져나간 셈이다. 껍데기만 남은 한옥마을이란 점에서 자괴감은 깊다. 우치코를 떠나며 전통과 문화가 공존하는 한옥마을을 그려봤다.

시코쿠에서 인상적인 장면 가운데 하나는 자전거다. 일본 사람들이 자전거를 각별히 아끼는 건 잘 알고 있지만 시코쿠는 자전거 천국이었다. 일본은 자전거 대국답게 1994년부터 자전거 의무 등록제를 시행하고 있다. 2016년 기준 등록된 자전거는 8,600만 대다. 인구(1억 2,700만 명) 대비 68%가 자전거를 보유한 셈이다. 일본에서 자전거 교통 분담률은 17%라는 공식 통계도 있다. 참고로 우리나라 자전거 교통 분담률은 1.43%에 불과하다. 우리나라에서 자전거는 다이어트와 운동, 여가, 취미 수단이지만 일본에서는 생활이다. 학생들 등하교는 물론 직장인과 주부들은 자전거를 이용해 출퇴근하고 장을 본다.

자전거 환승 시스템도 원활하다. 역마다 대규모 자전거 주차장이 설치돼 있고 대중교통과 환승할 수 있는 시스템을 갖추고 있다. 가가와현 다카마쓰 JR역 지하에는 자전거 대여소가 있다. 기차에서 내린 사람들은 이곳에서 자전거를 빌려 이동한다. 또 학생과 직장인들은 이곳에 자전거를 보관한 뒤 기차를 이용한다. 시에서 운영하기에 이용요금도 저렴하다. 또 자전거 이용이 편리하도록 설계했다. 지하에서 올라갈 때는 자전거용 에스컬레이터를 이용하면 된다. 자전거를 올려놓으면 계단이 움직인다. 거꾸로 내려 갈 때는 계단 옆 자전거 전용 도로를 이용한다. 자전거 문화와 함께 시민들 힘으로 전통문화를 지킨 우치코를 다녀온 뒤 일본의 저력은 작은 마을에서도 시작됨을 거듭 확인한다.

여행은 인간을 겸손하게 만들어 준다.
세상에서 인간이 차지하는 영역이
얼마나 작은 것인가를 깨닫게 해준다.

프로벨

굿바이보이 잘 지내지
길·위·에·서·만·난·세·상

**1판 1쇄 인쇄** 2023년 3월 24일
**1판 1쇄 발행** 2023년 3월 30일

**지은이** 임병식
**펴낸이** 구본건

**편집** 예당
**표지** 디자인 최혜주

**펴낸곳** 비바체
**주소** 서울시 강서구 등촌로 39길 23-10, 202호
**전화** 070-7868-7849 **팩스** 0504-424-7849
**이메일** vivacebook@naver.com

값은 뒤표지에 있습니다.
**ISBN** 979-11-977498-8-9 03810